ELEANOR RIGBY vive en Granada, pero te sería más fácil encontrarla activa en Instagram. La edad no se le pregunta a una dama. Escribe novelas donde la gente se quiere mucho. Es lo único que hace: de ahí su prolífico catálogo, que en menos de tres años de actividad ha alcanzado la friolera de más de treinta títulos. Es bruta, no le tiene ningún miedo a mandar a sus personajes al psicólogo y le gusta vacilar. Ha ganado un par de premios, ha mantenido unos cuantos libros autopublicados en las listas de más vendidos durante meses y, en su día, recaudó con sus novelas en plataformas de internet algunos que otros millones de leídos.

Ahora, lo que le gustaría ganarse y mantener es tu interés.

Puedes seguirla en Twitter e Instagram:

🐦 @tontosinolees
📷 @tontosinolees

Papel certificado por el Forest Stewardship Council®

Penguin
Random House
Grupo Editorial

Primera edición: septiembre de 2022

© 2019, 2022, Eleanor Rigby
© 2022, Penguin Random House Grupo Editorial, S. A. U.
Travessera de Gràcia, 47-49. 08021 Barcelona
Diseño de cubierta: Penguin Random House Grupo Editorial / Marta Pardina
Imagen de cubierta: © Be Fernández

Printed in Spain – Impreso en España

ISBN: 978-84-1314-586-0
Depósito legal: B-11.903-2022

Compuesto en Llibresimes, S. L.
Impreso en Black Print CPI Ibérica
Sant Andreu de la Barca (Barcelona)

BB 4 5 8 6 0

Un ático con vistas

ELEANOR RIGBY

He creado una lista en Spotify con las
principales canciones que estuvieron sonando
(en mi cabeza y en mi móvil)
mientras escribía esta novela.

Pero habría que vivir de otra manera. ¿Y qué quiere decir vivir de otra manera? Quizá vivir absurdamente para acabar con el absurdo, tirarse en sí mismo con una tal violencia que el salto acabara en los brazos de otro.

JULIO CORTÁZAR

Capítulo 1

El primer día del resto de mi vida

Matilda

—Tú también lo estás viendo, ¿verdad?

Asiento con la cabeza, sin despegar la mirada del punto problemático.

Nadie diría que un sencillo folio pegado al tablón de entrada de una comunidad de vecinos pudiera sembrar tanta agitación. Y aviso de que no pone nada del tipo «tenéis veinticuatro horas para enviar un millón de euros a esta dirección de correo o volaré el edificio», sino un simple: SE BUSCA ASISTENTA.

Porque eso es simple. Lo que no lo es tanto es que lo haya firmado el legendario ermitaño del ático.

No soy la única que nada en el *shock*. Tamara, cruzada de brazos delante de mí, tampoco pestañea. Ni Edu, a mi derecha, con el ceño fruncido, ni Eli, a mi izquierda, armada con su silenciosa prudencia, pero no por ello menos conmocionada.

Debe de haber algo hipnótico en la tipografía. ¿O serán las escalofriantes mayúsculas?

Si le preguntamos a alguien de la calle por qué llevamos clavados en el sitio diez minutos, seguro que nos dice que nuestro único problema es que nos interesan demasiado las vidas ajenas. Y yo lo confirmo. Porque si nos dan diez más, tendrán al resto de los vecinos abanderando la causa. Seremos treinta personas mirando fijamente una pared.

En mi defensa diré que estoy perdiendo el tiempo porque presiento que tiene truco. Ese hombre nos odia. No quiere saber nada de nosotros. Debe de haber envenenado el papel. O tal vez sea una especie de broma para captar nuestra atención. Lo mismo sabe que ha dejado de ser la comidilla de la urbanización después de que alguien haya comprado un apartamento en el cuarto y está celoso porque ahora toda la curiosidad gira en torno al nuevo vecino.

Yo voto porque no quiere que le roben el protagonismo. Ha dado su primera señal de vida para recordarnos que sigue siendo el enigma irresoluble de la zona. Estaría en el derecho de reivindicar su importancia en nuestras vidas, porque la leyenda ha llegado hasta la calle de al lado. Es toda una celebridad. Koldo, al que llamamos «El Porros» por su afición compartida con Bob Marley, estuvo a punto de hacer un reportaje sobre él para su trabajo de fin de grado. Lo canceló porque para eso habría necesitado que le concediese una entrevista, y nuestro amigo del séptimo no estaba por la labor.

Si soy sincera, no sé a qué viene tanta expectación. No es que se le oiga arañando las paredes por las noches o que no se le vuelva a ver el pelo a todo aquel insensato que se adentre en sus dominios.

La verdad, parece que no haya nadie.

—Es un farol —concluye Edu tras una exhaustiva meditación—. Soy el amo y señor de este rellano. Lo guardo como un perro su hueso. Y juro por lo más sagrado que no he visto subir a nadie al ático en el año y medio que lleva aquí, lo que significa que nunca ha tenido asistenta. ¿Para qué quiere una ahora?

—Aparte —añade Tamara, ansiosa por hacer sus aportaciones—, contratas a limpiadores cuando estás fuera de casa y no puedes encargarte tú. Él, en cambio, se pasa todo el santo día ahí dentro. ¿La neta que necesita a alguien que le eche una mano?

—Puede que esté en silla de ruedas o postrado en la cama —pienso en voz alta—. Era una de las posibilidades, ¿no? Que el pobre fuera paralítico y por eso no diera la cara. Igual que lo de que lo esté buscando la policía.

Muevo la mano para abarcar todas las posibilidades que se han contemplado hasta ahora, que no son pocas y no tienen ningún desperdicio, lo puedo asegurar.

—A mí me checa más lo de ser un criminal —declara Tamara—. Fijaos, ha escrito «asistenta». Con «a». Especifica que quiere a una mujer. No hay que echarle mucho coco para saber para qué.

—Oye, que puede ser gay —se queja Edu. De eso sabe mucho. Ha nacido con el *gaydar* superdesarrollado. Descubrir la orientación sexual de los más reprimidos es uno de sus múltiples talentos. Pero, claro, para eso necesita ver cómo reacciona el susodicho si le ponen un disco de Lady Gaga, y no tenemos idea ni de cómo es su cara—. Aunque quién sabe. Viendo esto, no descarto que solo sea un sexista de lo peor.

—A ver —interviene Eli con suavidad. Siempre empieza las frases con esa conciliadora muletilla. Entre eso y la vocecita susurrante, perfecta para hacer ASMR, no le cuesta mucho disipar tensiones—. Tenemos que reconocer que cuando pensamos en un empleado del hogar, nos viene a la cabeza una mujer. Aunque haya excepciones, es un trabajo fundamentalmente femenino. Le habrá salido de forma involuntaria. No tiene que haber puesto «asistenta» porque sea machista.

—Tampoco era tan difícil poner «asistente» en su forma inclusiva —sigue rezongando Edu—. Seguro que odia al colectivo LGBT.

—Que no, que lo ha escrito así porque quiere chingarse a

una morra. Si es que lo vengo diciendo: es un violador reincidente que vive bajo arresto domiciliario y está hasta la madre de vivir como los monjes —resume Tamara.

—Si estuviera arrestado, se lo habrían comunicado a la gente del edificio. En concreto, a las mujeres —puntualizo—. Y no hay que ponerse en lo peor. Yo sigo sosteniendo que es un señor mayor al que no le hace falta salir de casa.

—Pero al chile[1] te sigue pareciendo curioso el anuncio, porque no te has movido de aquí, y te recuerdo que ni vives en el edificio —apunta Tamara.

Aparte de ser una de mis mejores amigas y rapidísima a la hora de hacer juicios de valor sobre otros, Tay es la excusa que tengo para visitar el número trece de la calle Julio Cortázar. Tay y Eli, que viven juntas porque trabajan en el mismo sector, en el mismo negocio y en la misma cocina, de la que sacan los riquísimos platos que presentan en sus *caterings*. Su negocio se hace llamar El Yum y el Ñam, porque se supone que, si lo dices rápido, suena «el yin y el yang», y esas son ellas, dos energías muy opuestas que se complementan a la perfección.

En cuanto a mí, vivo al margen de la hostelería y a unas cuantas calles de distancia, en un piso ruinoso cuyo alquiler me saca tres cuartas partes del sueldo. Pero tampoco es que yo sea especial. Si doy una patada, me salen dos tercios de madrileños en la misma situación. Solo por lo que me cuesta el apartamento debería tener el orgullo de pasar allí el mayor tiempo posible, pero en mi urbanización no hay ni ermitaños en el ático, ni tarta de queso con arándanos en la encimera del 4.º B. Lo único relacionado con la comida que mis vecinos saben hacer es apestar el descansillo con pollo al curri a la una de la madrugada. Y a mí la comida india no me sienta bien, así que me ahorro las arcadas viniendo a socializar con esta pandilla del número trece.

1. Claro que sí.

No voy a decir que sea la adoptada, pero los conozco a todos por nombre, apellido y apartamento. Algunos se dejan querer más y otros menos, pero en general me llevo bien con cada uno de ellos. Y no es porque yo sea increíble, aunque bien es verdad que la gente se me da de fábula. La alegría es un lenguaje universal, y a mí eso me sobra por los cuatro costados. Pero incluso yo sé que no puedes gustarle a todo el mundo. Aquí ha dado la casualidad de que se han juntado todos los majos y educados de Madrid, porque no hay nadie que no se alegre de verme.

Bueno, sí que lo hay. Julian Bale, el desconocido del ático. Ese sobre el que seguimos cuchicheando en mitad del rellano.

Reconozco que, por mi parte, no hay especial interés en saber quién es o de qué palo va. No soy una persona muy cotilla. Pero sí que me pregunto cómo lo hace para vivir así. Yo me vuelvo loca si paso más de una hora sin abrir el pico, y considero imprescindible el contacto humano.

Puede que la gente no necesite que la abracen entre cinco y diez veces al día para sentirse viva, pero algo que a todos nos hace falta es vitamina D, y no lo he visto ni tomar el sol en el balcón. A lo mejor es que tiene una máquina de rayos UVA y el piso entero acondicionado para las distintas estaciones, pero si algo sé es que de brisa fresquita y calefactores no se puede vivir.

Digan lo que digan, necesitamos hacer la fotosíntesis. Si no, nos marchitamos.

Seguro que el señor está marchito. Y Eli opina igual que yo, porque dice:

—A lo mejor se siente muy solo y no sabe cómo comunicarse con la gente. En una situación así, habrá recurrido a la vía desesperada de emplear a alguien. Para que le haga compañía sin que se note que la necesita.

—Oh, vamos, esto es como la soltería de las *celebrities*. Si está solo es porque quiere —rezonga Edu, ofendido con la posibilidad—. Yo mismo fui a su casa unas cuantas veces, armado con un pastel de bienvenida, y no me abrió. Con eso es fácil deducir que no quiere que le toquen ni los huevos... ni la puerta.

He salido muchas veces en su defensa diciendo que puede ser tímido, que tal vez tenga un problema, pero a Edu le duelen tanto las faltas de educación que es inútil intentar razonar. Y debo decir que después de los desplantes que le hizo a él y al otro par de valientes que quisieron ir a saludar, a mí se me han quitado las ganas de excusarlo.

Yo no fui ninguna de esas valientes, ¿eh? Tamara se presentó un día porque la retamos y estaba lo bastante borracha para olvidarse de que el susodicho podría estar planeando un ataque terrorista. Virtudes Navas, la adorable abuela que vive en el 4.°A y come gracias a sus novelas románticas, lo hizo por preocupación. «Yo no he oído una mosca desde que se instaló. Tú verás que el chiquillo *sa matao* moviendo cajas».

Esta posibilidad dividió a la comunidad: unos dieron un paso hacia delante, asustados por si habían estado criticando la falta de cortesía de un fiambre, y dispuestos a enmendar su error enseguida; otros retrocedieron ante la posibilidad de toparse con un cuerpo en descomposición.

De no haber visto cómo se encendían y apagaban las luces a través de una rendija, habríamos mandado a alguien a tirar la puerta abajo.

No voy a negar que algunos sueñen con ese momento. La curiosidad está matando a toda esta gente, que se alimenta de las pequeñeces del día a día de otros. Julian Bale es el único cuya vida les queda por diseccionar. Ya le han puesto cara al que ambienta el edificio con sus porros a media tarde, la que chilla con acento argentino —sin ser argentina— cuando va a verla su amante y el que despierta a la comunidad entera con sus golpes a la mesa. Por lo visto, perder una partida de *Fortnite* es el fin del mundo, incluso si tienes treinta y seis años y aún vives con tus padres.

Nadie es un misterio en este sitio, y es genial porque hay pocos juicios morales. Todos queremos a Álvaro, el okupa e hijo de los Román, y entendemos que siga con ellos. El paro puede ser tan duro como encontrar trabajo durante una crisis económica. Eso es lo que hemos intentado transmitir al inquilino del último piso: que estamos aquí para apoyarnos. Pero la aceptación social y el cariño de grupo no le tientan en lo más mínimo.

Solo un apunte. A lo mejor me he pasado incluyéndome en las expediciones y la preocupación por Julian Bale. Yo he vivido esto de cerca porque me gusta gorronearles las sobras a mis amigas, pero no me he involucrado. Ni falta que me hace. Yo, que no doy abasto con tanto trabajo, no desperdicio mis horas libres pensando en alguien que, por mucha curiosidad que me cause, sé que no me va a traer nada.

Ni bueno, ni malo.

Nada a secas.

Y esa es la peor de las nadas.

—La duda es... Lo habrá puesto en internet también, ¿no? Y en la calle. Porque si confía en que alguno de nosotros va a coger el trabajo después de todo, es que le han pasado factura los cabezazos contra la pared.

Edu está seguro de que así es como se entretiene, pero nadie apoya su teoría. Y no porque, de haberlo hecho, hubiera tenido que ir al hospital, y no hemos visto ni una ambulancia, que también, sino porque se oiría. Las paredes del edificio fueron diseñadas para oír la cisterna del vecino, tanto si lo quieres como si no. Y él parece que no va ni al baño.

—Son dieciocho apartamentos. Alguno se animará —responde Eli—. A lo mejor Anita, que dice que no puede tirar con lo que le pagan en el bazar chino y no le gusta depender económicamente de su novio.

—Rafa es una monada, y un cañón —se queja Edu—. No creo que le importe pagarle lo que sea.

—¿Qué tiene que ver eso con que es un cañón?

—Nada, pero no viene mal recordarlo de vez en cuando. A mí se me hace una imagen mental muy bonita y creo que es de ser buena persona transmitirla a los demás.

—*Nambre*, pues ojalá pronto te den el Nobel de la Paz que mereces —responde Tamara.

—Oye, pues yo espero que alguien del edificio coja el trabajo —intervengo, captando la atención de los tres—. Así se resolverá el misterio y todo el mundo podrá continuar con su vida sin que un tonto anuncio de empleo le detenga durante... —sacudo mi muñeca para mirar el reloj—, veinte minutos. Ahora voy a llegar tarde. El día de mi ascenso, para colmo. Menos mal que Manuela me lo perdona todo.

—¿Ascenso? —repite Edu.

Sonrío y me ahueco el pelo con un gesto vanidoso.

—Sí. Como está ya mayor, va a reducirse la jornada, y eso me suma más horas para mí. Voy a estar explotada, pero cobraré quinientos euros más.

—¿Y no me dices nada? ¡Te habría preparado algo para celebrarlo! Bueno, no es tarde. Podemos salir esta noche. Tomar unas tapas y poco más, que mañana abro la peluquería una hora antes para que pueda cortarle bien a Akira antes de irse a trabajar.

Bato las palmas con el mismo entusiasmo que Tamara, que, al igual que yo, se apunta a un bombardeo si hay comida de por medio. Eli se une también en cuanto mencionamos el restaurante, porque dice que el vino allí es una delicia. Al igual que Tamara, ya lo sabía: llevo una semana dando la tabarra con el ascenso cuando, siendo objetivos, no me han dicho nada. Solo me han citado para hablar del futuro. Pero está claro que el futuro soy yo. Manuela es viuda, va a cumplir sesenta y tres años y su hijo no quiere hacerse cargo de la librería.

Yo soy la digna sucesora. Voy a inaugurar la nueva dinastía. Ya tengo miles de nuevas ideas en mente para mejorarlo todo. Necesitaré una pequeña inversión, pero con ahorrar durante seis meses esos quinientos euros de más será suficiente.

Ser la encargada de una tienda de libros de segunda mano en una callejuela perdida no es el sueño de mi vida. No leo tanto como me gustaría y siempre he sido más de ciencias que de letras, pero le tengo mucho aprecio a Manu. Es como una abuelita para mí. Pasamos momentos fantásticos juntas, y una no se aburre tanto catalogando como parece.

También es que yo no me aburro en ningún lado, claro, pero con buena compañía y música sonando, menos aún. Y Manu es una de las pocas personas que apoyan mi intención de empezar a estudiar para entrar en la universidad. Eso la hace positiva, y me encanta rodearme de gente optimista.

—Pues estoy por llamar al número —dice Edu, volviendo al tema. No van a dejarlo hasta pasado un tiempo, los conozco como si los hubiera parido. Julian Bale estará orgulloso de haberse convertido en la comidilla sin asomar la cara siquiera—. ¿Creéis que lo cogerá él, o pasará la llamada a una secretaria?

—Al chile yo creo que te pondrá en espera y te acabarán cobrando una lanota[2] —replica Tamara.

—O a lo mejor es una broma y suena una musiquilla graciosa, como las que ponen las operadoras —tercia Eli.

—Solo hay una forma de saberlo —les recuerdo, ajustándome el bolso al hombro. Empujo la puerta del portal y levanto las cejas—. Llamando.

—¡Ni de broma! —exclama Edu—. No voy a darle tanta importancia. No voy a hacerle saber que sí le doy tanta importancia —se corrige él mismo, molesto—. A saber qué pensaría de nosotros si supiera que nos descoloca todo lo que tiene que ver con él. Seguro que se regodea, el muy sociópata.

—Pues yo estoy de acuerdo con lo de llamar. Podéis ha-

2. De (una buena) «lana»: un dineral.

cerlo con el resto de los vecinos, un día que os venga bien a todos —propongo—. Así os sacáis las dudas de encima.

—¿Para qué *chingao* vamos a llamar? ¿Y si responde en serio? La neta, a mí se me caería la cara de vergüenza.

—Normal, con la de cosas que has dicho de él...

Tamara fulmina con la mirada a Edu.

—Una cosa, güey: aquí nadie está libre de pecado. Yo creo que vive en arresto domiciliario por violador, pero recuerdo que tú dijiste que es uno de los rostros más buscados por la Interpol. Y los demás también tienen cola que les pisen. Álvaro dijo que debe estar perfilando un golpe de Estado o un ataque terrorista; Sonsoles cree que es un espíritu, y Virtudes asegura que lleva muerto un año y medio. Y eso por no contar su posible paraplejia, el accidente que le dejó quemaduras de tercer grado en el cuerpo, y el hecho de que pueda tener un trastorno esquizoide de la personalidad que le obligue a estar recluido. Hasta la Anita, que no puede ser más buena y se ha leído *Jane Eyre* más de lo que es psicológicamente recomendable, cree que su mujer lo tiene encerrado en el desván por Lorenzo.[3]

—No te olvides de la versión de los niños —añade Eli con una sonrisa—. Se supone que, si sale, solo lo hace de noche, por eso no lo vemos, lo que le convierte en un vampiro, un hombre lobo, un ángel negro, un demonio... o el mismísimo Batman.

—¡Dios! —exclama Tamara, llevándose las manos a la boca—. ¿Y si es prostituto? El otro día leí un artículo de un chavo de esos que decía que debía llevar su vida en secreto porque la gente es muy envidiosa y criticona y no le gusta que se metan en su vida.

—Creo que lo de que no le gusta que se metan en su vida es un hecho —apunto—. No seas exagerada, Tay. Lo mismo solo tiene un laboratorio de metanfetamina, y como somos unos cotillas, no sale por si nos colamos a curiosear en su ausencia.

3. Loco.

—Pero si con lo majos que somos nos haríamos sus clientes habituales —se queja Edu—, y eso que a mí las drogas duras no me van. Por favor, mira cómo vive El Porros: apestando la escalera, la azotea y la terraza de los tenderetes. ¡Y no le decimos ni mu! Le pase lo que le pase, ese hombre no tiene perdón, y punto.

—Pues eso, a en punto tengo que estar yo en la librería, y por vuestra culpa no voy a llegar. ¿Por qué no hacéis una lista de lo que creéis que es (un vampiro, un traficante o un prófugo de la ley) y se lo preguntáis en esa llamada?

—¡Esa es una idea cojonuda! Pasaré la lista por debajo de las puertas, a ver quién acierta —aplaude Edu—. Y tú vete de una vez a aceptar tu ascenso.

Lo abrazo ahora que tengo su consentimiento para marcharme.

—La neta Sonsoles tiene razón —sigue diciendo Tamara, negando con la cabeza—. Es un fantasma. Ninguna otra cosa explica que no se le oiga ni andar por la casa. Seguramente este edificio esté construido sobre un cementerio.[4]

Me reservo que es más probable que tenga unas zapatillas especiales, un suelo mucho mejor que el del resto de los vecinos o las paredes insonorizadas, porque como me entretenga un poco más ya no llego.

—Poneos guapos —les aviso, levantando el dedo—, porque voy a llevar los tacones de la suerte y quiero que todo el mundo lo celebre conmigo.

---

4. Para introducir el toque paranormal o de suspense en un lugar, en México es común decir que «está construido sobre un cementerio», como en las escuelas cuando sucedían cosas extrañas.

Capítulo 2

NO BEBAS PARA SENTIRTE BIEN;
BEBE PARA SENTIRTE MEJOR

Matilda

—No llevas los tacones de la suerte. —Es lo primero que dice Eli al abrirme la puerta.

Intento no romper a llorar de desesperación al no encontrar las palabras adecuadas.

—Eso es porque no la he tenido.

Eli hace un puchero y se acerca a abrazarme.

¿Qué parte del cuerpo pulsarán los abrazos para que uno se ponga a berrear como si no hubiera un mañana? En otros casos no lo sé, pero a mí me han pulsado el botón de «te has quedado en paro», y juro que hay pocas cosas tan descorazonadoras.

Tamara aparece por detrás de Eli con la barra de labios en la mano.

—¿Qué traes? A ver si adivino... No hay peda, ¿no?

Chasca la lengua y se une al abrazo. Sus palmaditas en la espalda de «ea, ea» serían capaces de quitarle importancia a un grave asunto de Estado. Tay es auténtica consolando a los demás en momentos como este, pero a no todos les gusta que lo haga recitando todas las cosas que están peor en el mundo: el hambre, la crisis económica, el racismo, los guisantes en la ensaladilla rusa... Y juro que no lo enumera así por banalizar las catástrofes. Es capaz de ponerse a llorar si ve una ensaladilla con guisantes.

—Vamos al salón. Estaba haciendo un flan y podemos descorchar la botella de vino igualmente.

—Pero no me han dado el ascenso —sollozo—. Me han despedido. Con finiquito, cierto, pero aun así...

Tamara y Eli se miran con el ceño fruncido. Es la primera quien toma las riendas de la situación y tira de mí para sentarme en el sofá azul Tiffany.

Mis amigas viven en un apartamento precioso estilo hippy chic, decorado con mucho gusto para el poco presupuesto del que disponían. Ambas son vanguardistas, pero cada una se encargó de una cosa. Tay, de los tapices coloridos y vibrantes, los detalles de madera y piel sintética; alfombras, cortinas y forros inspirados en el típico estampado mexicano... Todo el decorado que le da un aire cálido, como de cabaña. Eli fue la que lo llenó de plantas, espejos y se encargó de que la disposición no fuera un caos absoluto.

Al principio se pelearon por los colores, pero acabaron decantándose por una paleta de azules verdosos, amarillos y grises.

Es un lugar tan adorable que siempre me siento en casa.

—A ver... —empieza Eli, sentada en la mesilla baja frente a mí—. ¿Cómo se pasa de la promoción al cese de contrato?

—Resulta que cuando Manuela me dijo que quería hablar de futuro, se refería a que va a cerrar la librería porque no le da dinero, y como se va a jubilar y no tiene quien la mantenga...

—Me dejo caer hacia atrás. El sofá es tan blandito que el cojín del respaldo casi me absorbe—. Estábamos en bancarrota. No lo sabía porque yo nunca he mirado ni llevado las cuentas.

—No mames —jadea Tay—. ¿Cómo no ibas a saberlo? Te habrías dado cuenta al ver que no entraban muchos clientes.

—Es que sí entran, pero solo los que se niegan a aprender a usar internet y los abuelos nostálgicos. Ya le dije a Manu que se estaba arriesgando a sufrir pérdidas si no creaba una página web. —Sacudo la cabeza—. Pero aunque hubiera ampliado sus horizontes, ese gigante usurpador de Amazon, con su novia Prime, nos habría arrebatado a los clientes de todas formas. Me lo ha explicado y la verdad es que la entiendo. Lo he visto. La gente ya no sale a comprar si puede pedirlo por ahí. ¿Y a quién le importan los libros de segunda mano?

La campanita del horno alerta a Tamara. Al levantarse, me fijo en que se ha puesto monísima para la ocasión. He podido avisar a última hora a Edu para que no se moleste, pero ellas ya están listas y me siento muy culpable por haberles aguado la fiesta. Sobre todo a Tay. Dependiendo del tamaño de su escote, una puede deducir si pretende volver a casa acompañada, y hoy está claro que no quería dormir sola.

—Lo siento. Podemos salir de todas formas, si tenéis muchas ganas. Bebemos un poco y...

Eli niega con la cabeza.

—No se bebe para sentirse bien; se bebe para sentirse mejor. Y el vino que he comprado no combina con los postres dulces. Un té o una taza de chocolate sentarán mejor con el flan.

—¡Marchando! —exclama Tay desde la cocina.

Eli sabe mucho de todo eso de beber. Uno lo puede deducir cuando la ve examinar con los ojos entornados los que le sirven en los restaurantes, o cuando baila mientras cocina con una copa de vino blanco en la mano, o cuando se sienta a leer en el sillón de su habitación con sus carísimos tintos sobre la mesilla auxiliar. Su padre es propietario de unos viñedos en el sur de Francia y la ha preparado muy bien para heredar no solo el patrimonio, sino también las responsabilidades comerciales y el buen gusto de un profesional.

Fue gracias a esto que empezó a interesarse por la cocina. Durante las catas informales que organizaba su padre en la finca de Burdeos, Eli servía aperitivos de su invención, los que pensaba que combinarían mejor dependiendo del toque del vino. Pronto pasó de los canapés a la alta cocina, pero no le gustó el ambiente competitivo que se respiraba en el gremio y lo dejó para buscar su propio estilo, uno cercano e íntimo que llenara tanto el corazón como el estómago.

La verdad es que es una persona muy especial. De esas que, aunque se las ve frágiles en apariencia, tiene las cosas más claras que nadie que conozca y es más terca que una mula. Toma decisiones sin dejar que la opinión de nadie influya, y todos tienen una opinión, a cada cual peor: que es medio bruja porque acierta el signo del Zodiaco de cualquiera que le presenten y sabe explicar cualquier estado de ánimo basándose en criterios astrológicos; que es una aburrida, o una borracha, o una frígida, cuando solo es bastante tímida y prefiere dejar que la hagan reír a crear ella sus propios chistes.

La conocí en el colegio y desde entonces no nos separamos. No creí que fuera a tener un vínculo tan especial con nadie más, pero unos años después, Tamara apareció para llenarnos la vida de música mariachi, postres de colores y novelas eróticas.

Igual que Brad Pitt en las películas de los *Ocean*, siempre que la veo está comiendo. Antes se daba unos atracones de infarto provocados por la ansiedad, pero ahora que anda soltera se ha entregado al hedonismo, y complacer al paladar le parece lo más importante. Últimamente también pretende complacer otras partes de su cuerpo: tras quince, doce, seis o veintiocho años de relación —cambia la temporalidad dependiendo del énfasis que quiera darle— y sexo aburrido, quiere experimentar, conocer a gente nueva y pasarse el día bailando.

Hay bastantes diferencias entre la Tamara con novio y la Tamara soltera, pero la principal es que ahora no finge ser feliz.

Lo es. O por lo menos intenta serlo.

—Menos mal que os tengo a vosotras. —Suspiro—. Llego a ir a casa de mis padres y se ponen como locos. Sin estudios y solo unos pocos años de experiencia laboral, dime tú a mí dónde voy a encontrar un trabajo en el que la paga sea solo razonable. Voy a tener que dejar el piso, porque con el paro no me va a dar ni para comer, y es carísimo. El finiquito me da para cubrir un par de mensualidades.

—Tú por eso no te preocupes ahora —dice Eli—. Ya sabes que tenemos un cuarto extra. Puedes quedarte hasta que hayas ahorrado, siempre y cuando ayudes en las tareas domésticas y por lo menos pagues el teléfono.

Pestañeo, sorprendida.

—¿En serio? ¿No es muy precipitado?

Tamara aparece en el salón con un flan esponjoso, unas cuantas tazas de té y un altavoz que acabará reproduciendo a Vicente Fernández.

—¿Le has dicho que se venga a vivir con nosotras? —le pregunta a Eli—. Es lo que deberías haber hecho hace tiempo. No sé qué pintas en ese zulo ruinoso. Aquí no pagamos alquiler, tienes comida rica, unos vecinos pirados y... No es por nada, pero se nos da mejor decorar que a ti. Los lunares y las rayas no combinan.

—¡Me dijiste que te gustaba cómo me había quedado el salón!

—Pues era mentira. —Deja la bandeja sobre la mesilla y empuja a Eli por la cadera—. Haz el favor de apartar tu culito o lo que sea eso que tienes, que me quiero sentar.

»Órale, Matty, ven. Va a estar fregón vivir con alguien que no supone un atentado contra mi autoestima. ¿Sabes lo que sufro cuando echo a lavar sus pantalones? Una vez me los intenté probar y se los rompí. Y eran caros.

—No pasa nada —dice Eli automáticamente.

—Sí que pasa. Pasa que eres Kate Moss y yo, una ballena bicéfala.

—Eso no existe —apunto.

—Claro que existe, mírame.

—¿Y dónde está tu segunda cabeza?

—Has dicho «bicéfala» —explico ante el gesto bobalicón de Tamara al escuchar la pregunta de Eli—. Significa que tienes dos cabezas.

—Qué pedo... Déjalo. —Hace un mohín. A lo mejor es porque soy su amiga, pero todo lo que veo cuando la miro es a una preciosidad de rasgos grandes con aire latino y unas curvas que ya me gustarían a mí—. Esto no va de mis problemas para alejarme del guacamole, sino de ti.

—Tienes que encontrar un trabajo —me recuerda Eli—. Mañana mismo sales a echar currículums, ¿de acuerdo? No puedes permitirte vivir del paro. En cuanto entras en esa dinámica, ya no sales.

—Mira a Álvaro —dice Tay—. Y mira a cualquiera con dos dedos de frente. ¿A quién no le latería que le pagasen por no hacer nada? Es muy tentador, y no voy a dejar que tú caigas en la tentación —me amenaza, apuntándome con el cuchillo que usa para cortar el flan—. Es mi deber de amiga impedir que seas feliz tirando barra.[5] Tienes que odiar tu vida sin ocio ni diversión igual que todo el mundo.

Sonrío muy a mi pesar.

—He estado buscando ofertas de trabajo en internet y no he encontrado nada en lo que se pueda empezar la semana que viene. La incorporación más temprana sería dentro de tres meses en un McDonald's que van a abrir.

Eli arruga la nariz.

—No vas a trabajar en un McDonald's mientras yo pueda evitarlo.

—No se vale. Es pura mierda y contradice los principios en los que se fundamenta nuestra amistad —termina Tamara, con

5. Haciendo el vago.

la boca llena. Las dos citan de memoria—: «Prohibido poner un pie en establecimientos de comida rápida o precocinada».

—Qué rápidas sois para rechazar propuestas. Debe ser porque vosotras tenéis un trabajo —me quejo, entornando los ojos—. ¿Acaso se os ocurre algo mejor con lo que pueda salir del paso?

—¿No has visto nada más? —tantea Eli.

—Sí. Hay un puesto en una papelería monísima cerca del centro, pero hasta dentro de tres meses no podría incorporarme. Es cuando se da de baja la chica que se ha quedado embarazada. Sería solo una sustitución... —Tamara abre los ojos de golpe, asustándonos a las dos—. ¿Qué pasa, qué haces, por qué pones esa cara?

En lugar de responder, se palmea los muslos como si fueran una batería y se levanta para coger uno de los pósits que ha pegado al corcho del recibidor. Vuelve, con una sonrisa traviesa, y me entrega el papelito rosa.

—¿De quién es este número?

—Del ermitaño.

Eli descuelga la mandíbula. Deduce lo que se propone su amiga mucho antes que yo.

—¿Sospechas que ese hombre es un violador y quieres que trabaje para él?

—Es solo una sospecha, no un hecho —argumenta Tay, de brazos cruzados.

—Gran defensa. El juez te declararía culpable del delito de pésima amiga.

—Yo por lo menos aporto ideas. Punto en boca. —Se da un toque en los morritos—. En serio, ya no es potencialmente peligroso. Edu llamó y respondió una morra con muy buena onda. Hay que hacer una entrevista, pero no es en el ático, o sea que no te la hará el raro. Ninguna posibilidad de que haya tocamientos indebidos —insiste mirando a Eli.

Devuelvo la vista al pósit y lo giro entre mis dedos como

si esperase encontrar un mensaje oculto. No sabría explicar por qué, pero me late el corazón muy deprisa.

¿Trabajar como asistenta del hombre misterioso? Mi situación laboral no es como para ponerme tiquismiquis, y no soy ninguna cobarde, pero creo que es comprensible que la idea no me seduzca.

Por una parte siento curiosidad y aceptaría sin pensarlo. Me gusta tener protagonismo de vez en cuando y, además, de pequeña soñaba con ser una heroína. Lo más cerca que estaré de serlo será revelando la verdad sobre el sujeto en cuestión. Una exclusiva de Julian Bale salvará la vida de las pobres almas podridas por el tedio que habitan el edificio.

Aun así, llevo un año oyendo que puede ser un criminal, un delincuente, un abusador y cientos de adjetivos más, a cuál más terrible. Y puedo tolerar que sea un fantasma o un vampiro, porque con eso sería la envidia del bloque, pero no me haría amiga de un asesino.

Una debe ponerles límites a sus simpatías, porque, si no, adónde vamos a parar.

Esto me lo dijo mi madre cuando supo que dejaba que el matón de mi clase me pintarrajease la ropa y me tirara del pelo solo para caerle bien.

—Si llamara y me seleccionaran para el trabajo, tendría que estudiarme todas las caras registradas por la Interpol. Los nombres no servirán. Está claro que usa un pseudónimo.

—Te puedo prestar un cuchillo de los que uso para desollar —interviene Eli. Me hace gracia que lo diga con tanta naturalidad—. Te lo guardas en el bolso y lo usas si lo necesitas. O si prefieres algo menos exagerado, también tengo espray de pimienta.

—Y deberías llevarte la hoja de las posibilidades —sugiere Tamara—. Le pedimos a Edu que la imprima, con casillas, y vas descartando con una cruz todo lo que no sea. Ya sabes: Batman, asesino a sueldo, prostituto...

—¿En qué trabajará? —pregunta Eli, más para sí misma—. A lo mejor es un okupa y ya está.

—No mames, ¿qué importa eso ahora? Ya lo descubrirá Matilda. ¡Qué ilusión! —exclama Tay, dando saltitos—. Vas a ir armada a casa de un ermitaño. Es lo más parecido a una aventura de Indiana Jones que vivirás en tu vida.

—Todavía no me han contratado. Y no he dicho que vaya a llamar, ¿eh?

Pero me tienta. ¿Cómo no me va a tentar? Que no sea la que más se desvive por conocer a Julian Bale no significa que no haya tenido mis fantasías. Si es un abuelete afectado por la pérdida de su esposa, un Mr. Scrooge gruñón o un hombre con una enfermedad mental o un problema físico grave, me gustaría echarle una mano y animarle a retomar el contacto con el mundo. Tiene que haber un motivo por el que vive ahí, encerrado, y mi corazón me dice que debo averiguarlo. Porque si se trata de alguno de los casos anteriores, podría ayudarlo. *Querría ayudarlo*. Y nada me garantiza que la persona que contraten al final —si yo no tomo la iniciativa— vaya a preocuparse por él.

A lo mejor llama un aprovechado, o un simple curioso con poco sentido del compromiso. A lo mejor llama un ladrón, o un abusador de ermitaños.

—Tampoco pierdes nada —me alienta Tay. Nunca lo admitirá, pero quiere que vaya para saciar su curiosidad—. Órale, llama. Aún no es muy tarde. Pones el altavoz y nos enteramos todas del chismecito.

—¿Dónde ha quedado tu neurosis? ¿No vas a decir que puede que rastree la localización y venga a matarnos?

—Si tuviera la cortesía de salir a saludar, ya sabría quién soy y dónde vivo, así que no me importa que me pueda localizar. —Encoge un hombro y, de repente, levanta los brazos y los sacude—. ¡Chingue su madre! Tiremos la casa por la ventana.

Vuelvo a echar un vistazo al número.

No, la verdad es que no pierdo nada.

Cuadro los hombros y extiendo la mano con la palma apuntando hacia arriba. Casi sobre la marcha, Tay pone sobre ella un teléfono inalámbrico.

—De acuerdo —acepto, por si no hubiera quedado claro. Es para darme valor, no voy a negarlo—. Hagámoslo.

Capítulo 3

EL ARTE DE SER TERRIBLEMENTE INFELIZ

Julian

Ella ha dormido aquí. Lo sé.

No en mi casa, sino en la de abajo. En el 4.º B, donde Tamara Tetlamatzi —me sé su apellido porque le encanta hablar de sí misma en tercera persona y chillárselo cuando se le queman los pasteles: «CHINGUE TU MADRE, TAMARA MARÍA TETLAMATZI MOLINA»— y una tal Eli descansan sus huesos.

Su voz fue lo último que oí antes de irme a dormir, y ha sido lo que me he pasado toda la mañana escuchando. Gracias a la perfecta sonoridad de este edificio, ahora sé que ha perdido su trabajo y que odia Amazon.

Ya tenemos algo en común. Ni las multinacionales ni los milmillonarios han sido nunca santos de mi devoción. No son más que monstruos acaparadores de poder, las asesinas a sangre fría de los adorables negocios locales y, por si fuera poco, también la principal causa de que el planeta avance vertiginosamente hacia su destrucción.

Pero no empecemos por la destrucción. Es demasiado temprano.

Ha sido interesante escucharla quejarse mientras leía en voz alta los ingredientes para una receta dulce, porque ella no suele ponerse negativa. Todo lo contrario. Sé que anda de visita porque arma un estruendo de carcajadas. Y porque ponen canciones de Carrie Underwood a todo volumen. Ah, y porque hacen un postre de su abuela cuya receta se niega a dar. Uno que, por cierto, huele a gloria y debe saber aún mejor.

En general, cuando asoma por aquí, el edificio parece una fiesta. Esa risa de cascabeles me atrae sin quererlo a la ventana de la cocina, rincón estratégico donde se intensifican todos los sonidos y al que suelo replegarme cuando me interesa pegar la oreja.

Me he imaginado a todos los vecinos muchas veces. Después de un año y medio escuchándolos, he conseguido asociar voces a nombres, pero el aspecto físico aún se me escapa, y no afirmo ni desmiento que haya puesto a prueba mi imaginación con el fin de despejarme.

Virtudes Navas debe de ser una tierna abuelita con vestidos largos de franela, o con típicas faldas por las rodillas cosidas a mano. Seguro que lleva patucos por comodidad, se resiste a cortarse el pelo como tienden a hacer las señoras mayores porque «les ha llegado la hora» y tiene arrugas en los ojos y no en la frente, señal de que se ha reído mucho más de lo que ha fruncido el ceño.

Luego hay otras particularidades que me transmite su tono cálido. No me cuesta imaginármela cogiendo la mano de su nieto al ver la televisión y decorando el aparador de la entrada con figuritas de cristal. Y no es que sea imaginativo ni escritor. Es que pasar solo veinticuatro horas al día durante los siete días de la semana, cuatro semanas al mes y doce meses al año da para hacer retratos virtuales de una comunidad de treinta personas.

Pero ella no pertenece a la comunidad. Viene de fuera. Y he pasado tanto tiempo intentando trazar un retrato que le sea fiel, que me he dado por vencido antes de preocuparme por mi obsesión.

Aún no he llegado a ese punto en el que desconecto de la realidad y pierdo la noción de mí mismo. Me doy perfecta cuenta de que soy de ese tipo de raro que asustaría a los demás si hubiera «demás». Pero me da igual comportarme como un ser extraño y devanarme los sesos preguntándome cómo será una chica, porque, total, nadie lo va a saber.

Lo he pensado mucho y lo único que me viene a la mente cuando la oigo reír es la imagen de un niño soplando un pompero de jabón. Un algodón de azúcar. Un perfume floral y un pastel de manzana casero.

Unas veces la veo rubia; otras, pelirroja. Me imagino que debe de tener unos ojos muy dulces y una sonrisa bonita, porque nadie se reiría así si no fuera feliz, y creo que, cuando lo eres, esos dos rasgos son los primeros en brillar.

No digo que me haga reír, ni que me dé ganas de salir de casa para conocerla, pero hace de mi día algo más llevadero. Es lo único que ha sabido recordarme en mucho tiempo que el mundo no es solo un lugar hostil donde la violencia y la injusticia campan a sus anchas; que en un campo de minas también brota la vida de vez en cuando.

Supongo que esta es la clase de pensamientos que una persona como yo alcanza a tener después de haber interiorizado la soledad. Que nadie me culpe. Hace tanto tiempo desde que no salgo que se me ha olvidado cómo se piensa en las mujeres de forma sexual o romántica. Para mí, ella no es una chica. Por eso no le puedo asignar un rostro. La verdad es que pensar en un cuerpo femenino me genera una ansiedad terrible. Así que ella es, simplemente, una risa.

Y una excelente recitadora de ingredientes. Gracias a la tradición de dictarlos a sus amigas he conseguido convertirme en todo un erudito de la buena cocina.

Puede parecer una exageración, pero esa risa me ha curado

la anemia, me ha salvado del aburrimiento mortal y de los pensamientos inquietantes cuatro veces al día —a veces cocino una quinta o una sexta, por ocupar la mente— y también ha hecho que me sienta menos ermitaño.

Aunque es imposible sentirse solo en este sitio. El arquitecto diseñó el edificio para que nadie tuviera intimidad. Las paredes parecen papel de fumar, y hay tanto eco en la terraza común que todas las conversaciones me molestan.

Espero que, dicho esto, se me vaya retirando la etiqueta de acosador o cotilla, porque no lo soy. Al principio hacía lo que podía para darles privacidad: ponerme tapones, intentar dormir, retirarme al dormitorio... Pero era inútil, así que me rendí. Me rendí y ahora lo sé todo sobre cada uno de ellos, incluido su inexplicable y quizá halagador interés en mi persona.

A mi hermana, desde luego, le parece halagador.

A mí, no tanto.

No estoy en posición de criticarlos por querer meterse en mi vida. Antes salía a la calle y convivía con otras personas, y sé muy bien que estar vivo consiste en participar en el día a día, los problemas y las alegrías de los que tienes más cerca. Pero me hace sentir incómodo, y a veces me ha angustiado pensar que esperan algo de mi parte.

Decepcionar a ese grupo de desconocidos me perturba, porque mi conexión con el mundo real depende de ellos. No importa que sea en diferido. En realidad, lo prefiero así. Me permite disfrutar de sus cuitas sin preocuparme de la obligada reciprocidad de la comunicación.

—*Si es que ya no es eso, Paco* —oigo que dice la señora Román. La reconozco porque habla como si tuviera prisa por terminar—. *La salud mental del niño me tiene muy preocupada.*

Asiento sin despegar la mirada de la cebolla que estoy cortando.

—Sí, la verdad es que la situación del niño es como para

alarmarse —murmuro—, aunque «el niño» está más cerca de los cuarenta que de los treinta, lo que en algunas culturas le convertiría, de hecho, en un anciano.

La luz del día entra a raudales por la ventana que da al patio. La tengo solo entornada por precaución. Aun así, la voz inquieta de su marido se filtra por la rendija:

—*Es como para preocuparse. Pero no irás a negarme que pronto, además, será una carga económica.*

—*¡Por Cristo!* —La señora Román es una gran cristiana... de boquilla—. *A veces parece que lo único que te importa es que Álvaro nos quite dinero de la pensión.*

—*No estoy diciendo nada de eso, Marise. Pero llevamos años ahorrando para irnos por Europa, y no sé tú, pero yo no me voy a ir tranquilo hasta que el crío esté rehabilitado.*

—El crío... Señor Román, que su hijo tiene treinta y seis años. —Suspiro.

—*Pues entonces estamos hablando de lo mismo. Tiene que recuperarse de una vez por todas, encontrar trabajo y alquilarse un apartamento. Con lo listo que es. Con el dineral que nos gastamos para que estudiara Ingeniería Aeronáutica. Y se graduó con honores. ¡Hasta entró en una empresa magnífica! Su vida iba a ser perfecta. No entiendo cómo ha podido torcerse todo tanto.*

—Nadie lo entiende, señora Román, pero así es la vida: nos lleva por caminos que nunca nos habríamos visto recorriendo —respondo mientras añado los pepinos a la ensalada—. Un buen día estás en el lugar equivocado, en el momento equivocado, y eres víctima de un revés que cambia tu visión del mundo. Y entonces te preguntas si merece la pena pelear por hacerte un hueco en un sitio tan horrible. Si no es más conveniente ocultarte.

—*No llores, mujer. Debemos tener la mente fría para pensar en una forma de sacarlo de casa.*

—Conque «sacarlo de casa», ¿eh? No sabía yo que tuviera

usted a su hijo en la misma consideración que la basura, señor Román.

«Mujer» está de acuerdo conmigo.

Se llama María Sebastiana, por cierto.

—*¡Eso es una crueldad! Álvaro está sufriendo.*

—*Álvaro está todo el día jugando a las consolitas. Y le va bien, ganando dinero con el* Fornique *ese, pero no puede vivir a través de la pantalla de un ordenador. Tiene que salir a la calle. Y conocer a otra mujer. Coño, ¡que no es el fin del mundo!*

—A este hombre se le da de maravilla ser un insensible. —Estiro el brazo para rescatar el envase de tomates cereza—. Y Álvaro le ha dicho ya veinte veces que es *Fortnite*. Podría aprendérselo, aunque solo fuera para no acabar conjugando el verbo «fornicar» en la pescadería, donde me consta que va a quejarse.

—*Quiero irme de viaje. Quiero vivir. Llevo cuarenta años preocupándome por él, por mis dos hijos. Va siendo hora de que aprenda, o más bien que recuerde lo que es la vida real.*

—Cuarenta años —repito con ironía—. A este nadie le ha dicho que del trabajo de ser padre no te jubilas nunca.

—*Si no digo que no haya que incentivarlo a marcharse, pero se cierra en banda cuando intento razonar con él. Y no quiero soltárselo sin más. Hay que tener tacto, para que no se crea que estamos hartos. ¿Qué podemos hacer para que se anime a encauzar su camino?*

—Madre mía... Si no puedes decirle las cosas bien claras a tu propio hijo, miedo me da cómo solucionarás tus problemas con los demás. Simplemente compra esos billetes a Roma y ponlos a la vista para que se haga a la idea. Y cuando pregunte, le dices que os vais. Él también lo hará. Lo que ese hombre no quiere es estar solo. Sin vosotros por ahí no tiene ningún sentido quedarse a gorronear...

—¿Otra vez hablando solo?

Agarro el mango del cuchillo como si fuera a apuñalar a

alguien, en actitud defensiva, y me giro con el cuerpo en tensión.

Mi hermana no se mueve de la puerta. Levanta las manos, aclarando que viene en son de paz. Enseguida aparto la mirada y suelto el cuchillo en el fregadero como si me hubiera quemado.

—Te he dicho mil veces que no hagas eso —mascullo, con los ojos clavados en la ensalada.

—Me diste una llave. Creo que tu objetivo era que entrara sin llamar.

—Tampoco te dije que entraras como si fueras a robar.

—En cierto modo he venido a robarte. Un poco de tiempo.

—Pues avisa cuando estés en la entrada. Di «hola». Di algo. Lo que sea.

—Hola.

Intento acompasar de nuevo mi respiración.

El crujido de los muebles también me dispara la ansiedad. Y lo harían también las pisadas de un vecino, o el sonido de una cisterna; por eso tengo las paredes del dormitorio insonorizadas.

Alison se acerca y espera a que me gire para saludarme.

Hace dos años que no nos damos besos ni abrazos, pero dejo que me dé palmaditas en la espalda. Se lo permito a ella porque estoy acostumbrado a su presencia. Porque existía antes de que mi vida se convirtiera en un infierno. Porque, por mucho que lo intenté para distanciarme del mundo, nunca he podido disociarla de los pocos pero bonitos recuerdos de mi infancia.

Su nombre es el único que figura en mi lista de personas gratas, aunque pertenecer a esa lista no cuenta con ningún beneficio. Solo que le dirijo la palabra, y no con demasiada frecuencia.

Después de darme unas cuantas palmaditas en los hombros —solo para que no me olvide de lo que es el contacto humano—, me rodea para asomarse a la ventana.

—¿Quiénes son esta vez?

—Los Román. Discuten cuál sería la mejor forma de deshacerse de su hijo.

—¿Y han llegado a alguna conclusión?

—No. Por lo pronto no han mencionado nada de llevarlo al polígono metido en el maletero, enterrarlo entre unos árboles y tirar el coche al desguace, así que no hay de lo que preocuparse.

—A lo mejor debería dejarles mi tarjeta en el buzón. —Su calculadora mirada azul atraviesa el grueso cristal de las gafas cuadradas y llega hasta la ventana del 1.° C—. Está claro que su hijo necesita ayuda profesional.

Alison no va por ahí diciendo que la gente necesita ayuda profesional, pero son palabras que, como psicóloga, utiliza a menudo. Está especializada en Sexología, pero se dedica a proporcionar apoyo y desarrollar técnicas innovadoras para mejorar la calidad de vida de sus pacientes en un ámbito general.

Lo mejor de todo es que ella misma da ejemplo. No es de esas que no aplican sus consejos. Piensa de verdad que lo que dice es lo correcto y eso siempre es un estupendo incentivo para los pacientes más escépticos, esos que no creen nada hasta que no lo ven con sus propios ojos.

Su templanza siempre me ha hecho sentir muy pequeño en comparación. Como hermana mayor, su objetivo ha sido (y parece que sigue siendo) protegerme, pero crecer no ha hecho que la necesite menos, y eso es un fracaso para mí. Igual que lo es para los Román que su hijo no levante cabeza.

Pero aunque odie quedar como un loco al lado del dominio que tiene sobre sí misma, agradezco de corazón que venga a verme. No solo porque gracias a ella no haya perdido la cabeza del todo, sino porque su serenidad me tranquiliza. Es agradable tener al lado a alguien que es totalmente predecible. Alguien que sabes que no te va a hacer daño.

—No le pasa nada. Solo perdió a su mujer. No sé cómo ni por qué, no me preguntes. Parece ser que está prohibido hablar de eso.

Alison arquea sus cejas castañas.

—¿«Solo»? Hay gente que nunca, jamás, se sobrepone al duelo.

—No sé si murió o se divorciaron. Lo que quiero decir es que necesita tiempo para recuperarse.

—Y cuando se recupere, el problema será cómo recobrar el tiempo perdido. ¿Cuánto tiempo lleva así?

—Hasta donde sé, unos cuantos años.

Alison se ajusta las gafas sobre el tabique nasal.

—Preciados años que serán irrecuperables. Me parece que ningún problema vale la vida que se desprende de nosotros cuando, por orgullo, nos negamos a aceptar ayuda.

Aparto la vista y agarro una espátula de madera para remover la ensalada. Ya sé adónde quiere llegar con eso y no me apetece discutir.

—Pues déjales una tarjeta. Son los del 1.º C. ¿Te vas a quedar a almorzar?

—No, aún tengo mucho equipaje que hacer. He venido para decirte que ya he encontrado sustituta.

Intento disimular el temblor de mis manos posándolas a los lados del bol.

Sustituta. Y, además, fija, hasta que esta se canse y deba contratar a otra, y más tarde a otra, y así hasta el fin de mis días. Mujeres desconocidas invadiendo mi casa vete a saber tú con qué intenciones.

Es terrorífico.

Alison no tiene secretos para mí. Me quiere y nunca me haría daño. Pero una desconocida...

Trago saliva y cierro los ojos.

Joder, me había comprometido a permitir que otra persona se encargara de las compras. Pero ahora que se ha convertido en una realidad: alguien cuyo nombre no sé tocará mañana a mi puerta. No puedo evitar replantarme si merece la pena.

¿No es más arriesgado abrirle la puerta de tu casa a un desconocido que salir a la calle?

Me seco las gotas de sudor de la frente.

—Julian... —Alison me pone una mano en el hombro. Con suavidad. Primero un dedo, luego otro, y otro más, como pidiendo permiso; dándome un segundo para decidir si me gusta, si quiero ese contacto—. Ya hemos hablado de esto. No puedes quedarte desatendido. Me gustaría que salieras tú mismo a la tintorería y al supermercado, pero si no es posible, debes contratar a alguien. Y resulta que he encontrado a la persona perfecta.

—¿Cómo puedes saber que es la persona perfecta, si no habréis hablado ni diez minutos?

—Han sido dieciocho minutos. La mujer es muy parlanchina y no se ha dejado nada de ella por explicar. Su transparencia es una delicia, Julian. No va a suponer una amenaza en ningún sentido.

—Eso no lo sabes.

—No puedo jurarlo sobre todas las cosas, pero estoy casi segura. Segura al noventa y nueve por ciento.

—Eso deja un uno por ciento sin cubrir.

—Sí, algo de matemáticas sé —responde con ironía—. Escucha, si no te da la misma buena onda que a mí, puedes quedarte en la habitación cada vez que venga a dejarte los recados. Pero no me gustaría que hicieras eso. —Me aprieta el hombro para transmitirme fuerza—. Quiero que tengas a alguien con quien hablar mientras estoy fuera.

—¿«Mientras»? —Me doy la vuelta y la miro a la cara, esa cara tan parecida a la mía—. Te vas a vivir a Barcelona, no es como si te fueras de vacaciones.

Ha sonado como un reproche y no descarto que lo sea, pero no se me da bien disimular mis emociones; las reprimo durante todo el día, y Alison es la única con la que me relaciono, lo que la convierte, por desgracia para ella y para mí, en la persona que ha de aguantar mis cambios de humor y mi falta de autocontrol.

La quiero y detesto haberla obligado a servirme, pero el miedo a perderla impide relegarla de su responsabilidad conmigo. Así vivo, dividido entre la culpa y el agradecimiento; entre el orgullo de que se vaya a Barcelona, a trabajar en una clínica magnífica y hacer otro doctorado en Sexología, y el rencor porque vaya a abandonarme.

Es egoísta, lo sé. Pero los que nos aferramos a un clavo ardiendo no tenemos otra alternativa.

—Cuando acabe el doctorado regresaré a Madrid. Aún me necesitas y no quiero dejarte solo.

Le sostengo la mirada sin pestañear. Cuánto me gustaría ruborizarme de vergüenza por lo patético que soy, pero lo que mi corazón siente es alivio.

Gracias al cielo que aún no he olvidado lo que uno debe decir en estos casos.

—No voy a consentir que pongas en pausa tu vida por mí. Estaré bien. Hablaremos por teléfono. Y puedes pasarte por aquí cuando quieras venir a ver a tus amigos.

No tiene muchos, igual que a mí no me sobraban cuando aún me preocupaba conservarlos. Los dos hemos sido raros y tímidos, solo que sus rarezas se han ido limando hasta hacerse adorables, y las mías empeoran cada día que pasa.

—Claro, lo que me hará viajar de Barcelona a Madrid serán mis amigos y no mi hermano. —Pone los ojos en blanco—. Ya veremos cómo va todo. Si empeoras o no hay ninguna mejora, dejaré todo lo que esté haciendo y volveré. Y me mudaré aquí.

—No voy a empeorar.

No lo tengo muy claro, pero durante el aislamiento no se me ha olvidado que a las mujeres hay que decirles lo que quieren escuchar. Lástima que a Alison no le pueda mentir, porque se da cuenta. Hoy en día no sé si el psicoanálisis sirve para algo o sus principios son un puñado de gilipolleces sin base científica, pero ella lo ha estudiado a fondo y juro que prácticamente puede leer la mente.

Sabiendo que este tema no nos va a llevar a ninguna parte, suspira y se desliza hasta la nevera.

—Es veinte de septiembre. Aún es verano. Y una buena ensalada veraniega necesita fruta fresca. —Empieza a rebuscar entre los cajones—. Va a tener que hacerte la compra mañana mismo... ¿Quieres que te diga cómo es?

—No hace falta. Lo más probable es que hayas contratado a una adorable viuda de sesenta, con un yorkshire llamado Bigotes y una irritante tendencia a llamar «lucero» a todo el que tenga entre dos y cincuenta y cinco años. Es como si la tuviera delante. Me va a torturar con coplas de Rocío Jurado y me va a perseguir con las fotos tamaño carnet de su hijo mayor.

Alison me lanza una mirada indescifrable. Una carcajada brilla en sus ojos.

—Qué específico. Estar solo tiene sus ventajas, supongo. No te queda otro remedio que desarrollar tu imaginación. ¿Por qué no escribes una novela sumando todos esos detalles? Tus personajes serían maravillosos.

—Desde luego. Es una lástima que nunca se me hayan dado bien las letras.

—Pues sí. Tienes muy bien descrita a la asistenta, pero, oye, si quisieras algún detalle más, estaría dispuesta a proporcionártelo. —Y arquea las cejas de forma sugerente.

—No va a hacer falta. No es como si fuera a estar en mi campo de visión durante más de cinco minutos al día. Mientras no sea muy religiosa, me da igual. Lo último que quiero es una persona acorralándome en el pasillo de mi casa, chillando que necesito encontrar a Dios. Bastante tuve con la feligresa de hace dos años.

—¿Se supone que Angustias te caía mal? Me juraste que ibas a convertirte.

—*Le juré* que iba a convertirme —la corrijo—, y solo para que dejara de darme la tabarra. Estaba de los milagros de Cristo hasta... Mejor me callo. Se las arregló para hacerme sentir sucio cada vez que blasfemo. ¿Le has dado la llave ya?

Alison se mete medio tomate cereza en la boca.

—Ajá.

Mierda. Eso significa que podría entrar en cualquier momento.

—¿Cómo se llama?

—Matilda.

—Vaya. Hasta tiene nombre de señora de sesenta.

—Las señoras de sesenta fueron veinteañeras una vez. De hecho, pudieron ser veinteañeras muy guapas, con una sonrisa radiante y cerezas estampadas en los botines.

—¿Quién se estampa cerezas en los botines, tenga la edad que tenga?

—Supongo que alguien con mucho estilo propio y encanto personal. —Se encoge de hombros, sonriendo de forma sutil.

—Y con muy poco gusto.

—Estás tú para hablar de moda con esas camisas de leñador.

—Toda la razón. Alcánzame el aceite, por favor.

He perdido muchas cosas durante mi encierro voluntario, pero el sentido del humor no es una de ellas. Todavía puedo reírme de lo irónico que es que tenga miedo de una señora de edad llamada Matilda.

Es la primera persona a la que voy a tratar después de un año y medio sin contacto humano, salvo por mi hermana, la feligresa y los breves intercambios con los repartidores, que me piden el DNI sin mirarme a la cara y me mugen «adiós» mientras llaman al ascensor.

Una parte de mí está aterrada. La otra, la que aceptó a regañadientes que Alison le diera la llave a otra persona... Bueno, esa está ansiosa por conocerla.

Lo único que te entretiene cuando vives como yo es soñar. Y aunque luego duela el contacto con la realidad, a veces me tranquiliza cerrar los ojos e imaginarme desenvolviéndome con naturalidad en situaciones sociales. Lo reconozco: he mantenido charlas de todo tipo en mi pensamiento con personajes de mi invención. A veces fantaseo con que puedo hacerlo: con que *de verdad* me atrevo a hablar con alguien.

No sé si quiero que la señora Matilda me haga caso o me ignore sin miramientos. No sé si quiero que sea mala, y así tener una razón para despedirla, o buena, y así animarme a darle algo más que los buenos días. Quizá una sonrisa, o un apretón de manos... o las gracias.

Dios, pasaré una noche en el infierno preguntándome cómo será.

—No tengas miedo —me dice Alison, ahora a mi lado. Ella misma aliña la ensalada a su gusto—. Te juro que es inofensiva. Y lo mejor de todo: es feliz.

Sí que es lo mejor de todo.

La gente feliz no se arriesga a cometer delitos. Tienen mucho que perder.

—Prométeme que al menos intentarás saludarla como Dios manda —insiste Alison, advirtiéndome con la mirada—. Y que serás amable. Y que me llamarás si necesitas cualquier cosa.

Odio que sepa tan bien que esto va a ser un infierno sin ella. Odio ser dependiente con veintinueve años. Se va a Barcelona y puede que no la vuelva a ver hasta dentro de mucho tiempo, porque no la llamaré. Pensaré en hacerlo, me moriré por hacerlo, porque necesito que sea el centro de mi mundo para seguir adelante, pero no moveré un dedo, no pulsaré una tecla.

Ella tiene que ser feliz por su cuenta. Bastante ha sufrido ya para seguir haciéndolo por mí.

La miro a los ojos y acepto la mano que me ha tendido.

—Te lo prometo.

Capítulo 4

Con la muerte en los botines

Matilda

No tengo razones para estar nerviosa. No tengo razones para estar nerviosa. No tengo razones para estar nerviosa...

Salvo por la lista de posibles psicopatías que llevo doblada en el bolso, cortesía de Edu. Se tomó muy en serio mi propuesta y elaboró a ordenador, a partir de una hoja Excel, cada una de las personalidades que los vecinos le han estado asignando al que ahora es mi jefe. Me ha obligado a llevármela para ir tachando lo que no case con la realidad.

He aceptado meterla en el bolso solo porque pensaba que tomármelo como un juego templaría mis nervios. Pensándolo fríamente, puede ser hasta divertido. Las quinielas y los test no me desagradan. Pero sigo histérica, de pie frente a la puerta y con la llave en la mano.

Aparte de los pensamientos envenenados que circulan por mi mente gracias a la comunidad, no tengo razones para estar nerviosa. De verdad que no. La mujer que me hizo la entrevista es un encanto. Nos vimos en terreno neutral —el bar-cafetería más cercano al edificio. Se llama El culo del mundo, pero lo llamamos «el bar de Manu»— y se presentó como Alison Bale.

Su formalidad debería haberme quitado unas cuantas dudas. Firmamos un contrato sin cláusulas extrañas, me entregó la llave junto a un horario, y me explicó más o menos lo que espera de mí: que salga a hacer la compra y tenga disponibilidad para alcanzarle al señor Bale todo lo que necesite.

Nada raro, ¿no? Más allá de que tener una doncella en el siglo XXI esté un poco desfasado. Me ha explicado que ella misma se encargaba de atender a su hermano, pero como se va a vivir a otra ciudad, se ha visto obligada a delegar sus tareas a otra persona.

Sonó coherente, y ella se veía normal, por lo menos.

Y sé que había más candidatas, lo que también me tranquiliza. Puso el anuncio en internet y varias aspirantes nos acompañaron sentadas muy cerca de nuestra mesa, esperando el turno para entrevistarse.

¿Que por qué me eligió a mí si había tanta oferta? Pues porque...

—Creo que eres la persona perfecta —me dijo.

Ahora que lo pienso, había algo anormal en ella. Es de esas personas que te imaginas comiendo solas en los restaurantes, con una servilleta de tela sobre el regazo, y que no necesitan mirar el periódico o el móvil para fingir que esperan a alguien. De las que se te quedan mirando sin pestañear y luego piden disculpas porque «se ha distraído un poco». De las que no celebran la Navidad porque es una fiesta consumista.

Pero me encanta que me regalen los oídos, así que sonreí por el halago y aplaudí que me hubiese contratado.

Todo muy normal.

Excepto por...

—¿Me va a pagar esa indecente cantidad de dinero solo por ir al supermercado?

Alison me miró como si hubiera preguntado algo raro.

Eso lo hacen los psicópatas con mucha frecuencia: hacerte pensar que eres tú la extraña. Pero hemos quedado en que no es ninguna psicópata.

—No es solo por ir al supermercado y por coger el correo. Tienes que estar disponible las veinticuatro horas del día. Me parece una cantidad muy razonable teniendo en cuenta que si Julian te llama a las tres de la madrugada porque necesita que te acerques a la farmacia para comprarle unas pastillas, tendrás que dejar lo que estés haciendo.

Visto así es comprensible. Pero... ¿por qué Julian no baja a la farmacia y se compra las pastillas él solito?

A cada minuto que pasa tengo más claro que no tiene piernas. Y no sé si puedo trabajar para alguien sin piernas. Soy demasiado sensible para atender a alguien con esa limitación.

—Estoy convencida de que mi hermano no te molestará —agregó al ver mi cara de miedo—, pero por si acaso.

Exacto. *Por si acaso*. Ese es el quid de la cuestión. *Por si acaso* llevo un cuchillo en el bolso y un espray antivioladores, y también he añadido a marcación rápida el número de emergencias.

Que conste que mis amigas han insistido en que acuda armada a tantear el terreno. Eli cree que es lo prudente, que he de asegurarme de que no se trata de un pirado. Tay me anima a comprarme un bolso más grande en el que pueda guardar un cuchillo aún más amenazador. Yo lo que tengo claro es que no voy a ir todos los días a mi lugar de trabajo como si fuera a la guerra. Solo he aceptado un consejo de Eli: «En cuanto veas algo raro, te vas».

Pero no lo voy a hacer en cuanto vea algo raro. Esperaré a que haga más de una cosa rara. Alison me ha pagado un adelanto, ha depositado toda su confianza en mí y me ha dicho que soy perfecta para el puesto. Me lo ha dicho con ese brillo intenso en los ojos que solo un psicópata simpático podría tener.

Si cree que soy perfecta, debe ser porque le haré bien. Y quiero hacer bien a la gente.

Así que inspiro, armándome de valor, y meto la llave en la cerradura.

En Madrid aún hace calor a mediados de septiembre. Los vestigios de la ola de calor veraniega flotan en el aire, pero no es por eso por lo que unas gotas de sudor me hacen cosquillas en la frente. El clima tampoco explicaría mis taquicardias.

No es miedo. Es... expectación.

Entro con cuidado y cierro la puerta a mi espalda. No huele a cerrado tanto como esperaba, sino a ambientador frutal y a una comida deliciosa que ya se ha disfrutado. Parece que ha desayunado tortitas. Es un loco con buen gusto, por lo menos. Y también poco madrugador: he acertado viniendo a las diez de la mañana.

Sentía que debía tener cuidado de no llegar demasiado pronto para no molestarlo mientras duerme. Si es Batman, debe de haber tenido una noche muy ajetreada. Y si es un asesino, supongo que también, a no ser que le vaya el riesgo y prefiera hacer sus cosas a plena luz del día.

—¿Ho... hola? —balbuceo.

Dejo la llave sobre la mesilla del recibidor, un magnífico mueble moderno de madera noble que combina a la perfección con las paredes y el parquet. ¿Parquet o tarima flotante? Es algo carísimo, eso por descontado, y no cruje bajo mi peso cuando camino por el pasillo.

No es como me lo imaginaba, supongo que porque esperaba una especie de cueva con olor a moho, oscuro y muy mal decorado. Ya me veía apartando latas de atún vacías con la puntera de las zapatillas.

Todo esto son prejuicios, lo sé. Y lo siento. Pero por lo menos me han servido para llevarme una grata sorpresa. El dúplex es espacioso y la luz entra a raudales a través de las cortinas. Debe de haberse gastado toda una fortuna para que le haya quedado ese estilo *mid-century* moderno. He hecho un viaje a un caro *loft* neoyorquino sin darme cuenta. Es un séptimo piso, pero en esta zona de Madrid no abundan los edificios tan altos y debe de tener unas vistas increíbles.

Me dirijo al final del amplio pasillo, donde presiento que está el salón principal.

Contaba con asomarme antes de que una sombra me aterrorizara al proyectarse sobre mí desde una de las habitaciones laterales.

—¿Quién eres tú?

Es totalmente irracional, lo prometo, pero me asusto con muchísima facilidad. Y que un hombre que te dobla en tamaño aparezca de la nada siempre da pánico. Eso es lo que expresa mi chillido: pánico.

El bolso se me cae al suelo y parte de lo que hay dentro se desparrama por ahí.

Levanto las manos.

—¡Soy Matty! —explico, intentando descubrir alguna de las formas del que supongo será el señor Bale. La habitación de la que ha salido está muy oscura y no se le ve bien—. Matilda, en realidad, p-pero todos me llaman por el d-diminutivo. Ayer hablé con... con su hermana. Usted es Julián, ¿no?

Un breve silencio.

—Se pronuncia *Yulien*, no *Julián*.

No me da tiempo a asimilar el ligerísimo acento extranjero, ni tampoco a relajarme. *Yulien* se abalanza sobre mí y me placa contra el suelo del pasillo.

El golpe sofoca un grito similar al anterior.

Un momento... ¡Un momento!

Tengo a un hombre encima.

Un hombre que mide un metro ochenta y algo. Un hombre gigantesco y... musculoso.

Un hombre con fama de criminal.

Abro la boca para chillar, pero no emito ningún sonido. El dolor por el impacto me ha paralizado. Intento moverme hacia alguna parte. Él me lo impide ejerciendo presión sobre mi espalda.

Gimoteo algo ininteligible.

Dios, voy a morir. Tengo la certeza de que exhalaré mi último aliento bajo el cuerpo macizo del ermitaño de un bloque en el que ni siquiera vivo, y al que mis amigas me han mandado porque prefieren que me mate un loco a que fría patatas congeladas en un McDonald's.

Malditas clasistas. Espero que vayan al infierno y solo les pongan bolitas de queso precocinadas.

—¿Q-qué hace? —jadeo. Intento moverme, pero él me tiene inmovilizada. El brazo se me ha doblado (¿qué diablos?, ¡me lo ha doblado él!) en un ángulo muy feo. Duele a rabiar. Mi voz no sale tan asustada como agresiva al decir—: ¿Tanto tiempo lleva aquí solo y encerrado que se le ha olvidado cómo presentarse? A las visitas se les suele dar la mano, no partírsela.

—Cállate.

Su tono agresivo despierta mi instinto de supervivencia, hasta ahora dormido.

—¿Que me calle? ¡¿Que me calle?! —Me sacudo para tratar de sacármelo de encima. Nada. Lo único que consigo es hacerme más daño en el brazo—. ¡Aaaaah! ¡Lo he oído crujir! ¡Ha crujido! ¡Suélteme!

—Deja de moverte y no resultarás herida.

—¿Que no resultaré herida? —Sé que estoy quedando como una estúpida repitiendo todo lo que dice, pero mi cabeza no da para más en una situación de riesgo—. Debe de haberme partido los doscientos seis huesos del cuerpo al tirarse sobre mí de esa manera. Dios, todo el mundo tenía razón. Es usted un loco y un asesino. ¿Qué le he hecho yo para que me quiera matar? ¡Ni siquiera me he puesto a cantar todavía!

Hay un silencio en el que solo se escuchan mis jadeos ahogados. Me cuesta respirar con tanto peso sobre mi espalda. Estoy segura de que se me van a romper las costillas. Pero, al cabo de unos segundos, me da la impresión de que está aflojando. Lo justo para que coja aire sin morir en el intento.

—Eres tú la que me ha querido matar.

—¿Qué dices?

—Llevas un cuchillo jamonero en el bolso —sisea, muy cerca de mi nuca. Sí, es definitivo: tiene acentillo extranjero, pero habla muy bien español. Y su voz enronquecida me suena a la de un preso que lleva días sin beber agua. No debe de hablar mucho—. He actuado en defensa propia.

Me cuesta asimilar lo que ha dicho.

—¿Un cuchillo...?

Oh, mierda. El cuchillo.

—Ha sido sin querer. No iba a sacarlo a no ser que fuera necesario. Te lo juro por lo más sagrado.

—¿Por qué iba a ser necesario que sacaras un cuchillo?

«Porque te busca la policía».

«Porque eres Jack el Destripador Hijo».

«Porque...».

—Bueno... Tu hermana... Tu hermana me dijo que... que te gusta cocinar y... pensé en él como... un regalo.

—¿Ibas a regalarme una puñalada? —ironiza. Está enfadado. Tengo a Goliat aplastándome como a un mosquito. Voy a morir. *Te quiero, mamá—.* ¿También me ibas a regalar el espray de pimienta? ¿Y por qué tienes tranquilizantes en el bolso? ¿Pretendías echármelos en la bebida, o algo?

Este tío ha visto muchas pelis.

—No son tranquilizantes, son pastillas para el aliento en un bote de tranquilizantes —farfullo, hablándole como si fuera estúpido—. Tómate una, si no... O me tomaré yo una si no me crees. ¿Y de verdad tengo que explicar lo del espray de pimienta? El número de violaciones grupales se ha disparado en España en este último año, y mi barrio tiene fama de conflictivo.

Me revuelvo, tratando de estirar el brazo. Es en vano. El hombre de cemento quiere hacerme papilla, no hay nada que pueda hacer para salvarme.

—Por favor... —suplico entre sollozos—, no me mates. He pasado por situaciones muy duras en mi vida y hasta hace poco no tuve una oportunidad real de ser feliz. Te ruego que me sueltes y me permitas...

—No voy a matarte. Voy a llamar a la policía.

—¿A la...? ¡Vale, de acuerdo, no he traído el cuchillo como regalo! Pero tampoco pretendía usarlo contra ti a no ser que me atacaras. Así que haces bien en tenerme apresada —le suelto, empezando a cabrearme—, porque ahora que me has atacado, voy a atacarte de vuelta. Como me sueltes, voy a hacerte mucho daño.

Sigue aflojando el agarre.

—¿Qué daño vas a hacerme tú sin el cuchillo?

—Te sorprendería lo que soy capaz de hacer. Tengo una amiga que es cinturón negro en judo y me enseñó unos cuantos movimientos.

—Pues estás tardando en ponerlos en práctica, ¿no? —se burla—. Voy a levantarte y voy a atarte hasta que venga la policía. Les vas a contar lo que pretendías hacer.

—¡No pretendía hacer nada! ¿Es que no sabes que los bolsos de las mujeres tienen de todo? ¡Llevar un cuchillo es lo normal!

—Por si se os aparece un filete por la calle, ¿no? Ya.

—Eso ha sido sexista. Las mujeres hacemos más cosas aparte de cocinar.

—¿Como matar a vuestro jefe en el primer día de trabajo?

—Sí... O sea, ¡no!

Él suspira de forma casi imperceptible. Estoy empezando a temer por mi vida, pero no porque vaya a matarme con sus propias manos. ¿Cuánto tiempo puede aguantar una chica de metro cincuenta y dos de altura y cincuenta kilos de peso a un tío que le saca unos treinta centímetros y veinte kilos sin sufrir catastróficas consecuencias?

Se me van a clavar las costillas en los órganos y voy a morir de una hemorragia interna. Lo sé. Lo he visto en series de médicos.

—Me voy a levantar muy despacio. Y tú te vas a levantar también muy despacio. ¿Me entiendes?

—Sí, te entiendo. Tampoco tienes tanto acento guiri. Quítate de encima, animal.

Es difícil hablar cuando te han estampado la mejilla contra el suelo. Gracias a Dios que no es el mármol del rellano del bajo o habría perdido unos cuantos dientes. Me habría dolido después de haber pasado ocho años con aparato dental. Sí, ocho años. Por algún extraño motivo, entra en el margen de la legalidad tener a alguien con *brackets* durante ese periodo de tiempo.

Poco a poco, el peso va desapareciendo. Cojo una enorme bocanada de aire y exhalo, aliviada. Estoy demasiado cabreada para ser empática, pero seguramente lo entenderé cuando quiera ponerme en su lugar. Si supiera artes marciales, yo también placaría a un desconocido armado con un cuchillo jamonero, aunque solo fuera por poner en práctica mi aprendizaje.

Es que encima es El Cuchillo Jamonero, el que los asesinos de película de sobremesa llevan para aterrorizar a las rubias que solo saben correr en círculos (y por eso son asesinadas, claro. Si corrieran en línea recta, y no hacia el sótano, otro gallo cantaría). Yo no voy a poder correr en círculos por una temporadita. Ni tampoco en diagonal. Me van a mandar seis meses de reposo como mínimo.

Julian me agarra del brazo bueno —*hombre, gracias, muy amable*— y tira de mí para ponerme en pie. Me conduce a trompicones —los trompicones son de mi parte, él solo tiembla un poco— al salón y me obliga a sentarme en una de las sillas.

Estoy muy ocupada frotándome el codo herido, enfurruñada, pero cuando levanto la barbilla y me topo con unos furiosos ojos azules, mi mente se queda repentinamente en blanco.

—Voy a atarte —casi lo deletrea—. Como se te ocurra moverte, voy a placarte de nuevo, y tendré especial cuidado volviendo a doblarte ese brazo que te duele. ¿Me has entendido?

Vale, no es lo más romántico que me han dicho en mi vida, pero una nunca decide cuándo se queda embobada.

Me arrepiento de todas esas veces que me he ofendido porque las mujeres de las películas se enamoran de sus secuestradores. Es muy factible que una piense en sexo en un momento crítico, porque eso mismo me está pasando a mí. Resulta que la puerta de la que ha salido es la del baño, solo lleva puesta una toalla en torno a la cintura, y el muy señor Grey me está diciendo que me va a atar.

Los vecinos no me van a creer cuando les diga que el ermitaño está bueno.

No me lo estoy creyendo ni yo.

Asiento con la cabeza sin pestañear. Me imagino cómo me veré desde fuera: como un chiste con patas sentado con la misma postura que un playmobil. Si vamos a juicio y él puede aportar un vídeo, voy a perder toda la credibilidad. ¿Qué clase de víctima le mira los abdominales a su agresor? Unos abdominales que se alejan de mi campo de visión cuando el tipo va en busca de algo con lo que atarme.

Madre mía.

En cuanto desaparece, me llevo las manos a las sienes y me las froto como si fuera la lámpara del genio. Con suerte, de ahí saldrá una buena idea.

Cuerpos esculturales y húmedos aparte, y obviando el surrealismo de mi reacción, estoy metida en un buen lío.

Todo esto es culpa de las malditas cocineras. Si Eli se hubiese centrado en los vinos de su padre, no me habrían endosado un maldito cuchillo para defenderme, sino una botella de Dom Pérignon. Y eso sí que habría colado como regalo, además de arma.

Julian aparece de nuevo. Se ha puesto una camiseta y unos pantalones, una muy mala noticia para mi urgente necesidad de restarle importancia al asunto (si está desnudo, no parece tan grave, ¿verdad?).

Lleva en las manos cinta americana.

Ah, que ahora es sadomaso.

—No irás a ponerme eso, ¿verdad? —protesto con el ceño fruncido—. Me hago el láser en todo el cuerpo porque me duele mucho la cera. No vas a arrancarme los pelos de las muñecas con eso, que además tengo pocos y son rubios.

Él entorna los ojos.

Se creerá que me siento muy amenazada por su cara, pero llevo mucho tiempo sabiendo que es un psicópata y no me sorprende que quiera atarme. Aunque a lo mejor lo de «cara» es demasiado subjetivo. Solo se le ven los ojos y la nariz. Tiene el pelo largo y ondulado, y se ha dejado la barba de DiCaprio en *El renacido*.

Aun así, sé que es guapo. Lo siento en mis *nuggets*.

—Dame tus manos.

—Toma mis manos. —Se las acerco, molesta—. Bailemos todos juntos este verano.

—¿Qué dices?

—Es la canción de los Lunnis... Da igual. ¿Has llamado ya a la policía? —Él asiente, tenso. Dios, no me puedo creer que el ermitaño me esté atando. El *shock* es tan grande que solo puedo pensar en estupideces—. ¿Vas a hacerme daño mientras llegan? Quizá... haciéndome cosquillas en los pies. Te aviso de que tengo muchas. Y si me río muy fuerte, la gente me oirá y vendrá a rescatarme. Los vecinos saben que estoy aquí, ¿sabes? Y me quieren. ¡Más que a ti!

Aunque parece que tiene problemas para mantener el contacto visual, me mira a los ojos un instante.

Azules. Son azules como el mar que baña las islas griegas.

—Tú no vives aquí —espeta.

—Sí que vivo aquí. Desde ayer. He perdido mi trabajo y no puedo mantener mi nivel de vida anterior, así que he tenido que dejar mi piso y firmar un contrato con tu hermana para que me amordaces en contra de mi voluntad. ¿Alison sabía que esto iba a pasar?

—Estoy seguro de que Alison no tenía ni idea de que eres una lunática con un cuchillo.

—¡Lunática yo! ¡Menuda audacia! —jadeo, ofendida—. Perdona, pero yo soy una persona muy normal.

—Por supuesto. Por eso cantas canciones de los Lunnis mientras te atan.

—¿Y qué quieres que haga? ¿Que llore? Me has asustado, pero sé que no te atreverías a hacerme daño. Los psicópatas de verdad no se ponen así cuando ven un cuchillo, ni tampoco llaman a la policía. Y si quisieras matarme, lo habrías hecho ya, ¿no?

Julian se me queda mirando un segundo.

Sigo nadando en el *shock*. Es posible que lo de Julian Bale no fuera un pseudónimo, porque ese rubio nórdico no es muy español que digamos. Y tiene la barba demasiado pálida, igual que sospecho que lo serán sus cejas, y...

En lugar de responderme, se da la vuelta y se retira.

Así, tal y como lo digo: termina de atarme de manos y piernas y se larga del salón.

—¡Oye! ¿Adónde vas? ¿No tengo ni derecho a una llamada...?

No hay respuesta.

Capítulo 5

MALDITA

Julian

Respira por la nariz. Mantén el aire en los pulmones un segundo. Y ahora... suéltalo.

Otra vez.

Y otra vez.

Así hasta que te hayas tranquilizado.

Pero veo muy lejos la tranquilidad. Tan lejos como está el oriente del occidente, como cantaban los salmos bíblicos. Ya digo que la feligresa que me atendía hace años me colaba a su dios en todos los formatos y por todos los orificios. Algo me ha quedado de eso. Pero en comparación con el elemento que espera en mi salón, era una asistenta maravillosa.

Creo que estoy empezando a echar de menos los milagros de Cristo. Ni diez minutos lleva la loca esa en mi casa y la que ha liado es de libro.

Si es que sabía que era una pésima idea, pero no habría imaginado hasta qué punto. Mal por mí, que siempre me jacto de tener todos los flancos cubiertos.

No sé si su intención era matarme o no. Lo que tengo

claro es que no voy a permitir que nadie altere mi retiro espiritual, y menos aún armado hasta los dientes. No es un cuchillo cualquiera, es un puñetero cuchillo jamonero.

Inspiro profundamente y dirijo una mirada atribulada a la puerta. La he cerrado para no oírla. Necesito un poco de paz. No he tenido que enfrentar tanta acción en tan poco tiempo desde que formaba parte de las Fuerzas Armadas de Estados Unidos. Y si soy sincero, nunca me ha gustado esa clase de adrenalina.

Ni ninguna.

Gracias al cielo que la policía acude rápido y puedo delegarles la tarea de restablecer el orden entre Matilda y yo.

Matilda. No me lo puedo creer. Ahora tiene sentido la sonrisa que esbozó Alison cuando le describí a una bondadosa sesentona. Estaba regodeándose en la sorpresa que me llevaría. Me ha tirado a la cara a una veinteañera con cerezas estampadas en los botines, justo lo que había descrito.

¿En qué estaba pensando? ¿En que me haría ilusión comunicarme con alguien de mi edad? Porque en su DNI pondrá veinticinco o veintiséis años, pero su felpa salpicada de flores de fieltro me dice que todavía se lee los cómics de las W.I.T.C.H.

Alison sabe de sobra que las ancianas adorables me comprenderán porque ya no ven la soledad como una enfermedad mortal. Las mujeres de la edad de Matilda, en cambio, me verán como...

¿Qué más da cómo me vea esa terrorista?

Alison se va a enterar cuando me llame.

—¿Cuál es el problema? —me pregunta un policía en cuanto le abro la puerta. Por encima de su hombro me parece ver a un grupo de personas arrellanadas cerca de la escalera, acompañados de la que debe ser la pareja del agente, otro uniformado con ganas de cháchara.

Mierda. Un año y medio manteniendo un perfil bajo y alejado de los escándalos para que una pirada eche por tierra todo mi trabajo.

Invito a uno de los dos policías a entrar sin decir ni media palabra. No les voy a dar una exclusiva a los cotillas que merodean por el pasillo. Son ellos los que han entretenido al otro agente, seguramente para coserle a preguntas de qué, cómo, cuándo y por qué. Este se muestra encantado contestando dudas, como si fuera el rey de la fiesta, y eso que aquí nadie lo ha invitado.

Conduzco al que no tiene afán de protagonismo hasta el salón en completo silencio. Pone los ojos como platos al ver que Matilda está tirada boca abajo en el suelo, con las manos atadas por encima de la cabeza. Intenta reptar hacia la puerta sin mucho resultado.

Me apresuro a explicarle la situación al agente antes de que la malinterprete. Menos mal que tiene sentido común y su asombro es enseguida sustituido por un ceño fruncido.

Se acerca a ella y la ayuda a incorporarse, algo que tal vez habría hecho yo si fuera un caballero. O si no se le hubiera levantado la falda hasta la cintura al intentar arrastrarse.

No le suelo poner la mano encima a los vestidos de las mujeres antes de la tercera cita. O debería decir «solía».

Los detalles de su ropa interior no son algo que me interese descubrir, pero de todas formas habría sido imposible no apreciar sus rayas de colores.

Desvío la vista e intento concentrarme de nuevo en la respiración.

Todo esto me supera.

—Señorita, el señor Bale asegura que guardaba un arma blanca en su bolso —explica el policía mientras le arranca la cinta americana de las muñecas. Me siento un poco culpable cuando hace una mueca de dolor, pero procuro que no se me note y continúo de brazos cruzados—, y que pretendía causarle algún daño con ella.

—Pero ¿qué daño voy a causarle yo a nadie? Si no mato ni a los mosquitos.

—Me has amenazado con un movimiento de judo —le recuerdo en tono neutro.

—¡Era un farol! —se queja—. Mire, señor policía... Sé que no es lo normal ir por ahí con un cuchillo, pero no es como si lo hubiera sacado para intimidarlo, ¿de acuerdo? Me ha asustado al aparecer de repente y se me ha caído el bolso al suelo, y es entonces cuando ha asomado el filo.

—Entonces quieres disculparte por haberme dado cuenta de que guardabas un cuchillo, y no por lo que ibas a hacer con él en cuanto me descuidase.

Matilda hace un incómodo quiebro con la cabeza para mirarme. Sus ojos echan chispas, y no son pequeñitos, así que el efecto es brutal. Son ojos que se desbordan en un rostro nada enjuto, pero que lo parece en comparación; de esos tan redondos que uno diría que siempre están sorprendidos. Unos ojos de manga.

De hecho, es igualita que Kagome de *Inuyasha*.

—Se me ocurre que podría darle un buen uso a ese cuchillo en este preciso momento.

—La amenaza es un delito tipificado —le recuerdo, apartando la vista.

El policía suspira.

—No me parece un asunto preocupante, puesto que no lo ha usado contra usted, pero ya que estoy aquí... Señorita, ¿por qué ha acudido armada al domicilio del señor Bale?

—Por si me hacía daño —confiesa. Le lanzo una mirada fugaz que ella intercepta con las mejillas coloradas por la rabia—. No es que yo vaya a la casa de la gente que no conozco con un cuchillo en el bolso. Vamos, de esto pueden dar fe los hombres de Tinder con los que he quedado para... Bueno, ya sabe. Pero estaba segura de que este señor en concreto era un psicópata, y no me he equivocado.

—¿Un psicópata? —repito, incrédulo.

—¡Mira qué rápido te has tirado sobre mí! Parecía que estuvieras esperando la oportunidad para poner en práctica tus llaves de judo. ¿Cómo sabes hacer judo, si no sales de aquí? ¿Aprendes a base de tutoriales de YouTube?

—No era ninguna llave de judo —atajo con sequedad.

—¡Pues lo que sea! Señor policía, este hombre de aquí es un misterio para todas las personas del edificio. Puede preguntarle a cualquiera. No hace ruido, no sale, no se sabe en qué trabaja... Se cree que cocina metanfetamina y que es un criminal buscado por los servicios secretos españoles. ¿Cómo iba a entrar en su guarida sin algo con lo que defenderme?

El policía se gira hacia mí con una ceja arqueada.

—¿Es eso cierto?

—¿Que cocino meta y el CNI está desesperado por encontrarme? —pregunto con fingida paciencia—. No, señor. Simplemente trabajo desde casa.

—¿En qué? —exige saber Matilda.

—¿Y a ti qué te importa, cotilla impertinente?

Ella hace un gracioso mohín con la nariz y me retira la mirada.

Para mi desgracia, sé muy bien quién es. A lo mejor por eso estoy un poco más cabreado que asustado por la intromisión... y muy preocupado por la elección de Alison.

No puedo hacerme a la idea de que esta mujer vaya a entrar en mi casa a diario. Va a apestarla con su olor a suavizante «brisa primaveral», a melón dulce y al cuero gastado de los libros antiguos... y no quiero. Ni quiero que se ría cerca de mí. Su alegría es uno de esos placeres que dejan de serlo cuando los tienes al alcance de la mano, cuando por fin tienes la oportunidad de participar en ellos.

De todas formas, no parece que vaya a reírse en mucho tiempo. Está muy mosqueada.

Pues que no hubiera invadido mi morada llevando un arsenal encima, no te jode. Para tener tan claro que soy un psicópata, se ha arriesgado bastante a descubrirlo de primera mano provocándome con el contenido de ese bolso.

Por desgracia, me siento más psicópata por haberle mirado las bragas que por haberla inmovilizado contra el suelo.

Cosas de ermitaños, supongo.

—Me refería a si es cierto que sus vecinos le tienen por una persona peligrosa, señor Bale —puntualiza el agente.

—No lo sé, no he hablado con ellos.

—No es una persona muy social —se regodea Matilda.

—Yo tampoco consideraría sociable a alguien a quien le gusta irrumpir en viviendas ajenas bien surtido de armas caseras.

—Soy la persona más sociable del mundo, señor Bale —replica con retintín.

—Creo que la palabra que estás buscando es «sociópata». Tienen la misma raíz léxica, pero no significa lo mismo.

Esto la altera más de lo que habría imaginado.

—¿De qué vas?

—Bueno —carraspea el policía—, no puedo levantar atestado visto lo visto. Lo único que puedo hacer es dar un consejo. Usted, señorita, debería tener más cuidado la próxima vez. Un cuchillo de ese tamaño en un bolso es fácilmente interpretable como una amenaza. Y usted, señor, debería salir más. Aunque solo sea para que ninguno de sus vecinos considere necesario ir armado si piensa hacerle una visita.

—No me lo puedo creer —mascullo en voz baja—. Me amenazan en mi propia casa y encima es mi problema por no acudir a las reuniones vecinales.

—Si eso es todo... —El policía me ignora sin miramientos—. Espero que pasen una buena mañana.

Se cuelga los pulgares del cinturón y da media vuelta con toda tranquilidad. Soy incapaz de mover un músculo hasta que oigo cómo se cierra la puerta de entrada.

Me he quedado a solas con *Maldita*... Matilda.

Qué caprichoso es el autocorrector.

—¡Menuda manera de presentarte! —exclama ella en voz alta—. No me extraña que no tengas novia si así das la bienvenida a las mujeres. En fin... Supongo que, aclaradas ya las cosas, podemos ser amigos.

Se pone en pie y se sacude el vestido. La rígida falda de damasco hasta medio muslo capta mi atención.

Ha debido de comprarse la ropa con floripondios bordados más hortera de la sección de señoras. Debajo lleva una camisa blanca de manga corta abullonada y cuello de bebé, lo que supone un contraste alucinante. No sé cómo se las ha arreglado para parecer una vieja y una niña de cinco años al mismo tiempo, pero ya hay que tener talento... y ser friolera.

No hace tanto calor como para llevar dos capas de ropa y unos calcetines por la rodilla.

—Tú y yo no vamos a ser amigos —atajo sin entonación—. Ya he visto que has dejado la llave sobre el mueble de la entrada, así que no tenemos más que hablar. Coge tus cosas y márchate.

Me giro rápido, deseando perderla de vista.

Pero ella no me lo va a poner fácil.

—Alison me ha contratado para que me encargue de ti y eso es lo que voy a hacer. Entiendo que hemos empezado con muy mal pie, pero te aseguro que soy una buena chica y no voy a causarte problemas. Todo lo contrario. Estoy aquí para ayudarte.

Abro la boca para replicar que no necesito ayuda, pero estaría mintiendo como un bellaco, y ella lo sabría.

Seguro que Alison le ha dicho que soy incapaz de salir a la calle, que no puedo abrir las ventanas de par en par, que duermo con un ojo abierto y que se me ha olvidado cómo relacionarme con los demás. No serviría de nada que tratara de convencerla de que no la necesito, *porque la necesito*.

No a ella en particular, solo a alguien.

Ella en particular es la que necesita ayuda. Psiquiátrica y urgente.

—No confío en ti. —Me cuido mucho de no mirarla. Me es más fácil expresarme si no tengo que mantener el contacto visual—. Reconozco que mi predisposición a llevarme bien con la asistenta era escasa, pero si tenías alguna oportunidad de gustarme, te la has cargado con tu entrada magistral.

«Estoy aquí para protegerme del peligro, y tú has demostrado que puedes ser peligrosa».

Eso es lo que quiero decirle, pero ni siquiera tengo valor para admitir lo que me da miedo.

No decirlo lo hace menos real.

—¡Oye, el que ha intentado partirme los huesos eres tú!

—¿Y si te dijera que lamento no haberlo hecho? —replico con sarcasmo.

Ella se cruza de brazos y alza la barbilla con insolencia.

—Pues estarías siendo un maleducado y un desagradable.

—¿Suficientemente maleducado y desagradable para que te largues sin insistir? Porque podría vivir con esa cruz.

—No. Conozco a un montón de gente borde y sé cómo tratarla. Venga ya, Julian, yo he salido peor parada y no me lo estoy tomando tan a pecho.

Ahora tampoco pronuncia bien mi nombre. Abre demasiado la «a», cuando es una especie de «e» suave.

Se nota que no se le da muy bien el inglés.

—¿De verdad te parezco una persona capaz de hacerle daño a alguien?

No iba a hacerlo. *No quiero hacerlo.* Pero me giro hacia ella y la miro de arriba abajo para responder a esa pregunta con conocimiento de causa, como si no supiera ya quién es. Y es... un gnomo de jardín vestido como un *viejoven.*

Podría destruirla con un solo dedo, y no exagero, porque le saco una cabeza. De hecho, podría haberla destrozado si hubiera querido. Y me ha gustado saberlo: me ha gustado sentirme, por una vez, como la amenaza y no como el amenazado. Me ha complacido tener el poder por un instante, saber que no me haría daño ni aunque quisiera. Hacía muchísimo tiempo que no me sentía así.

Conozco y domino varias artes marciales, soy grande, rápido y efectivo, y por si no funcionara mi fortaleza física, tengo una pistola automática en el cajón de la mesilla de noche. Nadie podría herirme, pero mi mente está convencida de lo contrario, de que soy vulnerable y cualquiera podría pasarme por encima.

Matilda ha jodido la estadística, porque esta vez he sido yo el agresor. Y lo admito: tenerla debajo ha sido excitante.

Me he sumido tanto en mis pensamientos que no me doy cuenta de que la estoy mirando fijamente. Está incómoda, se nota por cómo se rasca el brazo.

Sacudo la cabeza y retrocedo, avergonzado. Me imagino la cara que se me puede haber puesto.

—No te estoy despidiendo porque crea que vayas a hacerme daño, pero de todas formas alguien debería decirte que no hace falta tener una apariencia sobrecogedora para ser maquiavélico. Las personas más malas que he conocido eran aparentemente inofensivas, igual que tú. Incluso adorables.

—¿Crees que soy adorable?

Todos mis músculos se tensan.

¿A qué viene eso?

—Haz el favor de largarte.

He sido desagradable adrede, pero parece que ella no lo ha pillado.

—¿No necesitas nada por hoy, entonces? —pregunta, solícita.

—No necesito nada tuyo, ni hoy ni nunca.

—Nunca digas «de esta agua no beberé».

—Para mí eres agua no potable. Sal de mi casa. Ya.

—Voy a dejarte mi número por aquí, para que me llames por si a las tantas de la madrugada quieres que te traiga algo. Sé que el helado de vainilla entra muy bien con los melodramas de las tres.

Doy un respingo al ver que se ha acercado mucho a mí.

Pero mucho. Tanto, que casi nos rozamos, y su característico aroma corporal me da una bofetada de realidad que no he pedido.

Pongo solución a eso retrocediendo de inmediato, con el aliento contenido.

—Deja lo que te dé la gana, no te voy a llamar. Estás despedida.

Ella me sostiene la mirada, y no lo sé porque la esté mirando. Tiene los ojos tan grandes que puedo deducir adónde apuntan con solo mi visión periférica.

—No me puedes despedir. Es Alison quien me ha contratado. Si ella me quiere aquí, aquí voy a estar. He firmado un contrato, ¿sabes? Y no pongo mi nombre en documentos legales si no es para cumplir lo que establecen.

—¿Firmaste en ese contrato que ibas a amedrentarme? Cuando Alison sepa lo que has hecho, te va a despedir.

Ella pone los brazos en jarras.

—¿Y quién se lo va a decir? ¿Tú, acusica?

¿Un metro y medio de damasco y con zapatos de pija de colegio privado me acaba de decir «acusica»? Y lo que es más... ¿Estoy teniendo una pseudoconversación con alguien que no conozco sin que me dé un ataque de ansiedad?

Debe ser por la adrenalina. Estoy aún tan sobreexcitado por lo ocurrido que no pienso en lo que hago ni en lo que digo.

—Escúchame, Matilde...

—Matilda. Como la peli. Esa en la que volean a una niña por las trenzas.

—Como sea. Voy a decirte esto una vez y cuento con no tener que repetírtelo. Me da igual quién te haya contratado. Yo no te quiero aquí. No me gustas, ¿entiendes? Y no quiero tener a alguien que no me gusta en mi propia casa. Búscate otro trabajo.

—Estás siendo muy injusto. Yo no soy la que ha placado

y amordazado, y sí la que recibe los sermones y las palabras desagradables. Si yo puedo pasar página y darte una segunda oportunidad, tú también puedes.

—Me temo que no tengo el corazón tan grande y bondadoso, ni el suficiente estómago para ver tus espantosos leotardos todos los días —replico con sarcasmo y, señalando la puerta, añado—: Ahora, pírate.

Pero quien se larga primero soy yo. Está empezando a ponerme nervioso que esté tan cerca. Una mujer en mi salón es la clase de problema que no pensé que debería afrontar.

—¿Tenías que meter los leotardos en la discusión? ¡Qué poco caballeroso! Eres peor de lo que pensaban, ¡peor que un asesino o un vampiro! ¡Eres un auténtico grosero!

—Pues para eso no me ha tenido que morder ninguna criatura de la noche, así que me voy a atribuir todo el mérito. Soy un grosero hecho a sí mismo.

—¡Desde luego hay que practicar para ser tan borde!

—¿Y quieres que practique mis insultos contigo? Yo diría que no. Si te has puesto así por lo de los calcetines, podría hacerte llorar con lo que pienso de tus zapatos.

—*Hit the road, Jack!*

Desaparezco escaleras arriba y me encierro en mi habitación, dando un portazo lo bastante sonoro para hacer evidente mi cabreo.

Mientras esté enfadado no pasa nada. Se me da bien gestionar la irritación; la canalizo a través del sarcasmo. El resto de las emociones y sus respectivas formas de expresión no están disponibles para mí, y si llegara a sentirlas, no sabría cómo abordarlas, igual que no he sabido abordar a *Maldita*.

Un portazo me avisa de que ha salido. Bastante molesta, además.

Y me siento culpable.

No he olvidado la importancia de la educación durante mi encierro. Solo cómo ponerla en práctica. No debería haberme metido con sus calcetines altos, ni haberle dicho que le rompería los huesos. Ha sido una falta de clase por mi parte.

Si vuelvo a verla, le pediré disculpas. Lo prometo.

Y es una promesa con truco. Tengo claro que no voy a verla otra vez, porque mientras de mí dependa, no volverá a poner un pie en mi casa.

Capítulo 6

Así somos los sagitario

Matilda

—¿En serio? —La mano con la que Eli sostenía la copa de vino se queda suspendida en el aire—. ¿Después de todo eso vas volver a poner un pie en su casa?

Me encojo de hombros.

—Matty, si es verdad todo eso que me acabas de contar, estoy en el deber de impedir que regreses a su apartamento. Te hizo una llave de judo —insiste con cara de preocupación.

—¡Porque yo llevaba un cuchillo en el bolso! —repito con voz cansina—. Sé que cuesta ponerse en su lugar, pero si yo lo he conseguido, vosotras no tendréis problemas.

—Algunos problemas sí que tengo —masculla Eli.

—No es el momento de sacar a la luz tu almorrana. Ni tus dificultades para echar un polvo.

Eli pone los ojos en blanco.

—Te ha dicho que no quiere que vuelvas —apunta, ignorando la provocación amistosa.

—¿Y? Alison sí querría que volviera, y es a ella a la que obedezco. No soy de las que se rinden a la primera inconveniencia, y me ha pagado el mes por adelantado. Tengo obligaciones de todo tipo para regresar. Económicas, éticas, etcétera.

Solo tengo obligaciones económicas y éticas, pero el «etcétera» siempre les da un toque a las enumeraciones.

Eli me coge de la mano y devuelve cada uno de los dedos que he sacado a mi puño cerrado.

—¿Y qué hay de tu integridad física, eh?

—Estoy como una rosa. Mi madre siempre ha dicho que tengo los huesos de goma.

—Matty...

Creo que no se ha entendido muy bien mi punto. Tengo la obligación moral de enmendar mi error y corregir la idea que Julian se ha hecho de mí. No soy ninguna asesina a sueldo, ni una tarada de remate, sino una aspirante a empleada del mes. Y no lo voy a ser hasta que me disculpe como Dios manda por haberle hecho pensar que pretendía acabar con él.

—No le des más importancia. Mañana será otro día. Además, no todo es malo. Ya tengo una experiencia que contar a mis nietos.

Eli se me queda mirando con incredulidad.

Hasta yo me pongo tontorrona cuando esboza esa sonrisilla dulce y se le achatan los ojos bajo el largo flequillo recto. Es francesa como ella sola, con esa piel lechosa y ese par de ojos nostálgicos podría sustituir a Marion Cotillard en cualquiera de sus películas.

—Eres tan optimista que me das rabia.

—No es por alimentar los estereotipos, pero si me hubiera pillado todo esto teniendo la regla, ahora estaría despotricando. A lo mejor me lo estoy tomando bien porque mi Luna está en Acuario, o alguna historia astrológica de esas que te gustan.

—No tiene nada que ver con la Luna, simplemente así sois los sagitario.

—No soy sagitario. Soy capricornio. Nací el veinticuatro de diciembre.

—Eres capricornio por dos días. Tu nacimiento en esa fecha fue un error de cálculo. Por suerte, tienes el ascendente, la Luna y Venus en Sagitario, lo que lo compensa. Eres sagitario, en definitiva —concluye.

No sé si es consciente de que solo se ha enterado ella.

La puerta interrumpe lo que podría haber sido una exposición detallada de la personalidad de los sagitario. Eli no se levanta, y yo tampoco. Tamara siempre hace eso: toca al timbre porque cree que se ha olvidado las llaves, y las encuentra unos segundos después, cuando ya ha obligado a toda la casa a levantarse para abrirle.

Cuando entra, no lo hace sola. Lleva dos bolsones de compra y la escolta Virtu. Eli y yo nos ponemos de pie enseguida y vamos a saludarla con una sonrisa de oreja a oreja.

Virtudes Navas es la consentida del edificio. Representa todas las cualidades que una abuela debería tener, y, a la vez, es original a su manera. Ella no hace las galletas; es quien se las come. Y no anima a su nieto a echarse una novia, sino que tiende a espantárselas porque no le parecen lo bastante buenas. Le dispensa un cariño incondicional a Daniel, el único recuerdo que tiene de su hija fallecida.

Es todo lo que aspiro a ser de mayor. Desde el pelo teñido de azul, porque en su juventud no pudo hacerlo y «por qué no ahora», hasta las adoradas pantuflas con la cara de Blas de *Barrio Sésamo*. Se pasa el día entero en pijama porque su delicada salud física no le permite pisar la calle a menudo, y porque así lo precisa la comodidad durante sus largas sesiones frente al ordenador.

Vive de lujo con la pensión de viudedad, pero Corín Tellado la inspiró a empezar a escribir novelas románticas y ahora es un fenómeno en Amazon. Su nieto y sus amigos, que trabajan en una editorial, le hacen todo el trabajo de diseño y los publican en el gigante que yo tanto odio. Y gracias a eso vive tan bien que no sabemos por qué no se muda a un apartamento que no esté apestado con los recuerdos de su asqueroso marido.

Lo mejor es que su bonachona apariencia es engañosa. Una la ve y no se imagina que describa escenas tórridas entre veinteañeros. Yo no la leo, pero Tamara es su fan número uno y estoy segura de que esas cosas que se le ocurren de hacer tríos en clubes de intercambio las ha sacado de los libros de Virtudes.

—¡Mirad a quién me he traído! —exclama Tay, emocionadísima. No se acostumbra a vivir puerta con puerta con ella—. Le he dicho que ya habrías vuelto de tu expedición a tierras hostiles y quiere saber cómo ha sido la experiencia. Y yo también.

—Faltaría más. Ya se lo he contado a Edu y a Akira, a Sonsoles, a los Román, a Anita, a los niños de los Olivares y a Susana. Faltabas tú por venir.

Virtudes se sienta a mi lado en el sofá y me pone una mano cariñosa en el muslo.

—Bueno, por lo menos parece que no es un asesino, o no estarías tú tan tranquila.

—Qué va. Solo es muy maleducado.

—Vaya por Dios. Pues eso es peor todavía. Mira que yo a Hannibal le habría perdonado el canibalismo solo por su elegante cortesía.

A Virtudes es que le encanta Anthony Hopkins. No tanto como Marlon Brando, que es la musa de su inspiración a la hora de escribir, pero tiene cierto protagonismo en sus fantasías.

—Pero no se lo deberíamos tener en cuenta. No es como si viviendo encerrado se pudieran practicar los buenos modales. Y tampoco parece tan afectado de mente como habíais supuesto.

Bueno, ha habido momentos en los que yo misma he dudado de su estado mental. Me ha cosquilleado todo el cuerpo por la impresión de su mirada fija. Tiene los mismos ojos que su hermana, de un tono azul tan intenso que pareciera que quiere hipnotizarte. Cuando le ordené que me mirara y me dijese si le parezco peligrosa, casi se me derrite el cerebro.

Tamara asoma la cabeza por encima de mi hombro y echa un ojo a la lista de personalidades.

—No has tachado nada aún.

—Eso es porque no descarto que sea nada. Me ha echado con cajas destempladas antes de que pudiera hacerle un escáner completo. Pero debería tachar «más feo que Picio», «viejo verde» y «politoxicómano». A lo mejor se mete drogas, pero no deben de ser muchas, porque no tenía pinta de adicto.

—¿De qué tenía pinta? —pregunta Tamara.

Su mirada peligrosa regresa a mi pensamiento. Y la visión de sus abdominales. Y su barba de Ragnar Lothbrok.

—Es una mezcla entre un pordiosero y un vikingo. Tiene un cuerpo de escándalo.

—¡No me digas! —exclama Virtudes, palmeándose los muslos—. Con eso te puedo escribir un libro.

Tamara se echa a reír.

—Es que al placarme he sentido todos sus músculos. No había nada que no estuviese duro. Quiero decir... *eso* no estaba duro, ¿eh? —aviso, porque me descuido un poquito y ya las tengo a todas riéndose como adolescentes; yo la primera—. Supongo que tiene tiempo de sobra para hacer ejercicio. Me abrió la puerta desnudo.

—Un momento... —Virtudes pestañea varias veces—. ¿Has dicho que te ha placado?

Tamara prefiere quedarse con el aspecto positivo:

—¡¿Desnudo?! ¡¿Le viste la verga?! ¿Cómo es? ¿Como un paraguas plegable o más bien como un globo desinflado?

—Tamara, por Dios bendito. —Eli niega con la cabeza.

Suspiro y me preparo para contar la historia como si fuera a boxear: crujiéndome el cuello y estirando los dedos.

La verdad, si me hubieran dicho que un tío iba a aplastarme como a un molesto gusano, no me lo habría creído. Yo a los hombres les gusto, ¿eh? No siempre como mujer. De hecho, casi nunca les gusto como mujer, porque no tengo ese *je ne sais quoi* que los atrae, pero definitivamente les caigo bien porque soy sagitario.

Este hombre, en cambio, me ha tratado como si tuviera la peste, y me mina la moral que alguien me odie. Tengo que demostrarle que no me lo merezco. Una chica tiene su orgullo, por favor. Y para mí el orgullo no es negarte a hacer algo con lo que puedas parecer una arrastrada. Tener orgullo significa estar dispuesta a hacer cualquier cosa para sentirte satisfecha contigo misma.

Yo no estaré satisfecha hasta que seamos coleguitas.

—¿Me estás diciendo que el hombre que pensábamos que era un loco... es guapísimo?

—Una cosa no invalida la otra —se mete Eli, advirtiendo a Virtu con la mirada—. A mi parecer, Stalin era muy atractivo y estaba ido de la olla.

Las tres nos giramos para mirarla.

—¿Qué? —protesta—. Ya sé que era un genocida, pero de joven era mono. ¿No lo habéis visto?

—Será mejor que obviemos eso que acabas de decir, porque vaya mal gusto —bufa Tamara.

Eli arruga el ceño.

—¿Estás de coña? ¡Tú me dijiste que le harías un favor sexual a Charles Manson!

—¿Dijiste eso? —me horrorizo.

Aunque a mí siempre me ha parecido que Ted Bundy tenía su qué.

—Corramos un tupido velo. —Tamara hace un gesto airado con la mano—. O sea, que el ermitaño está padrísimo y además sabe defenderse. Y vas a volver aunque casi te haya roto las costillas.

—Sigo pensando que debe de haberme roto una, porque me duele una barbaridad.

—Cariño, ¿de verdad quieres volver? —me pregunta Virtudes, preocupada—. Porque ese hombre tiene potencial para convertirse en el protagonista de mi próxima novela, pero como compañía no sé yo si es lo más conveniente.

—¿Lo vas a convertir en un personaje? —exclama Tamara, emocionada—. ¿Cómo se llamará la novela? ¿Y ella? ¿Cómo sería ella? ¿Será una comedia romántica o un melodrama?

Virtudes se hace la misteriosa con una caída de pestañas. No permite que nadie lea el libro hasta que no esté terminado, y no da ninguna pista. Solo a veces pone fragmentos aleatorios en sus redes sociales —es una viciada de Twitter, se parte de risa ella sola con los memes *millennials*—, pero es todo tan enigmático que nadie sabe ni si es suya la frase.

—Casi seguro será una novela histórica.

—¡Híjole! ¡Me encantan! ¿De qué tipo? ¿Medieval o victoriana? ¿En la Antigua Roma? ¿Los años veinte...?

No sé por qué, pero me imagino a Julian con el disfraz apropiado para aparecer en un drama de cada época, y... y no le sienta nada mal.

Creo haberle hecho justicia al decir que tiene un cuerpo por el que uno mataría a su abuela. Podría salir en la *GQ* y no desentonar, aunque a lo mejor digo esto porque tengo síndrome de Estocolmo.

Alabar sus virtudes físicas cuando casi me parte un brazo no tiene pinta de ser muy correcto.

—Vamos a dejarlo en que se me ha ocurrido una idea muy buena. Pero antes de ponerme con ella, tengo que darle los retoques finales a la que saldrá el mes que viene.

—¿El romance sadomasoquista gay? Me muero de ganas de leerlo. —Tay se gira hacia nosotras y nos explica—: Edward es el esclavo sexual de Akheera por una deuda de familia. Y, claro, Akheera está muy atormentado por la guerra, así que...

—No me hagas *spoiler* —se queja Eli. Luego agrega, como si no quisiera que nos enterásemos de que le va el morbo—: Pero eso de esclavo sexual suena bien.

—Ni que lo digas. Ojalá fuera la esclava sexual de alguien que supiera cómo echar la pasión. Desde que Tomás y yo lo dejamos no he conseguido pasarla bien con ningún vato.

—¿Con ninguno? —repito—. Pues ya es tener mala suerte, porque has debido de acostarte con todo Madrid.

—Ya, pero doy siempre con los que no se bajan al pilón. ¿Dónde están los hombres que lo hacen bien? A este paso voy a tener que poner un anuncio en internet. «Morrita busca vato, de preferencia güerito, para sexo oral. A cambio, pagará su peso en magdalenas. Y está bien gorda, o sea que eso son muchas calorías».

—Solo responderían raritos —dice Eli.

Virtu y yo asentimos con la cabeza, secundándola.

—Me vale madre. Mejor eso que vivir en esta agonía en la que nadie me besa en condiciones. Estoy tan desesperada que voy a acabar agarrando los probadores de pintalabios del supermercado y restregándomelos por la boca. Es lo más cerca que voy a estar de comerme los morros de alguien.

Suelto una carcajada.

—Pero si te comes los morros de alguien distinto cada fin de semana.

—Llevo dos semanas a dos velas porque nadie me despierta esa chispa especial... la que Virtudes describe en sus libros. Y no me quiero conformar con menos. Ni siquiera si se trata solo de una noche.

La verdad es que Tamara ha dejado a su novio porque el romanticismo le ha dejado frito el cerebro. Así de claro. Ha leído tantas novelas de amor y visto tantas adaptaciones de historias de Nicholas Sparks que le parecía que lo que tenía con Tomás era una amistad. Y es probable que lo fuese. Yo no sé nada del amor, pero esos dos se trataban como compañeros de piso y él siempre se iba al sofá a dormir porque estaba más cómodo.

Aun así, se llevaban muy bien, pero Tamara siente que el amor de verdad no se desgasta con el tiempo y lo dejó para buscar algo especial. Algo que lleva meses buscando desesperadamente y no encuentra, lo que la tiene muy frustrada.

—Volviendo al tema... —retoma Eli—. No quiero que vuelvas a esa casa. Has dicho que gritaste y te aseguro que aquí nadie te oyó. Debe de tener las paredes insonorizadas. Y si las tiene insonorizadas, a lo mejor es porque le gusta torturar a mujeres. ¿Figura eso entre las posibilidades de la lista?

—Pone «proxeneta». Es algo parecido. Y no creo que sea proxeneta. Me parece que llevaba mucho tiempo sin ver a una mujer que no sea su hermana.

—Qué interesante. La próxima vez vendré con una libretita a anotar cosas —comenta Virtudes, repitiendo el gesto de palmearse los muslos. Lleva un pantalón de franela con corazones estampados—. Aun así, no creo que sea sano para ti trabajar para alguien problemático. Esa gente nunca aporta nada bueno.

—Sabe artes marciales. Con que me enseñe unos cuantos trucos de defensa ya me habrá aportado algo. Y si no, por lo menos gano dinero, que falta me hace. No me puedo permitir dejar el trabajo. Está muy bien pagado, sobre todo si lo comparas con lo poco que tengo que hacer.

—Matty... —empieza Eli otra vez.

—Mira, yo lo intento. Y si sigue queriendo perderme de vista, lo intento una tercera vez, que para algo están los refranes. Si ya me dice otra vez que me largue, lo hago. Pero antes tengo que hacerle la compra, que Alison me dejó una lista y debería haberle llenado la nevera esta mañana.

—¿Y qué vas a hacer, mija? —pregunta Tay, con una mano

en la cadera—. ¿Presentarte sin más después de todo lo que te ha dicho?

—Eso mismo. Pero esta vez diré «hola» más alto y solo llevaré clínex en el bolso.

Capítulo 7

CUIDADO, TIENE UN PINTALABIOS
Y NO DUDARÁ EN USARLO

Julian

—*No, la verdad es que el cumpleaños no fue muy bien. Preferiría que no me preguntaras por qué.*

Exhalo el aire retenido y vuelvo a flexionar el brazo en dirección descendente.

Lunes a primera hora: rutinas de ejercicio con Montell Jordan al volumen perfecto para no perderme —como si pudiera— la última aventura de la vecina del 5.º B. No falla: al iniciar la semana, la veinteañera llama por teléfono a su amiga para narrarle sus desventuras del finde.

Confieso que, de todos los problemas que azotan las vidas de los habitantes del edificio, los de esta chica son de los que más me interesan. Quizá porque las clásicas encrucijadas adolescentes me ayudan a recordar que la gente no siempre sufre a lo grande.

—Nunca te va bien en esas fiestas, Gloria —jadeo, sudando por el esfuerzo. Levanto los cuarenta kilos de nuevo, esta vez inhalando con fuerza—. No deberías ceder a la presión de tus amigas, quienes claramente no te comprenden, yendo a sitios y con personas que no son de tu agrado. Encuentra algo que te guste, un hobby, y busca a gente con la que tengas algo en común. Serás más feliz.

—*Sí, Borja estaba allí* —explica ella, ajena a mi comentario—. *Sí... Estuvimos un rato juntos. Fue cariñoso conmigo.*

Pongo los ojos en blanco.

—Encima tendremos que dar gracias al cielo porque tu novio sea bueno contigo, no te jode.

—*Claro... Ya sabes que nunca se separa de mí, sobre todo en macrofiestas como esa. El sábado estuvo más atento de la cuenta, aunque la noche no empezó demasiado bien. No le gustaba que llevara una falda tan corta cuando luego iba a ir a casa de sus padres. Ya sabes que son muy conservadores y no quieren a «una fresca» en la familia.*

Detengo las pesas un momento y le frunzo el ceño a la ventana.

—Joder... Sal de ahí.

—*Ya, ya sé que no está bien y que no debería dejar que me controle de esa forma...* —continúa, como si hubiera escuchado mi súplica—. *No, Amaia, no es eso. No me parece romántico, ni lo justifico de ninguna manera. Pero creo que después de cinco años juntos se puede tomar ciertas confianzas.*

—Eso no son confianzas. Eso son excesos. No dejes que te manipule, Gloria.

—*Y mis padres lo quieren tanto...* —Ahí sigue, amontonando excusas. En eso es la mejor—. *Están convencidos de que es un gran partido.*

—Un gran partido —repito en tono burlón. Cambio la pesa de mano—. Venga ya, ¿en qué siglo estamos? ¿Voy a tener que comprarme pañuelos de cuello y hacer reverencias al repartidor cada vez que suba?

—*Tampoco es para tanto, Amaia. Los novios de las demás también son así. ¿No ves que los hombres en general tienden a ponerse celosos y posesivos a la mínima de cambio? Está en su genética. No es como si dejándolo fuera a encontrar a alguien mejor, ¿entiendes? Todos quieren adueñarse de las mujeres...* —Una pausa exasperante—. *Ya, ya sé que tú tienes mucha suerte con tu novio, deja de restregármelo. Sí, lo sé, sé que solo me estás poniendo un ejemplo, pero me da envidia, ¿vale?... No, por supuesto que no he cambiado de opinión. Ya sabes que no siento lo mismo que antes... Ni siquiera sé si he estado enamorada alguna vez. Pero ¿cómo lo voy a dejar?*

—Fácil. Te plantas delante de su cara de imbécil y le dices que no lo quieres.

Gloria no lo ve tan sencillo.

Y yo tampoco, a decir verdad.

No soy uno de esos obtusos que se creen que la respuesta a los problemas en un noviazgo es: «¿Por qué no lo dejas?». Siempre hay muchas variables pendientes de valoración, como los propios sentimientos, la presión externa o algún tipo de dependencia tóxica. Lo he visto en mis padres, sin ir más lejos. No hay nada más complejo y delicado que la interacción humana. Pero la relación de Gloria aún no ha llegado a ese extremo. Si le echara un poco de coraje, podría imponer su voluntad.

Lo que ella teme es el coste, y es natural. La niña de papá dejaría de serlo. Son muchos los privilegios que hay en juego. Y, por favor, que no se lea esto con significados ocultos. Cada uno tiene sus prioridades y eso es perfectamente respetable mientras no hagas daño a los demás.

Gloria solo se está haciendo daño a sí misma.

—*Por favor, Amaia... Lo último que necesito es que me digas eso. No te imaginas cómo se pondrían mis padres si supieran que lo hemos dejado. Sobre todo, si supieran que yo le he dejado. ¿Tengo que recordarte que son amigos de los padres de Borja? ¡Si hasta hablan de boda!*

—¿Y acaso te quieres casar con ese estúpido? —mascullo,

levantando la pesa de veinte en vertical desde el hombro—. Gloria, coge las malditas riendas de tu vida. Está claro que los que lo están haciendo por ti no te están llevando por el camino que más te conviene, sino por el que más les conviene a ellos.

—*Sí, hice lo que me dijiste. Y está dando resultado. Parece cansado de mí, de que le niegue... ya sabes. Pero Borja tiene muy claro que no me va a dejar. Sabe que hay mucho en juego. Sus padres le presionan igual que a mí los míos, solo que él... No voy a decir que me quiera, pero le da igual lo que pueda estar perdiéndose por estar conmigo.*

—Joder...

No culpo a Gloria de ser una marioneta en manos de sus padres; no la culpo de no saber levantar la voz. Como mi hermana siempre dice, la gente es como es, en gran medida, y sobre todo a esas edades, por los errores que sus educadores cometieron durante su desarrollo. Sus padres se han encargado de enseñarle la sumisión, y bastante trabajo personal ha hecho Gloria para darse cuenta. Hay quienes nunca llegan a descubrir que viven manipulados.

Pero aun así, su pusilanimidad me saca de quicio. No la aguanto en ella, una chica inteligente, joven y con un futuro brillante, porque podría hacer lo que quisiera si tomara decisiones. Me consta que a Néstor, el vecino que está enamorado de ella y lo demuestra irritándola —*curiosa manera de intentar ganarse los afectos del objeto de tu obsesión, por otro lado*—, tampoco se le da bien lidiar con esto, solo que en lugar de aconsejarla a través de una ventana, se lo echa en cara con muy poco tacto.

Muchas veces he querido aporrear la puerta de su piso y decirle lo que ni siquiera su amiga Amaia debe de atreverse a recomendarle: que lo mande todo al infierno. Pero tampoco estamos tan locos como para salir del ático, *adónde vamos a ir a parar, hombre.*

Acabo de cerrar la ventana y corro las cortinas. Voy a seguir escuchándola de todos modos, pero por lo menos no me llegarán con nitidez sus débiles excusas.

En su lugar, me va a llegar con toda claridad una voz distinta:

—¡Hola!

Suelto las pesas de golpe, con la buena suerte de que no me cae ninguna en el pie. Me quedo mirando los dedos descalzos con cara de horror, pensando en lo que podría haber sucedido si esos veinte kilos —al menos no eran los cuarenta del principio— me hubieran partido los metatarsos. Habría tenido que arrastrarme escaleras abajo para matar a la mujer que acaba de entrar en mi casa.

Porque no son imaginaciones mías: ha entrado en mi casa.

Aún distingo entre la vigilia y el sueño, gracias a Dios.

Dejo las pesas donde están, sin comprobar si han causado algún daño irreversible a la tarima. Salgo del gimnasio, improvisado en una de las habitaciones de invitados —¡invitados!, ¡ja, ja!— y me asomo por la barandilla de la escalera que da al salón, aunque para entrar en la cocina hay que pasar por ahí, y parece que es a la nevera a donde *Maldita* se dirige.

Mierda. Está aquí.

Otra vez.

Repaso para mis adentros nuestra conversación del día anterior. Creo que fui lo bastante contundente para que no se le ocurriera poner un pie en mi casa, pero he debido de sobreestimar su cociente intelectual.

Me agarro a la barandilla para tener una vista más completa. Va cargada con bolsas de la compra. No, no de las de plástico que te cobran a unos céntimos la unidad, sino de tela, y estampadas con motivos coloridos. Es una chica ecológica, por supuesto; seguro que no come carne porque le dan pena los pollitos. Al menos eso es lo que sugiere su atuendo de hoy: lleva un vestido amarillo brillante con una camisa de vampiro victoriano debajo y volantes en el cuello y en los puños. Unas medias de rombos terminan de rematar la faena. Por culpa del sudor de mis manos, señal inequívoca de ansiedad, casi se me resbalan de la barandilla al inclinarme hacia delante para confirmar que no se ha cambiado los zapatos de uniforme escolar.

He tenido suficientes pensamientos negativos a lo largo de mi vida para alimentar una ansiedad anticipatoria del mismo tamaño que mi cuerpo. Cuando se trata de poner un pie en la calle, contemplo todas las posibilidades que existen de que ocurra una desgracia, y cuando voy a comunicarme con alguien, más de lo mismo. Me es difícil no dejarme arrastrar por las distorsiones cognitivas que al final se convierten en una especie de profecía autocumplida. Traduciendo para los que no tengan una hermana psicóloga: soy un pesimista de tomo y lomo, y como el poder de la mente es acojonante, siempre que he dicho que algo me va a salir mal, me ha salido mal. Y siempre que he dicho que una persona me va a causar problemas, me ha causado problemas.

Matilda me los va a causar y no voy a poder tranquilizarme hasta que se marche.

Inspiro hondo y bajo los peldaños muy despacio, pensando en lo que voy a decirle.

Para empezar, ¿qué hace aquí? No voy a negar que me arrepintiera de largarla como a un perro, pero porque Alison va a echarme la bronca cuando se entere. Esa es la única razón por la que no la he llamado para quejarme por su elección.

—¿Qué. Haces. Aquí?

La interrogación la he puesto por cortesía, porque lo pronuncio en tono de reproche. Un reproche que muere en mis labios al fijarme en lo que está haciendo: ha comprado una especie de jarrón barato que combina con los colores de la cocina y lo ha rellenado con un ramo de caléndulas amarillas, a juego con su vestido.

Matilda se gira hacia mí con una sonrisa amable. Esta sonrisa se transforma en algo más complejo cuando sus ojos me recorren ávidamente.

Su repentina curiosidad por mi físico me encoge el estómago.

—¿Estabas haciendo deporte? —Lo pregunta con el mismo tono con el que habría exigido saber si estaba enterrando vivo a mi padre.

—¿Voy a tener que repetir la pregunta?

—He venido a trabajar, y a dejarte la compra. Si me dices dónde va cada cosa, te la puedo colocar.

—¿Y qué tengo que decirte para que coloques tus dos piececitos fuera de mis dominios?

—De piececitos nada, que calzo un cuarenta —me advierte con el dedo en alto—. Y para que me vaya solo tienes que decirme que necesitas algo específico del supermercado, la lavandería, la ferretería u otro negocio al que pueda asomarme para hacerte el favor y, por supuesto, para volver luego enseguida.

—Creí haber dejado claro que el único favor que me puedes hacer es desvanecerte en el aire.

Ella pone los brazos en jarras, postura de madre paciente.

—Pues a no ser que tengas un acelerador de partículas, lo veo difícil.

—Ayer quedamos en que no trabajas para mí —le recuerdo sin moverme del quicio de la puerta. Ella menea la cabeza como si se le acabara de encender la bombilla.

—Cierto. Quedamos en que trabajo para Alison.

—Oye...

—Antes de que sigas. —Levanta una mano—. Espero que tú también te disculpes, porque creo que los dos tenemos parte de culpa, pero voy a empezar yo: siento mucho lo que pasó ayer. Te di una idea errónea de quién soy con mi comportamiento y me parece que te he... engañado, de alguna forma. Creo que no es tarde para comenzar de cero.

—Quiero ver tu bolso.

—¿Perdón?

—Dame tu bolso. Vas a marcharte en cinco minutos como muy tarde, pero antes voy a asegurarme de que no has escondido una bayoneta esta vez.

—Ni siquiera sé qué es una bayoneta. Quieres decir una bayeta, ¿no? No hablas el castellano tan bien como parece...

—Debe de verme en la cara que no está el horno para bollos, porque suspira y añade—: Bueno, vale, tú mismo. Está delante de tus narices, en la encimera.

Le lanzo una mirada desafiante y abro el bolso.

Me es difícil revisar que todo está en orden sin descuidar el flanco principal. Si algo he aprendido es que quitarle los ojos de encima a la persona problemática puede acabar metiéndote en problemas a ti. Pero ella no se mueve del sitio, al lado de su jarrón con flores, y yo no encuentro nada que pueda ser usado contra mí. Solo lleva un paquete de clínex, la cartera, una agenda de anillas, el móvil...

—¿Qué? ¿Has encontrado algo terrorífico? ¿Mi barra de labios, quizá?

La pregunta irónica lleva mi atención al lugar donde lo ha aplicado. Es involuntario, lo juro, pero me fijo en el tono rosado, a juego con las florecitas de su vestido amarillo. Tiene la boca muy grande —y tanto, es la definición de bocazas— pero los labios finos, y no importa porque son igualmente atractivos.

«*Seriously?*».[6]

Suelto el mango del bolso y me concentro en sus ojos, tratando de hacer caso omiso de su ligero rubor.

—Ven aquí.

—¿Para qué?

—Para que revise que no llevas nada debajo de ese vestido.

6. ¿En serio?

Matilda separa los labios.

—Claro que llevo algo debajo del vestido. ¿Qué te crees, que voy a venir sin bragas?

Añade algo por lo bajo que suena a «tampoco estás tan bueno, ni yo tan desesperada», pero no tendría ningún sentido, así que lo ignoro.

—Quiero comprobar que no llevas algo fuera de lo normal.

—¿Ligueros y cosas así, dices?

Mi mente me juega una mala pasada evocando una imagen sexual de la chica que tengo delante con una pieza de lencería. Ni siquiera recuerdo haberme acostado con una mujer vestida de esa manera, pero internet me ha bombardeado tantas veces con publicidad porno que sé, *for a fact*, que queda bien.

La Matilda de mi traicionero subconsciente está lo suficientemente despampanante para que se me seque la garganta.

«*What's wrong with you, dude?*».[7]

—Sabes muy bien a qué me refiero —atino a contestar.

—¿Me vas a desnudar?

El estómago se me revuelve de nuevo.

Desnuda.

Las manos del Julian de mi subconsciente le quitan la lencería a Matilda y revelan...

Sacudo la cabeza.

«*Stop it*».[8]

—Pues claro que no. Solo voy a cachearte.

—Oh, venga ya. ¿Qué voy a llevar debajo de este vestido, salvo lo evidente? ¿No crees que si tuviera un cuchillo pegado a la barriga, se notaría el bulto?

—Si fuera un vestido de raso, desde luego, pero la gruesa tela de damasco podría disimular un chaleco antibalas; por algo

7. ¿Cuál es tu problema, tío?
8. Páralo. Ahora.

es la que se utiliza para las cortinas de las casas antiguas. Ven aquí, extiende los brazos y separa las piernas.

Matilda se muerde el labio inferior, pero obedece.

Su refrescante y dulce colonia me distrae durante un segundo antes de iniciar el examen.

—Nunca se me ha ocurrido pensar que pudieras ser alguien del CNI —comenta como si nada mientras palmeo sus costados—, pero podrías serlo. Te defendiste bien ayer. Letal y rápido, como imagino que actúan los espías al servicio de su majestad. Y ahora se nota que sabes lo que haces.

»Salí con un poli hace unos años, ¿sabes? Se llamaba Ramón. Y sus cacheos eran tan profesionales como este, aunque, claro, él no me los hacía con esa seriedad... No me toques mucho ahí —me advierte al notar la palmada en el costado—, tengo cosquillas.

Entorno los ojos sobre ella. No parece muy preocupada porque la esté tocando.

Y yo estoy haciendo un severo esfuerzo por no hiperventilar.

En comparación con lo mucho que me trastorna que me toquen, yo no tengo problema en ponerles la mano encima a los demás. Pero esto es distinto porque es *una mujer*. Una mujer con la cintura estrecha, unas caderas bien puestas y los muslos torneados. Una mujer con la que he fantaseado aunque hasta el momento solo le conocía la voz. Una mujer que, de alguna extraña y retorcida manera, me alegraba el día con su risa, y ahora ha resultado ser de carne y hueso.

Estoy sorprendido porque no me molesta que mi inocua fantasía se haya materializado; siempre pensé que me dolería tropezármela porque ella no estaría a la altura de mis expectativas. Y también porque, tal vez, yo no estaba a la altura de las suyas.

Trago saliva e intento concentrarme mientras me agacho para seguir con el cacheo. Tiene las piernas suaves y morenas. Largas, para ser tan pequeña.

Tan pequeña... Adoraba a las mujeres bajitas cuando aún sabía cómo tratarlas. Me gustaba que en la cama demostraran ser mucho más que su tamaño.

«Have you lost your mind?».[9]

—No soy ningún espía —aclaro con la voz cascada.

—¿Y qué eres? ¿En qué trabajas?

—¿A ti qué te importa?

—Es la segunda vez que me dices eso. —Me lo recuerda con el mismo tono que usaría para decir: «Tienes que comprar pimientos»—. Voy a dar por hecho que es porque no tienes a nadie que te diga que es una grosería y que deberías moderar tus respuestas.

—Dios me libre de tener que ser correcto en mi propia casa —masculló entre dientes, sin mirarla a la cara—. Eres tú la que tendría que adaptarse a mí, y no a la inversa.

—¿Quieres decir con eso que vas a dejar que me quede? —La ilusión agudiza su voz.

Levanto la cabeza para mirarla. Estoy arrodillado ante ella en una postura vulnerable. Si ella quisiera, podría darme un rodillazo en la cara y dejarme entretenido con mi dolor hasta encontrar algo sólido con lo que atacarme.

Pero no me entretengo demasiado con supuestos en los que me abre la cabeza. Me entretengo con supuestos en los que inhalo hasta que me duelen los pulmones por la cantidad de perfume femenino que contienen; en los que compruebo que lleva una pieza de lencería y luego se la arranco porque no me gusta.

«You definitely lost it».[10]

—No.

—¿Por qué no? Sé que me necesitas. Si no fuera así, Alison no habría buscado a una sustituta.

Maldita sea.

---

9. ¿Has perdido la cabeza?
10. Definitivamente, se te ha ido la olla.

Sabe de buena tinta que necesito ser asistido. Entre lo malo y lo peor, Matilda es solo lo malo en comparación con salir a la calle a diario. Lo de la asistenta no es un capricho de Alison, como me estoy esforzando en pensar para poder cabrearme a gusto. Es una primera necesidad.

La cuestión es... ¿Por qué tiene que ser *ella*?

La verdad es que no tengo que verla si no quiero. Lo que me pide el cuerpo, además de locuras que estoy tratando de sofocar por el bien de todos, es esconderme mientras esté aquí.

Pero no parece una presencia fácil de ignorar.

—¿Has encontrado algo interesante? —me pregunta, mirándome con diversión—. ¿Haces esto con todas las personas que entran en tu casa? Ya sé que no entra mucha gente, y por eso me siento halagada, pero tú me entiendes.

—Solo con las que creo que podrían venir armadas. Me gusta tenerlo todo bajo control.

—¿Qué significa eso? ¿Que tienes algún trastorno obsesivo-compulsivo relacionado con el orden?, ¿o más bien que tienes un cuarto rojo del dolor?

No pienso responder nada que delate que he entendido esa referencia.

—¿Y tú? ¿Tienes algún trastorno relacionado con la irreprimible impertinencia? —le suelto. Ella aprieta los labios, probablemente conteniéndose para no insultarme—. ¿Has hablado con Alison?

—No, ¿y tú?

—Tampoco.

Voy a tener que pedirle que se quede. Necesito a alguien que me mantenga en contacto con la realidad para no volverme loco. Alguien que no sea internet, que siempre ofrece información sesgada, o el repartidor, que no es que me caiga muy bien.

Matilda tampoco, claro. Pero ella no trabaja de sol a sol dando bandazos por Madrid, como sí esos pobres explotados con las sobaqueras permanentemente sudadas, así que al menos huele de maravilla.

—Muy bien, puedes quedarte y hacer tu trabajo. Pero escúchame: no quiero saber nada de ti, ¿de acuerdo? No quiero que intentes darme conversación, ni que indagues en mi vida, ni que te acerques a mí a no ser que te llame. Por supuesto, tampoco vas a pasarte por aquí cuando te dé la gana. Si apareces fuera de horario, estarás despedida. Cada vez que entres, quiero que saludes en voz alta, para que pueda oírte esté donde esté. Y no es necesario que compres nada que se salga de la lista —añado, señalando las flores con la cabeza—. Las caléndulas te las puedes ahorrar para la próxima vez.

—¿No te gustan?

La miro de reojo, solo para asegurarme de que la intuición no me ha fallado y *de verdad* le preocupa que no sean de mi agrado.

—Podría haber sido alérgico a las flores, y entonces ¿qué?

—No lo eres. Tengo una lista de alimentos a los que eres intolerante. Lo del marisco lo entiendo, yo también lo soy y te puedo decir que no nos perdemos gran cosa, pero... ¿Cómo lo haces siendo alérgico a los cacahuetes?

—Igual que si no lo fuera. Cíñete a las listas, ¿me oyes?

Matilda se cruza de brazos.

—Las flores tampoco te van a matar.

—Son para los difuntos y para los enamorados, y no formo parte de ninguna de esas categorías.

—¿Seguro que no? Porque a mí me pareces muerto por dentro.

Aunque no lo ha dicho con desdén, sino en tono informativo, sonrío con sarcasmo.

—Si algo tengo claro es que un ramito de flores no lo va a solucionar. Ah... Y si robas algo, lo voy a saber.

Esa advertencia ya la ofende algo más.

—Pero ¿por quién me tomas? ¡Por supuesto que no voy a

robarte! No soy tan rica como debes de serlo tú, y no pienses que no me parece sospechoso a lo que puedas dedicarte para tener tanto dinero, pero me han educado muy bien. ¡Soy una persona decentísima!

No dudo que lo sea. Uno la ve y no piensa en ladrones, en homicidas, ni en ningún tipo de criminal. No he visto a nadie que se le parezca, que con solo mirarte te haga pensar en girasoles, nubes de algodón y otras paridas del estilo. Me la imagino poniéndose botas de agua amarillas para pisar los charcos después de una tormenta y yendo a un funeral con un paraguas de lunares. No debe de saber lo que son los pantalones, y sé a ciencia cierta que no usa colorete, que su rubor es natural.

Una persona que se ruboriza así no puede ser una psicópata, pero me puede asustar mucho más que una.

—Demuéstralo obedeciendo mis exigencias.

Dicho esto, me doy la vuelta y regreso al gimnasio, con el cuello agarrotado y los hombros tan tensos que son la única parte del cuerpo que siento. Reconozco muy bien los síntomas: son aquellos con los que no he querido lidiar, de ahí que me haya dedicado a evitar a mi familia y a mis amigos. Intenso temor a ser juzgado, a ser el centro de atención de alguien durante una conversación, a que noten que estoy histérico por el intercambio verbal... Sudoración, malestar estomacal, mente en blanco, taquicardia.

La gente me aterra. Y ella más, porque es la que está bajo mi techo. Solo espero que podamos funcionar si pongo distancia.

Eso es lo que quiero. Distancia. Me encargo de dejarlo muy claro cerrando la puerta de la habitación con fuerza.

Capítulo 8

SE BUSCA DAMA DE COMPAÑÍA

Matilda

A Julian Bale le encanta dar portazos. Es una de las primeras cosas que he descubierto sobre él, y, por raro que parezca, no es la más desagradable. Después de una semana completa entrando en su apartamento para cumplir con las tareas de mi lista, he decidido que lo que menos me gusta es que no salga a saludar.

Vengo de una familia en la que sorber la sopa es un sacrilegio, no se pueden poner los pies encima de la mesa y decir «mierda» —que lo decía hasta Gigante en *Doraemon*— te puede costar una discusión sobre el buen hablar. No es difícil entender lo mal que me sienta que ni me devuelva el «hola». Que ni lo intente emitiendo un gruñido.

Sé que le caigo mal, pero eso no es excusa para ignorarme. La cortesía requiere un mínimo de hipocresía; por lo tanto, ¿qué le cuesta ser hipócrita conmigo, decirme «buenos días» e irse luego pensando que soy peor que un dolor de muelas?

—Huye de mí —les explico a mis amigas, tendida boca arriba en la alfombra, igualita que Lilo en aquel meme: «Déjame sola. Quiero morir»—. Ayer estaba con el portátil en el salón, y cuando vio que había llegado e iba a ventilarlo todo un poco, cogió y se metió en su dormitorio. Me odia tanto... No lo entiendo. Soy maja, ¿verdad?

—Cielo, eso va a ser lo mejor —responde Eli, ocupada organizando sus tropecientas botellas de vino sobre la mesilla del salón. Ahí puede haber, fácilmente, unos treinta mil euros o más—. Que te ignore, me refiero.

Levanto la cabeza con un mohín.

—¿Cómo va a ser lo mejor? Le traigo sus suplementos de hierro y vitaminas. He visto que tiene una colección de salvamanteles de *Star Wars*; seguro que se pone histérico con las marcas de los vasos y siendo adolescente se excitaba con el biquini de Leia. Y siempre tiene puestos Los 40 Principales, lo que significa que no tiene un gusto musical definido porque se traga las mismas tres canciones todos los días.

—¿Conclusión? —me apremia Tamara, echándose a la boca un puñado de Conguitos. Al haberse despatarrado en el sofá, el camisón de satén sexy que le gusta ponerse, duerma acompañada o no, se le ha subido hasta la ingle.

—Le conozco mejor de lo que conocía a muchos de mis compañeros de clase. ¿Sabes que me hace ir a un supermercado concreto para conseguirle el zumo de naranja, fruta de la pasión y mango que no venden en ninguna otra parte?

—¡A ti te encanta ese zumo! —recuerda Eli, entusiasmada con su excelente memoria.

—¡Exacto! Debemos de ser las únicas dos personas en Madrid que lo bebemos. Vamos, que lo retiraron del mercado porque no se vendía y por eso tengo que ir al quinto pino. Imagino que él y yo somos los únicos clientes... El caso es que podríamos llevarnos bien. Tiene todos los libros de Carlos Ruiz Zafón, y la novela que más ha leído por cómo de desgastado está el lomo es *La insoportable levedad del ser*, que es...

—¡Tu libro favorito! —concluye Tay, señalándome con el

dedo. Luego mira a Eli quitándose una pelusa invisible del hombro. «Yo también sé cosas de Matilda, chingue tu madre», parece decir.

—¡Bingo! ¿Y a que no sabéis qué más?

Tay arquea las cejas.

—A ver si adivino… ¿También duerme con un camisón victoriano? ¿Usa coletillas adolescentes? ¿Le encantan los güeyes con uniforme?

—Eso ya no lo sé, pero teniendo en cuenta que llamó a un poli el día que nos conocimos, lo último podría ser. Lo mejor de todo es… —hago redoble de tambores palmeándome los muslos—, ¡que usa hilo dental! ¿Quién usa hilo dental en este país y no es un maniático de la higiene? Solo él y yo.

—A ver… —empieza Eli—. ¿Cómo sabes tú eso? ¿Has estado husmeando en los cajones de su baño?

Prefiero no responder a eso, porque hasta yo me avergüenzo de haber invadido su intimidad.

—La conclusión de todo esto que os contaba —cambio de tema de forma drástica para evitar las explicaciones— es que no digo que no sea un estúpido, pero voy a su casa todos los días y me apena que esté tan solo. ¿No debería hacer algo para acercarnos?

—Si él hubiera demostrado algún interés en ti, te diría que sí. Pero si no quiere que alteres su paz… Creo que no deberías meterte.

—Eli, estoy segura de que Alison me ha contratado para algo más que para llevarle el periódico. Me ha contratado para que le haga compañía. Su hermana era la única persona que iba a verlo y que, sospecho, lo mantenía cuerdo. Viviendo en Barcelona, ¿cómo le va a recordar lo que es relacionarse? Necesita que alguien le mantenga en contacto con la realidad.

—¿Y por qué tienes que ser tú? —se queja Tay, con la boca llena de Conguitos—. Soy la primera que quiere saber qué onda con ese vato, pero que tengas tanto interés por ser su amiga me suena a que te da morbo que haya un papasito atormentado en el piso de arriba. Si no estuviera bueno ni pudiera pagar un ático de seis habitaciones en pleno Chamberí, no le harías ni caso, igual que Anastasia no habría mirado a Grey dos veces si no hubiera tenido un *six-pack* y un helicóptero.

—¡Eso es mentira! ¡Y me ofende que lo digas! No es un tío bueno sufriendo, es un tío que me está evitando, y no soporto que no me hagan caso. Me trata como si fuera insoportable y no mereciera ni su mirada, y estoy segura de que le gustaría si me conociera. Es una cuestión de orgullo... Aunque también me preocupa su situación, claro. La gente no se aísla si no le pasa nada.

—La neta —acepta Tay, cabeceando—. Creo que tienes un problema muy grave si no asomas la cabeza fuera de tu casa. O sea... No soy psicóloga, pero el ser humano es un animal social. Que se pase la función de relación por el forro es cuando menos curioso.

—Exacto. Será mejor que llame ahora a Alison y le explique la situación. Quería que al final de la semana le contara qué tal, y bastante me estoy retrasando.

—Pues que sea rapidito, que voy a servir el desayuno en tres minutos —me apremia Eli, que deja las botellas de lado en cuanto suena la campana del horno—. Avena con yogur de soja, frambuesa y papaya, tostadas con jamón e higos y *muffins*. No te voy a dejar ni uno si tardas más de diez minutos.

—Vale, mami.

En esta casa se desayuna a lo grande. Es una de las mejores cosas de vivir aquí, además de la permanente compañía.

No echo de menos la soledad de mi piso, pero sí me acuesto todas las noches un poco triste por haber perdido mi empleo. Aunque, oye, no está nada mal poder echarme siestas y tener más tiempo libre. Lo voy a necesitar cuando en un par de meses empiece a estudiar para el examen de acceso a la universidad.

Pienso en ello mientras el teléfono emite los tonos de llamada.

Alison responde al tercer pitido.

—Alison Bale.

Oh, es de *esas* personas, de las que responden con su nombre porque dan por hecho que las llaman por cuestiones profesionales. Quizá porque son más importantes en su entorno laboral de lo que son famosas en su vida personal. Ella lo es, sin duda. Importante, me refiero. Es una psicóloga muy famosa, lo sé porque la busqué en Google y se ve que se encarga de atender a unas cuantas figuras públicas: al cantante de un grupo de rock, a un actor de una serie adolescente de Netflix y a una *triunfita* frustrada que todavía tiene una nada desdeñable corte de seguidores.

Parece mentira, pero se puede saber mucho de alguien por cómo contesta al teléfono. Los positivos responden con un «¿Sí?». Los solícitos, con un «¿Dígame?». Los del «Diga» sin fuerzas para ponerlo entre signos de interrogación me parecen personas muy cansadas. Luego, los desconfiados, con ese abrupto «¿Quién es?». Los latinos suelen decir «¿Aló?», o al menos lo hacen Tamara y los personajes de telenovela.

En el extremo de todos ellos está mi madre, que suelta «¿Digamelón?» y se empieza a partir de risa ella sola.

—Hola, Alison. Soy Matty.

—Matty... —Una breve pausa para paladear mi nombre, intentando averiguar de qué le suena—. Ah, Matilda. Matilda Tavera, ¿verdad? Perdona, no te localizaba por el apodo. Me alegra mucho oírte, estaba esperando tu llamada como agua de mayo. ¿Qué tal todo por allí?

Le iba a preguntar qué tal le va con la mudanza y si se le hizo pesado el viaje, pero quiere ir directa al grano —no olvidemos que es una persona importante, responde «Alison Bale» cuando descuelga— y yo quiero mis *muffins*, así que se lo cuento todo al detalle: el susto del lunes con todo el tema del cuchillo, o mi atrevimiento al presentarme en su casa el martes, cuando me cacheó y criticó mis flores —no he vuelto a llevarle caléndulas, pero sí un ramo de rosas, de azucenas, incluso un girasol—. El miércoles por poco se me tiró encima cuando me vio abrir las ventanas de par en par para que corriese un poco el aire. El jueves no asomó la cara en todo el día, y mira que intenté llamar su atención haciendo todo el ruido posible mientras colocaba la compra. Dice que puede hacerlo él, pero no me da la gana de subir un séptimo andando solo para soltar unas bolsas. Quiero sentirme realizada. El viernes me dijo que se le había roto una bombilla del despacho y tuve que ir por la tarde. No me dejó ni asomarme a la habitación. El sábado lo pillé en el salón y huyó nada más verme. Y el domingo me dijo que no viniese, que no hacía falta nada.

Horrible.

—No entiendo cuál es el problema. A lo mejor debería dimitir. Está claro que no le gusto. Y yo suelo gustarle a la gente, ¿sabes? Me está empezando a afectar que me ignore, y no voy a dejar que alguien me amargue los días.

—No, no, no, Matilda. Lo estás haciendo muy bien. Eres la persona ideal.

—Siento llevarte la contraria, pero creo que soy todo lo contrario. Cualquier otra asistente cumpliría con las tareas de la lista y se iría a su casa sin problema. Yo llego a la mía preguntándome qué he hecho mal, ¿entiendes? Me preocupa estar incomodándolo. Y, por cierto, ¿por qué una asistenta y no un asistente?

—¿Eh? No sé. ¿No puse «asistente»?

—No, lo pusiste con «a».

—Habrá sido por la costumbre. El noventa por ciento de la gente que se dedica a las tareas del hogar son mujeres. Te aseguro que no me importaba el género. —Suena sincera, pero a saber. Es psicóloga. Igual que sabe cuándo la gente miente, seguro que suelta trolas como camiones y nadie se entera—.

Volviendo al tema... Eres la persona ideal porque te preocupa. Julian necesita que alguien insista en saber cómo está. Alguien como yo.

—Pues eso no es lo que me dijiste en la entrevista.

Alison suspira al otro lado de la línea.

—No te voy a mentir, Matilda. Te escogí porque se nota que eres alguien sensible y alegre, y esa es la clase de persona que Julian necesita tener cerca para darse cuenta de que no todo el mundo es... En fin, ya sabes. Tiene una visión de la gente muy negativa, y tú eres encantadora.

—Muchas gracias. Tú también eres muy guay.

Alison suelta una risa divertida.

—Seguro que te has dado cuenta de lo solo que está. Se entretiene trabajando, haciendo ejercicio, limpiando..., pero no se comunica con nadie. Sin mí estaba destinado al aislamiento. Por eso buscaba a alguien parlanchín y que se solidarizase con él, que no huyera al primer corte.

—Vale, me parece muy lógico, pero podrías haber puesto un anuncio más fiel a lo que buscabas.

—Lo pensé, pero no tardé en llegar a la conclusión de que poniendo «se busca hombre o mujer de compañía» aparecerían señoritas con lencería debajo de la gabardina y los bolsillos llenos de profilácticos.

Bueno, eso es verdad.

Por cierto, ¿qué clase de psicópata dice «profiláctico»?

—Siento mucho no haber sido sincera desde el principio. Tenía que asegurarme de que te preocupaba antes de pedirte que intentases acercarte a él.

—¿Cómo me voy a acercar a él si no quiere ni verme?

—Seguro que se te ocurre algo.

—Creo que la señorita de la gabardina lo habría convencido antes de que tiene que socializar. Por más lobo solitario que sea, sigue siendo un hombre. Respondería a la lencería *ipso facto*.

—No lo creas. Hace mucho que no... —Carraspea—. Sé que va a ser difícil. Ha pasado mucho tiempo desde la última vez que habló con alguien que no era yo. Ni siquiera tiene fuerzas para comunicarse con sus amigos. Les ha hecho creer que está muy ocupado y no los puede llamar aprovechando que viven al otro lado del charco.

Me muerdo el labio.

—Pero ¿por qué? ¿Qué le ha pasado?

—Eso lo tendrás que descubrir tú. La curiosidad no es la mejor motivación a la hora de indagar en el pasado de alguien, pero estamos en una situación desesperada. Aunque solo sea porque quieres averiguar qué le ha llevado hasta este punto en su vida, por favor, intenta que se comunique contigo. Que te lo confiese. Intenta gustarle.

—¿Gustarle? —repito sin pestañear—. ¿Quieres que...?

—No en ese sentido. No te estoy diciendo que te acuestes con él ni nada parecido. Solo que seas... una amiga. Me gustaría que pudiera contar con alguien.

Aunque controla tan bien su tono al hablar que parece que el asunto no va con ella, detecto su inquietud. Yo no tengo hermanos, pero mis amigas son parte de mi familia, y si alguna de ellas viviera encerrada, haría cualquier cosa para ayudarla.

Lo que me lleva a preguntar:

—Sé que tienes derecho a hacer tu vida aparte, pero... ¿por qué te has ido si tanto te preocupa?

—Para obligarle a relacionarse con otra persona. Sabía que no iba a conseguirlo si no la metía en su propia casa, y no habría permitido que hiciera eso si yo no me hubiese marchado. —Hay un breve silencio en el que la oigo suspirar, vencida—. ¿Puedo serte sincera, Matilda?

—Claro.

—No estoy en Barcelona. Estoy en Madrid.

—¿Y eso? ¿Aún no te has marchado?

—No voy a hacerlo. Mira, no me siento bien mintiéndole a mi hermano, pero ha pasado muchísimo tiempo desde el incidente y me he visto obligada a inventar todo esto para que, poco a poco, salga de su caparazón. Nunca va a aceptar mi ayuda, ni como hermana, porque para él es un fracaso seguir dependiendo de mí, ni como profesional.

Oh, vaya. Esto es más preocupante de lo que pensaba.

—Entiendo.

—Siento lo raro que suena todo esto. Eres libre de dejar el trabajo si no estás cómoda. Es una responsabilidad muy grande la que he puesto sobre tus hombros. Te estoy pidiendo que hagas lo que ni yo, su hermana, he podido hacer. —Su voz se quiebra de forma casi imperceptible, pero yo lo noto y se me rompe el corazón—. Por eso te estoy pagando tanto. Coger un periódico es sencillo. Ayudarlo, no tanto.

—¿No habría sido mejor que contrataras a una psicóloga, aunque trabajara encubierta?

—Esto que te voy a decir desprestigia mi trabajo, y es verdad que en algunos casos no es cierto, pero a veces el mejor psicólogo es un amigo. Sobre todo cuando uno de los problemas es que la persona está sola.

»Mi hermano ha desarrollado una fobia terrible a todo lo relacionado con el entorno social. Si consigues que te hable de sí mismo y salga de casa, aunque sea al rellano del edificio, ya habrás hecho por él todo lo que una psicóloga no ha conseguido. Yo soy un ejemplo de persona en la que cree, pero soy su hermana. Piensa que soy así con él porque compartimos la misma sangre. Le hacía falta conocer a alguien de fuera con las mismas virtudes para entender que yo no soy un caso aislado de persona decente.

Asiento como si pudiera verme.

—¿Sigues ahí? —pregunta tras un buen rato—. De verdad, si no estás cómoda con esto...

—No, estoy bien. Agradezco que hayas sido tan sincera conmigo, lo necesitaba para entender un poco mejor qué hacía allí. Ahora tiene sentido.

—¿Te vas a quedar?

—Pues claro. Creo que nadie en este mundo debería estar solo.

Me la imagino esbozando una sonrisa aliviada.

—Muchas gracias, Matilda.

—Mejor, Matty.

—De acuerdo, Matty. Llámame siempre que puedas. También estaré en contacto con él, pero me gustaría conocer la versión de ambos si vuestro contacto fuera avanzando.

Nos despedimos de manera formal —bueno, *ella* se despide de manera formal y yo le mando muchos besos— y colgamos. Me quedo un buen rato con el hombro pegado a la pared del salón, con el móvil en la mano y los ojos clavados en el borde del espejo de la entrada.

Es increíble cómo en cuestión de diez minutos he dejado de tener un trabajo para tener una misión.

Estoy de acuerdo con Alison en que puede que consiga gustarle, por muy difícil que ahora mismo parezca. Hasta los matones que me acosaban en el colegio, aprovechando que haría lo que fuera para caerles bien, acabaron prendándose de mí. Les costó unos años, que los profesores los expulsaran y que mis padres hablaran con los suyos, pero hoy en día soy muy amiga de varios que me robaban el almuerzo y me llamaban «gorda».

Julian no va a poder resistirse a mí, lo sé.

Pero, por otro lado, no sé si es buena idea. Si se entera de que su hermana le ha mentido y de que me ha contratado para esto, a lo mejor se pone furioso. Se creerá que nos hemos entrometido demasiado. Y no me cabe duda de que tendría razón, porque es lo que estamos haciendo, igual que la comunidad lleva mucho tiempo refiriéndose a él como una bestia, un asocial y cosas peores.

Ahora me siento culpable por todas las veces que me he reído de los comentarios de Edu y Tamara.

Está claro que estamos frente a un problema grave. Deberíamos haber demostrado un poco de sensibilidad.

Por lo menos puedo intentar enmendarlo. *Quiero* enmendarlo. Es mi trabajo, mi misión, pero esa es la última razón por la que voy a subir al ático.

No lo hago porque quiera sentirme bien conmigo misma, sino porque alguien necesita ayuda. Y a mí me han enseñado que, cuando una persona está en apuros, hay que echarle un cable. Ha despertado mi empatía y se ha aprovechado de mi sensibilidad para que acepte esta conclusión, porque no he sido muy comprensiva con él por culpa de su actitud. Ahora puedo verlo como lo que es. Una víctima de... algo.

¿El qué? No lo sé. Lo único que sé es que tengo el trabajo de mis sueños. Me van a pagar por ser paciente y simpática.

Y si no lo soy lo suficiente, no se podrá decir que no haya dado lo mejor de mí.

Capítulo 9

Ni el diablo patea cachorritos

Matilda

No soy ninguna especialista ayudando a ermitaños a salir de su cueva, pero, por ejemplo, sé que retándolo a jugar al *Uno* no voy a conseguir nada. Me ha dejado muy claro que mi compañía no le resulta agradable de ningún modo, lo que solo me deja una alternativa: molestarlo. Hacer las cosas que sé que le sacan de quicio para que se vea obligado a asomarse fuera de su habitación.

Tengo mis (serias) dudas cuando voy a pulsar el botón del reproductor de música.

Sé que trabaja. A veces se encierra en su dormitorio, pero la mayor parte del tiempo lo pasa en un despacho en el que no he entrado, lo que significa que suele estar ocupado y no se tomaría bien que le importunaran.

Pero ¡al diablo! Tengo que arreglármelas para que hable conmigo.

Me dirijo a toda pastilla al salón, haciendo sonar los tacones de mis zapatos. Con suerte me oye y no tengo que hacer más ruido. Abro los ventanales de par en par: la brisa fresca del penúltimo día de septiembre me revuelve el pelo suelto. A continuación, pongo una canción de Aretha Franklin al máximo volumen.

Y, ahora, a esperar, como cuando le tiendes la mano a un perro callejero.

Hay que ser paciente. No va a confiar en ti a la primera de cambio.

Pero Julian sí confía en su cabreo monumental. No se le oye bajar por la escalera: siempre va descalzo, y siempre lleva ese chándal gris desgastado que se nota que una vez fue carísimo. Aun siendo una prenda deformada, no consigue disimular los perfectos contornos de su cuerpo.

Me sorprende que aparezca con unas gafas de vista que no logran ocultar las chispas que salen de sus ojos.

Dios, con gafas es igual que su hermana, solo que en rubio.

—¿Qué coño haces aquí fuera de horario? ¿Y qué...? —Pone los ojos como platos al ver las ventanas abiertas. Le falta tiempo para precipitarse sobre ellas y cerrarlas como si acabaran de decirle que hay un francotirador en la azotea del edificio de enfrente. Se gira hacia mí con una expresión ominosa—. Como vuelvas a abrir las ventanas sin mi consentimiento...

—¿Cuál es el problema? ¡Las habitaciones necesitan ventilar o empieza a oler a humanidad!

—Responde a mi pregunta.

—Pues hazla con más educación.

Julian se acerca a mí con la boca torcida en una mueca.

No me da ningún miedo. Lo he tratado muy poco, sí, pero ha sido suficiente para darme cuenta de que no le gusta la cercanía física, y la necesitaría para matarme.

Tal y como esperaba, se queda a unos pasos de distancia, demasiados para suponer una amenaza.

—Vete de mi casa —me ordena al borde de la crisis nerviosa.

—Alison me ha pedido que viniera a ayudarte con la limpieza general, y yo no puedo limpiar sin un poco de luz y música.

—La limpieza general es el primero de cada mes, y no necesito tu ayuda para ello. Me da igual que Alison te haya contratado. Mis órdenes prevalecen sobre las suyas, y si te digo que desaparezcas, desapareces.

Está muy enfadado. ¿Por qué? ¿Por un poco de música? ¿Porque no le gusta que corra el aire en su apartamento? ¿O por mis calcetines altos? Me mira mucho las piernas, y sé distinguir cuándo un hombre lo hace por interés carnal y cuándo por no entender mi estilo a la hora de vestir.

—No voy a desaparecer por mucho que quieras, y menos si me han dicho que tengo que barrer.

—Bárrete a ti misma fuera de esta casa. Me estás cabreando, Matilda.

—Creo que el gerundio no casa bien contigo. Implica que una acción está cociéndose, y tú ya saliste cabreado de fábrica.

—Está claro que no dominas tan bien el significado universal del lenguaje como las conjugaciones verbales, o si no ya habrías entendido el mensaje: largo.

—Lo que falla no es el mensaje, sino la forma de expresarlo. ¿Estás escuchando la letra de la canción? —Señalo al techo con el índice—. *«All I'm askin' is for a little respect when you get home».*[11] A lo mejor deberías aplicarte el cuento, porque no me gusta tu actitud grosera.

—Es la única actitud que vas a sacar de mí si sigues pasándote por el forro las normas. Yo no respeto a quien no me respeta —aclara, mirándome con fijeza—. Y creo que se te está olvidando que esta no es tu casa.

—*«R-E-S-P-E-C-T»* —deletreo, siguiendo a Aretha Franklin y meneando el dedo—. *«Find out what it means to me!».*[12]

---

11. Todo cuanto pido es un poco de respeto cuando vuelves a casa.
12. Respeto. Descubre lo que significa para mí.

—¿Qué quieres? ¿Que te pida por favor que te marches y bajes la música? Estoy bajo mi propia...

—«*R-E-S-P-E-C-T. Take care, TCB!*».

Julian desencaja la mandíbula.

—Ya veo. Quieres jugar a las cancioncitas. Muy bien.

Mientras la cantante empieza la segunda estrofa, Julian saca del bolsillo del pantalón su teléfono móvil. Aprovecha la distracción para quitarme los ojos de encima, algo que parece aliviarlo, y pulsa una canción que reconozco al instante.

Va directo al estribillo.

—¡Michael Jackson! ¿Es tu cantante favorito?

Él entorna los ojos.

—No, mi cantante favorito es Leon Bridges.

—No he escuchado nada suyo —confieso, pensativa—. Tendré que hacer una búsqueda rápida en YouTube. ¿Qué tipo de música hace?

—Soul. Y seguro que lo has escuchado. Tiene canciones muy famosas, como... —Frena de golpe y vuelve a cerrarse en banda antes de espetar—: No la he puesto para hablar de gustos musicales, sino de que tienes que largarte. Puedes saborear el mensaje mientras desfilas hacia la puerta.

Tuerzo el morro como si así pudiera entender mejor la letra.

Leave me alone,
leave me alone...
Stop it!
Just stop doggin' me around![13]

—Sé lo que significa *stop it*, pero lo demás se me escapa. ¿Qué es *doggin' me around*? ¿*Dog* no era «perro»...? Tuve que

---

13. Déjame en paz / déjame en paz / ¡Detente! / Simplemente, deja de rondarme como un perro.

dejar el instituto a los dieciséis años y mi nivel de inglés no era muy alto. Desde entonces no he vuelto a retomarlo.

Mi intención al proporcionarle ese dato es que sienta curiosidad o me corresponda con alguno del estilo, pero sigue estando furioso.

—Lo que me extraña es que alguna vez llegaras a pisar un instituto. No debes de ser muy lista si ni siquiera has asimilado los conceptos básicos de *Barrio Sésamo*, como para ponerte con las ecuaciones. ¿Qué significa un «vete» en el planeta de los estúpidos?

Ese comentario me sienta mal. Mal de verdad.

Me está diciendo que soy corta de mente, y sé que no lo ha dicho por no haber acabado el instituto, pero estoy tan acostumbrada a oírlo que me afecta.

Creo que le he dado suficiente conversación por el presente día. Y si no, pues Alison va a tener que disculparme, porque ni siquiera yo me tomo tan bien las groserías como para seguir insistiendo.

Pongo la canción de Aretha Franklin en pausa y guardo el reproductor en el bolso, que había dejado sobre la mesa.

Julian no se mueve.

—Ya buscaré la traducción en Google, aunque puedo hacerme una idea del significado —mascullo sin girarme para mirarlo—. Ya me voy. Pero si no te importa, voy a subir un momento al baño. Tu comentario me ha dado ganas de vomitar y no quiero mancharte la alfombra. —Antes de darme la vuelta, añado entre dientes—: *Hit the road, Jack*.

Con el rabillo del ojo compruebo que se ha quedado conmocionado. No soy la clase de persona que se regodea en estas cosas, pero reconozco que me tienta.

Subo al baño, pero no para vomitar, sino para otro tipo de necesidades. Además, quiero comprobar que las bombillas que compré para el despacho funcionan.

Julian no intenta detenerme, y no sé si es buena o mala

señal. Lo que sí sé es que estoy enfadada. Los enfados no me duran más de cinco minutos, pero mientras lo hacen, me siento la persona más diminuta del mundo.

¿Qué necesidad había de relacionar lo pesada que soy con mi cociente intelectual? ¿En serio no sospecha que insisto tanto porque quiero ayudarlo? ¿Por qué no quiere ayuda? Algo muy terrible tuvo que pasarle si hasta yo, que siempre vengo en son de paz y lo único malo que puedo hacer es poner música a todo volumen, le parezco una compañía repugnante.

Estoy tan mosqueada que paso por delante del baño sin darme cuenta y entro en la habitación de al lado. Sé que me he equivocado cuando casi choco con un escritorio macizo, un Mac gigantesco y una pizarra digital encendida. Enseguida retrocedo, disculpándome en voz baja con el aire por el error, pero la curiosidad me lleva a asomarme de nuevo.

Está claro que he interrumpido algo con la música. Estaba ocupado llenando la pizarra de garabatos, garabatos que no tardo en reconocer como fórmulas matemáticas. Ya es raro de por sí tener una pizarra digital carísima en un despacho, pero llenarla de números... Parece un problema resuelto.

Miro a un lado y a otro antes de entrar. Entorno los ojos sobre el montón de papeles que ha reunido encima de la mesa y, al querer girar uno para leer lo que pone, le doy sin querer al ratón.

La pantalla del ordenador se ilumina.

No quiero seguir cotilleando, pero es tan grande y el brillo tan potente que la pestaña de YouTube se me mete por los ojos. Está metido en un perfil, o canal, o como se diga, de un hombre que parece dar lecciones de matemáticas, química o algo parecido.

Antes de que me dé cargo de conciencia por estar curioseando lo que no debo, tengo tiempo de ver una serie de miniaturas de vídeos divididos por su contenido: «Probabilidad, segundo de Bachillerato». «Integrales; definidas, cambio de variable». «Vectores: cuarto de la ESO».

Memorizo el nombre de la cuenta de YouTube —no me cuesta mucho: me hace gracia que se llame *JaqueMates*— y me retiro rápido, dejando la puerta tal y como me la he encontrado. Corro al baño, tiro de la cadena, aun cuando sigo orinándome, y vuelvo a salir orgullosa de la pantomima.

Casi vuelvo a tirar el bolso cuando tropiezo con Julian en el pasillo del piso de arriba.

—Dios, qué susto —farfullo—. Solo iba a usar tu baño, no tenías que seguirme.

—Ya.

Trago saliva, preocupada por si se ha dado cuenta de que he estado fisgando. Está más serio de lo habitual, así que es posible que me haya visto. Me quedo en el sitio por si tiene algo que decirme, y sí, se decide a hablar, pero no me llueven acusaciones.

—Lo que he dicho antes ha estado fuera de lugar —masculla sin mirarme.

—Con eso quieres decir que sabes que no estaba bien, objetivamente hablando. Pero ¿lo has dicho porque lo piensas? ¿De verdad crees que soy estúpida?

Él me mira de reojo como un cachorro que sabe que ha sido desobediente.

—No. Creo que no entiendes un «no», y por eso lo he relacionado con *Barrio Sésamo*, pero no es que piense... Si te digo la verdad, tampoco te imaginaba como alguien con una carrera universitaria, teniendo en cuenta que estás aquí, atendiéndome, y no haciendo otra cosa... Lo que no quiere decir que seas tonta —insiste, nervioso—. Ha sido un comentario clasista en el que no me he reconocido a mí mismo. Disculpa.

—Y cómo me imaginas, ¿eh? ¿Por qué te doy la impresión de ser idiota? ¿Porque soy simpática incluso cuando me dan coces?

—Si pensara que eres idiota —tantea muy despacio y me mira con cierto recelo, como si temiera que me lo tome mal—, sin duda sería por eso. La ingenuidad está muy relacionada con eso que has descrito, ser simpático tras las coces.

—¿Se supone que debo ser una desagradable con la gente que no me trata bien? No es así mi manera de hacer justicia.

—No me digas que eres de las que creen que, siendo amables, van a conseguir erradicar la maldad del mundo. De las que «hacen el amor y no la guerra». —Lo dice con retintín—. Porque, si es así, me estarías dando la razón.

—¿Te refieres a que soy tonta por ser pacifista y no rebajarme al nivel de los matones de turno?

Julian traga saliva.

—Mira, déjalo. No pensaba que fuera a afectarte tanto, ¿de acuerdo? Pero ha sido obvio que te ha dolido, así que... lo siento.

—Uno no se disculpa por las reacciones de los demás. Se disculpa por las suyas propias.

Julian retira la mirada del zócalo de la pared, donde la había perdido, y se concentra en mi expresión. Una corriente eléctrica hace cosquillear mi estómago, donde apoyo una mano torpe como si así pudiera controlarla.

Tiene unos ojos alucinantes, de ese azul intenso que solo le había visto antes a Paul Newman.

—Lo siento. —Se pasa una mano por el pelo, apartándoselo de los ojos. La visión de su cara despejada me distrae un segundo...¡y qué segundo!—. No, en realidad no lo siento. Es que no lo he dicho con esa intención, ¿entiendes? No iba a hacerte daño. Y no es por nada, pero tengo todo el derecho a cabrearme. Es que creo que no eres consciente de que...

—¿Y para qué me pides disculpas si no lo sientes? —le interrumpo con cansancio.

Esto de enseñar los valores de la asertividad a tullidos emocionales es un trabajo costosísimo y que no está debidamente recompensado.

—Porque... Pues porque... Porque me he sentido como si hubiera pateado un cachorrito, ¿vale? —Desvía la vista de nuevo—. Mira, no creo que sea tan difícil de comprender. Esta es *mi casa* y tú eres una extraña, y te has puesto a hacer lo que te ha dado la gana...

—Solo porque tú te esfuerzas en que lo sea.

—No tengo que esforzarme porque sea esta mi casa, Matilda Tavera. —Que se dirija a mí por el nombre y el apellido me pone en guardia—. Ya lo hice ahorrando para que mi nombre figurara en las escrituras.

—No me refiero a eso. Digo que podría no ser una extraña. ¿Por qué no ser amigos?

Al retirar la mano de la cabeza, donde estaba aguantando su flequillo rebelde, un par de mechones rubios vuelven a cubrirle parte de la cara, como si no quisieran que viese cómo frunce el ceño. Consiguen disimular tan bien las arruguitas de la frente que me imagino —porque soñar aún no es pecado— que no está enfadado.

Cuando abre la boca, sé que va a decir una grosería, pero en el último momento se desinfla y me sorprende con algo distinto:

—¿Qué esfuerzos implica tu definición de amistad? ¿Qué valores lo describen?

Mi corazón se acelera, ilusionado con la idea de que se abra un pelín.

—Confianza, lealtad, empatía... No haría falta que llegáramos a la amistad si todo eso te hace sentir violento, pero creo que interactuar quince minutos todas las mañanas no nos vendría mal a ninguno de los dos.

Julian presiona los labios. No son su mejor virtud, la verdad. Son finos, alargados, casi siempre fruncidos en una mueca rígida, como si no pudiera apartar de su cabeza un mal pensamiento.

Nadie dice que esto tenga que ser un símil. A lo mejor es verdad que le persigue una nube negra. Y es una pena, porque ese gesto afea un conjunto que podría derretir un bloque de hielo.

Se da cuenta de que le estoy mirando la boca, y cuando quiero enmendarlo, es demasiado tarde. Él contraataca desviando los ojos a mis labios entreabiertos.

Por un segundo juraría que se para el tiempo. Sé que me he ruborizado cuando Julian cambia el peso de pierna, señal inequívoca de incomodidad.

—Estoy seguro de que tienes cientos de amigas. No me necesitas.

—Tengo corazón de condominio. Únete a la secta. Siempre cabe uno más.

—¿En tu corazón, dices? —Su cara de pasmo no tiene precio.

—Sé que suena descomunal, como si fuera a entregarte mi amor eterno, pero no es la gran cosa. El corazón solo es un órgano musculoso, contráctil y con tres o cuatro cavidades que permite la circulación de la sangre —recito de memoria— y, metafóricamente hablando, tampoco es para tanto. Aquí dentro conservo hasta al primer chico que me dio un beso.

Julian me examina de arriba abajo, tan despacio que no sé cómo sentirme al respecto.

—¿Y cuánto hace de eso? ¿Unos meses?

—¿Lo dices por mi ropa? —Suspiro—. Sé que me hace parecer más joven de lo que soy, pero voy a cumplir veintisiete años en diciembre. La noche del veinticuatro, cuando viene Papá Noel —especifico—. Si para ese entonces has dejado de incordiarme, como si me colara en tu casa para robarte, a lo mejor te invito a mi fiesta de cumpleaños.

—Si para ese entonces tú has dejado de incordiarme a mí, a lo mejor no hago trizas la invitación a tu fiesta de cumpleaños. —Y se cruza de brazos, orgulloso de su bordería.

—Sigue así y no te llegará ninguna invitación, listo. Ni siquiera te felicitaré las Navidades.

—¿Serías capaz de hacer algo así? —Finge sorpresa—. ¿De ignorarme durante la época más mágica del año?

—Puede que sí, puede que no. ¿Tú serías capaz de romper la única invitación de cumpleaños que te llegaría?

—Pues claro que sí. ¿Qué te hace pensar que me preocuparía o me daría cargo de conciencia rechazar tu maldita...? —Se interrumpe y vuelve a revolverse el pelo. Suspira de forma cansina—. Mira, es un suplicio intentar ser desagradable contigo, pero no me dejas elección. No vuelvas a hacer algo que te he pedido que no hagas, y estaremos en paz.

—¿Vas a seguir escondiéndote en tu habitación cuando llegue? Porque quiero que me saludes. Es lo mínimo. Un simple «hola». No es tan difícil.

—No pareces la clase de persona que se contenta con un «hola». Si te lo digo, te las arreglarías para engancharme en una conversación sin final. Seguro que eres de las que se cruzan con alguien por la calle y lo detienen para charlar hasta que se les ha olvidado para qué habían salido.

Esa ha sido una descripción muy acertada de mi persona. Ya sé que soy un libro abierto, pero me ofende que le haya resultado tan fácil calarme. Ni siquiera hemos hablado, solo nos hemos gruñido. Sobre todo él.

—¿Y qué si quiero tener una conversación?

Se hace un pequeño silencio en el que se rasca la coronilla.

—Que no es lo mío.

—¿El qué no es lo tuyo? ¿El lenguaje? Porque esto lo hemos construido entre todos, es un logro de la humanidad y lo único que diferencia al hombre de los animales. Deberías saber cómo funciona.

—No... —Ahora se rasca el cuello. Va a ser verdad que le produzco alergia—. No se me da bien la gente.

Oh, sí, ya me he dado cuenta.

—Y en vez de practicar para que se te dé algo mejor, te cierras en banda, ¿no?

—Tú no entiendes nada —espeta de repente, mirándome con un fuego oscuro en los ojos—. Aunque tampoco me interesa que lo entiendas. Me disculpo porque me he pasado de rosca, pero no quiero intimar contigo de ninguna manera. Y ahora tengo que trabajar. No hace falta que vengas hasta el jueves.

—Pero...

Me quedo con la última frase: tengo dos días enteros disponibles para investigar qué es eso de *JaqueMates* y qué relación guarda con Julian. No me extrañaría que estuviese estudiando. Puede estar matriculado en la universidad a distancia. Si lo pueden hacer los presos y las mamás trabajadoras, los ermitaños cabeza de buque, también.

Ya sabía que Julian no iba a permitirme decirle adiós como Dios manda. Irse sin dejar terminar a los demás es su marca. Y también es una pena, porque habría estado bien darnos las buenas tardes estrechándonos la mano después de la charla. Lo más parecido a una charla real que hemos tenido desde que nos conocemos, me refiero.

Pasa por mi lado, levantando una corriente que me azota la melena, y se encierra en lo que ya sé que es el despacho.

Por supuesto, no se ahorra el portazo.

Capítulo 10

JAQUE, MATES

Julian

Hago clic sobre el botón virtual de «Publicar» y me levanto de la silla muy despacio. Como me enseñó mi fisioterapeuta, voy crujiéndome la espalda poco a poco.

Después de seis horas seguidas intentando grabar un vídeo decente sin equivocarte en el resultado de las derivadas, la columna se te resiente. He tenido problemas serios de lumbago por culpa de mi trabajo. Y ahora, por culpa de Matilda, voy a tenerlos por partida doble.

Podría haber resuelto en cuatro horas la grabación, la edición y la publicación en YouTube, pero se me ha tenido que aparecer con su tonillo repipi para sermonearme por mi falta de educación. Ni mi madre se tomaba tan a pecho que no diera los buenos días, aunque eso debe ser porque la señora Bale estaba tan sumida en su mundo particular que no se daba ni cuenta de que tenía una familia más allá de su marido.

Es algo que llevo sabiendo un tiempo. Cada persona tiene su propio mundo, un rincón en su pensamiento al que acceder en los momentos más bajos para abstraerse y huir de la realidad en la que vive, sobre todo cuando esta resulta dolorosa. Es imprescindible respetar el mundo interior, los secretos remansos de paz de la gente, porque es el único espacio en el que se sienten cómodos. Matilda, para llevar el respeto siempre en la boca, parece que eso de no meterse en conciencias ajenas se le atraganta.

Matilda, Matilda, Matilda. Florecen tres pensamientos en mi retorcida cabeza, y dos de ellos terminan su reflexión con ese nombre. No me extraña porque es lo único que tengo ahora mismo. Es la persona que veo a diario.

Sin embargo, me resulta desagradable.

No estoy acostumbrado a pensar en alguien tan a menudo. Me impide concentrarme en mis tareas, y al mismo tiempo tengo mucho que agradecerle. Un minuto lejos de la parte oscura de mi mundo es un minuto de oro, y gracias a (o por culpa de) ella, pronto podría hacerme rico.

Cierro la pestaña del vídeo y bajo el volumen de la canción de Leon Bridges que estaba escuchando. Me meto en el correo electrónico, donde se me amontonan las dudas concretas, las sugerencias y las propuestas para el taller de problemas.

Es un día flojo porque llevaba una semana sin subir contenido a mi canal. Solo tengo cuatrocientos cincuenta y dos correos. Es lo malo de decir al final de cada vídeo que tienes un e-mail disponible para atender consultas académicas. Contestar es doblemente extenuante cuando llevas una cuenta bilingüe.

Además de para ver las películas en versión original, enriquecer mi currículum y tener novias a un lado y al otro del océano Atlántico —este último beneficio no lo he aprovechado—, el bilingüismo me ha servido para cosechar más de cinco millones de seguidores a lo largo y ancho del mundo. Ni afirmo ni desmiento que muchos de estos sean mujeres sin ningún interés por las matemáticas que enseño. He subido unos cuantos vídeos mostrando mi cara y parece ser que algunas madres de alumnas y una cantidad ingente de menores de edad se han visto atraídas por mi aspecto.

Sé que pude ser atractivo cuando me preocupaba algo más de mi imagen, pero nada explica el aluvión de correos explícitos llenos de indecorosas intenciones. Viniendo de un hombre resulta menos extraño este acoso y derribo; tengo un par de compañeras en la red, con las que por suerte no he intercambiado una sola palabra, que se dedican a ofrecer su sabiduría sobre otras asignaturas y son constantemente hostigadas por pajilleros y aduladores varios. Pero se supone que las mujeres son más sutiles, y digo «se supone» porque he recibido algunos mensajes que herirían la sensibilidad del lector.

Gracias a Dios, he podido bloquear algunas palabras soeces y otras que son sinónimas para que la plataforma envíe sobre la marcha a la bandeja de spam toda propuesta indecente. Así me quedo solo con las consultas individuales.

Puedo abordar cómodamente el trato virtual con mis alumnos porque entre nosotros no existe un compromiso más allá del profesional. No me involucro con nadie al poner «besos» al final de un correo electrónico, cuando en un *face to face*, en cambio, me resultaría imposible acercarme lo suficiente para dar uno de cortesía.

Gracias a este tipo de contacto, por impersonal que sea, no me he vuelto loco.

De: eloisagarcia@hotmail.com
Para: jaquemates@gmail.com
Asunto: Duda sobre el ejercicio de subespacios vectoriales base 1: paramétricas implícitas

El motivo por el cual el vector cero no puede estar nunca incluido en una base (vectores LI), pero siempre incluido en un espacio o subespacio vectorial (vectores LI+LD), es porque el vector cero siempre es LD con cualquier otro vector, ¿no?

De: jaquemates@gmail.com
Para: eloisagarcia@hotmail.com
Asunto: RE: Duda sobre el ejercicio de subespacios vectoriales
base 1: paramétricas implícitas

Correcto.

Bueno, tampoco he dicho que mis conversaciones sean para tirar cohetes, pero por lo menos me relaciono con seres de carne y hueso.

La rapidez con la que debo contestar para dar abasto me impide ser cercano o desearles buena suerte en su examen, y a veces me pregunto si no debería echar doce horas en lugar de ocho para alargarme un poco más. Ya en mis correos adjunto una plantilla con el logo del canal, en el que incluyo eso de *good luck*, pero siempre hay quienes exigen la contestación personalizada y me acusan de borde por no poder hacer más. No son conscientes del obsceno volumen de mensajes que bloquea mi bandeja de entrada a diario. Por Dios, tengo al mundo anglohablante —norteamericanos mayoritariamente, pero también británicos, australianos y hasta escandinavos—, latino y español pendiente de mí. Cobro más dinero del que podría gastar, pero si hubiera sabido que la enseñanza virtual sería tan extenuante, me lo habría pensado dos veces.

Por lo menos me parecía excitante en su momento. Hay una cantidad brutal de alumnos agradecidos. La mitad de esos mensajes están llenos de cariño. Son de estudiantes que aseguran que les he resuelto la asignatura, que gracias a mí han subido la media... Algunos incluso adjuntan las notas de su expediente.

Era muy gratificante, y a día de hoy me siguen emocionando algunos correos, pero preferiría no invertir la mitad de mi día en esta correspondencia: en una jornada trabajo, más que un profesor de instituto en toda su vida, y lo sé porque he trabajado en la escuela pública y me consta que te ponen en bandeja lo de rascarte las pelotas y desentenderte del alumnado. No porque haya sido de esos, claro, sino porque lo he visto, sobre todo en los que estaban a punto de jubilarse. Antes me metía mucho con ellos —con los maestros presenciales—, pero ahora tengo que darles las gracias. Si se tomaran en serio su labor como docentes, yo no tendría visitas en mis vídeos.

Me dirijo a la cinta que tengo en el gimnasio y me dispongo a correr. No puedo permitir que mi cuerpo se resienta, y prefiero resolver dudas en el móvil mientras hago deporte que encorvado sobre la mesilla.

Justo cuando doy al «Play» a *Bust a Move*, me interrumpe el politono preestablecido del teléfono inalámbrico.

Pulso los botones adecuados para empezar a correr y atiendo la llamada en el manos libres.

—Hasta que por fin te dignas a dar señales de vida —respondo en inglés—. Después de haberme endosado a My Little Pony comprendo que no hayas encontrado el valor para contactarme. Alguien más sensible que tú se habría mudado del país para huir de mi furia.

—Bueno, del país no he huido, pero no me tienes al alcance de la mano. Y, por cierto, soy yo la que se ha ido a otra ciudad, Jules. Por lo tanto, eras tú quien debía llamarme para saber cómo estoy. Pero quiero saber qué tal va con My Little Pony, así que, si lo prefieres, nos saltamos las preguntas de cortesía.

Genial, ahora me siento un monstruo.

—Oye, disculpa que no me haya preocupado de llamarte. No dudo de tus habilidades para la adaptación y estoy tan ocupado que no doy abasto. ¿Qué tal tu primera semana?

Cualquier cosa menos ponerme a hablar de Matilda. Bastante se me han metido por los ojos los dichosos leotardos como para encima ponérmelos ahora en la boca.

Debería haberle pedido que no viniese hasta el lunes que viene.

O que no viniese nunca más.

—Muy ajetreada. La mudanza no se hace en un día y me quedan un montón de cosas por organizar. Por suerte, no empiezo las clases hasta el diez de octubre. ¿Has obviado mi pregunta sobre Matty, o son imaginaciones mías?

—Es muy probable que sean imaginaciones tuyas.

—Julian...

—Alison... —la imito con la voz en falsete—. Eres la psicóloga aquí, ya deberías saber lo que opino, al igual que no está bien acorralar al paciente para que te cuente lo que quieres saber.

—Tú no eres mi paciente, sino mi hermano, y eso me permite acorralarte siempre que quiera. ¿No estás contento con mi elección?

—No, no lo estoy. Has infiltrado a una entrometida en mi casa con armas blancas en el bolso. De todas las personas a las que podrías haber seleccionado, escogiste a la peor.

—No creo que un pintalabios pueda usarse como arma.

Si ella supiera que me sentí más incómodo al fijarme en sus labios pintados que cuando vi el cuchillo, me diría que estoy loco.

Todavía no descarto padecer alguna patología de ese tipo.

—Y no tendrás tanto problema si no me has llamado antes para quejarte —añade en tono conspiranoico.

—No te he llamado para quejarme porque no soy un crío de diez años ansioso por recibir atención.

Corrijo: soy un hombre de veintinueve años ansioso por recibir atención.

—¿Qué tiene que ver una cosa con la otra? Oye, ¿qué estás haciendo? Se te escucha entrecortado.

—Estoy en la cinta. Y respondiendo correos en el móvil. Y escuchando música. Como ves, me pillas un poco ocupado. ¡Para que luego digan que los hombres no podemos hacer dos cosas a la vez!

—Si estás tan ocupado, podrías pedirle ayuda a Matty para el asunto de la limpieza. No puedes dedicarle un día entero a ese pedazo de dúplex, como mucho un par de horas, y no son suficientes para dejarlo como una patena.

—Ya sé que le has dicho que venga a ayudarme con la limpieza general —rezongo con retintín—. No pierdas el tiempo haciéndote la tonta.

Puntualizo el final de una respuesta a una duda rápida de física básica y la envío. La siguiente alumna pregunta por ecuaciones químicas.

—¿Voy a tener que disculparme porque quiera ofrecerte mi ayuda? Siempre hemos limpiado juntos, no veo por qué vas a tener que hacerlo tú solo teniendo a alguien empleado para ello.

Suspiro otra vez.

—¿Por qué ella, Alison?

Hay un pequeño silencio al otro lado que me sirve para despachar el tema de ecuaciones químicas y cerrar cinco correos que me felicitan por mi trabajo. ¿Qué se responde a «me ha salvado la vida»? ¿«Me alegro»? ¿«Bien por mí»?

—¿Y por qué no? —contraataca ella al fin—. Es todo lo contrario a mí.

—Ese es el problema.

—¿Por qué va a ser un problema que estés con alguien alegre, dicharachero, parlanchín...?

—Pues que no sabe mantener las distancias, es repelente, no respeta la privacidad...

—La privacidad está sobrevalorada, y deberías ir olvidándote de eso de mantener las distancias. Está en tu casa, Julian. Lo mínimo que puedes hacer para que os resulte cómodo a ambos es permitir que se acerque a ti. Lo suficiente para que la breve convivencia no sea un suplicio.

—Que se acerque a mí, ¿cómo? —indago con los ojos entornados.

Puedo no ser la persona más perspicaz de Madrid, pero tampoco me caí de la cuna. Sé qué pretendía mi hermana al contratar a Matty, y no necesito hablar con ella de esto para deducirlo. Basta con echarle un ojo a esa mujer.

No es en absoluto mi tipo, ojo. Las mujeres con las que he salido siempre han sido poco llamativas en el físico, intelectuales y tan reservadas como yo. Matilda es una veinteañera con mucho garbo y Alison ha debido de pensar que la encontraría irresistible, que, si bien al principio me incomodaría, acabaría aceptando que me gusta.

Mi hermana no es nada romántica, todo lo contrario: huye del amor como los futbolistas lo hacen de Hacienda. No sé qué le ha hecho pensar que su jugarreta dará resultado cuando mi madre tampoco consiguió salvarme de mi inapetencia vital ni avivar mi libido concertándome citas con todas las mujeres de Texas. No entiendo esta absurda y generalizada concepción, sin duda promovida por Disney, de que una cara bonita te salva del abismo. Eso no son más que puras gilipolleces.

De todas formas, no puedo negar que me parezca adorable ni voy a fingir que no haya tenido pensamientos eróticos. Soy un hombre encerrado, por favor; una mona vestida de seda me habría impactado de la misma forma. Para colmo, no he tenido oportunidad de practicar mi empatía en los últimos tiempos, y ella es un espejo que refleja todo lo que hago mal. Nunca he querido mirarme en sus ojos porque lo que veo me produce rechazo y me hace experimentar emociones de las que me cuesta hacerme cargo. No soporto que tenga que sufrir mis desplantes solo porque yo no sepa cómo gestionarme. No me conformo con la excusa de ser un ermitaño y un miserable y deseo ser mejor: eso me suelo quedar barruntando, trastornado, después de darle a Matilda con la puerta en las narices.

—Como tú quieras, Julian. No está ahí para que la desnudes, si es lo que insinúas. ¿Por quién me tomas? Solo quiero que aproveches que es de conversación fácil para socializar un poco. ¿Es que no quieres mejorar?

¿Quiero mejorar?

Para ser sincero, me siento mucho más seguro siendo un neurótico. Hay catástrofes que no se pueden evitar, no importa qué prevenciones tomes, pero la mayoría se solucionan no saliendo de casa. Aun así, entiendo que a mi hermana le frustre la paradoja que entraña la situación: vivo en una burbuja para seguir vivo, pero cualquiera diría que esto no es vida.

Al principio de mi tormento estaba tan aterrorizado por lo que había pasado que no me veía capaz de poner un pie en la calle. No era lo bastante fuerte. Ahora, tampoco. Ha pasado mucho tiempo y estoy tan acostumbrado a mi no-vida que me cuesta pensar en una alternativa. La diferencia es que fantaseo con ella muy a menudo. Puede significar que me estoy curando, o que cada vez soy más impotente. Por lo menos me diferencio de algo del Julian de hace años, y es que ahora creo que podría hacer el esfuerzo de acercarme a los demás.

Creo.

Pero por encima de eso tengo muy claro que quiero que Alison esté bien y pueda dejar de preocuparse por mí. Ha pasado demasiado tiempo, y me siento culpable porque ella también ha pasado por experiencias traumáticas y no ha podido sanarlas en condiciones por estar demasiado ocupada con las mías.

—Claro. —Detengo la cinta para recuperar el aliento—. Y sé que lo haces por mi bien, pero ya sabes que me cuesta. Necesito tiempo para acostumbrarme a la... novedad. Y algunos consejos. No sé cómo tratar a alguien que no seas tú.

—Pues igual, Jules, igual. Es una chica sencilla. La contraté por eso, porque hace de la comunicación un juego de niños. Dice lo que piensa, lo que espera y lo que quiere sin andarse por las ramas, y, sobre todo, es genuina en sus sentimientos.

Eso es cierto, y también una de las razones por las que me

impone. Le resulta demasiado fácil dirigirse a un desconocido y abrir su corazón. Lo pone al descubierto, de hecho.

—Practica hablando con alguno de tus alumnos. Uno de los frecuentes, esos cuyos nombres conoces. Pregúntales cómo les ha salido el examen, qué les han preguntado, qué tipo de problemas les gustaría para el próximo taller... Sería una forma de empezar a tratar con alguien de carne y hueso.

—Mis alumnos no me proponen conversación. Esas son las mujeres a las que les gustan los vídeos en los que enseño la cara. Y antes muerto que flirtear con desconocidas en la red. Con un simple pantallazo se habría acabado mi carrera.

—Qué exagerado eres. No te pido que coquetees, solo que escuches o leas a otras personas. Por ejemplo... ¿Qué te ha preguntado el alumno del correo que estás leyendo ahora?

—Me ha corregido un problema de funciones logarítmicas. Se le ha ocurrido una forma de hacerlo más rápida y me está reprochando que no lo haya resuelto así. Un poco estúpido, el chaval —reconozco con desgana—, pero voy a seguirle la corriente.

—¿Y el siguiente?

—Me ha pedido que haga un problema de distribución bidimensional. Este no ha buscado bien entre mis vídeos, tengo agrupados unos veinte o treinta de estadística. Le pegaré el enlace de la lista, a ver si está un poquito más atento para la próxima vez.

—¿Qué más? —insiste, impaciente.

De: revistajovenescientificos@gmail.com
Para: jaquemates@gmail.com
Asunto: Propuesta

Buenas tardes, señor Bale:

Somos una revista enfocada a las ciencias exactas que hará su aparición el próximo mes de octubre. Después de ver sus vídeos y su impacto en el mundo de la enseñanza, el equipo ha pensado que una buena forma de inaugurarla sería haciéndole una entrevista personal. Tiene suficientes seguidores para asegurar la primera tirada y son muchos los que se preguntan cómo ha llegado a donde está. ¿Le interesaría?

Un cordial saludo.

—¡Mira! —exclama en cuanto termino de leer—. ¿No te parece una buena oportunidad para abrirte un poco?

Entorno los ojos sobre el mensaje.

—No me parece muy profesional, y no sé para qué querría la gente saber nada sobre mí. No necesitan conocerme para aprender matemáticas.

—Esa no es la actitud, Julian. Pregunta primero qué quieren saber. No creo que ahonden en nada muy personal.

De: jaquemates@gmail.com
Para: revistajovenescientificos@gmail.com
Asunto: RE: Propuesta

Buenas tardes:

Agradezco el interés y me siento halagado porque hayan pensado en mí como primera opción, pero no me siento cómodo con esta clase de artículos. Antes de comprometerme preferiría saber qué clase de preguntas tendría que responder y cómo. No me gustan las videollamadas ni el contacto telefónico.

Un saludo.

De: revistajovenescientificos@gmail.com
Para: jaquemates@gmail.com
Asunto: RE: Propuesta

Muchas gracias por su rápida respuesta.

Nosotros nos ajustaremos a sus preferencias. Si se siente más cómodo realizando la entrevista por correo, así sería. No tenemos ningún problema.

En cuanto al contenido, nos comprometemos a no difundir información muy personal y centrarnos en cuestiones algo más generales, como su ascenso en YouTube, su vida académica y algunos detalles que puedan ayudar a la gente a familiarizarse con la persona que está tras la pantalla.

Puede pensárselo, no necesitamos una respuesta ahora mismo.

Si al final aceptara, le remitiríamos al correo de nuestra encargada de redacción.

Gracias de nuevo.

—Creo que no estoy interesado.

—¿Por qué no?

—No siento ningún deseo de responder preguntas personales para que mis alumnos se identifiquen conmigo, o piensen que soy un bicho raro, o... No me importa lo que piensen de mí; me importa que piensen algo *en general*. Soy su profesor, no tienen que tener una opinión de mi persona.

—Julian, no seas obtuso. No voy a obligarte a hacer nada, pero rechazar todas las oportunidades que se te presentan para retomar el contacto con el mundo y participar en él no te va a beneficiar en nada. ¿Por qué no lo intentas? Si una pregunta no te gusta, no la contestas y sanseacabó.

Suspiro y devuelvo la vista al correo.

Se me ocurren muchas razones por las que no debería intentarlo, pero si solo se trata de responder preguntas, yo soy el que tiene el control sobre la información que se difunde. Y Alison tiene razón. En cierto modo, estoy cansado de esconderme. Me doy cuenta cuando los vecinos discuten y quiero intervenir, o cuando se quejan porque necesitan una solución que nadie les da; una que yo, gustoso, les pondría en bandeja. Me he dado cuenta cuando he oído la puerta y los «buenos días» de Matilda y no he podido moverme del escritorio cuando una parte de mí se moría por ir a su encuentro.

De: jaquemates@gmail.com
Para: revistajovenescientificos@gmail.com
Asunto: RE: Propuesta

De acuerdo. A su disposición quedo.

Capítulo 11

Nos vamos de rodeo

Matilda

—No me puedo creer que haya colado.

Las tres nos dejamos caer contra el respaldo del sofá sin apartar la mirada del ordenador.

No pretendo gastarle ninguna broma pesada a Julian Bale. Mi único objetivo al enviarle un correo —bueno, *nuestro* objetivo, porque no lo he hecho sola— ha sido conocerlo un poco mejor.

Creo que todo el mundo estará de acuerdo conmigo en que no existe forma limpia de conseguirlo cuando no se presta al trato personal. Y no es como si mis intenciones fuesen deshonrosas. Solo quiero saber de él. Y después de descubrir que, como profesor de matemáticas online, tiene el correo electrónico abierto para dudas, esto ha sido lo que se me ha ocurrido.

Se nos ha ocurrido, insisto. Yo barajaba otras opciones.

—Dentro de unos meses tengo el examen de acceso a la universidad y es verdad que estoy buscando profesores particulares. Llevo años sin tocar las matemáticas; podría enviarle un mensaje pidiéndole que me guíe personalmente.

—Matty, el vato tiene cinco millones de seguidores. ¿Sabes lo que es eso? —me espeta Tamara, con la boca llena de Ruffles sabor jamón—. Le deben de llegar unos ocho mil correos al día, y seguro que no se lee ni la mitad. ¿Cuántas personas le pedirán ayuda académica? Y de esas personas, ¿con cuántas hablará después sobre su vida? No, tienes que buscar otra forma de llamar su atención.

—Podemos fingir ser una revista científica —interviene Eli, que se ha quedado embobada viendo sus vídeos.

Reconozco que yo también me he quedado un poco en *shock*, y no porque esté guapísimo sin barba y con el pelo corto, como en sus primeros vídeos, ni porque haya resultado ser muy inteligente, sino porque... ¡tiene un trabajo normal!

Bueno, más o menos. Casi nadie dice «ser una estrella internauta» cuando le preguntan qué quiere ser de mayor.

—Le hacemos una entrevista con la excusa de conseguir unas ventas decentes con nuestro primer número y darle a él algo de publicidad —prosigue Eli—. Ya veis que no pone nada sobre él en internet. Ni siquiera dónde ha nacido.

A simple vista, nadie diría que Eli es el cerebro pensante de «las tres chifladas», como nos llama mi madre, pero una vez nos conoces, es fácil llegar a esa conclusión. Yo no soy tan fantasiosa como Tay, que llega a las conclusiones más retorcidas que uno se pueda imaginar, pero sí muy sentimental. Y no sé mentir, así que me cuesta pensar en buenas alternativas. Eli, en cambio, sabe mantener la cabeza fría en todo momento. Es la que nos ha sacado de los líos en los que nos hemos metido. Con esto no quiero decir que no se meta en berenjenales, solo que sabe cómo salir de ellos, normalmente ilesa. Desde luego, el e-mail de la revista para científicos —a la que ni siquiera le hemos puesto nombre— no ha quedado nada mal. Lo ha redactado Eli, que, aunque no lo use mucho, es la que tiene el don de la palabra.

Podría haber indagado yo sola en esa cuenta dedicada a las mates, pero necesitaba compartir el descubrimiento: Julian

Bale es un youtuber estrella, y eso que solo se le ve la cara en un par de vídeos de los tropecientos que tiene.

Habrían pasado desapercibidos si no fueran los que más visitas y comentarios tienen.

No cuesta adivinar por qué.

—Es uno de los tíos más buenos que he visto —ha sido lo primero que ha dicho Eli—, y he visto muchos. Los esnobs que mi padre invita a las catas de vino van sobrados de cara y estilo.

—¿Es joda? —Ha sido la reacción de Tay, agarrando la pantalla del portátil con las dos manos—. ¿No es un proxeneta al final? ¿Es un youtuber? ¿Como El Rubius o AuronPlay? ¿Y encima está *buenardo*?

—Como Julioprofe o Profesor10demates, más bien. Le quintuplica los seguidores al famoso Unicoos —he apuntado yo, orgullosa.

Orgullosa, ¿por qué? Pues no tengo ni idea. Es famoso en su campo —estudiantes universitarios y adolescentes—, pero tampoco nos flipemos, que no es Brad Pitt. No voy a darme ínfulas por ser la empleada de un tipo al que siguen cinco millones de personas. Pero sí me alegro de que gane dinero de forma honrada. Mis teorías no iban a lugares tan oscuros como las de Tay o Edu: no me lo imaginaba con las manos manchadas de sangre, pero estaba casi segura de que pagaba su apartamento con dinero negro.

Saber que no siempre es un alivio.

—Y ahora ¿qué? —pregunta Tamara en un suspiro—. ¿Qué se le pregunta a un famoso para una revista científica?

—Teniendo en cuenta que le hemos avisado de que no habrá preguntas muy personales, podemos empezar por algo básico, como averiguar de dónde es —propone Eli, entusiasmada con el proyecto de espionaje—. Por qué eligió las matemáticas... Nada demasiado invasivo. Por lo que Matty ha contado, podría no tomarse muy bien que fuéramos directas a por qué no sale de su casa.

Asiento sin despegar la vista del correo con el que nos ha contestado.

Apuesto lo que sea a que tampoco se tomaría bien saber que le estamos engañando, pero menos aún que, además de mí, haya dos cotillas implicadas.

No es que sienta que la cosa es entre él y yo, ni que no crea en mi iniciativa. Defiendo lo que hago porque Alison, que ha ayudado a orquestar esto, sabe que es lo mejor. Ahora bien: inventarse una identidad está fatal, e involucrar a terceros, peor aún.

Como si el universo quisiera darme la razón, alguien toca al timbre, distrayendo a mis compinches. Tay se levanta sin soltar la bolsa de patatas XXL y se asoma para sonreír a Anita.

Anita emigró de Venezuela debido a la crisis. Trabajando como limpiadora en la casa de la madre de Rafa, que entonces estaba viva, se enamoró de él, y desde hace muchos años comparten nidito de amor en el 6.º B, solo un piso por debajo de Julian. La chica es un encanto, y junto a su novio hacen la pareja ideal.

Nos dan un poco de envidia.

—¡Hey! —saludo desde el sofá con una sonrisa—. ¿A qué se debe la agradable visita?

—Hola, mis amores. ¿No lo saben? Hoy es el día de la predicación —responde con esa cadencia latina tan sugerente—. Sonso se queda con los chamos de los Olivares, el de Susi y el de Javi, y a Tay y a mí nos toca bajarles la merienda. Luego hay reunión de vecinos. Nada interesante, quieren hablar sobre lo de hacer una vaca[14] para reabrir la piscina comunitaria del jardín.

Anita llama a todo el mundo por su diminutivo —Susi, Javi—, incluso a los conocidos que le disgustan. Es uno de los múltiples detalles que forman parte de su encanto.

14. Juntar dinero entre varios interesados para un fin común.

—Espera un momento... ¿Hay piscina en el jardín? —Hago una pausa, confundida—. ¿Hay jardín?

—Sí, pero se descuidó porque no había ni un bolo[15] para restaurarla y ahorita por fin tenemos chance —me explica con los brazos en jarras—. Espero que agarren ese mango bajito[16] y así el verano que viene tengamos un sitio donde llevar a los chamos. Me da ladilla que los tengan en la casa de Sonsoles, con todos esos crucifijos y vírgenes, que parece una catequesis. —Finge un estremecimiento—. Por cierto, Tay, hice las galletas que me pediste. ¿Tienes las magdalenas?

—Hace cinco minutos desde que salieron del horno. No quería llevarlas calientes.

—No hay nada peor que las magdalenas todavía calientes —corrobora Eli, que también se levanta.

Es una señal del destino que me las hayan quitado de en medio.

Se me había olvidado por completo que es «el día de la predicación». Todos los lunes, cuando los Olivares tienen seminario en la universidad —ambos son catedráticos de la Complutense, en las especialidades de Historia y Arqueología, respectivamente—, Susana va a pilates y a Javier le toca el turno de tardes en el trabajo, los niños del edificio van a casa de Sonsoles para «jugar».

La mujer es una beata consagrada. De joven limpiaba la cátedra del obispo de la ciudad, un colegio religioso cercano y un comedor social cristiano. Llamamos a los lunes «el día de la predicación» porque, aunque tiene prohibido aleccionar a los niños —Susana no es precisamente católica-apostólica-romana, como dice ella—, Sonsoles siempre les da una lección de ética y moral que Nuestro Señor Jesucristo habría apoyado. A veces habla de los valores de la amistad; otras, del amor, la

15. Ni un bolívar (ni un duro).
16. Oportunidad que no se puede dejar escapar.

familia, la fe, la felicidad... Nada muy comprometedor. Cuando termina de dar la chapa —esto lo dice uno de los niños, no yo—, se dedican a colorear, ver películas y comer las delicias que preparan Tay, Eli y ocasionalmente Anita.

Se lo pasan de maravilla, y la verdad es que quieren un montón a Sonsoles. Como para no hacerlo. Aunque esté un poquito chapada a la antigua y le cueste hacerse a la idea de que vive al lado de «una pecadora que tuvo un hijo fuera del matrimonio» y encima de una pareja gay «que vive en contra de los designios del Señor», la doña es un sol, como su nombre indica.

Hoy la quiero más que nunca, porque gracias a ella voy a poder investigar a Julian por mi cuenta.

—He hecho formas de animales con la crema pastelera —cuenta Tay—. El dinosaurio es para Ajax, ¿sí? Como se lo coma otro chamaco, se me echará a llorar, y no quiero llantos infantiles. Se me da mal consolar a los niños.

Solo una pareja de historiadores habría llamado Ajax a su hijo. Pero, ojo, que las mellizas se llaman Minerva y Helena.

Es evidente que su especialidad es el mundo antiguo.

—Si llora, me lo dejas a mí —se ofrece Eli—. Anita, cariño, ¿no tienes calor con ese suéter?

Anita se pasa las manos por las mangas largas como si tuviera frío.

—Hoy Hele y Mine traen acuarelas y a buen seguro que las carajitas me ponen perdida. Soy alérgica a las vainas esas. Y les recomiendo que me imiten: pónganse las alpargatas, que lo que viene es joropo —advierte de lo que está por llegar levantando las cejas, y parecería que se trata de una guerra cruenta.

—No se diga más, me planto un trapo viejo y nos vamos —anuncia Tay—. ¿Qué onda con Rafa, por cierto? Hace unos días que no lo veo. ¿Vendrá a la reunión de vecinos?

—No creo, tiene que trabajar.

Desconecto de la conversación y me concentro de nuevo

en el portátil. Hace ya cinco minutos desde que Julian contestó que está de acuerdo con comenzar la entrevista.

Yo no he hecho nada de esto en mi vida, pero parece que no se ha dado cuenta de que soy un fraude. Debo aprovechar mientras pueda.

Comienzo a teclear.

De: revistajovenescientificos@gmail.com
Para: jaquemates@gmail.com
Asunto: Entrevista

Si está de acuerdo, señor Bale, comenzaremos la entrevista ahora. Quiero hacerlo más dinámico, así que en lugar de mandarle la lista de preguntas, se las iré haciendo una a una. Así podrá explayarse cuanto desee, y quedará profesional y cercana en la web.
Dígame, señor Bale. Hemos observado que publica sus vídeos en dos idiomas: inglés y español. ¿Cuál es su lengua materna, en realidad? ¿De dónde es?

—¡Nos vamos a la fiesta infantil! —anuncia Eli.

—¡De acuerdo! —exclamo, sin apartar la vista de la pantalla. Voy a empezar a comerme las uñas—. ¡Nos vemos luego!

—Cuidadito con lo que le preguntas, ¿eh? Nada de cuánto le mide la piola —me advierte Tay, como si no hubiera sugerido una barbaridad de la que yo sería incapaz—. Esas cosas se dicen a la cara y se comprueban con los pantalones por los tobillos, para que no te pueda engañar.

—Esas cosas solo las preguntas tú —corrijo, ruborizada—. Anda, vete.

—En serio, ratita, no seas invasiva —insiste Eli—. Podría cerrarse en banda.

El portazo está amortiguando las risas de las tres cuando recibo un nuevo correo:

De: jaquemates@gmail.com
Para: revistajovenescientificos@gmail.com
Asunto: RE: Entrevista

Nací en El Paso, Texas, pero mi madre es mexicana y nos crio
con los dos idiomas. Hablo ambos con fluidez desde que recuerdo
y sin un acento específico. No sabría decir cuál es mi lengua
materna. Supongo que el inglés, porque lo usaba en casa.
Decidí hacer mi canal bilingüe aprovechando esta ventaja.

De: revistajovenescientificos@gmail.com
Para: jaquemates@gmail.com
Asunto: RE: Entrevista

Conque Texas. La primera imagen que me ha venido a la cabeza ha
sido la de un vaquero en un rodeo, jajaja.

Me arrepiento en cuanto lo mando.

Madre mía, se me va a ir la profesionalidad por el retrete
por culpa del «jajaja». Con suerte, no lo entiende. Los guiris
usan «hahaha», ¿no?

De: jaquemates@gmail.com
Para: revistajovenescientificos@gmail.com
Asunto: RE: Entrevista

Se tiene a los texanos como los pueblerinos de Norteamérica,
pero no todos vivimos en un rancho. Aun así, admito que he
participado en rodeos alguna que otra vez.

Me viene a la cabeza una imagen mental muy atractiva. Tay
y Eli, devoradoras impenitentes de novelas románticas, tuvieron una época en la que leían exclusivamente a Diana Palmer
y sus vaqueros texanos. Estaban tan obsesionadas con sus pro-

tagonistas de campo que acabaron contagiándome el fetiche, y hasta nos disfrazamos de mujeres del salvaje Oeste para los carnavales.

A Julian no le quedaría mal un caballo y una cuerda. Me gustaría pedirle una foto del momento para aportar a la entrevista, pero creo que estaría cruzando el límite.

De: revistajovenescientificos@gmail.com
Para: jaquemates@gmail.com
Asunto: RE: Entrevista

¿Vive en Texas?

De: jaquemates@gmail.com
Para: revistajovenescientificos@gmail.com
Asunto: RE: Entrevista

No, hace un año y medio me mudé a Madrid.

De: revistajovenescientificos@gmail.com
Para: jaquemates@gmail.com
Asunto: RE: Entrevista

¿Por qué el cambio?

De: jaquemates@gmail.com
Para: revistajovenescientificos@gmail.com
Asunto: RE: Entrevista

¿Por qué no?

Oh, oh... Parece que va a ponerse ambiguo para no tener que responder a ciertas preguntas. No lo conozco desde hace más de una semana y ya sé identificar cuándo está a la defensiva.

Es el momento de empezar una lluvia de preguntas impersonales que de verdad puedan servir para la revista.

De: revistajovenescientificos@gmail.com
Para: jaquemates@gmail.com
Asunto: RE: Entrevista

Bueno, todo el mundo se estará preguntando cómo empezó en esto; cómo se le ocurrió abrir un canal de YouTube y dedicarlo a las matemáticas. No es lo que siempre quiso hacer, ¿o me equivoco?

De: jaquemates@gmail.com
Para: revistajovenescientificos@gmail.com
Asunto: RE: Entrevista

Estudié Matemáticas en la universidad sin ningún objetivo concreto. Era la materia que me gustaba, se me daba bien, y me lancé a por ella. Cuando llegó la hora de enfocar mi carrera, decidí dedicarla a la docencia. No tuve muy buenos profesores durante mi época de estudiante y siempre he sido de los que, cuando algo no les gusta, son los primeros en moverse para cambiarlo. Supongo que quería echar un cable e inspirar a la gente. Y, por algún motivo, se tiene más respeto a las personalidades de internet que a las que se tienen al alcance en el instituto. Yo lo vi claro.

De: revistajovenescientificos@gmail.com
Para: jaquemates@gmail.com
Asunto: RE: Entrevista

¿Trabajó en un instituto antes de dedicarse a YouTube?

De: jaquemates@gmail.com
Para: revistajovenescientificos@gmail.com
Asunto: RE: Entrevista

Sí, en uno de El Paso. Por eso digo que sé que parece más importante lo que diga el profesor online que el contratado por el centro educativo.

De: revistajovenescientificos@gmail.com
Para: jaquemates@gmail.com
Asunto: RE: Entrevista

Imagino que no se dedicará a otra cosa más que a esto.

De: jaquemates@gmail.com
Para: revistajovenescientificos@gmail.com
Asunto: RE: Entrevista

No, *JaqueMates* consume todo mi tiempo. Le dedico unas ocho horas diarias.

Es el momento de empezar a indagar.

De: revistajovenescientificos@gmail.com
Para: jaquemates@gmail.com
Asunto: RE: Entrevista

Suena extenuante.
¿Cómo lo compagina con su vida social?

Se me escapa una sonrisa perversa ante mi propia pregunta. *Soy terrible.*

De: jaquemates@gmail.com
Para: revistajovenescientificos@gmail.com
Asunto: RE: Entrevista

Duermo poco. Y cuando uno quiere, saca tiempo para lo que sea.

¡Será maldito! Se hace el interesante cuando no le gusta la pregunta. Y no se puede decir que haya mentido. La clave está en que no quiere salir, por eso no saca tiempo. Pero no le puedo preguntar por qué.

De: revistajovenescientificos@gmail.com
Para: jaquemates@gmail.com
Asunto: RE: Entrevista

Considerando que no parece disponer de mucho tiempo libre, ¿qué hace cuando lo tiene?

De: jaquemates@gmail.com
Para: revistajovenescientificos@gmail.com
Asunto: RE: Entrevista

Deporte. También soy bastante cinéfilo, me interesa mucho la literatura y me preocupa la limpieza. Entre películas, sesiones de ejercicio y días dedicados a desinfectar, se me van las horas de ocio.

De: revistajovenescientificos@gmail.com
Para: jaquemates@gmail.com
Asunto: RE: Entrevista

Actividades que se suelen desempeñar en soledad y en casa. ¿No echa de menos el contacto cara a cara con sus alumnos, todo lo que tenga que ver con la obligación presencial de su anterior trabajo?

«Ahí tienes otra pullita, Bale».

De: jaquemates@gmail.com
Para: revistajovenescientificos@gmail.com
Asunto: RE: Entrevista

Es lo que menos echo de menos.

De: revistajovenescientificos@gmail.com
Para: jaquemates@gmail.com
Asunto: RE: Entrevista

¿Por vagancia o por algún otro motivo?

«A ver qué respondes ahora».

De: jaquemates@gmail.com
Para: revistajovenescientificos@gmail.com
Asunto: RE: Entrevista

Un aula llena de adolescentes chillones y que, en su mayoría, no saben lo que es el respeto no crea el mejor ambiente de trabajo. Los profesores padecen estrés y problemas de garganta. Es algo que a mí no me pasa. Desde mi despacho puedo explicar con tranquilidad, y sabiendo que quien acceda a mi vídeo lo hará para atender mi explicación con mucho interés. Y si no, pues no les veré las caras de aburrimiento.
También me alegro de no tener un horario fijo. No me gusta madrugar.

¿Ya está? ¿Ese es el motivo por el que no se desplaza para trabajar, por el que abandonó su empleo en el instituto? No me creo que tenga algo que ver con el horario. Nadie en su sano juicio abandona una jornada laboral de seis horas a lo sumo para encadenarse a un ordenador.

De: revistajovenescientificos@gmail.com
Para: jaquemates@gmail.com
Asunto: RE: Entrevista

Creo que a nadie le gusta madrugar, jajaja.
Por la cantidad de visitas y likes que tienen sus vídeos, es evidente que sí, atienden a sus explicaciones con mucho interés. Su éxito es

increíble, señor Bale. Y lo ha cosechado en muy poco tiempo: tan solo dos años. ¿Le dedica a alguien en concreto su gran crecimiento profesional? ¿Alguien de quien sacara la inspiración?

De: jaquemates@gmail.com
Para: revistajovenescientificos@gmail.com
Asunto: RE: Entrevista

Me sorprende que se tenga una visión tan heroica de lo que hago. El trabajo lo hacen ellos; yo solo imparto mi materia de la mejor forma que sé. Así que no, no dedico a nadie mi crecimiento, ni nadie me ha inspirado. Para mí esto es lo normal.

De: revistajovenescientificos@gmail.com
Para: jaquemates@gmail.com
Asunto: RE: Entrevista

Si formar a los hombres y mujeres del día de mañana no le parece digno de reconocimiento ni tampoco muy importante, ¿qué lo es para usted?

De: jaquemates@gmail.com
Para: revistajovenescientificos@gmail.com
Asunto: RE: Entrevista

La seguridad de esos hombres y mujeres.

De: revistajovenescientificos@gmail.com
Para: jaquemates@gmail.com
Asunto: RE: Entrevista

Entonces, según usted, los héroes podrían ser bomberos, policías, soldados... Si son estos los merecedores de alabanzas, ¿por qué no se decantó por una carrera de este tipo?

De: jaquemates@gmail.com
Para: revistajovenescientificos@gmail.com
Asunto: RE: Entrevista

Lo hice. Formé parte de los Marines de Estados Unidos durante un año. Pero no opino que sean héroes. Los bomberos tal vez, y algunos policías puede que también. Los soldados, en cambio, me parecen víctimas del sistema. Por lo menos en su inmensa mayoría.

Se me escapa un «oh» en voz alta. Mis dedos acarician las teclas, pero no saben qué preguntar ni qué responder.

Entonces hizo carrera militar. Es probable que por ahí vayan los tiros, y nunca mejor dicho. He leído testimonios de veteranos de guerra que sufren estrés postraumático y se refugian en la bebida o se aíslan del mundo.

Sí, está claro que su carácter huraño y esa manía que tiene de verme como una amenaza debe guardar relación con su paso por el ejército. ¿Qué, si no?

Mierda, me están temblando las manos. No tengo mucha idea de qué destinos bélicos contempla Norteamérica, ni si es posible que Julian fuera al frente.

Deberé hacer una rápida investigación, y después...

Después ¿qué?

De: revistajovenescientificos@gmail.com
Para: jaquemates@gmail.com
Asunto: RE: Entrevista

Estoy segura de que esto no dejará indiferentes a los lectores de la entrevista. Apuesto a que nadie lo esperaba viniendo de un profesor de matemáticas.
¿Por qué se unió a los Marines?

De: jaquemates@gmail.com
Para: revistajovenescientificos@gmail.com
Asunto: RE: Entrevista

No es un tema del que se pueda sacar mucho, y prefiero que no se indague hasta ese punto en mi vida privada.

Bingo. Con esto me acaba de confirmar que su problema bebe de ese año que sirvió a su país.

Dios, ¿qué le habrá pasado? ¿Debería llamar a Alison y preguntárselo? ¿Debería indagar en internet?

Apuesto por que san Google me proporcionará algún dato relevante.

Capítulo 12

Her

Julian

Si Alison no hubiera estado al teléfono, forzándome a responder a esa retahíla de preguntas estúpidas, habría bloqueado el correo electrónico de la revista. O de lo que ellos intentan venderme como una revista pero que, obviamente, no lo es.

Ni siquiera me han dicho cómo se llama, ni el nombre de la persona que me está haciendo el cuestionario, y ya que estamos, no me han mandado un enlace de la página web que ya deberían tener creada, si es que la revista es digital.

Resulta sorprendente la cantidad de gente que hay ahí fuera haciendo cola para tratarte como si fueras imbécil. Esta mujer debe de creerse que nací ayer.

Estará tan contenta en su casa pensando que he picado.

Seguro que es una de esas admiradoras que tengo y no merezco. La mayoría de la gente que me mensajea para sonsacarme información personal pertenece al sexo femenino. Cualquiera se sorprendería si supiera la de cosas que han inventado algunas para averiguar si estoy soltero. Por fortuna, ser tan precavido —a veces neurótico— me ha servido para no caer en ninguna trampa.

En serio, ¿qué interés puede tener un profesor de matemáticas online para alguien? ¿Por qué no bombardean con mensajes subiditos de tono a modelos de Instagram?

Supongo que también lo harán, que no se libra ni Dios. Y supongo que despierto algún tipo de morbo a cierto sector poblacional. Hay mujeres que fetichizan la inteligencia.

La persona que se ha creado un correo electrónico para conocerme muy lista no es. Eso está claro. Pero estoy respondiendo a sus preguntas porque es cierto que no me viene mal socializar, e intercambiar e-mails con alguien es un buen comienzo. Necesito ir poco a poco. Primero, a través de una pantalla; luego, si eso, ya me pueden estampar a My Little Pony en la cara. Pero antes necesito preparación o me pondré a sudar, y no me gusta sudar.

Por desgracia, lo estoy haciendo ahora mismo. El jueguecito se me ha ido de las manos y tiene pinta de que, como me tire de la lengua, voy a responder con alguna impertinencia. Es lo que tiene llevar años sin hablar con un desconocido, que se te olvida dónde están los límites, y aunque por un lado seas tímido, por otro quieres soltar todo lo que llevas acumulado. Puedo sentir el interés de la mujer de la «revista», y no soy inmune a eso, igual que no lo soy a la curiosidad de los vecinos.

De verdad que *quiero* hablar con ella, aunque sea una pésima mentirosa y no tenga ni idea de qué va a hacer con la información. Me he sentido extraño tecleando y pulsando «Enviar», pero también... liberado, de alguna forma. Tenso y aliviado, como cuando veo a Matilda. Cabreado e impotente porque no sé comportarme, molesto porque insiste en quedarse, y a la vez feliz porque no se rinde y siempre tiene algo que añadir después de que todo esté dicho.

Es contradictorio, lo sé. Así es mi vida.

Pero por interesante que haya sido el interrogatorio, ha

llegado el momento de ponerse a otra cosa. Ahora que Alison ha colgado, puedo cortarle el rollo a la impostora y seguir resolviendo dudas.

De: revistajovenescientificos@gmail.com
Para: jaquemates@gmail.com
Asunto: RE: Entrevista

De acuerdo, respetamos su deseo. No publicaremos nada que le parezca demasiado personal.

De: jaquemates@gmail.com
Para: revistajovenescientificos@gmail.com
Asunto: RE: Entrevista

No vais a publicar nada, porque no sois una revista. ¿Te crees que soy idiota? Se nota que has improvisado el orden de tus preguntas, lo que ha hecho de la entrevista algo caótico. No tienes web ni me has dicho tu nombre. Y, por favor, ahórrate tu justificación.
Me han contactado decenas de revistas, periodistas, articulistas y otros youtubers para estas cosas y sé cómo funciona el tema.

En lugar de responder sobre la marcha, como lleva haciendo desde que empezamos, deja correr unos cuantos minutos.

Es probable que no conteste. Cualquiera que tenga un poquito de vergüenza apagaría el ordenador y se iría al rincón de pensar.

Para bien o para mal, la impostora no conoce este tipo de vergüenza.

De: revistajovenescientificos@gmail.com
Para: jaquemates@gmail.com
Asunto: RE: Entrevista

Tienes razón. No soy una revista. Pero, por favor, no me bloquees ni me denuncies. Lo he hecho con buena intención porque quería captar tu atención. Sé que eres un hombre muy ocupado.

Pongo los ojos en blanco.

Por Dios.

Ya sabía que esto pasaría cuando me abrí el canal. Las figuras públicas no tienen derecho a una vida privada. Pero estoy seguro de que a nadie le interesaría lo que hago o dejo de hacer si no hubiera enseñado mi maldita cara.

Me arrepiento como nunca de haber obedecido las sugerencias de Alison. Me dijo que grabarme me ayudaría a perder parte del miedo, y no solo resultó ser mentira, sino que revolucionó las redes sociales. Se escribieron varios artículos en periódicos digitales sobre el profesor más sexy de la red.

Embarrasing.[17]

¿Que por qué no borro los vídeos y se acabó? Porque ya los han visto millones de personas. Ya tienen capturas de pantalla en su poder. Ya habrán descargado el vídeo para subirlo de nuevo en el caso de que lo elimine. Y lo que es más importante: porque de pensar en repetir algunas clases me entran los sudores fríos. En esos vídeos explico las matrices de segundo de Bachillerato con todo detalle, y antes muerto que volver a pasar por eso.

Odio las puñeteras matrices, y mis alumnos también; por eso son las explicaciones más visitadas de todo mi canal.

Aparte de porque, aparentemente, les gusto a las mujeres.

De: jaquemates@gmail.com
Para: revistajovenescientificos@gmail.com
Asunto: RE: Entrevista

---

17. Embarazoso.

¿Qué pensabas hacer cuando concluyera la entrevista?

¿Crear una web solo para colgarla?

¿Dejar de responder mis correos, como si nunca hubiéramos contactado?

¿Para qué quieres esa información, en primer lugar?

De: revistajovenescientificos@gmail.com
Para: jaquemates@gmail.com
Asunto: RE: Entrevista

Creía que las preguntas las hacía yo.

De: jaquemates@gmail.com
Para: revistajovenescientificos@gmail.com
Asunto: RE: Entrevista

¿Qué quieres de mí?

De: revistajovenescientificos@gmail.com
Para: jaquemates@gmail.com
Asunto: RE: Entrevista

Conocerte. Me das la impresión de ser una persona muy interesante.

De: jaquemates@gmail.com
Para: revistajovenescientificos@gmail.com
Asunto: RE: Entrevista

No me digas. ¿Y has resuelto que soy interesante porque te vuelven loca las matemáticas, o porque has visto tantas veces mis vídeos de matrices que te has convencido de que debe haber algo detrás de mi cara bonita?

De: revistajovenescientificos@gmail.com
Para: jaquemates@gmail.com
Asunto: RE: Entrevista

Que conste que lo de «cara bonita» lo has dicho tú, no yo. No pensaba que estarías tan pagado de ti mismo. ¿Te crees irresistible porque de eso te han convencido las mujeres que ven tus vídeos, o es algo que viene de antes?

De: jaquemates@gmail.com
Para: revistajovenescientificos@gmail.com
Asunto: RE: Entrevista

Yo no me creo irresistible, pero no serías la primera que pone como excusa mi trabajo para acercarse a mí de una forma inapropiada.

De: revistajovenescientificos@gmail.com
Para: jaquemates@gmail.com
Asunto: RE: Entrevista

Me lo creo. He leído unos pocos comentarios y me ha sorprendido que no los denunciara alguien. Una te pedía que le pisaras la cara, y otra que le escupieras en la boca. ¿No te violenta?

De: jaquemates@gmail.com
Para: revistajovenescientificos@gmail.com
Asunto: RE: Entrevista

Me violentan más los motivos por los que has inventado esta excusa para hablar conmigo. ¿Vas a publicar esto en alguna parte?

De: revistajovenescientificos@gmail.com
Para: jaquemates@gmail.com
Asunto: RE: Entrevista

Claro que no. Esto es solo para satisfacer mi curiosidad. Los demás tendrán que inventarse sus propias revistas si quieren averiguar algo sobre ti.

Y tanto no te violentará si sigues hablando conmigo.

En eso tiene razón, pero que no se atreva a pasarme la pelota. Ella ha armado todo esto por Dios sabe qué motivo; yo solo estoy aburrido. Mi comportamiento todavía tiene un pase.

De: jaquemates@gmail.com
Para: revistajovenescientificos@gmail.com
Asunto: RE: Entrevista

No tengo nada mejor que hacer.

De: revistajovenescientificos@gmail.com
Para: jaquemates@gmail.com
Asunto: RE: Entrevista

Yo tampoco. Así que... ¿por qué no seguimos hablando?

Se me ocurren muchas razones: porque no se me da bien hablar, porque no quiero dar información personal a desconocidos, porque puede ser una psicópata que en el último momento va a rastrear mi dirección IP o me va a sacar el número de cuenta bancaria... La lista de motivos es interminable, y la de posibilidades en las que salgo mal parado, infinita.

Aun así... ¿Por qué no? Es muy excitante hablar con alguien que no sea mi hermana, ni la asistenta que me pone histérico.

De: jaquemates@gmail.com
Para: revistajovenescientificos@gmail.com
Asunto: RE: Entrevista

¿De qué quieres hablar?

De: revistajovenescientificos@gmail.com
Para: jaquemates@gmail.com
Asunto: RE: Entrevista

Háblame de esas seguidoras tuyas. Cuéntame alguna anécdota
divertida, algo que te haya pasado con ellas. Seguro que alguna te
ha abordado en medio de la calle cuando has salido por ahí.
Porque te reconocen, ¿no? Llamas la atención.

Sus preguntas parecen pensadas para hacerme admitir que
no salgo de mi casa ni para que me dé un poco el sol.

De: jaquemates@gmail.com
Para: revistajovenescientificos@gmail.com
Asunto: RE: Entrevista

Gracias a Dios, no he tenido que pedirle a ninguna mujer que me
suelte la pierna.

De: revistajovenescientificos@gmail.com
Para: jaquemates@gmail.com
Asunto: RE: Entrevista

Jajajaja, ¿por qué «gracias a Dios»?
¿A qué hombre no le gusta tener admiradoras?
¿A uno casado, quizá?

De: jaquemates@gmail.com
Para: revistajovenescientificos@gmail.com
Asunto: RE: Entrevista

Has montado todo esto para preguntarme eso, ¿verdad? Igual que
cien mujeres antes de ti. Has sido muy inteligente reservándotelo
para el final.

De: revistajovenescientificos@gmail.com
Para: jaquemates@gmail.com
Asunto: RE: Entrevista

Oh, venga ya, *hit the road*, Jack. ¿Por qué crees que busco algo de ti que no sea conocerte? Si me interesaras en ese aspecto, te habría mandado una foto con lencería.

Un momento. ¿Dónde he oído yo un «*hit the road, Jack*» antes?

Aparte de a Ray Charles, que es quien lo canta.

Se lo he oído a Matilda.

Reprimo un escalofrío que todavía no sé si definir como placentero o lleno de pavor.

¿Por qué iba ella a enviarme correos electrónicos? Ni siquiera sabrá a qué me dedico. Siempre se ha mostrado ansiosa por descubrir de dónde sale el dinero con el que pago el dúplex. A no ser que...

De: revistajovenescientificos@gmail.com
Para: jaquemates@gmail.com
Asunto: RE: Entrevista

No sería la primera, ¿verdad? En intentar hacer *sexting* contigo, digo.

A mi cabeza viene esa infinidad de imágenes no pedidas que he recibido de las mujeres más atrevidas. No han sido tantas. Más nabos ha recibido la chica que hace vídeos explicativos de historia, a juzgar por la cantidad de veces que se queja en Twitter de ello. Pero sí he recibido un buen volumen de pechos y traseros. ¿He hecho algo con todo eso? No. Y sé de algún que otro amigo de los Marines que me habría llamado «maricón» por mi pasividad, como si eso fuera una especie de insulto.

¿Qué puedo decir? Nunca me ha ido el porno.

De: jaquemates@gmail.com
Para: revistajovenescientificos@gmail.com
Asunto: RE: Entrevista

No, no lo serías.

De: revistajovenescientificos@gmail.com
Para: jaquemates@gmail.com
Asunto: RE: Entrevista

¿Y qué haces con las fotos? ¿Las guardas en una carpeta para
después?

¿Pero esta tía quién se ha creído que soy?

De: jaquemates@gmail.com
Para: revistajovenescientificos@gmail.com
Asunto: RE: Entrevista

¿Qué clase de pregunta es esa? Las borro *ipso facto* y bloqueo al
correo que las ha mandado.

De: revistajovenescientificos@gmail.com
Para: jaquemates@gmail.com
Asunto: RE: Entrevista

Debes ser la única persona en el mundo a la que le molesta que le
dediquen atención.
¿Por qué?

De: jaquemates@gmail.com
Para: revistajovenescientificos@gmail.com
Asunto: RE: Entrevista

No me gustan las exhibiciones gratuitas de tangas y sujetadores de seda.

¿En serio acabo de responder eso? ¿Qué me pasa, Dios mío? Estoy desatado.

Debe ser por lo fácil que es hablar con alguien sin necesidad de mirarlo a la cara. Eres capaz de decir cualquier estupidez.

Maldito internet, corruptor de almas inocentes.

De: revistajovenescientificos@gmail.com
Para: jaquemates@gmail.com
Asunto: RE: Entrevista

Entonces... ¿eres gay? ¿Asexual?

¿Soy asexual? Si lo soy, me acabo de enterar, porque aunque lleve años en sequía, me he pasado toda la vida excitándome con mujeres. No tener contacto con ellas tampoco ha impedido que, entre las pesadillas, me invadan imágenes sexuales o me ponga cachondo con las escenas eróticas de las películas. Siendo muy sincero, esta última semana con Matilda me ha recordado que no soy una ameba.

Ha estado trayendo flores del mismo color que su vestido —azucenas cuando vestía de azul, rosas cuando llevaba puesta una camisa roja— y yo he tenido que asomarme para mirarla porque la carne es débil, sus falditas no tienen nada de recatado y es hipnotizador cómo se tira de los calcetines hacia arriba. He visto suficiente *anime* para perder la cabeza por una mujer disfrazada de colegiala.

Cuando esa mujer es Futaba Yoshioka de *Ao Haru Ride*.

¿Estoy loco por sentirme atraído por alguien que entró en mi casa con un cuchillo, que ignora mis órdenes y que, cuando no lleva zapatos de pija de colegio privado, aparece con unos botines estampados o unas botas de agua amarillas? Me consuela pensar que es por culpa de la soledad, que el Tío Cosa me habría hecho estremecer igual.

Pero no me lo creo ni yo.

Llevo un año escuchando su risa. Llevo un año obsesionado, *enamorado* de esa risa. Esa risa me ha dado ganas de comer y de sobrevivir. Y ella es tan especial como había imaginado, aunque también sea molesta.

De: jaquemates@gmail.com
Para: revistajovenescientificos@gmail.com
Asunto: RE: Entrevista

No, no lo soy. Y si lo fuera, no sería de tu incumbencia.
No me ponen los atributos femeninos a secas. Me atrae la mujer.
Todo lo que es.

No sé qué hago hablando de esto.
Debería irme a la cama.

De: revistajovenescientificos@gmail.com
Para: jaquemates@gmail.com
Asunto: RE: Entrevista

Qué bonito. ¿Y hay alguna mujer en concreto que te atraiga en este momento?

De: jaquemates@gmail.com
Para: revistajovenescientificos@gmail.com
Asunto: RE: Entrevista

¿Por qué te interesa?

De: revistajovenescientificos@gmail.com
Para: jaquemates@gmail.com
Asunto: RE: Entrevista

Son las típicas preguntas que se le hacen a las *celebrities*, a mí que me registren. Mira la tabarra que le daban a Rihanna con que si estaba saliendo con alguien hasta que les cortó el rollo.

Pero, si quieres, puedo ir por otro camino.

La verdad es que mi intención era pedirte ayuda como profesional.

De: jaquemates@gmail.com
Para: revistajovenescientificos@gmail.com
Asunto: RE: Entrevista

¿Qué tipo de ayuda?

De: revistajovenescientificos@gmail.com
Para: jaquemates@gmail.com
Asunto: RE: Entrevista

Verás... En junio del año que viene voy a hacer la prueba de acceso a la universidad y necesito sacar la nota más alta para entrar en la facultad de Medicina. No me vendría mal tener un tutor de matemáticas y química, porque son las asignaturas que peor se me dan.

No me jodas que estoy hablando con una menor de edad. En mi cabeza ya me había hecho a la idea de que es una madre aburrida.

De: jaquemates@gmail.com
Para: revistajovenescientificos@gmail.com
Asunto: RE: Entrevista

¿Qué edad tienes? No me digas que una chica de diecisiete años me está preguntando si hago *sexting*.

De: revistajovenescientificos@gmail.com
Para: jaquemates@gmail.com
Asunto: RE: Entrevista

Tengo veintiséis. ¿Y no son menores de edad las que te pasan fotos sexis? Eso me ha intrigado, lo admito. ¿Con qué pretexto te mandan ese contenido?

De: jaquemates@gmail.com
Para: revistajovenescientificos@gmail.com
Asunto: RE: Entrevista

Ha habido pretextos de todo tipo. Pero hubo una vez que alguien planteó un reto en Twitter relacionado conmigo: ponerse mi nombre con rotulador en la nalga y hacerse una foto. Lo empezó una universitaria a la que habían retado sus amigas estando borrachas. Se hizo viral. Vi tantas veces mi nombre y tantas bragas que me dieron ganas de cerrarme la cuenta. Incluso pensé que acabarían metiéndome en la cárcel, no sé muy bien por qué, porque yo no tuve la culpa.

De: revistajovenescientificos@gmail.com
Para: jaquemates@gmail.com
Asunto: RE: Entrevista

¿En serio? Me muero.

—¿*A qué coño juegas?* —grita una voz masculina.

Aparto los dedos del teclado del móvil igual de rápido que una gacela brinca ante un ruido inesperado y me asomo a la ventana más cercana. Lo mismo que cualquiera de las de la cocina, el despacho, el dormitorio y el gimnasio, todas dan a la terraza comunitaria del edificio, esa que propaga las voces de los vecinos y me permite oír con claridad sus discusiones.

Habría ignorado el inicio de discusión si no hubiera reconocido al implicado. Pero como sé quién es y de lo que va, me pongo en tensión y aguzo el oído para escuchar con detalle los motivos por los que ese capullo va a ponerse violento otra vez.

La mayoría de los vecinos son buenas personas. De hecho, todos lo son menos ese elemento en cuestión. En el primer piso viven los Román, con Álvaro, su hijo *gamer*, y la pareja gay, Edu y Akira. En el segundo, Sonsoles Ortigosa, la beata quejica, y Susana, la madre soltera a la que mantiene un político de renombre. En el tercero duerme «la familia feliz», formada por una pareja de catedráticos de la universidad y sus tres hijos con nombres raros. En el quinto está Gloria —la chica del novio imbécil— y los cuatro estudiantes: el chaval que está loco por ella y lo demuestra jodiéndola; Ming, chino de intercambio sin idea alguna de español, una especie de chica hippy con cinco perros y El Porros, que vende marihuana, y en su caso el entrenador sí juega, porque la consume para dar ejemplo. En el cuarto, que me lo he saltado, ya se sabe: Virtudes Navas, escritora y abuela, comparte piso con su nieto el diseñador gráfico, Daniel. A su lado habitan Tamara, Eli y ahora Matilda. Hay un apartamento vacío que parece que ha sido comprado, lo que tiene en vilo a toda la comunidad. En el sexto y penúltimo viven Javier, un padre soltero y su hijo pequeño con autismo, Blas. Hay otro apartamento abandonado, aunque este despierta la curiosidad de la comunidad porque se rumorea que el propietario es el famoso Gedeón, algo así como el Ed Sheeran español. Aparte de los apartamentos, hay unas dentistas jóvenes, una gestoría, la peluquería del bajo —a nombre de Edu— y un estudio de arquitectura. Tanto los vecinos como los que han emprendido su negocio son buena gente. Todos salvo por el 6.º B, en el que vive el tremendo hijo de puta que muchas veces he pensado en bajar a matar con mis propias manos.

Ese que está armando bronca ahora mismo.

—¿*Por qué te pones así?* —solloza su novia—. *No te lo dije porque no pensé que fuera importante.*

—*Y una mierda, Ana. No me lo has dicho porque no querías que fuera, ¿verdad? Querías mantenerme al margen para no tener que verme.*

—*Qué tontería...*

—¿*Estás diciéndome que veo fantasmas donde no los hay? ¿O que estoy exagerando?*

Se oyen unos pasos seguros, un jadeo femenino y una especie de golpe contra la pared.

El corazón se me sube a la garganta. Como si así pudiera darle algún tipo de apoyo, pego el hombro al borde de la ventana y me asomo algo más.

—*Es la segunda vez que me mientes y me apartas de las reuniones comunitarias. No quieres que nos vean juntos, ¿eh?*

—¡*Pues no!* —admite en un arrebato—. *No puedes armarme este bardo hoy y esperar que mañana todo ande chévere. Los vecinos son muy metiches y a mí me cuesta fingir. Hice lo que creí mejor porque no quería que se dieran cuenta de que tú y yo no estamos bien.*

—*Eso díselo a quien se lo crea. ¿Acaso piensas que no sé también que vas a llevarles galletas a los niños todos los lunes?*

—*Sí va, ¿y qué con eso? ¿Cuál es el problema de que ayude un poco a Sonso?*

—*Y a las del cuarto, ¿no? Te quedas unas cuantas horas con ese par de cocineras tan simpáticas. Te piensas que soy gilipollas, ¿verdad? Sé qué les cuentas a puerta cerrada. Les has hablado de las discusiones, ¿verdad?*

Las discusiones. Qué eufemismo tan de puta madre.

—¡*No!* —Se le quiebra la voz—. *No les dije, Rafa, te lo juro.*

—¿*No? Porque parecen muy agradables* —se solidariza en tono engañosamente dulce—. *De esas mujeres en las que se puede confiar, que nunca te juzgarán, que incluso te echarán una mano y te animarán a dejarme.*

—*No les dije* —insiste, cada vez más desesperada—. *No saben nada, ni sospechan. Incluso me puse la franela de manga larga para que no me lo vieran. Pero tampoco con eso estás contento. Te da arrechera*[18] *todo lo que haga, incluso que te cubra.*

Hay un pequeño silencio que me pone el vello de punta.

A Rafael no le gusta que Anita le lleve la contraria, pero lo que menos soporta es que le eche la culpa del infierno que vive. He oído alguna que otra vez cómo tiraba platos al suelo para asustarla. Incluso he escuchado cómo le pegaba. Y habría llamado a la policía; muchas veces he tenido el teléfono en la mano. Pero Anita está en una situación muy delicada y algo tan simple como marcar ese número podría mandarla de regreso a Venezuela. Ese cerdo es todo lo que tiene para sobrevivir ahora mismo, y sé que aguantará cualquier cosa con tal de enviar dinero a su casa.

Por suerte, he perfeccionado mis mecanismos para intervenir sin necesidad de dejarla en evidencia.

Cojo el vaso de cristal que he usado para servirme el zumo de naranja esta mañana y lo arrojo por la ventana. Están gritándose cuando impacta en el suelo del patio central. El estruendo de cristales resuena por todo el edificio. La mayoría de los vecinos se asoman para ver qué ha pasado, qué se ha roto; algunos bajan a comprobar que no ha afectado a las macetas, o no se ha quedado alguna esquirla metida entre la ropa tendida, o que lo que se ha roto no es de su propiedad. A Rafael nada le importa más que quedar bien, y si quiere hacerlo, tiene que dejar de gritar cuando la comunidad se arremolina en el único espacio donde se le puede escuchar.

Para ese momento, Anita ya se las ha arreglado para marcharse o para encerrarse en la habitación e intentar dormir.

Siempre que pasa esto —y pasa demasiado a menudo— me

18. Indignación violenta.

siento tan inútil que no puedo pensar en otra cosa por el resto del día.

No he visto a Rafa, pero estoy seguro de que no tendría ninguna oportunidad contra mí si bajara al 6.º B y le partiese la cara. Pero no puedo bajar al 6.º B. No puedo bajar las escaleras del rellano. No puedo ni ver a alguien que no conozco.

Muchas veces he rozado con los dedos el pomo de la puerta y me he dicho que voy a salir. Solo porque es una emergencia; porque Anita necesita que alguien la apoye, y nadie lo hace porque ningún vecino excepto yo conoce su situación. Pero solo de pensar en poner un pie fuera, la ansiedad me estremece y un frío paralizante se me cuela entre los huesos. Y entonces no puedo moverme.

No puedo.

Y si no puedo moverme, no puedo serle de ayuda.

Me aterra pensar que durante una de esas discusiones su vida pueda correr verdadero peligro. Y me asquea saber que, si así fuera, lo más probable es que no pudiera mover un solo dedo para socorrerla.

El móvil vibra y me saca de mis cavilaciones.

Y gracias al cielo.

De: revistajovenescientificos@gmail.com
Para: jaquemates@gmail.com
Asunto: RE: Entrevista

¿Sigues por ahí? No me has respondido a si me ayudarías para la prueba de acceso.

De: jaquemates@gmail.com
Para: revistajovenescientificos@gmail.com
Asunto: RE: Entrevista

Todo lo que necesitas para sacar buena nota en selectividad, por lo menos en matemáticas y química, está ya en mi canal. Busca por temas conforme te surjan dudas —matrices, derivadas, integrales, todo de segundo de Bachillerato— y te saldrá. No necesitas que yo te guíe, y no ofrezco servicios particulares como animador.

De: revistajovenescientificos@gmail.com
Para: jaquemates@gmail.com
Asunto: RE: Entrevista

Qué cambio de actitud. ¿Por qué te has puesto tan frío de repente? Me acababas de contar una anécdota graciosa.

Porque estoy harto de mí mismo.

De: jaquemates@gmail.com
Para: revistajovenescientificos@gmail.com
Asunto: RE: Entrevista

No me he puesto frío, es que no sé qué otra cosa quieres que te diga. Trabajo diez horas al día, no puedo dedicar más a hacer Skype contigo o explicarte cómo hacer tus deberes paso por paso. Y ya va siendo hora de que cortemos la conversación. Ha estado bien la broma, pero no pretendo alargarla más de la cuenta.

De: revistajovenescientificos@gmail.com
Para: jaquemates@gmail.com
Asunto: RE: Entrevista

¿Por qué no? Tampoco está tan mal hablar conmigo. Puedes usarme como psicóloga.

De: jaquemates@gmail.com
Para: revistajovenescientificos@gmail.com
Asunto: RE: Entrevista

¿Por qué iba a necesitar una psicóloga?

De: revistajovenescientificos@gmail.com
Para: jaquemates@gmail.com
Asunto: RE: Entrevista

Todos deberíamos tener un psicólogo de cabecera. Cuando nos duele la cabeza, vamos al médico; cuando nos duele el corazón, vamos al psicólogo. Así de simple.

De: jaquemates@gmail.com
Para: revistajovenescientificos@gmail.com
Asunto: RE: Entrevista

¿Qué te hace pensar que me duele el corazón?

De: revistajovenescientificos@gmail.com
Para: jaquemates@gmail.com
Asunto: RE: Entrevista

Es un presentimiento que tengo. ¿Es desacertado?

No tengo la cabeza para preguntas existenciales, pero para alejarme un poco de la discusión del sexto, lo medito para mis adentros.

A mi modo de ver, no es que tenga el corazón roto; es que está podrido porque ya no lo uso. Lleva años anclado al pasado, igual que mi mente: funcionan movidos por recuerdos que debería olvidar, por personas que ya no están, por historias que no puedo cambiar. No me duele porque creo que a estas alturas estoy insensibilizado al dolor, igual que a la esperanza o la ilusión. A veces siento que no soy una persona, sino una especie de máquina programada para reaccionar únicamente ante el miedo.

Pero eso no se lo voy a responder a una desconocida, cuyas intenciones aún están por definir. Hay quienes están ojo avizor en la comunidad de maestros por si pillaran algo para desacreditarlos. Si no, no habrían premiado a un profesor de lengua como uno de los hombres más sexis del planeta, ni habrían despedido a una profesora por haber trabajado en el porno antes de convertirse en docente.

¿En serio? ¿Qué necesidad había de despedirla? Entrar en el mundo del porno parece igual que entrar en la cárcel: por mucho que lo intentes, no puedes salir de ahí. Y aunque lo hagas, la gente te seguirá mirando como si fueras un monstruo.

Pero eso es otro tema.

De: jaquemates@gmail.com
Para: revistajovenescientificos@gmail.com
Asunto: RE: Entrevista

Nadie me ha roto el corazón. Puedes estar tranquila por ese lado. Y de nuevo... aunque me lo hubieran roto, no te lo diría.

De: revistajovenescientificos@gmail.com
Para: jaquemates@gmail.com
Asunto: RE: Entrevista

¿Por qué eres tan desconfiado? Soy inofensiva.

A lo mejor este es otro síntoma de mi neurosis, pero... ¿quién me había jurado antes que es inofensiva?

Matilda.

No sé si es que la veo en todas partes, porque no paro de preguntarme con qué flores se presentará el jueves, o... ¿o qué? ¿Podría ser Matilda la chica que me está mandando mensajes?

Una corazonada me dice que es factible. Sé que se ha infiltrado en mi despacho. Va soltando pelos allá donde va, dejando el mismo y revelador rastro que Hansel y Gretel, además de un olor dulzón que me tiene colocado desde que apareció.

Ah, y la he pillado curioseando entre mis páginas de problemas, pero como acababa de decirle «subnormal» sin ninguna clase de tacto, preferí no gritarle qué coño estaba haciendo.

Ni siquiera sé si soy capaz de gritarle a esa mujer. He sido un borde con ella, pero ¿gritarle? Sería como patear a un gatito de ojos llorosos rescatado de la calle. Un gatito despeluchado y sin una pata. Un gatito recién nacido, despeluchado y sin una pata.

Prefiero no preguntarme por qué veo a Matilda como a un minino abandonado. Ella es mucho más enérgica y confiada que eso.

Por si acaso fuera ella —lo que confieso que me cabrearía muchísimo, pero no me sorprendería en absoluto—, decido continuar la conversación.

Nunca renunciaré al placer de vacilar de vuelta a alguien que me está vacilando.

No se nota, pero estoy pletórico porque llevo unas horas hablando con alguien que no es mi hermana. Me pregunto si Alison estaría conforme con que rastreara la dirección IP del ordenador o móvil que me está enviando esos e-mails. Seguro que no. Pero porque sabría que, si descubro que es Matilda, se va a enterar de quién soy yo.

No me va a costar nada. Tengo unos cuantos programas y webs a mano para analizar el dominio, que me mostrará la información relacionada con él, tanto la IP como el nombre de *host*, el ISP y el país de origen, y me ubicaría en el mapa dónde se encuentra con exactitud.

Con una sonrisa irónica, tecleo una respuesta antes de ponerme manos a la obra. Después, me dirijo a la cocina y saco de la despensa la única botella de vino que guardo para ocasiones especiales. Lo necesito para calmar la angustia que me ha dejado el episodio de Rafa y Anita, y porque si la revista científica resulta ser un apodo de Matilda, me hará falta estar ebrio para darle un escarmiento.

De: jaquemates@gmail.com
Para: revistajovenescientificos@gmail.com
Asunto: RE: Entrevista

A lo mejor lo que me molesta es que seas inofensiva.
Ya que me voy a entretener con el correo, prefiero hacerlo con
alguien interesante. ¿Eres interesante?

Capítulo 13

Ponte para mí

Matilda

¿Soy interesante?

Aparto el portátil de los muslos un momento y me echo un vistazo en el espejo de la habitación de invitados, que ahora es mi dormitorio.

Tal vez haya sonado como si quisiera saber de qué color es mi ropa interior, yo diría que no. No soy interesante. Divertida, quizá. Llamativa por mi ropa. Espontánea. Pero... ¿interesante?

¿Qué hace interesante a alguien?

Sigmund Freud era interesante. Marina Abramović es interesante. Yo hago lo que puedo.

De: revistajovenescientificos@gmail.com
Para: jaquemates@gmail.com
Asunto: RE: Entrevista

¿En qué sentido?

De: jaquemates@gmail.com
Para: revistajovenescientificos@gmail.com
Asunto: RE: Entrevista

En el sentido de la vista, por empezar por uno.

De: revistajovenescientificos@gmail.com
Para: jaquemates@gmail.com
Asunto: RE: Entrevista

¿A qué te refieres?

De: jaquemates@gmail.com
Para: revistajovenescientificos@gmail.com
Asunto: RE: Entrevista

Tú sabes cómo es mi cara. Sabes de dónde soy. Yo no tengo ni idea de nada sobre ti.

De: revistajovenescientificos@gmail.com
Para: jaquemates@gmail.com
Asunto: RE: Entrevista

¿Quieres que me describa? ¿Como en una entrevista de trabajo?

De: jaquemates@gmail.com
Para: revistajovenescientificos@gmail.com
Asunto: RE: Entrevista

Sí, pero imagina que el trabajo es modelar.
Dime de qué color son tus ojos. A qué altura llevas el pelo. Cuál es tu talla de... zapatos.

Abro los ojos de sopetón.

¿Por qué iba a interesarle eso a Julian Bale?

Me respondo: está aburrido, igual que yo. El día de la predicación ha terminado, pero Eli y Tay no paran de trabajar, y esta noche tienen una especie de *catering* que atender. Voy a estar sola hasta las tantas de la madrugada, con una copa de champán en la mano —que le he birlado a mis amigas— y una comedia romántica en televisión.

No me importaría si no hubiera escuchado un estruendo de cristales hace tan solo unos minutos. Parece que hay un loco cerca, porque no es la primera vez que llueve la vajilla. Los vecinos creen que puede tratarse de Julian, que es su forma de llamar la atención, pero yo, que lo conozco, sé que lo último que quiere es animar a la gente a cuchichear sobre él.

Aunque tampoco me lo habría imaginado pidiéndome una descripción de mi físico, y míralo. *Qué rápido crecen.* Supongo que quiere estar en igualdad de condiciones, saber lo mismo que yo sé. Si fuera otra clase de hombre, habría pensado que pretende... excitarse. Pero el pobre parece asexual. Lo ha negado, sí, pero no me lo creo. Y es una pena, porque está *tribueno*, que para quien no lo sepa, es estar bueno por tres.

Ladeo la cabeza otra vez hacia el espejo de cuerpo entero junto a la cama y me reviso como si acabara de conocerme.

No soy nada fea. Mi madre dice que tener la cara redonda y hoyuelos cuando se es dulce es justicia poética. Estoy muy contenta con mis dientes alineados —ocho años de aparato dental, insisto— y con mis ojos, aunque, al igual que a Mila Kunis en aquella película con Justin Timberlake, alguna vez me han dicho que son tan grandes que dan miedo.

No entiendo por qué, pero al final decido inventarme una descripción.

De: revistajovenescientificos@gmail.com
Para: jaquemates@gmail.com
Asunto: RE: Entrevista

Soy morena. Tengo los ojos azules, gatunos... Dicen que son mi mejor cualidad. Mido un metro setenta y cinco.

Me he añadido veinte centímetros porque esto es lo que se hace en internet: mentir como una bellaca. Y porque estoy un poco acomplejada por mi altura, lo admito. Tay es de estatura media y Eli mide lo mismo que una modelo. Cuando salimos juntas, parecen una pareja y yo, su hija adoptiva.

Es vergonzoso.

De: jaquemates@gmail.com
Para: revistajovenescientificos@gmail.com
Asunto: RE: Entrevista

Vaya. Es una pena. Prefiero a las bajitas con ojos oscuros. Aunque tal y como te pintas, parece que levantas pasiones. ¿Estás soltera?

El corazón me da un vuelco en el pecho.

No puede ser... ¿Ha dicho que prefiere a las bajitas con ojos oscuros? ¿A las chicas como yo? ¿Lo habrá dicho en serio o solo para llevarme la contraria? Bueno, ¿y a mí qué me importa? Pues mucho, porque significa que soy su tipo. Soy el tipo de un hombre tan guapo que da rabia mirarlo.

Un momento. ¿Me acaba de preguntar si estoy soltera?

De: revistajovenescientificos@gmail.com
Para: jaquemates@gmail.com
Asunto: RE: Entrevista

¿A qué viene esa pregunta?

De: jaquemates@gmail.com
Para: revistajovenescientificos@gmail.com
Asunto: RE: Entrevista

¿No es lo que se les pregunta a todas las *celebrities*, en palabras tuyas?

De: revistajovenescientificos@gmail.com
Para: jaquemates@gmail.com
Asunto: RE: Entrevista

Yo no soy ninguna celebridad ni nada por el estilo. Si se podría decir que estoy en el paro, haciendo chapuzas.

De: jaquemates@gmail.com
Para: revistajovenescientificos@gmail.com
Asunto: RE: Entrevista

¿Chapuzas de qué tipo?

De: revistajovenescientificos@gmail.com
Para: jaquemates@gmail.com
Asunto: RE: Entrevista

Cuido a un señor mayor.

No he mentido, ¿no? Y no hace falta que especifique que el señor no se deja cuidar, ni que no es mayor a secas, solo mayor que yo. Lo suficiente para que no sea raro que haya tenido sueños húmedos con él.

De: jaquemates@gmail.com
Para: revistajovenescientificos@gmail.com
Asunto: RE: Entrevista

¿Desperdicias todo ese metro setenta y cinco velando ancianos, pudiendo ser modelo?

De: revistajovenescientificos@gmail.com
Para: jaquemates@gmail.com
Asunto: RE: Entrevista

Ser alta no significa que puedas ser modelo.
Hay que saber andar, y tener *sex appeal*.
Dicen que las modelos no hacen nada, pero es un trabajo muy duro.
Prefiero cuidar señores.

De: jaquemates@gmail.com
Para: revistajovenescientificos@gmail.com
Asunto: RE: Entrevista

Eso ha sonado muy... interesante.
¿Cómo te piden que los cuides esos señores?

Me revuelvo bajo el ordenador, incómoda.
¿Qué está insinuando? ¿Que soy una especie de *escort* a domicilio?
Pues no estaría mal.

De: revistajovenescientificos@gmail.com
Para: jaquemates@gmail.com
Asunto: RE: Entrevista

¿Por qué lo preguntas? ¿Estarías interesado en algún servicio concreto?

De: jaquemates@gmail.com
Para: revistajovenescientificos@gmail.com
Asunto: RE: Entrevista

¿Cuáles ofreces?

¿Cuáles ofrezco? ¿De verdad me voy a hacer pasar por una prostituta?

De: revistajovenescientificos@gmail.com
Para: jaquemates@gmail.com
Asunto: RE: Entrevista

Estoy empezando, así que me adapto a las exigencias de mi jefe. ¿Cuáles son las tuyas?

Pues sí, parece que sí lo voy a hacer.

De: jaquemates@gmail.com
Para: revistajovenescientificos@gmail.com
Asunto: RE: Entrevista

No sabría decirte. Nunca he pedido un servicio parecido.

De: revistajovenescientificos@gmail.com
Para: jaquemates@gmail.com
Asunto: RE: Entrevista

¿Y por qué ahora?

De: jaquemates@gmail.com
Para: revistajovenescientificos@gmail.com
Asunto: RE: Entrevista

¿Por qué no? Hace mucho tiempo desde la última vez que sentí a alguien cerca de mí.

Por alguna extraña razón, se me seca la garganta y un montón de imágenes tórridas nublan mi pensamiento. La forma en que ha dicho «que sentí a alguien cerca de mí» me ha hecho pensar en cómo sería estar cerca de él. Cómo se sentiría que me abrazara.

También hace algún tiempo desde que yo estuve con alguien. Tanto, que me da vergüenza decirlo. Se me ha olvidado cómo se hace, pero no he olvidado lo que te anima a hacerlo: las cosquillas en el estómago, el picor en la piel...

No soy de las que se hacen este tipo de preguntas porque, en realidad, lo que menos me interesa de estar con alguien es el sexo. Pero me mata la curiosidad, y Julian ha despertado a la bestia dormida.

¿Cómo lo haría él? ¿Será suave o rudo? Lo más seguro es que me aplastara bajo su inmenso cuerpo igual que si fuera un bicho molesto. Justo como hizo el día en que nos conocimos.

Es tan grande...

No me gustan los hombres grandes. Me aterra lo manejable que puedo ser en sus manos.

Pero Julian...

Sacudo la cabeza.

Ya basta.

De: revistajovenescientificos@gmail.com
Para: jaquemates@gmail.com
Asunto: RE: Entrevista

Me sorprende estar en la misma situación que tú. Hay muchas mujeres ansiosas por conocerte.

De: jaquemates@gmail.com
Para: revistajovenescientificos@gmail.com
Asunto: RE: Entrevista

¿En la misma situación que yo? ¿Significa eso que estás sola?

De: revistajovenescientificos@gmail.com
Para: jaquemates@gmail.com
Asunto: RE: Entrevista

¿Te refieres a si no tengo pareja o a si estoy sola en casa?

De: jaquemates@gmail.com
Para: revistajovenescientificos@gmail.com
Asunto: RE: Entrevista

Ambas.

De: revistajovenescientificos@gmail.com
Para: jaquemates@gmail.com
Asunto: RE: Entrevista

No tengo pareja. El último fue un bombero, y de eso hace seis meses ya. Y sí, estoy sola.

De: jaquemates@gmail.com
Para: revistajovenescientificos@gmail.com
Asunto: RE: Entrevista

¿Y qué estás haciendo?

No sé si es porque he estado viendo una película romántica con escenas muy sexis, porque no paro de dar sorbos al champán, o es que mi cabeza funciona regulín desde que Julian me placó, pero me imagino esa pregunta con voz ronca, y con esos ojos azules como llamas que se le ponen cuando se mosquea.

De: revistajovenescientificos@gmail.com
Para: jaquemates@gmail.com
Asunto: RE: Entrevista

Hablar contigo.

De: jaquemates@gmail.com
Para: revistajovenescientificos@gmail.com
Asunto: RE: Entrevista

¿Nada más? Qué lástima.
Pensaba que mi conversación era mucho más...
inspiradora.

Jadeo sin aliento. ¿Está insinuando lo que creo que está insinuando? ¿Se refiere a que esperaba que me estuviera... toqueteando?

No entiendo este repentino cambio de registro. Antes estaba a la defensiva, y ahora es como si quisiera sacarme de quicio. Provocarme.

Pues que se prepare. Yo también sé provocar.

Solo a través de mensajes, porque si estuviéramos cara a cara, sería un charco de hormonas y lágrimas a sus pies.

No soy tan lanzada para ciertas cosas, pero eso está a punto de cambiar.

De: revistajovenescientificos@gmail.com
Para: jaquemates@gmail.com
Asunto: RE: Entrevista

Necesito algo más que eso para inspirarme.

De: jaquemates@gmail.com
Para: revistajovenescientificos@gmail.com
Asunto: RE: Entrevista

Vaya, veo que sabes de lo que hablo.
¿Te inspiras a menudo?

De: revistajovenescientificos@gmail.com
Para: jaquemates@gmail.com
Asunto: RE: Entrevista

Con mucha frecuencia.

De: jaquemates@gmail.com
Para: revistajovenescientificos@gmail.com
Asunto: RE: Entrevista

¿Con esos señores mayores para los que trabajas? ¿Se inspiran ellos contigo?

De: revistajovenescientificos@gmail.com
Para: jaquemates@gmail.com
Asunto: RE: Entrevista

No me extrañaría. Elijo lo que me pongo para alegrarles el día.

De: jaquemates@gmail.com
Para: revistajovenescientificos@gmail.com
Asunto: RE: Entrevista

Ajá... Así que tienes código de vestimenta. ¿En qué consiste? ¿Qué es lo que te sueles poner?

De: revistajovenescientificos@gmail.com
Para: jaquemates@gmail.com
Asunto: RE: Entrevista

¿Qué te gustaría que llevara?

> *¿De verdad le acabo de preguntar eso?*
> *Matilda, Matilda, te estás metiendo en terreno pantanoso...*
> *Y te estás poniendo colorada.*

De: jaquemates@gmail.com
Para: revistajovenescientificos@gmail.com
Asunto: RE: Entrevista

¿Qué llevas puesto ahora mismo?

¿De verdad me acaba de preguntar eso? ¿Quién se cree, el Profesor de *La casa de papel*?

Ay, Dios mío. Me arden tanto las mejillas que puedo freír huevos en ellas.

Me echo un rápido vistazo.

Son las diez y media. Una chica de mi edad, libre y que no madruga mañana, estaría pateándose los bares de Chueca con dos amigas del brazo. Pero esta chica lleva puesto un camisón de manga larga que le llega hasta los pies, porque es muy friolera y estamos empezando octubre. «Mi camisón victoriano», como lo llama Tay, no combina mucho con la copa de cristal fino que acabo de rellenar.

¿Qué pasa? No iba sobrada de dinero cuando fui de compras, y es más barata la ropa de niña que la lencería de mujer.

De: revistajovenescientificos@gmail.com
Para: jaquemates@gmail.com
Asunto: RE: Entrevista

Llevo una camiseta de un pijama de satén y unas bragas.
Es que hace mucho calor.
¿Y tú?

Me doy una palmada en la frente, que también se me habrá ruborizado.

Pero, por favor, Matilda, ¿qué haces? ¿Por qué mientes tan descaradamente?

Pues porque estoy aburrida. Y porque siento mucha curiosidad por cómo va a manejar Julian mi respuesta. No parece habituado a lidiar con mujeres que se le insinúan.

De: jaquemates@gmail.com
Para: revistajovenescientificos@gmail.com
Asunto: RE: Entrevista

¿La camiseta es de tirantes?

De: revistajovenescientificos@gmail.com
Para: jaquemates@gmail.com
Asunto: RE: Entrevista

Y tiene escote.

Me cubro la boca con una mano para sofocar una risita inapropiada. No sé qué estoy haciendo, solo que mañana me arrepentiré.

Y que debería apagar el ordenador.

¿Se puede considerar *sexting* lo que estamos haciendo? Nunca he hecho nada parecido, y la idea de estrenarme con un hombre que nunca me pondrá una mano encima —pero que me derrite cada vez que me mira— no sé si me hace sentir orgullosa o me mortifica.

Estoy jugando con fuego.

De: jaquemates@gmail.com
Para: revistajovenescientificos@gmail.com
Asunto: RE: Entrevista

¿Por qué no me la enseñas?

De nuevo vuelvo a quedarme sin palabras. Y sin aliento.

¿Por qué no se la enseño? ¿Qué es lo peor que puede pasar...? No sabe quién soy y me he tomado un par de copas, lo que me cualifica para cometer cualquier locura sin tener que hacerme cargo después.

Pero no tengo nada sexy que ponerme. Ese es un problema.

A no ser...

A no ser que vaya al cajón secreto de Eli, donde guarda toda esa lencería carísima y que le encanta. Tay también se compra ropa interior preciosa. Como tengo más o menos el mismo pecho que la primera y el trasero de la segunda, quizá pudiera colar la breva.

Me levanto nerviosa, sin apartar los ojos de la pantalla.

«¿Por qué no me la enseñas?», dice.

¿Por qué se la quiero enseñar?

No lo sé. Estoy segura de que no era esto a lo que Alison se refería cuando me pedía que ayudara a su hermano. Que no estoy ni remotamente cerca de que me cuente sus pesares y salga de casa, ni lo estaré enseñándole mi escote, pero... quiero enseñarle mi escote.

Arrestadme.

Creo que tengo un cuerpo más o menos bonito. Y en la lista de tareas por hacer que escribí a los veinte figura el *sexting*, eso que se ha hecho tan popular de enviar *nudes*.

Hoy tengo la oportunidad ideal para tacharlo.

Me infiltro en las habitaciones de mis amigas y elijo dos conjuntos negros para que no haya problemas de combinación. La parte de arriba tiene unas tiras entrecruzadas y se transparenta un poco; la parte de abajo tampoco deja mucho a la imaginación.

Siempre he querido tener algo así para ocasiones especiales. Guardaba lencería hasta hace unos meses, cuando me di cuenta de que no iba a darle uso nunca y, además, engordé de culo. Dejó de quedarme bien y decidí pasar de los caprichos eróticos.

Bueno... pues ahí va el primero en mucho tiempo. Un capricho erótico en toda regla. Y ahora es cuando viene el contrasentido: *Matty, le has dicho que llevas una camiseta, no hace falta que te quedes en sujetador.* A lo que yo respondo: si vamos a hacer algo, lo hacemos bien, y punto.

Me tiemblan tanto las manos que tengo que hacer la foto cuatro veces hasta que deja de salir borrosa. Después decido que no me gusta la postura y busco inspiración en internet. Termino tumbándome boca arriba sobre la cama, de lado, e incluso haciéndole una foto obscena a mi trasero casi descubierto.

Si mi madre me viera ahora, no sé qué pensaría. Pero eso no impide que adjunte las imágenes en el correo y se las mande. No se me ve la cara, claro, ni tampoco aparece nada en el recorte que pueda desvelar mi identidad.

Espero, sin cambiarme, a que mi bandeja de entrada anuncie la llegada de un correo.

Y nada.

No da señales de vida hasta once minutos después, cuando ya me he vuelto a poner el camisón victoriano, he echado la lencería a lavar y me estoy arrepintiendo del *show*.

Me da miedo abrir el correo.

De: jaquemates@gmail.com
Para: revistajovenescientificos@gmail.com
Asunto: RE: Entrevista

Joder. No pensaba que fueras a mandarla.

Me llega otro enseguida.

De: jaquemates@gmail.com
Para: revistajovenescientificos@gmail.com
Asunto: RE: Entrevista

Pensaba que no te atreverías.

De: jaquemates@gmail.com
Para: revistajovenescientificos@gmail.com
Asunto: RE: Entrevista

Pero me alegro de que lo hayas hecho.

Me lanzo de cabeza sobre el teclado.

De: revistajovenescientificos@gmail.com
Para: jaquemates@gmail.com
Asunto: RE: Entrevista

Lo he hecho porque sabía que te dejaría en evidencia.
Sí que te gusta la lencería.

De: jaquemates@gmail.com
Para: revistajovenescientificos@gmail.com
Asunto: RE: Entrevista

Me gusta lo que hay debajo.

Me mordisqueo las uñas.

De: revistajovenescientificos@gmail.com
Para: jaquemates@gmail.com
Asunto: RE: Entrevista

Pensaba que para que te gustase tenías que conocer a la persona
en cuestión.

De: jaquemates@gmail.com
Para: revistajovenescientificos@gmail.com
Asunto: RE: Entrevista

Bueno, ya te conozco más que a las que me enviaban las fotos sin
ninguna interacción previa. Hemos charlado antes.

De: revistajovenescientificos@gmail.com
Para: jaquemates@gmail.com
Asunto: RE: Entrevista

¿Y quieres seguir haciéndolo?

De: jaquemates@gmail.com
Para: revistajovenescientificos@gmail.com
Asunto: RE: Entrevista

Hablar no es lo que me apetece ahora mismo, créeme.

Contengo el aliento un instante. Mi estómago da un vuelco, como si quisiera dar parte de que él también ha entendido a qué se refiere y lo celebra por todo lo alto.

Lo he excitado. Y no sé cuándo fue la última vez que un hombre se excitó conmigo. Si soy del todo sincera, creo que nadie se ha sentido de esa forma por mí. No tengo ese magnetismo.

De: revistajovenescientificos@gmail.com
Para: jaquemates@gmail.com
Asunto: RE: Entrevista

¿Y qué te apetece?

De: jaquemates@gmail.com
Para: revistajovenescientificos@gmail.com
Asunto: RE: Entrevista

No me tires de la lengua.

De: revistajovenescientificos@gmail.com
Para: jaquemates@gmail.com
Asunto: RE: Entrevista

¿Y qué hago? ¿Intento imaginarme lo que querías decir con eso?

De: jaquemates@gmail.com
Para: revistajovenescientificos@gmail.com
Asunto: RE: Entrevista

Seguro que no tienes que hacer un gran esfuerzo por imaginarlo.

De: revistajovenescientificos@gmail.com
Para: jaquemates@gmail.com
Asunto: RE: Entrevista

Agradecería que me dieras algunos detalles.

«Matilda, basta ya. Despídete y vete a la cama. Estás trastornando a un pobre hombre que solo quería jugar un rato. Él mismo te lo ha dicho: no creía que fueras a hacerlo. Era una estúpida provocación. Nada te dice que no le haya parecido ridícula o...».

De: jaquemates@gmail.com
Para: revistajovenescientificos@gmail.com
Asunto: RE: Entrevista

Quiero arrancarte ese sujetador con los dientes, darte la vuelta y meterme donde la tira de ese tanga.

Exhalo todo el aire de golpe.

No es que haya dejado de ruborizarme en ningún momento, pero siento como si fuera una olla exprés y estuviera a punto de echar humo por las orejas. Un estremecimiento placentero me pone hasta el último vello de punta, y todo eso es porque no lo he imaginado: *lo he sentido*. He sentido sus dientes arañando mi escote, sus manos agarrándome con fuerza y su pecho húmedo pegado a mi espalda mientras...

De: jaquemates@gmail.com
Para: revistajovenescientificos@gmail.com
Asunto: RE: Entrevista

Hace años que no me pongo de esta manera. No puedo dejar de mirar las fotos... Es como si te tuviera en mi regazo con eso puesto.

Me tiemblan tanto los dedos que tengo que borrar el mensaje tres veces antes de enviarlo.

De: revistajovenescientificos@gmail.com
Para: jaquemates@gmail.com
Asunto: RE: Entrevista

Me gusta estar en tu regazo.

De: jaquemates@gmail.com
Para: revistajovenescientificos@gmail.com
Asunto: RE: Entrevista

¿Y te gusta cómo te acaricio? ¿Te gusta lo que ha provocado tu atrevimiento?

Por instinto, infiltro una mano entre las piernas. Mis muslos la aprietan para reprimir una electricidad que me hace cosquillas de todas formas. Yo, en su regazo... Sobre esos cuádriceps duros, entre sus inmensos brazos, los que me cachearon y podrían haberme destrozado al aplastarme contra el suelo.

De: revistajovenescientificos@gmail.com
Para: jaquemates@gmail.com
Asunto: RE: Entrevista

Me gusta tanto que lo quiero dentro de mí.

Oh, *cachis*, ¿de verdad le he dicho eso? Esto me pasa por leer las novelas de la Virtu y el resto de la colección de Tamara, que se me quedan grabadas esas frases porno que me moriría si dijera en voz alta.

Dios, soy tan patética... Y no puedo apartar la mano de mi entrepierna, porque cada vez estoy más nerviosa y caliente y hacía mucho tiempo desde la última vez.

De: jaquemates@gmail.com
Para: revistajovenescientificos@gmail.com
Asunto: RE: Entrevista

Joder. Si me dijeras eso mirándome a la cara, me matarías. Tendría que encontrar una forma de regresar del infierno para tocarte, porque no soportaría dejarlo así.

De: revistajovenescientificos@gmail.com
Para: jaquemates@gmail.com
Asunto: RE: Entrevista

Imagina que te lo digo a la cara.

De: jaquemates@gmail.com
Para: revistajovenescientificos@gmail.com
Asunto: RE: Entrevista

No sabría qué hacer. No me movería, no hablaría. Pero pasaría el resto de mi vida arrepintiéndome por no haberlo hecho.

Con cuidado, por si así pudiera ignorar lo que estoy haciendo y de paso evitarme una mayor mortificación, aparto la tela de las bragas y cuelo los dedos en mi ropa interior. No me queda saliva en la boca, y Julian aparece con tal nitidez en mi pensamiento que es como si lo tuviera delante.

«Por no haber hecho ¿qué?», le pregunto.

Él responde enseguida una sola palabra.

«Complacerte».

De: revistajovenescientificos@gmail.com
Para: jaquemates@gmail.com
Asunto: RE: Entrevista

Compláceme. Quiero correrme esta noche.

Ya ni siquiera estoy pensando. Al infierno todo recato. Al diablo con mi supuesta frigidez. Estoy medio borracha, muy cachonda, y tengo al hombre de mis fantasías al otro lado de la pantalla.

Si supiera con toda certeza que, diciéndole quién soy, abandonaría su fuerte y vendría con un condón en el bolsillo... lo haría, revelaría mi identidad. Pero si se lo dijese, lo más seguro es que ni me invitase a subir. Y no porque quisiera ahorrarse el mal trago de subir las escaleras después. Más bien me bloquearía. Y me despediría. Y se lo contaría a su hermana, quien pondría el grito en el cielo si supiera hasta dónde he llegado con mis mensajes. Estábamos compinchadas para llevar a cabo esta intromisión vía correo electrónico, pero ni se podrá imaginar el alcance que ha tenido.

De: jaquemates@gmail.com
Para: revistajovenescientificos@gmail.com
Asunto: RE: Entrevista

No puedo ir a verte.

De: revistajovenescientificos@gmail.com
Para: jaquemates@gmail.com
Asunto: RE: Entrevista

Puedo hacerlo sola, si tú me... inspiras.

De: jaquemates@gmail.com
Para: revistajovenescientificos@gmail.com
Asunto: RE: Entrevista

¿Estás acariciándote?

De: revistajovenescientificos@gmail.com
Para: jaquemates@gmail.com
Asunto: RE: Entrevista

¿Y tú?

De: jaquemates@gmail.com
Para: revistajovenescientificos@gmail.com
Asunto: RE: Entrevista

Llevo un rato ahí.

De: revistajovenescientificos@gmail.com
Para: jaquemates@gmail.com
Asunto: RE: Entrevista

¿Y estás pensando en mí?

De: jaquemates@gmail.com
Para: revistajovenescientificos@gmail.com
Asunto: RE: Entrevista

¿Tú qué crees?

Ahí está mi punto de no retorno: el instante en que Matilda Tavera pierde los modales y separa las piernas sin vergüenza para darse placer. Todo gracias a un excitante dibujo mental.

No voy a mentir: me he imaginado muchas veces antes a

Julian, y de formas que no aprobaría mi madre; pero ahora es diferente porque sé que está caliente.

Lo veo sentado en el borde de la cama, o en la silla del despacho, con la mano donde yo la tengo. Acariciándose arriba y abajo, tan acelerado y tenso que se le marcan las venas del antebrazo y el cuello.

Él también está acalorado. Suda, al igual que yo, que he tenido que quitarme la camiseta y quedarme con mi top deportivo. Sisea algo entre dientes. No le queda saliva en la garganta, solo escupe palabras ininteligibles y jadeos entrecortados. Como yo. Los mechones rubios le cubren la cara al encorvarse. Rechina los dientes. Tiene la mandíbula desencajada, la muñeca bloqueada, y en la mano libre estoy yo...

... En la mano libre y al otro lado del teléfono, en la misma situación. Moviendo las caderas en círculos y sacudiéndolas espasmódicamente cada vez que mis dedos tocan ese punto especial. Ese que va a estremecerme entera cuando él, en mi pensamiento, se canse de masturbarse. Lo imagino con tanto detalle... El músculo de su mandíbula, el brillo húmedo en su frente y la erección gruesa y venosa a punto de darle un orgasmo. El orgasmo al que yo llego unos minutos después, empapada, con la cara ardiendo y un gemido que trato de disimular mordiéndome la lengua.

Necesito unos segundos para recuperarme antes de responder.

De: revistajovenescientificos@gmail.com
Para: jaquemates@gmail.com
Asunto: RE: Entrevista

He dicho tu nombre.

Capítulo 14

Un caballero no tiene memoria

Julian

Creo que lo primero que te enseña tu madre —además de no poner los codos sobre la mesa— es que no debes hacer nada de lo que puedas arrepentirte. Pero algo que las madres no contemplan, o por lo menos no contemplaba la mía, era que, aunque *debas*, no te puedes arrepentir de lo que hiciste cuando estabas borracho, harto de estar solo y obsesionado con la mujer que te hace la compra.

En este caso, de nada sirve repetirme que me habría obsesionado con cualquier bípedo que hubiese entrado en mis dominios. No me consuela. Nada lo hace. Desde que Matilda se corrió pensando en mí, todo gracias a mi magnífica idea de incomodarla por metomentodo, no dejo de sudar.

No se me ocurrió pensar que, cuando haces algo por venganza, la providencia, el karma o la mala suerte se encargan de devolvértelo. Pero ¿yo qué iba a saber que se atrevería a mandarme una foto de su sujetador? ¿Y yo qué iba a saber que lleva sujetadores tan atrevidos? ¿Y cómo habría visto venir lo que hay debajo del sujetador?

A quién quiero engañar. Podría haber tenido una sola teta, o media, o ninguna, y me habría excitado igual. Porque es ella. *Ella*. La chica que se agacha y pone el trasero en pompa mientras tararea canciones country para sacar la compra de las bolsas, y no se da ni cuenta de la que está liando. La que hace temblar el edificio cuando se ríe. La que es ajena a cómo sus espontaneidades me afectan.

Y menos mal que es ajena, porque llega a saber que lo sé —que sabía que hablaba con ella— y no solo me escondo en mi habitación para no tener que mirarla a la cara, sino que me tiro por la ventana.

Ahora mismo estoy encerrado en mi habitación. Con el pestillo echado, para que nada me tiente a salir a recibirla cuando llegue. Porque debe de estar al caer. Es jueves de primeros de octubre, día de limpieza general, y va a pasar unas dos o tres horas correteando por mi apartamento.

Sé que soy un cobarde, pero no tengo ni la más remota idea de cómo enfrentar a una mujer a la que deseo de esta manera. Llevaba tanto tiempo reprimido que su llegada, su insolencia y su foto cachonda han hecho explotar mi burbuja de frigidez. He pasado dos días en el infierno, pagando por la escasez que he sufrido durante estos años.

Pensaba que no me iba a afectar, pero esas ganas acumuladas han regresado con intereses. Siento que, de no ser porque me aterra comunicarme con ella cara a cara, sería capaz de besarla nada más verla.

Y eso es una auténtica locura.

Por otro lado, no soy un capullo. No voy a obligarla a limpiar todo el apartamento sola porque esté cagado. Quiero decir... Le pago suficiente dinero para que lo limpie todos los días, pero me siento mal mandándola a hacer lo que puedo hacer yo. Una de las pocas tareas que puedo desempeñar entre estas cuatro paredes y que me hacen sentir realizado.

Por eso le he dejado una nota en la cocina diciendo que

solo tiene que encargarse del salón y el baño de abajo, que rara vez uso. Todo lo demás correrá de mi cuenta. Así no la exploto, no la veo y se larga cuanto antes.

Menuda mente la mía.

Oigo el sonido de la puerta de entrada: se abre, se cierra y, seguidamente, los pasos cortos y frenéticos de unos botines retumban en la planta de abajo.

—¡Buenos días! —exclama una voz que me conozco muy bien.

Si estuviera pegado a una de esas máquinas de hospital que te toman el pulso, ahora mismo habría reventado.

Por favor, ¿qué ridiculez es esta? He tenido cuarenta y ocho horas para superarlo. No es para tanto. Ella no sabe que lo sé. Solo ha sido una foto. Los dos nos hemos masturbado a la vez... Ya está, no es tan profundo. Me lo he repetido hasta la saciedad, hasta que me he quedado dormido, pero aun así he soñado con ella y me he despertado sudando como un cerdo.

Así me siento: un cerdo. Hace unas semanas no tenía un solo pensamiento obsceno, y de repente no puedo reprimirlos. Estoy en la segunda adolescencia.

Apoyo la espalda contra la puerta del dormitorio, ahí donde me he escondido. Quiero escucharla si se pone a tararear. Si sube o baja las escaleras. Si silba o da alguna palmada. Si comenta por lo bajo lo maleducado que soy.

¿Qué llevará puesto ahora? ¿Se habrá recogido el pelo por primera vez, para que no le moleste mientras limpia? Me estremezco por el intenso deseo de averiguarlo, y también por el pavor que me produce dar la cara después de lo que he hecho. Algo que ni se me habría ocurrido si no hubiera estado dándole a la botella desde que rastreé su dirección.

Solo borracho habría encontrado el valor para provocarla. Es algo frecuente entre veteranos de guerra: aferrarse a la bebida para olvidar. Y también a los que padecen fobia social: beber los ayuda a calmar los nervios, a convencerlos de que pueden hacer algo tan sencillo como relacionarse. Ambos grupos terminan padeciendo un alcoholismo severo que en los peores casos conduce a la muerte.

Si mi hermana supiera todo esto, primero se reiría. «Sabes desmontar y montar un arma en apenas unos segundos, disparar a larga distancia y noquear a un hombre que te dobla en estatura usando solo una mano, ¿y necesitas beber para darte el valor de preguntarle a una mujer qué lleva puesto? ¿Y encima por correo electrónico?».

Luego, después de secarse las lágrimas de hilaridad, *she'd kick my ass.*[19] A mi padre lo enterró el whisky, y a ninguno de los dos nos quedó aprecio por el alcohol después de asistir al funeral. Guardo bebidas de alta graduación para ocasiones especiales, y apuesto lo que sea a que Lis no considera que insinuarme a una mujer merezca descorchar el vino.

Pero era una cuestión de orgullo. Y de vida o muerte.

Gracias al cielo, no voy a tener que verla. En la nota he añadido que estoy enfermo y no quiero que haga ruido ni me moleste, así que con suerte no tendré que verla hasta la semana que viene.

Me dirijo a la cama y me tumbo boca arriba. No voy a poder dormir mientras esté aquí, pero por lo menos me entretendré con las conversaciones que tienen los vecinos. He dejado la ventana abierta para que me alejen de mis pensamientos calenturientos.

—*Todavía no se lo he dicho a nadie. Eres el primero en saberlo* —dice Edu.

Su voz me llega con interferencias porque vive en el primer piso. Lo bueno es que, cuando vives en silencio, el oído se te agudiza lo indecible.

—*Qué honor. ¿Y por qué tanto secretismo?* —pregunta Akira, su pareja.

19. Me patearía el culo.

—*Porque esto requiere una junta especial. No voy a ir a contárselo solo a Eli y a Tay; todo el mundo merece enterarse a la vez de la clase de maromo que se nos muda al cuarto piso.*

—*¿Dónde te lo has encontrado?*

—*En la misma puerta. Lo he visto toqueteando el buzón, y me he parado para preguntarle si estaba robando.*

—*Anda que tú también... ¿Qué iba a robar? ¿Los folletos de la academia de lenguas modernas? ¿Los descuentos en depilación láser?*

—*Algo así me ha dicho él. Se me ha echado a reír, todo un encanto, y luego ha dicho: «Tranquilo, de publicidad estoy servido en mi propio buzón. Solo estaba quitando el nombre del anterior propietario, para que nadie se confunda, y me ha llamado la atención la frase». Ya sabes, la frase de Julio Cortázar que ponemos en la pizarrita del portal para hacerle un homenaje al escritor.*

—*¿Cuál es la de este mes?*

—*«Aquí habrá pocas palabras, pero yo sé que los silencios cuentan». Le ha gustado. Dice que es de sus escritores preferidos. Seguro que es maricón.*

—*Y aparte de maricón...* —replica, burlón—, *¿es simpático?*

—*¿Y yo qué sé si es simpático? Yo solo he visto sus tetones cuadrados marcándose gracias a la camiseta de deporte, y unos ojos tan verdes que me han dado ganas de fumármelos.*

La risa tranquila de Akira interrumpe la frenética descripción de Edu.

—*Dame más detalles. Lo estás deseando* —le anima con esa actitud resignada llena de cariño que solo tiene con él.

Además del novio de Edu, Akira es japonés. Trabaja como veterinario, asiste a clases de flamenco y guitarra española cuando tiene tiempo libre, y tal es su manejo en la materia que forma parte de un interesante grupo de folk al que le auguro un futuro prometedor. Eso es lo que he podido averiguar gracias a las conversaciones, pero la verdad es que lo que transmiten sus voces es muchísimo más revelador.

Es evidente que Akira adora a su pareja y permite que lo entierre en información que no le interesa, como quién va a ocupar el apartamento del cuarto. Ahí donde Edu es una cotorra, tan enérgico que es difícil seguirle el ritmo. Akira, en cambio, es del tipo prudente y hermético; prefiere meterse en sus asuntos y dejar que los del resto los resuelvan los implicados.

Me divierten sus contrastes y las discusiones que provocan. La verdad es que son unos individuos muy apreciados en el edificio, y yo, en lo personal, les tengo cariño.

—*Es que si te lo digo, no te lo crees. Yo me esperaba un anciano al que acaba de tocarle la lotería, o un cuarentón alopécico al que le ha ido bien económicamente tras el divorcio, o una de esas señoras millonarias que se alquilan* escorts *de lujo para las vacaciones en Benidorm. ¿Qué otra persona se compra un apartamento aquí, si no? Un treintañero cañón, desde luego que no.*

—Conque treintañero...

—*¡O menor! Échale veintiséis o veintisiete. No le he preguntado la edad porque es de mala educación, ni tampoco de dónde ha sacado la pasta para comprarse el piso, pero porque se me ha derretido el cerebro y me he convertido en un charco de testosterona a sus pies. Qué hombre, Akira, qué hombre...*

—Me están dando ganas de verlo hasta a mí —comento en voz alta. Tengo un oído pegado a la ventana y otro a la puerta, a través de la que intento averiguar qué hace Matilda—. No puede ser más guapo que Chris Evans.

—*¡Si es que es clavadito al Capitán América!*

Me atraganto con mi propia saliva.

—No me jodas —farfullo, incorporándome.

—*Tiene el mismo cuerpo que en ese GIF en el que sale partiendo un tronco. Ancho de hombros, una cintura minúscula, unos muslos con los que me encantaría que me asfixiase, igual que si fuera una gamba y me quisiera arrancar la cabeza... Y esa boca grande, esa sonrisa con hoyuelos... Akira, se nos muda al cuarto un hombre como yo no he visto otro.*

—*¿Como no has visto otro?* —Su voz tiene un deje iróni-co—. *No me digas.*

—*Sí te digo. Se me han acartonado las bragas nada más verlo de espaldas... ¿Qué pasa? No te habrás puesto celoso, ¿no?*

—*Para nada. Yo también tengo unos buenos hombros.*

—*Y una bonita cintura.*

—*Y he demostrado muchas veces cómo de grande es mi boca. Por desgracia, me faltan los hoyuelos.*

—*No pasa nada. Eres oriental. Eso hace que nadie se te pueda comparar. Juegas en otra división.*

—*Me encanta la discriminación positiva.* —Akira se des-cojona, y yo también—. *¿Y para cuándo el próximo partido en mi división? Toda esa descripción de pectorales me ha dado muchas ganas de jugar.*

—*Ni siquiera te gusta el fútbol.*

—*Pero a todo el mundo le gusta echarse unas corridas y marcar un gol.*

Menudo bestia. Luego es a Edu al que acusan de malha-blado.

¿Tienen que ponerse acaramelados cuando intento huir del demonio sexual? Ni siquiera ellos van a salvarme del dolor de testículos.

Gracias a Dios que estoy encerrado y nada ni nadie me hará salir de mi dormitorio.

—*¡¡¡¡¡AAAAAAH!!!!!*

Doy un respingo en la cama y me incorporo a toda prisa, con el cuello tenso y la mirada apuntando a la puerta. El grito lo acompaña un estruendo de cristales rotos y un gemido de dolor.

No pienso. Giro el pestillo y salgo corriendo escaleras abajo para socorrer a Matilda, a la que me encuentro tirada en el suelo del salón. Prácticamente me abalanzo sobre ella.

Ni me doy cuenta de que me arrodillo sobre un montón de esquirlas puntiagudas.

—¿Qué ha pasado? ¿Estás bien?

Matilda levanta la barbilla hacia mí y me mira llorosa. El rubor no tarda ni un segundo en colorear sus mejillas, y es tan intenso que no hay forma de que lo ignore o mire a otro lado.

El corazón martillea mi pecho como si quisiera llamar su atención, y me empiezan a sudar las manos.

—E-estaba de pie sobre la mesilla para l-limpiar un estante al que no llegaba y, no sé cómo, he resbalado y me he c-caído con el jarrón en la m-mano... —tartamudea.

Ella también está avergonzada por lo que hablamos. ¿Qué otra explicación hay? Aunque no sabe que sé de lo que es capaz, le cuesta mirarme a la cara. Pero lo hace, y sus ojos parecen más grandes que el lunes; su piel, más brillante. Incluso juraría que su dulce olor corporal se ha intensificado.

Todo es mucho peor porque ya no hay forma de huir de lo evidente.

—A ver las manos —murmuro.

Matilda deja que las examine. Pequeñas y femeninas entre las mías, un contraste que me corta la respiración. Me he imaginado tantas veces con ella en estos dos días que me carcome cómo lo haríamos para encajar siendo tan diferentes en tamaño.

—No tienes ninguna herida.

—Creo que me he doblado el tobillo al caerme.

—¿Ha crujido?

—No... —Se retira el flequillo de cortinilla de la cara—. Pero me duele mucho.

It hurts me more, you can be sure.[20]

20. Me duele más a mí, puedes estar segura.

Me arrastro hasta el tobillo maltrecho y lo examino minuciosamente. Necesito esa excusa para evitar el contacto visual. Parecerá exagerado, y quizá lo sea, pero me va tan rápido el pulso que siento que voy a desfallecer de un momento a otro.

—Si tienes algo, se te inflamará en unos minutos. No pareces haberte roto nada. Y en caso de que te hayas hecho un esguince, no merece la pena que vayas al médico. Te mandarán un ibuprofeno cada ocho horas, o doce, dependiendo de cuánto te duela, y te pondrán una tobillera. O una venda. Lo que tengan a mano. —Ella me mira sin pestañear—. ¿Qué?

—Nada. Es solo que... es la primera vez que dices tantas palabras seguidas.

—Puedo hablar durante horas sobre cuestiones científicas o médicas que no incluyen una opinión.

Matilda se muerde el labio inferior. Mi cuerpo reacciona igual que si se hubiera quitado el vestido.

—Suena coherente. Y... ¿qué tienes a mano tú? ¿Venda o tobillera?

«El dobladillo de tu falda».

Control yourself, damn it, Bale.[21]

—Voy a ver.

Me levanto tan rápido como me lo permiten las piernas y me dirijo al baño para rebuscar en el cajón de primeros auxilios.

¿No podría haberse caído en otro momento? ¿Bajando las escaleras, o en su propia casa, o en la calle? Tenía que ser *aquí*. Si me pide que la lleve al médico, no voy a poder. Y si me pide que la lleve a su casa en brazos, tampoco. Sé que el ascensor no funciona desde hace un tiempo, y en lugar de arreglarlo, se han puesto a discutir cuánto hay que invertir para sacar adelante la piscina de la urbanización.

Desde luego, esta gente necesita ordenar sus prioridades con urgencia.

---

21. Contrólate, Bale, maldita sea.

Cuando vuelvo, Matilda está recogiendo los pedazos rotos del jarrón.

—Deja eso. No quiero que te cortes.

Ella me mira con culpabilidad.

—Espero que no fuera muy especial para ti.

Lo dice con esa vocecita que ponen los niños y a la que te dan ganas de responder que nada es tan importante para ti como que ellos estén bien.

—Lo trajo mi madre de uno de sus viajes a China. Pero no es que la cultura china me vuelva loco, ni tampoco los regalos de mi madre. Siéntate en el sofá, por favor.

Matilda intenta incorporarse con tanta dificultad que termino exasperándome. La cojo en brazos unos dos o tres segundos y la suelto sobre el sillón.

Sí, solo han sido dos o tres segundos, pero eso es lo que necesita un perfume como el suyo para quedarse impregnado en una camiseta.

Tendré que echar la ropa al fuego.

—¿No te llevas bien con ella?

Me concentro en el pie y tengo cuidado al sacarle el zapato. Lleva las uñas pintadas de azul eléctrico, del mismo tono que su vestido. Se transparentan a través del leotardo, que a la altura del empeine se convierte en una media color carne.

—No me llevo mal con ella, que es distinto.

—¿Qué significa eso?

—Que reconozco y agradezco las dificultades de su labor como madre, pero siempre me ha costado apreciarlo. Y si no forjas un vínculo con tus familiares cuando aún vives con ellos, después es imposible desarrollarlo. Sobre todo si estás empadronado en otro país.

—¿Por qué te costaba apreciar lo que tu madre hacía por ti?

Levanto la cabeza hacia ella con una ceja arqueada. Me sorprende que ni siquiera parpadee, como si estuviera ansiosa por absorber la información a través de los cinco sentidos.

—¿Doblarte el tobillo ha sido el nuevo intento para convertirte en mi mejor amiga?

—¿Fingir que estás enfermo cuando te veo como una rosa ha sido tu nueva manera de huir de mí?

—Yo he preguntado primero.

Ella pone los ojos en blanco.

—¿Te parece que esa inflamación de ahí sea teatro?

—De chicas que llevan calcetines por la rodilla me espero cualquier cosa.

—De hombres que se meten con las chicas que llevan calcetines por la rodilla yo sí que me espero cualquier cosa —rezonga, contrariada—. ¿Qué tienes en contra de mis calcetines?

«Que si no los llevaras, serían menos las prendas que querría quitarte, y eso reduciría mi vergüenza».

—¿Qué tienes tú en contra de tus piernas, que te preocupa tanto esconderlas?

No me doy ni cuenta de que, en lugar de pedirle que se quite la media, yo mismo uso mis manos para deslizarla desde su muslo hasta el final.

Mentira: sí que me doy cuenta. Ir revelando tan despacio una porción de su piel que su estilo de vestir ha vetado para todo el mundo me hace sentir especial. Seguro que los únicos hombres que han visto sus piernas desnudas han sido los que se la han llevado a la cama. O a la playa, claro. ¿Cuántos habrán sido?

Al elevar la vista hacia ella, me doy cuenta de que un pensamiento similar ha cruzado su mente. Es antinatural e inhumano cómo mi cuerpo entero se recoge, queriendo hacerse pequeño, y se pone a la defensiva cuando ella murmura:

—¿No debería esconderlas?

Juraría que ha podido oír cómo la saliva pasa por mi garganta. Por el bien de ambos, decido no responder a su pregunta y dedicarme a envolver el pie inflamado con el vendaje. Un médico recomendaría que lo pusiera en alto y no lo moviese en una semana o dos.

—Llama a Tamara o a Eli. Te llevarán al hospital si quieres ir, o por lo menos te ayudarán a bajar hasta el cuarto. Sé que el ascensor no funciona.

—¿Cómo sabes los nombres de mis amigas?

—Las dos hablan muy alto —resumo con sequedad.

Me pongo de pie y limpio el sudor de las palmas en mis pantalones de chándal.

Matilda hace un mohín con la boca. Hoy no lleva pintalabios, sino una capa de brillo llamativa. Y un poco de máscara de pestañas. Incluso podría decir que se ha puesto un vestido bonito, con vuelo a partir de la cintura, ceñido al pecho y con un escote menos recatado de lo habitual.

Una idea terrorífica me asalta.

¿Lo habrá hecho para llamar de alguna manera mi atención?

«No eres el centro del mundo, Bale».

—Ni Tay ni Eli están en casa hoy. Tenían que cubrir una boda y no volverán hasta mañana por la mañana. Es de esas que duran dos días.

Intento que mi expresión no refleje que estoy sufriendo.

¿Por qué tenían que casarse hoy dos estúpidos románticos y contratar el *catering* de sus amigas? ¿Por qué tenían que casarse, a secas? ¿Es que no saben que el matrimonio arruina las relaciones? ¿Es que no saben que me están arruinando a mí el día?

—¿Por qué no me ayudas tú a bajar? —propone en tono sugerente—. Solo son tres pisos, no es como si tuvieras que salir a la calle. Y no me tienes que llevar en brazos. Pero no puedo ir a la pata coja yo sola, y menos con el poco equilibrio que tengo.

—Eso no puede ser. No puedo salir de aquí.

—¿No puedes o no quieres?

La miro con los ojos entornados.

—¿Hay alguna diferencia?

—Una diferencia abismal, diría yo.

—Pues siempre se habla del querer y el poder como dos fuerzas equivalentes. ¿Querer no era poder? —Arqueo una ceja—. Antes de que respondas, te advierto que no voy a llevarte a ninguna parte.

—¿Por qué? —insiste con voz infantil—. ¿Y si me he roto el pie?

—Si te hubieras roto el pie, estarías llorando y se apreciaría a simple vista.

—¿Que estaría llorando? Yo nunca lloro.

—Seguro que no —ironizo.

—Lo digo de verdad. No he llorado desde los dieciséis, y de eso hace más de una década.

—¿Tampoco has renovado tu vestidor desde entonces?

¿Por qué soy tan cruel? ¿La maldad de la gente es proporcional a la frustración sexual que padecen? Porque, si es así, puede que esté en camino de convertirme en el ser más despiadado sobre la faz de la Tierra.

—¿Y tú no has actualizado tu lista de insultos? Llevas dos semanas burlándote de mí por lo mismo. Busca algo más inteligente y menos superficial.

—¿Como por ejemplo...?

—Mi gusto por los hombres. Eso sí que parece digno de burla en estos últimos días.

Creo que se piensa que no la he oído mascullar esto último, y, de ser cierto, no voy a decir nada al respecto. Prefiero ignorar todo lo que pueda relacionarla conmigo y la noche del crimen.

—No ha crujido y tienes un derrame en el tobillo —le recuerdo para zanjar la cuestión—. No tienes por qué molestar a los de urgencias.

—Que sea una molestia para ti no significa que lo sea también para los de urgencias. En el hospital todo el mundo me conoce y me quiere muchísimo. Quedamos para comer a veces.

—Pues no te recomiendo irte de tapas con ellos teniendo el pie como lo tienes.

Ella bufa.

—No me puedo creer que ni siquiera vayas a bajar tres pisos. Nadie te verá, Julian. A estas horas todo el mundo está trabajando, y el que no, duerme como un tronco.

—No tiene que ver con que me vean. No exactamente.

—¿Y con qué tiene que ver?

—¿Con qué tiene que ver, en tu caso, que te guste tanto interrogarme?

—¿Por qué te molesta tanto que me preocupe por ti?

Eso me deja fuera de juego.

¿Preocupada por mí? Lo quiera o no, esto da una nueva perspectiva a mi problema, y es que ya debo de parecerle penoso a alguien que no me conoce para que sienta consideración por mí.

—Mis problemas no te conciernen, Matilda.

—Me conciernen cuando por tu culpa se me va a gangrenar el pie. A lo mejor me lo tienen que cortar, ¿sabes?

¿Y esta es la que tiene que sacar una calificación extraordinaria en los exámenes de acceso a la universidad para entrar en Medicina? ¿De verdad piensa que para tratar un esguince es necesario amputarle el pie?

Como si me hubiera leído el pensamiento, añade:

—Sé que no se gangrenan los pies por un sencillo esguince, estoy estudiando el cuerpo humano en biología para la selectividad y algunas cosas por mi cuenta. Solo exageraba para conmoverte.

¿Es consciente de que acaba de decirme algo que me dijo el otro día por correo electrónico, cuando se supone que era otra persona?

Yo diría que no. Y si no lo es, yo tampoco.

Un caballero no tiene memoria.

—Si vas a ponerte así de dramática, deja que vaya a por un tranquilizante. Con un ibuprofeno no creo que sea suficiente.

—No quiero un tranquilizante. Quiero entender por qué ni siquiera en situaciones extremas puedes salir del piso.

—¿Te parece extremo un tobillo torcido? No quiero ni pensar cómo te pones viendo sangre. Nunca veas *300*.

—Bueno, para el señor veterano de guerra mi esguince debe de ser una minucia, pero a las chicas de pueblo esto nos supera.

Ha vuelto a meter la pata. No le he dicho en ningún momento, cara a cara, que fuera marine. Y, con permiso o sin él, yo volveré a hacerme el sueco.

—Respóndeme con sinceridad. ¿Y si te diera un ataque al corazón, o te rompieras un brazo? ¿No permitirías que entrase el personal sanitario en casa y te llevaran a un hospital? ¿Y si me hubiera roto la crisma? ¿Me habrías metido debajo del sofá para no verme y te habrías puesto a ver la tele?

—A lo mejor en un armario. No creo que quepas debajo del sofá.

Me lanza una mirada de advertencia.

—Yo no llamaría gorda a una mujer con un pie perjudicado.

—No he dicho que estés... —Me paso una mano por la cara al ver que lo ha dicho para sacarme de quicio—. Mira, quédate aquí hasta que vengan tus malditas amigas. Pago la suscripción de todas las plataformas de *streaming* más en boga ahora mismo. Seguro que encuentras algo de tu gusto con lo que entretenerte hasta mañana. Tómatelo como unas minivacaciones.

—¿Pretendes que pase un día y medio viendo la televisión? ¿*Tu* televisión?

Ahora que lo pienso...

Matilda pegada a mi televisión. Apalancada en mi casa.

Menudas ideas se me ocurren.

—Están las seis temporadas completas de *Sexo en Nueva York*, *Pequeñas mentirosas* o lo que sea que os guste a las mujeres con calcetines por la rodilla. Creo que también está *My Little Pony* —agrego por lo bajini.

—¿Por qué deduces que me gusta todo eso? ¿No puede gustarme *The Walking Dead* o algo así?

Solo como anotación, su acento inglés es horripilante.

Le echo un rápido vistazo valorativo, como si necesitara inspiración para imaginarme sus gustos. Su vestido tiene estampadas florecitas de un azul más claro. Parece una de esas muñecas que las americanas ricas y repipis pedían a sus padres en los noventa, esas con pestañones como abanicos, lacitos en los zapatos y diadema.

—Lo dudo. Sería como tu serie de terror particular porque los zombis te matarían la primera.

—¿Y eso por qué?

—No llegarías muy lejos cuando tuvieras que huir. Tendrías que parar cada dos por tres para subirte los leotardos. ¿Por qué? ¿Te gusta *The Walking Dead*?

—No. Me gusta *Sexo en Nueva York* y *Pequeñas mentirosas*.

—Entonces, ¿de qué te quejas? —me desespero.

—De tu sexismo y tus manidos estereotipos.

—Tú siempre encuentras una manera de desprestigiarme. Ponte algo y déjame en paz. —Señalo la televisión—. Tengo que trabajar.

—¿Por qué no trabajas aquí, conmigo?

«Porque prefiero trabajarte a ti, debajo o encima».

Heavens, Bale. You're losing it.[22]

—Puedes responder correos desde el sofá.

Strike three. De nuevo se deja en evidencia. O tal vez lo haya hecho adrede, ¿quién sabe? Es imposible que sea tan torpe como para soltar su información socavada ayer, durante una conversación informal, y más de una vez. Pero voy a ser un caballero, o un cobarde, o un caballero cobarde, y no voy a mencionarlo aunque esté empezando a ponerme nervioso.

22. Cielos, Bale. Se te está yendo (la cabeza).

—Ya has dejado claro que no encuentras mi compañía muy interesante. Te estoy evitando la aburrida velada.

—No me dejes sola —suplica poniéndome ojitos—. Me duele mucho el pie.

Yo ya iba a hacer bomba de humo. Estaba colgado del marco de la puerta que da al pasillo. Pero vuelve a poner esa voz que me eriza el vello, porque significa que quiere que esté con ella, y juro que nadie ha querido estar conmigo jamás. Porque significa que me necesita para pasar el mal trago.

Matilda me mira con sus enormes ojos castaños esperando una afirmación por mi parte. Yo no me puedo resistir. Soy humano, aunque a veces se me olvide, y ella es la chica country con la carita sacada del manga que llenaba el edificio de olor a magdalenas cuando yo me negaba a comer.

Así que claudico.

—Iré a por el portátil.

Capítulo 15

DISFRAZ DE ERMITAÑO

Matilda

¿Cuál es mi problema? No puedo dejar de meter la pata. En una sola conversación he mencionado lo de los Marines, lo que estoy estudiando y quién sabe qué más.

Estoy revelando mi identidad alternativa sin ninguna clase de vergüenza.

Debería haberme fabricado una coartada decente. Y haber practicado un poco más delante del espejo.

Pero es que no puedo. No sé mentir. Pimp Flaco escribió esa canción con su grupo de pop noventero para referirse a mí.[23] Lo he intentado muchas veces: con mis padres, con Eli, con algún que otro profesor... y nada. Y eso que eran mentiras estúpidas.

Aunque he salido de casa con un sujetador azul, por si uno negro me asociaba con la fresca del correo electrónico —como si Julian fuera a verme la ropa interior—, ahora tengo claro que debo decir la verdad.

23. Se refiere a la canción *No sabes mentir*, del grupo Cupido.

Le tengo que contar que he sido yo. No voy a poder vivir con este secreto a cuestas. Si la broma se hubiese quedado en la tontería de la revista, no habría pasado nada. Pero enseñé mis pechos. La cosa se puso muy seria entre los dos.

Estoy tan avergonzada que ni reparo en lo sorprendente que es que me haya dejado quedarme en su casa.

Ahora me siento sucia mirando su televisor. Una impostora. Como la mujer de esa canción de reguetón que se llama *Camuflaje*.[24] Aunque eso es una exageración, porque ella se hacía pasar por Sofía, por Estrella, por Susana, y yo solo tengo dos identidades. Lo que por un lado no es tan terrible: todos los superhéroes tienen dos identidades. Y las *drag queens* también, que me encantan.

Cambio de postura por séptima vez en el sofá e intento no dirigirle una mirada de reojo.

Pero es en vano.

Se ha sentado casi en la otra punta. Tiene el portátil sobre las piernas, que ha cruzado al estilo indio, y no ha despegado la mirada de su pantalla desde que he puesto la serie de Sarah Jessica Parker.

Imagino que no es su estilo. Mejor. Una parte de mí está feliz pudiendo lanzarle miraditas discretas cada dos por tres.

No puedo quitarle el ojo de encima. Es tan guapo... Sonsoles diría «que Dios lo bendiga», y no dudo que Cristo murió en la cruz por este hombre, este en concreto. Los músculos de su brazo se flexionan al mover el dedo sobre el cursor, y tiene la mano tan grande que apenas necesita moverla para ir del «Enter» al «Esc» de la esquina superior contraria. El pelo suelto y la barba le cubren la cara, pero tiene los ojos tan claros que de perfil me parece estar mirando a través de uno de esos vidrios azules que se encuentran tras mucho buscar caracolas en la playa.

24. De Alexis & Fido.

Ese hombre se acostó pensando en mí hace un par de noches. Al menos en una parte de mí. Y yo me acosté pensando en él. Ahora lo tengo sentado en el sofá, en silencio. Tengo ganas de estirar el brazo, agarrarlo del cuello de la camiseta de algodón y arrastrarlo para que ponga la cabeza en mi regazo.

Con cuidado de no hacer mucho ruido, me dejo caer sobre el costado y repto hasta que mi cabeza queda muy cerca del brazo desnudo de Julian.

Así me asomo a la pantalla del ordenador.

—Nunca he oído hablar de la fórmula de Cardano.

Julian da un pequeño respingo. Nuestros ojos se encuentran enseguida. Yo tengo la mejilla pegada a su bíceps, o casi, y él parece perdonarme la vida al mirarme a través de las pestañas, firme como un soldado.

—Es álgebra para universitarios. Matemáticas avanzadas. —Lo dice sin ningún tipo de retintín, sin ese tono de «no lo entenderías» que usó para acusarme de tonta hace unos días.

—Pensaba que solo ayudabas a estudiantes de instituto. Y lo sé porque el otro día me colé en tu despacho sin permiso y vi lo que hacías —añado con rapidez—. Quiero que sepas que lo siento y que mi curiosidad no es excusa para...

—Ya lo sabía —me corta sin mirarme. Teclea un par de palabras—. Dejas pelos en todas partes.

—¿Eh? Ahora que lo dices, es posible. Siempre atasco la ducha. Es horrible... ¡Oye! —exclamo. Le agarro de la muñeca antes de que presione «Enter»—. ¿Vas a responder así?

—¿Cómo que «así»? Me ha preguntado si se puede aplicar a un polinomio de grado tres incompleto, y yo le he dicho que sí.

—¿Por qué?

—¿Porque es una pregunta de «sí» o «no»? —prueba, irónico.

Arrugo el ceño.

—¿Respondes así a todo el mundo?

—¿Te refieres a si resuelvo todas las dudas de forma eficaz?

—Me refiero a si eres tan borde.

—¿Borde? ¿Qué quieres que haga? ¿Que les pregunte qué tal la familia?

—No, pero podrías mandarles un abrazo. O un beso. O ponerles un corazón... —Julian me mira horrorizado—. No pongas esa cara.

—¿Por qué iba a poner corazones? Yo no pongo corazones. —Eso lo dice como si quisiera convencerse a sí mismo.

—Me parece que son estéticos y aligeran la carga negativa de tus respuestas. ¡Eh, lo has vuelto a hacer! —me quejo—. No vuelvas a contestar con un monosílabo. Ellos te mandan sus dudas con corazones y caritas sonrientes. Mira, esa tal Delia hasta te ha deseado un estupendo fin de semana.

—Estamos a jueves.

—¿Y qué? No te vas a morir por poner «Igualmente».

Julian se pasa una mano por el pelo.

Me encanta cuando hace eso. Sus mechones deciden quedarse atrás cinco segundos exactos, y durante ese breve y delicioso lapso de tiempo puedo admirar su expresión sin nada que la eclipse.

—Estoy resolviendo dudas, Matilda, no haciendo amigos —me explica, exasperado—, y te recuerdo que soy su profesor, no su tío abuelo. Les ofrezco todo mi tiempo entre vídeos, talleres de problemas y atención particular puntual, ¿y encima tengo que poner corazones? Confío en que saben que me importan y que me preocupa su futuro aunque no sea el hombre más cercano del mundo. Lo demuestro suficientemente invirtiendo casi diez horas diarias en material que les ayudará a sacar adelante sus estudios, ¿no te parece?

—Vale, sí, pero ¿te parecería un abuso ser menos el profe duro y más el profe enrollado? A ver, dime qué se responde a esto y te redacto yo la contestación.

—No.

—Será solo un experimento. Venga, por favor. Verás que lo agradecen.

Julian suspira. Sospecho que se rinde porque significa que me sentaré como una persona normal y dejaré de frotarme con disimulo con su brazo.

Él se echa a un lado y pasa el ordenador a mis rodillas.

¡Victoria!

—Vale, a ver... —Pulso sobre el primer correo—. Te leo: «En el vídeo de continuidad y derivabilidad de lnx habría una discontinuidad evitable en x = 1, ¿no?». ¿Qué me dices?

Julian echa el cuello hacia atrás y clava la vista en el techo.

—Es continua en todos los puntos del dominio. Lo explico con detalle en ese mismo vídeo. No entiendo esta tendencia a corregir al profesor. Algunos me tratan como si fuera un inútil. Dile eso.

—¿Que te tratan como si fueras un inútil?

—No. Pon: «Es continua en todos los puntos del dominio». Lo envías y a otra cosa.

—¿Qué te parece esto? —Carraspeo y dicto mientras voy tecleando—: «Hola, David. Me temo que no, es continua en todos los puntos del dominio. ¿Por qué no vuelves a hacer el problema, a ver si esta vez nos sale lo mismo? Cualquier otra duda que tengas, aquí estoy. Un abrazo». ¿Y bien? ¿No suena más agradable?

—¿Qué eso de sonar más agradable, Matilda? —espeta, irritado—. Has tardado el doble de lo que yo habría tardado con mi respuesta. Si multiplicas esos diez segundos de más por cada una de las seiscientas dudas que atiendo en un día malo, te da alrededor de cien, es decir, casi dos horas más invertidas respecto a las diez habituales. Dos horas que me quito de hacer deporte, de comer, de leer, de ver alguna película o de estar con mi hermana cuando andaba por aquí. Deben entender que no puedo detenerme con alabanzas ni agradecimientos. Voy al grano y listos. Si les ofende un monosílabo o un punto, será que tienen la piel muy fina.

Nos quedamos mirándonos un segundo. Está claro quién se va a salir con la suya: él.

—Lo siento. Supongo que me lo he tomado de un modo personal. Cuando a mí me responden con un mensaje breve, con puntos y mayúsculas, tiendo a pensar que están enfadados conmigo. No sé por qué. Y tú no es que tengas la cara más agradable… O sea, eres muy guapo, pero te pasas el día con el ceño fruncido. Si sumas eso a que respondes «sí» y «no»… —Suspiro—. ¿Cómo quieres que conteste a este? Te pregunta por qué tiene que poner el menos uno entre el cero y el uno en el mismo vídeo de continuidad y derivabilidad.

—Porque se trata de una función con valor absoluto. Lo explico en el vídeo anterior a ese. Si te quedas leyendo correos un rato más, te darás cuenta de que la mayoría de las dudas las he resuelto en el mismo vídeo en el que preguntan, o en el anterior. Me paso el día entero repitiendo lo mismo, y, para colmo, debo ser la alegría de la huerta. No te jode…

Me lo quedo mirando con mucho interés.

—Suena como si no te gustara tu trabajo.

—Ahora mismo no me gusta nada que tenga que ver conmigo o con mi vida —puntualiza, con la vista clavada al frente—, pero no estoy en posición de cambiarlo. Esto me permite vivir como necesito. —Enseguida cambia de tema—: La duda siguiente la manda Roxanne de Tennessee. ¿Podrías responder en inglés?

Hago una mueca con la boca. A él debe de parecerle muy graciosa, porque una sonrisa muy sutil asoma a sus labios. Tan sutil que me parece que lo he soñado.

—Ya te habrás dado cuenta de que se me dan fatal los idiomas.

—Siempre que te enfadas, dices «Hit the road, Jack».

—Pero es por…

—La canción de Ray Charles, lo sé. Una forma muy original de mandar a alguien a la mierda.

—Gracias, eso intento. No me gusta decir palabrotas.

—Algo me he fijado.

—¿Y no te has fijado también en que pronuncio fatal el inglés?

—Claro. Tienes problemas para cerrar la «a» de mi nombre. La pronuncias demasiado abierta. Es casi una «e».

—¿Crees que podrías enseñarme?

Julian —o *Yulien* o como se llame— me observa con atención unos segundos.

—¿Inglés?

—En selectividad tengo que hacer una prueba de idioma, y se me da regular. Necesito sacar un trece y medio sobre catorce para asegurar la plaza universitaria. Claro que... —apoyo la mejilla en la palma de mi mano—, para eso tendrías que dejarte ver de vez en cuando. Y sacar tiempo para mí, lo que entiendo que sería un abuso. Pero te pagaría. O tú me pagarías menos a mí como compensación por tus servicios. ¿Qué te parece?

Me he excedido. Una cosa es estar en su salón porque me he metido un viaje que casi me abro la cabeza y otra muy distinta quedar a diario para que me enseñe inglés. Y matemáticas y química también, que me conozco y me acabaría aprovechando.

Se le nota en la cara que no le ha gustado lo que he dicho, pero no me lo voy a tomar como algo personal. Empiezo a olerme que su incomodidad viene de la compañía en general, no tiene nada que ver conmigo como individuo.

—No lo creo —ataja, distante—. Estoy muy ocupado, ya lo ves.

—¿Y si yo respondiera los correos por ti? Tendrías que decirme qué contestar, pero puedo encargarme yo de algunos.

—Tardaríamos más y soy muy celoso de mi tiempo. Y de mi intimidad.

—¿Qué pasa con la intimidad? Te estoy pidiendo que me enseñes inglés, y a lo mejor matemáticas, no que me dejes meterme en tu cama.

Me pongo colorada nada más escupirlo. Si es que soy una bocazas, y eso que estoy intentando reprimirme.

—No se me da bien la gente, Matilda —me recuerda, tratando de sonar paciente.

—Has dicho antes que las conversaciones que tienen que ver con el ámbito profesional están en tu zona de confort. Y tus clases entran en el campo de las ciencias.

Él me mira de reojo.

—Estás decidida a convencerme, ¿verdad?

—Sí. Y si no aceptas ahora, estaré insistiendo hasta que lo hagas. Te perseguiré en sueños. Me verás cada vez que cierres los ojos. Acabarás perdiendo la cabeza.

—Parece una premonición.

—Estoy leyéndote el futuro. ¿Y bien?

Julian suspira. No responde enseguida; se tira un buen rato frotándose el lateral del muslo con el puño.

Debe de estar valorando todas las cosas que pueden salir mal. No le culpo ni le critico. El pesimismo es una forma de ir por la vida tan válida como cualquier otra, aunque no sea la mejor ni la más divertida. Es verdad que les ayuda a prevenir cualquier desastre, a no hacerse ilusiones, a no tener expectativas... aunque también les priva de muchas oportunidades.

—De acuerdo. Pero te explico solo lo que no entiendas. Lo demás lo ves en vídeos o lo sacas de los libros. No voy a darte clases tres horas a la semana durante nueve meses hasta tu examen.

Doy un bote sobre el sofá y le sonrío con todos los dientes.

—¡Genial! Ya estás un poco más lejos de ser un ermitaño y más cerca de la normalidad. —Aplaudo—. También será bueno para ti tratar conmigo, ya lo verás. Puedo ponerme un poco pesada, pero en general soy agradable.

Julian arquea una ceja rubia.

—¿Más lejos de ser un ermitaño? Bueno, eso espero —murmura para sí mismo—. Le he permitido a mi hermana que te metiera aquí porque no me sentó muy bien identificarme con Robinson Crusoe al leer la novela. He pasado mucho tiempo solo y antes de volverme loco quería intentar... —Una sonrisa incómoda tontea con sus labios—. No sé por qué te explico esto. Supongo que eres lo que tengo más a mano ahora que mi hermana no está.

—¿La echas de menos?

—Claro. Es todo lo que tengo. La única persona con la que podía hablar de todo. O de casi todo.

Ese «casi» me llama la atención.

—Conmigo puedes hablar de todo lo que quieras. De todo —recalco—. Incluso de eso que no comentabas con ella. Estoy aquí para traerte cerveza si te apetece emborracharte, asegurarme de que comes bien y colaborar con la limpieza, pero también tengo oídos y se me da bien escuchar.

—Creo que se te da mejor hablar.

Levanto las manos en señal de rendición.

—¿Quién mejor para animarte a responder que alguien que no para de hacer preguntas? Si quieres dejar de ser un ermitaño poco a poco y necesitas una guía, soy tu chica.

Levanta las cejas en mi dirección.

—¿Y qué me recomienda la guía que va a conducirme a la normalidad?

—Hummm... —Me doy unos golpecitos en la barbilla—. Creo que todo cambio empieza por el físico. La imagen dice mucho. Tienes que mirarte en el espejo y alegrarte de lo que ves: transmitirte a ti mismo una idea que se identifique con lo que quieres ser. Estoy segura de que cuando te ves, con esas greñas y esa barba de pordiosero, te entran más ganas de volver a la cama que de salir a la calle.

Julian aparta el portátil entre nosotros y lo deja sobre la mesilla.

—No creo que un tupé y una corbata me animaran a comerme el mundo. Nunca he sido muy superficial ni me he dejado llevar por el aspecto.

—¿Ese es el motivo por el que quieres llevar la barba de Dumbledore? ¿Te da igual cómo te veas?

—No, el motivo real es que se me da muy mal afeitarme y siempre me hago heridas. Escuecen como el infierno cuando me aplico la loción los días siguientes y algunas cicatrizan dejando marca, así que un buen día dejé de intentarlo. No me preocupa demasiado mi imagen, pero tampoco tengo ganas de que se me quede la cara como a Eduardo Manostijeras.

—Eso tiene una fácil solución. Yo puedo afeitarte. Me he pasado los últimos años haciéndole el favor a mi padre porque tiene párkinson y a mi madre le falta paciencia.

Julian me observa con mucho detalle, como si temiera que fuese a ponerme a llorar.

—¿Tiene párkinson? Lo siento mucho.

—Por ahora está bien. Voy a verlo siempre que puedo. Es la persona más alegre del mundo. No se queja nunca y le da tan poca importancia que a veces se nos olvida. —Encojo un hombro—. ¿Qué me dices? ¿Te apetece que te quite esa barba?

—Ah, ¿que lo has dicho en serio?

—Claro que sí.

—Ni de coña. Nadie va a acercar una cuchilla a mi cara mientras yo viva.

—¿Ni siquiera si lo hace con cuidado? ¿Con tu consentimiento previo? Dudo que pudiera matarte con una cuchilla de afeitar.

—Olvídalo —corta en tono severo.

—¿De qué tienes tanto miedo? ¿De que te rebane el pescuezo? Soy inofensiva, ya lo sabes. Y necesito tu dinero para llegar a fin de mes. Matarte no le vendría bien a mi economía.

—Entiendo perfectamente la psicología inversa. La gente que dice ser inofensiva al final es la más peligrosa.

—Claro que sí. Un día de estos te asfixiaré con mis leotardos —me burlo—. Una persona a tu servicio, y que de algún modo depende de ti, nunca va a hacerte daño. Por favor, ¿de verdad tengo que jurar sobre una biblia que no voy a cortarte el cuello?

—Sé que no vas a hacerlo. Pero el miedo es irracional. No me gusta la idea de estar en desventaja frente a nadie, en ninguna circunstancia.

—Te gusta tener el control —recuerdo. Algo hace clic en mi cabeza—. Por eso no te mueves de casa.

—¿Eh?

—Aquí lo controlas todo. El mundo que te espera fuera es un caos y podría pasar cualquier cosa. En tu ático estás a salvo. —Julian asiente con rigidez, sin dejar de mirarme cauteloso—. Que sepas que con esa afirmación acabas de perder tu derecho a negarte. Aquí lo controlas todo, incluida a mí, así que vas a acompañarme al baño y vamos a quitarte esa barba.

—¿Que yo te controlo? ¿Tengo que recordarte cuánto me cuesta hacer que te vayas cuando quiero que lo hagas?

—Supera nuestro terrible pasado común. Venga, vamos.

Me pongo de pie, con cuidado de no apoyar el pie vendado, y lo cojo de la mano. No se me había ocurrido que pudiera mandar una descarga eléctrica al centro del cuerpo. Es mucho más grande que la mía, está muy caliente y húmeda por un sudor nervioso, y me gusta la aspereza de la palma.

Son las manos de un hombre.

Manos que me retira de sopetón.

—Olvídalo. No voy a ir contigo a ninguna parte, y menos a que amenaces mi mandíbula con una cuchilla afilada. Es mi última palabra.

Capítulo 16

LA VERDAD TE HARÁ LIBRE

Julian

Spoiler: no fue mi última palabra.

Llámese encanto femenino, brujería de ojos castaños o deseo de complacencia por mi parte, pero, sea lo que sea, por unas y por otras, Matilda está empuñando una cuchilla afilada contra mi mandíbula porque no he sido capaz de guardar fidelidad a mi palabra.

No es justo. Soy una persona emocionalmente vulnerable y ella es una manipuladora de primer orden. Y, para colmo, he visto su sujetador y lo atrevida que se puede poner en según qué casos. ¿Qué posibilidades tengo yo de negarme a cualquiera de sus propuestas, si ya estoy bastante ocupado intentando no ponerme a temblar? Jugamos en desventaja.

Estoy sentado en el sillón del baño y ella de pie frente a mí, encajada entre mis piernas abiertas. Tengo su escote cerca de la cara, y su olor me ha envuelto como un torbellino. Mis pulmones de acero pueden aguantar la respiración durante dos minutos exactos, pero dudo que tarde menos de diez, y no sé si merece la pena morir con tal de ocultar que estoy nervioso.

¿Dónde se ponen las manos en estos casos? ¿Adónde miro? No sé qué me aterra más, si la cuchilla o sus ojos. Me cuesta apartar la vista de una cosa y de otra, pero por diferentes motivos.

Necesito tener la situación bajo control y ella me hace sentir amenazado el doble con un arma letal en la mano.

Para colmo...

—¿Tienes unas tijeras? Las necesito para recortarte la barba.

—¿Qué? Ni de broma. No vas a apuntarme a la cara con unas tijeras. Bastante me estoy arriesgando con eso.

—¿Y cómo quieres que te afeite? La cuchilla no sirve al principio, cuando lo tienes tan largo. ¿Y una maquinilla?

—Esto ha sido una pésima idea...

—No voy a hacerte daño —repite muy despacio—. ¿Por qué piensas lo peor de mí?

Me preocupa que crea que hay algo malo en ella cuando soy yo el de los problemas.

—No tiene nada que ver contigo. Simplemente soy... precavido.

—¿Y esa precaución tiene algo que ver con que fueras a la guerra?

Una vez más se ha dejado en evidencia.

¿Qué pretende? ¿Que la interrogue hasta averiguar de dónde ha sacado esa información? No estoy seguro de saber qué decir sobre ese tema. Me resultará mucho menos violento que me afeite, y eso que no guardo bonitos recuerdos al respecto. Mi madre también se ofreció, con todo su cariño y disposición, a ayudar a mi padre con la barba, y fue él quien acabó empuñando la navaja con el propósito de hacerle daño.

Trago saliva e intento concentrarme en su mano, decidido a confiar en mis reflejos. Es una chica torpe y yo tengo vista de lince. Podré prever un ataque antes de que lo ejecute.

Espero no tener que hacerle un placaje.

Otro, me refiero.

—Yo no he ido a la guerra. Estuve un año en los Marines, pero no luché en el frente.

—¿Por qué no? ¿Tú no quisiste o ellos no te destinaron?

—No se me presentó la oportunidad. Estaba preparado para ir, pero eso habría conllevado firmar por un año más y no me gustaba estar allí.

—¿Y por qué te metiste?

Mis ojos siguen la mano femenina y traicionera que rebusca en el cajón del mueble. No me muevo, pero me preparo física y mentalmente para inmovilizarla si saca las malditas tijeras en contra de mis deseos.

—Mi padre fue a Vietnam en el setenta y tres, con dieciocho recién cumplidos, y mi abuelo antes que él, en el cincuenta y seis. Ambos estuvieron el tiempo suficiente para... enfermar. Yo quería comprender por qué se comportaban como se comportaban, y como no querían hablar de ello, mi única forma de conocer la experiencia fue echándome a la aventura. No me hizo falta ir a Irak para averiguarlo. Unos compañeros míos fueron destinados los últimos años de estos conflictos y entendí muy bien qué efecto tiene la guerra en los hombres.

Matilda no podría haberme visto venir. Un segundo estoy reclinado en el respaldo del sillón, aparentando calma, y al siguiente la agarro con fuerza de la muñeca y tiro de ella para pegar su nariz a la mía.

En su mano resplandece un filo cortante.

—He dicho que nada de tijeras —siseo casi sobre sus labios.

Trago saliva al ver que la he asustado. Tiene los ojos abiertos de par en par, igual que si hubiera presenciado un asesinato, y su respiración se ha acelerado.

Automáticamente me siento un engendro miserable, y recuerdo muy bien por qué debo permanecer encerrado en mi dormitorio.

Intento suavizar mis formas aflojando la mano sobre su

antebrazo. Deslizo los dedos en dirección descendente, muy despacio, como si no quisiera que se diese cuenta. Mi piel se pierde en la tersura de la suya, y por un segundo se me olvida que tengo que quitarle las tijeras. Mis ojos se prendan de su vello en punta y de cómo se estremece con mi contacto. Yo me estremezco igual con solo tocarla.

La garganta se me seca al detectar un rubor revelador en sus mejillas.

Quería ignorarlo tanto como me fuera posible, porque no podré sacar nada de esto, ni bueno ni malo, pero ella no es indiferente a mí. Al contrario. Reacciona como si estuviera ansiosa por almacenar mis caricias.

—No voy a hacerte daño —murmura. Su aliento choca con mi nariz.

Está muy cerca. Tan cerca que puedo respirar sus tres perfumes distintos. El que se adhiere a su ropa, el que refresca su piel y el que se aloja en puntos estratégicos del cuerpo que podría excitar con mi lengua: el cuello, las muñecas, el lóbulo de las orejas.

Es todo lo que dicen que debería ser una mujer. Suave y femenina. Huele bien y estoy convencido de que sabe aún mejor.

Ojalá recordara cómo se trata a una criatura como esta. Ojalá reuniera el coraje suficiente para darle mi primer beso después del celibato. Mirar sus labios es como asomarme a un precipicio, y aunque todavía no soy lo bastante valiente para arrojarme, qué tentadora se ve la caída.

Desearía...

Desearía tantas cosas...

Pero tengo que separarme, soltarla y dejarla hacer.

—Ten cuidado —le advierto con desdén, tratando de disimular el nudo que se ha formado en mi garganta.

Matilda se retira, mordiéndose el labio inferior, y asiente con esa solemnidad de los soldados que juran por la patria.

Contengo el aliento hasta que las tijeras cortan por primera vez el aire, llevándose consigo parte de la barba.

—¿Por qué querías comprender a tu abuelo y a tu padre? —me pregunta con desenfado—. ¿No estabais muy unidos?

Agradezco que pruebe esta forma de distracción para mantenerme alejado del pánico que me da el servicio de barbería, pero ese no es el tema más apropiado si lo que pretende es tranquilizarme.

—Ambos eran inaccesibles —respondo—. A mi abuelo no lo recuerdo; murió más o menos joven por culpa del agente naranja, pero pasé toda mi infancia viviendo con un hombre al que no podía abrazar por la espalda sin que se asustara y reaccionase de forma violenta. Necesitaba hablar en un tono concreto cuando él estaba en la habitación. Los gritos, los movimientos bruscos, todas esas cosas le hacían perder la cabeza. Tenía pesadillas cada noche. Le oía chillar y llorar...

Mi cuerpo se pone en tensión al ver que vuelve a coger la cuchilla.

Cuánto desearía ahora mismo que no me creciera pelo en la cara. Y que nada de lo que ocurrió la tarde del lunes hubiera sucedido. Y ser lo bastante fuerte para no echarme a temblar cuando Matilda, después de cubrirme las mejillas con espuma, hace ademán de rasurar.

—¿Estrés postraumático? —pregunta. Asiento con la cabeza. Una respuesta oral no habría traspasado mis dientes apretados—. Tuvo que ser muy duro verlo sufrir y no saber cómo ayudarlo —concluye.

—Al principio me daba miedo —confieso, sin saliva en la boca—. No quería acercarme a él. Pero poco a poco lo fui entendiendo. Ahora no sé qué demonios pensar. No debería haber tenido hijos en ese estado. Por su culpa todos estamos locos. Casi se...

«Casi se voló la tapa de los sesos delante de mis narices. Más de una vez».

Por supuesto, eso no se lo digo. No me tomaría su compasión como un regalo.

Nunca he podido aceptar mi situación a través de los sentimientos que mi historia despierta en los demás. Su alarma la convierte en algo mucho más traumático de como yo la he sentido siempre. Sí, mi padre intentó suicidarse muchas veces, y todas ellas procuró que mi hermana y yo lo viéramos. Pero era una amenaza tan común en esos tiempos que asimilé el miedo como parte de mí.

No recuerdo ni un solo minuto en mi vida en el que no haya estado asustado. No sé cómo se siente eso de estar en paz.

—¿Le echas la culpa de tu situación actual?

Levanto la mirada hacia ella, tan tenso sobre el sillón que por un momento estoy seguro de que me voy a romper. Matilda me observa como si quisiera hacerme ver que entre estas cuatro paredes no hay sitio para el horror, solo para su espíritu juvenil, y que ha venido a contagiarme de él.

—¿A qué te refieres con eso de «tu situación actual»? Él no tiene nada que ver con que sea un maleducado o me niegue a relacionarme contigo, si es lo que piensas. Pero... Joder, ni siquiera sé por qué te estoy hablando de esto. No es asunto tuyo.

Pero quiero decirlo. Estoy al borde de la asfixia por todos los aspectos de mi vida que se van a pique. Llevo años viviendo como los monjes ascetas. Se suponía que alejarme de la sociedad me ayudaría, por asociación, a dejar atrás lo que provocó el quiebre psicológico definitivo, pero solo he perdido amistades, a mi familia, a mí mismo... Y no me había dado cuenta —*no había querido darme cuenta*— hasta que apareció un metro y medio de damasco para soltarme que soy un ermitaño.

Todo lo que temo me ha convertido en algo que nunca he querido que me represente, pero me siento mucho más a salvo en esta piel de vencido y cobarde. ¿Acaso tiene algún sentido?

¿Lo tiene que desee hablar con Matilda? ¿Que me muera por estrecharla entre mis brazos y, a la vez, esa posibilidad me envuelva en el sudor del pánico?

—Creo que das demasiada importancia a las palabras. No va a pasar nada malo porque te desahogues. ¿Temes adónde puede llegar esa información? Seré una tumba. ¿Temes que la use en tu contra? Yo nunca haría eso.

—No te tengo miedo. Cuando te plaqué aquel día me di cuenta de que no eres una amenaza física para mí. Pero se me ha olvidado cómo se conversa. No tengo ni idea de cómo diablos dirigirme a ti, ¿entiendes?

Un escalofrío de horror me paraliza cuando rasura el centro de mi mejilla. Lo retira en cuanto termina y me lo enseña: «Míralo. Ni rastro de sangre. Lo he usado para lo que lo venden, quitar la barba. Ni más ni menos».

—¿Por eso has ignorado a toda la comunidad desde que viniste y no les abrías la puerta a Edu ni a Tamara? Ya sabes que Tay es de mis mejores amigas —aclara—, y Edu...

—Eduardo es el que tiene la peluquería en el bajo —completo yo, antes de que me haga un resumen—. Se encarga de peinar a las bailaoras flamencas de la Compañía Carmen Amaya y ayuda en los desfiles de vestidos de gitana a las jóvenes promesas de la alta costura. Allí fue donde conoció a Akira, que fue al desfile para tocar la guitarra en directo. Está deseando que le pida matrimonio.

Matilda me observa con la boca abierta.

—¡Y el pobre pensando que pasabas de él! —jadea, incrédula—. ¿De dónde has sacado todo eso?

—Desde aquí se oyen todas las conversaciones del edificio. Es por el eco que se propaga por el patio central. Cuando se ponen a hablar en sus terracillas y mientras tienden o cocinan, se les escucha a la perfección.

Ella arquea una ceja, divertida.

—¿No será que eres un poco cotilla y te gusta pegar la oreja?

—En los últimos tiempos sí la he pegado, pero aunque no lo hiciese, me distraerían igual. Era mi manera de...

Escondo los labios para que pueda pasar la cuchilla por la barbilla.

—¿De sentirte parte del mundo?

Asiento, no muy seguro de que deba darle esta información. *¿Qué demonios? Tiremos la casa por la ventana.*

—La mayoría de las veces me acuesto lleno de impotencia. Conozco los problemas de cada uno y me dan ganas de ir a sus casas a resolverlos por ellos, pero no puedo. Solo me está permitido escuchar y decir en voz alta las soluciones, esperando que el aire las arrastre y les llegue como un eco lejano.

—Jamás lo habría imaginado —murmura, pensativa y gratamente sorprendida—. ¿Has oído alguna conversación en la que yo haya participado?

No se me escapa el deje histérico en su voz al hacerme la pregunta, lo que ya es bastante revelador. Seguro que ha hablado alguna que otra vez de mí y le aterra pensar que la haya oído, pero no se ha dado el caso. Lo más probable es que haya mantenido esas conversaciones en el salón o en alguna habitación al otro lado del patio.

En cualquier caso, la respuesta me pone tan nervioso como a ella la pregunta.

Sí que he oído su voz. Un millón de veces. Una parte de mí la adoraba con todo su corazón antes de conocerla y sonreía sin querer cuando descubría que estaba allí.

Como es natural, no voy a decirle nada de eso.

—Si la he oído, me ha pasado desapercibida —miento—. No es nada personal: los problemas de algunos vecinos eclipsarían las charlas banales de cualquiera.

—¿Qué problemas? Haz el favor de relajarte —me pide, exasperada. Deja a un lado la cuchilla y me coge por los hombros para masajearlos un poco—. Ya queda poco.

Inspiro por la nariz.

—Estarás al tanto de todos esos problemas. Los vecinos de este edificio son muy abiertos. Sonso echa de menos a su marido y reza por él todas las noches; Néstor está obsesionado con Gloria; Tamara busca a su alma gemela en bares donde solo le ofrecerán sexo, cuando lo que quiere es un amor de libro; todos quieren saber quién es el padre del hijo de Susana, quién soy yo y quién es el nuevo del 4.º C.

Se cree que no me doy cuenta, pero aprovecha que me enrollo hablando —cosa que solo estoy haciendo para aislarme del pánico, por paradójico que resulte— para rasurarme tan rápido como se lo permite la mano.

—Dios mío, eres el ojo que todo lo ve. Los conoces a todos como si te hubieran contado sus problemas en persona. ¿No te resultaría fácil hablar con ellos teniendo toda esa información?

—Al contrario. Pensarían que soy una especie de acosador, y no descarto que así deban definirme. No soy nadie para entrometerme en sus vidas, y para mí sería imposible dar la cara.

Matilda echa la espalda hacia atrás un segundo para estirarse. Se cruje el cuello y vuelve a mirarme.

Me da la impresión de que está tramando algo, pero no permito que lo exprese interviniendo antes:

—Debe de estar doliéndote el pie.

—No lo estoy apoyando, pero se me ha dormido el otro y la postura no es muy cómoda. ¿Te importa si...? —Se humedece el labio inferior—. Será solo un momento. No te tocaré, solo pondré... mis rodillas muy cerca de las tuyas.

No espera a que responda, lo que sin duda beneficia sus intereses, porque la habría detenido si no me hubiera paralizado con su iniciativa. Se encarama al sillón y apoya cada rodilla al lado de mis muslos tensos.

Un mechón de su pelo me hace cosquillas en el cuello al echarse hacia delante.

No se me ocurre nada que decir. La visión de su escote me

bloquea las vías respiratorias, y por un segundo me olvido hasta de mi nombre.

Cuando la cuchilla vuelve a mi mandíbula, apenas la siento.

—¿Te gustaría acercarte a ellos? —me pregunta en voz baja.

«*Get closer to who? The neighbors or your breasts?*».[25]

Me cuesta entender lo que dice. Su cercanía me sume en un trance repleto de fantasías que me inmovilizan. Temo que un roce entre nuestras pieles pueda hacerla cómplice de todo lo que está pasando por mi cabeza, que no es más que el irreverente deseo de besar ese hueco que tiene entre las clavículas, y el centro de su garganta, y sus labios...

Asiento de forma mecánica.

—Seguro que se me ocurre alguna forma de juntaros.

Nuestros ojos conectan un segundo, y mi cuerpo reacciona igual que si me hubiera acariciado el pecho desnudo.

Me invade la sensación de que, con solo mirarme, sabe qué rumbo están tomando mis pensamientos. Y debo apartarme o apartarla para que siga siendo un secreto, pero me tiene hechizado.

Quizá sea porque no he visto a nadie más que a ella, a excepción de esas actrices de cuerpos de gimnasio y narices operadas que aparecen en las películas, pero no me abandona la certeza de que no he visto nada tan espectacular en toda mi vida. Aun con su aspecto de *viejoven*, sus insolencias y su filosofía ridículamente optimista —y, de algún modo, curativa—, cada fibra de mi ser se revuelve de pensar en acariciarla. Eso quiero, y ella es muy consciente, porque se ruboriza y no se mueve.

Se está dando cuenta de que podría ponerme a llorar por el miedo de pensar en besarla, y merecería la pena el ridículo. Tener la sospecha de que vas a hacerlo mal a veces te puede

25. Acercarme ¿a quién? ¿A los vecinos o a tus pechos?

condicionar incluso a la hora de levantarte de la cama. A mí me está condicionando ahora, con sus labios entreabiertos y sus ojos despiertos.

Viene a mi cabeza lo que discutimos el otro día, los detalles de las fotos... Son esas mismas clavículas, ese mismo escote. Me desespera lo que haya debajo. Quiero sentirlo conmigo, contra mí. Y sé que se lo estoy confesando con mi mutismo, porque, como dice la frase de Cortázar de este mes, habrá pocas palabras, pero los silencios cuentan. Un silencio lleno de insinuaciones y emociones que no puedo callar es todo lo que le puedo ofrecer. Eso y un gemido inapreciable que revela que no soporto tener su escote tan cerca.

—¡No puedo más! —exclama ella de repente. Se aleja de mí, como si le hubiera dado un cabezazo, pero no se mueve de donde está—. No puedo... No puedo fingir. Se me da fatal mentir, y más cuando... Ay, Dios.

Matilda se cubre la cara con las manos. Con la ligera sospecha de que voy a arrepentirme de tirarle de la lengua, y aún turulato, pregunto:

—¿Qué pasa?

Me mira con ojos llenos de arrepentimiento.

—He hecho algo que no te va a gustar.

—Siempre haces cosas que no me gustan.

—Esta te va a gustar menos aún.

Mis neuronas hacen sinapsis y me mandan un mensaje claro: va a confesar que se desnudó para mí por e-mail.

Tengo que detenerla como sea.

—Entonces no me lo digas.

—Debo hacerlo. No puedo guardarme algo así.

Aparta las manos de la cara y me muestra su vergüenza elevada a la enésima potencia. Está tan colorada que no puedo no apiadarme de ella. Su bochorno rivaliza con mi mortificación, y eso siempre es un alivio, aunque este se desvanece cuando me parece apreciar cierto arrepentimiento en el fondo de sus ojos.

¿Se arrepiente? Porque yo a lo mejor quiero encerrarme en mi habitación, pero no cambiaría ni una palabra de esos correos que nos intercambiamos.

—El otro día estuviste hablando por e-mail con una revista de mentira. Yo era la revista de mentira. Y también era la que... se hizo pasar por *escort*. Y la que te mandó esas fotos... Incluso me...

Se muerde el labio.

«For God's sake, don't say it. Keep our business to yourself, like Sonny Boy Williamson's song...».[26]

—Soy la chica del e-mail. La que te mandó las fotos y se masturbó pensando en ti.

Lo dice tan de carrerilla que me cuesta entenderla. Y no se me ocurre nada que decir.

Podría responder que lo sabía, pero su arrebato y su reacción me han dejado en *shock*.

—¿No vas a decir nada? —insiste con voz de pito—. No todo es mi culpa. Tú me provocaste. Aunque no lo supieras, tú me animaste a hacerlo.

Pasan unos segundos desde que abro la boca hasta que encuentro las palabras.

—¡No sabía que fueras a enviar las fotos!

—¿Y por qué no iba a hacerlo? Estaba un poco perjudicada por el champán, sola en casa, y tú...

—¿Perjudicada? ¡¿Qué iba a saber yo?!

—¡Pues no lo sé! ¡Nada! Pero que sepas que no soy una chica fácil —me reprende con el ceño fruncido. *¿Qué he dicho yo ahora?*—. Nunca he hecho nada así, solo ahora, y... y es culpa tuya y de que seas tan inaccesible. ¡Me obligas a llegar a estos extremos para acercarme!

Y me suelta un mamporro en el pecho que no me hace ningún daño.

---

26. Por el amor de Dios, no lo digas. Mantén nuestros asuntos para nosotros, como la canción de Sonny Boy Williamson.

—¿Culpa mía? ¿Quién es la que se puso a mandarme mensajes haciéndose pasar por otra persona?

—¿Y quién es el que se pasa el día mirándome como si quisiera besarme?

«Bueno, supongo que ese soy yo. Encantado de conocerte».

—¿Has perdido la cabeza? —jadeo, ofendido—. ¡Yo no quiero besarte!

—¡No paras de mirarme los labios! ¡Hace un segundo lo estabas haciendo, y tus ojos se habían puesto...! ¡Sé reconocer una mirada guarra cuando la veo, ¿vale?!

—¿Una mirada...? —Sacudo la cabeza, obstinado—. ¿Qué pretendías al contármelo? ¿Avergonzarnos a ambos?

Matilda se muerde el labio inferior otra vez.

Mi corazón da un vuelco. Se está rebelando contra todas las mentiras o medias verdades que mi boca está escupiendo, cuando lo que de verdad quiere hacer es lo que ella ha señalado.

—Solo quería... sacármelo de encima. No puedo guardar secretos.

—Pues podrías haber hecho una excepción por una maldita vez. Ahora no nos podremos mirar a la cara. Nada de eso debería haber pasado entre nosotros...

—¡Venga ya! ¡Estás hablándole a mi escote! ¡Quieres que pase eso y mucho más!

—¡Pues claro que le hablo a tu condenado escote! ¡Es lo que tengo delante! ¡Y, en todo caso, eres tú quien quiere besarme! ¿O no fuiste tú quien me mandó una foto sabiendo que la recibiría, y quien ha sacado ahora el tema?

Matilda reacciona como si la hubiera abofeteado. Se queda un instante sin aliento. No aparta sus ojos de los míos.

Sé que voy a soñar con lo que salga de su boca antes de que despegue los labios.

—Pues claro q... que quiero besarte —balbucea, roja como un tomate—. Quiero hacerlo desde que te vi. Y ahora... ahora quiero hacerlo también.

Dejo de respirar tras el primer roce de las yemas de sus dedos sobre mi boca entreabierta, y pierdo la noción del tiempo y el espacio cuando reemplaza esa caricia ligera por sus labios.

Nuestros alientos se encuentran un instante, pero no llegan mucho más lejos. En el momento en que mi cuerpo se aferra a ese beso, el miedo a la dependencia toma el control y la empuja para separarla.

No controlo la fuerza y Matilda cae de culo a mis pies, con los ojos desorbitados. Yo me levanto de un salto y me alejo, igual que si me hubiera amenazado con una pistola.

La sensación más extraña y contradictoria que recuerdo en mucho tiempo se apodera de mi cuerpo. Algo dentro de mí se desgarra por el deseo de tomarla entre mis brazos. Es tan intenso que me marchito por culpa de la maldita distancia que he interpuesto. Pero otra parte, más grande y que lo domina todo, me obliga a huir de ella.

Así lo hago. Salgo del baño empujando la puerta con las dos manos, sin pararme a pensar en que se ha dejado media barba y le va a costar volver al salón a la pata coja.

Capítulo 17

ACCIONES HECHAS POR DEBER

Matilda

—Pero ¿cómo se te ocurre darle un beso? ¿Te has vuelto loca?

—Oye —me quejo, fulminando a Tay con la mirada—, que tú vas dando besos por ahí a cualquiera que se te cruce y nadie te dice nada.

—Es distinto. Él es tu jefe. ¿Es que no has oído el dicho español? «No metas la polla donde tienes la olla». —Y sonríe, divertida y orgullosa de su memoria—. Es de mis favoritos.

—Mi jefa es Alison, no Julian —atajo, mostrando una sonrisa triunfante.

—¡Pues no metas la polla donde el hermano de la olla! O sea... No puedes acostarte con un familiar de la persona que te ha contratado. Eso siempre, siempre sale mal. Créeme, te lo dice una que chingó a dos gemelos y su primo menor.

—¿Qué me dices? —exclama Edu, los ojos brillando por el morbo del descubrimiento—. ¿Lo hiciste con los tres a la vez?

—Con los gemelos fue a la vez. El primo fue aparte. Luego lo intentamos todos juntos, pero no hubo manera de sincronizarnos. Después descubrí que el primo estaba medio enamorado de uno de los gemelos, y... Valió madres en cuanto se pusieron a discutir por celos. Una historia truculenta donde las haya.

Carraspeo.

—Antes de que entremos en el mundo aparte que son las experiencias sexuales de Tamara, me veo en el deber de recalcar que no me he acostado con él. Ni tampoco voy a hacerlo. Os estoy diciendo que me empujó cuando lo besé. Aún me duele el culo del bote que di en el suelo.

—Mira que a mí me gustan los hombres rudos, pero entre el placaje del primer día y esto, todo apunta a que vamos a tener que señalar la casilla de «maltratador» —apunta Edu, hundiendo la mano en la bolsa de basura para encajar inmediatamente después un envase vacío de pechugas—. Al final no nos quedaremos muy lejos de nuestras sospechas.

—A ver... Eso de maltratador son palabras mayores —interviene Eli—, pero es evidente que el hombre tiene un problema, y Matty no tiene por qué aguantarlo.

No me está gustando la lectura que están haciendo de lo sucedido la tarde anterior, y eso que la primera ofendida soy yo. De todas formas, es un alivio que alguien se ponga de mi parte por una vez. Los tres me han animado a contárselo todo con detalle mientras ayudo a las cocineras, a la silenciosa Virtudes y a Edu a reciclar los paquetes y plásticos usados en la boda de ayer.

—A lo mejor no quería que lo besaras —comenta Eli.

—Claro que sí. Él decía que no, pero su cuerpo decía todo lo contrario.

Eli deja un momento lo que está haciendo para mirarme.

—Eres consciente de que esa es la defensa de los violadores, ¿verdad? Creo que es bastante obvio que, si te quitó de en medio, fue porque no estaba cómodo con la situación. Y eso significa que no deberías hacerte tanto la víctima y ser algo más crítica con tu comportamiento.

—¿Para qué verlo desde un punto de vista crítico si ya estás tú para criticarme? —protesto—. ¿Y tú no eras la primera que decía que Julian era un peligro?

—Estoy empezando a pensar que el peligro eres tú. El hombre está en su casa, tan tranquilo, sin molestar ni alterar a nadie, y apareces tú y lo acorralas con una cuchilla, tus pechos y tus labios, tres cosas que te ha dicho expresamente que no quería cerca de su cara.

—Al final cedió al afeitado —me defiendo en voz baja.

—Matilda. —Eli solo me llama así cuando la cosa se ha puesto seria—. Imponer tu voluntad a alguien que se ha negado varias veces no es una victoria, es una dictadura.

—No mames —bufa Tamara—. No tortures más a la pobre morra, ¿sí? Que le pida perdón la próxima vez y listos.

—¿Tú también crees que lo he violado? —pregunto con la boca pequeña.

—Yo siempre he pensado que a la mayoría de los hombres no se les puede violar porque nunca les faltan las ganas de chingar, pero tal y como lo ha planteado Eli, la neta que sí —asiente con conformidad.

—Yo solo quería... No quería que se sintiera mal.

—Pues claro que no. Si la moraleja de todo esto es que eres un cliché.

Miro a Eli con el ceño fruncido.

—¿Un cliché?

—Chica *pin-up* adorable y con muchas ganas de vivir tropieza con un hombre deprimido y quiere recordarle que la vida es bella y que merece la pena arriesgarse por amor —describe. Termina de secarse las manos, sucias de tocar la basura, y se echa el paño sobre el hombro—. *Flower power* más Míster Atormentado igual a best seller histórico. Pregúntaselo a Virtu, que es la que se ha hecho de oro con la fórmula.

—Es verdad —apostilla Virtudes, que acaba de sentarse en el sofá con el portátil lleno de pegatinas sobre el regazo—. Cuando no se me ocurre ninguna idea mejor para una novela, tiro de ese tópico y en cuestión de minutos me posiciono la primera en las listas de los libros más vendidos. A todo el mundo le encantan las parejas descompensadas que encajan como un puzle, y las heroínas que salvan al guapísimo de sí mismo.

No es que estemos dando una fiesta y por eso tengamos dos invitados. Es día de reciclaje, cuando toda la comunidad colabora. Una vez a la semana, la estudiante hippy que vive en el quinto, Luz, y su compañero, Néstor, se pasan casa por casa para recoger los plásticos, los cartones y el vidrio, y si no queremos salir nosotros en persona, más nos vale tenerlo listo para cuando aparezca el carrito.

O la carroza, más bien.

Virtu y Edu siempre echan una mano con el cuarto porque, por el tema de la cocina, somos las que más basura tiramos.

—Todas nos hemos tropezado en algún momento de nuestra vida con una persona a la que queríamos ayudar y no hemos podido —prosigue Virtu—. La mayoría nos hemos empecinado en rescatar a esa persona porque presentaba todo un reto; porque nada gusta más que lo que no podemos tener —añade, subiéndose las gafas de pasta negra por el tabique nasal—. Si encima está bueno, pues apaga y vámonos —concluye.

Edu se echa a reír. Una lista de las cosas que más gracia le hacen sería *RuPaul's Drag Race*, el sentido del humor francés y las señoras mayores de sesenta hablando de hombres como si fueran carnaza.

—Exacto —apostilla Tamara—. Si no tuviera esos ojazos, lo habrías mandado a la chingada al primer desprecio. Pero las mujeres, por tradición, permitimos que los guapos nos traten mal. Forma parte del plan del equilibrio cósmico: nosotras desairamos a los feos y estos lo permiten porque estamos buenas, y los que están *tribuenos* pasan de nosotras y seguimos babeando porque su cuerpo lo merece. Pero en realidad no lo merece.

—¿De qué estáis hablando? Os estáis desviando del tema. —Sacudo la cabeza—. Virtu, no estoy diciendo que quiera enseñarle lo hermosa que es la vida. Solo os contaba que le he besado y él ha reaccionado mal.

—Eres una romántica incorregible, y quieres que toda la gente que te rodea sea más feliz que unas castañuelas —se mete Eli—. Así que sí, lo has besado porque quieres enseñarle lo hermosa que es la vida.

—¡Yo no soy la que lee novelas románticas! ¡Lo he besado porque es muy sexy, estaba sentada en su regazo y me había hecho ojitos! ¡No tiene nada que ver con tormentos ni misterios, ni con que me guste que me trate mal!

—Creo que la cuestión tira más por otros vericuetos que por las fórmulas de la novela romántica —interviene Edu. Las cuatro nos giramos para mirarlo con solemnidad—. ¿No es obvio? Lo ha besado porque está desesperada. Matty, mi amor, ¿cuánto llevas sin echar un polvo?

Ahora todos me miran a mí... y yo no sé qué decir.

¿Por qué es tan vergonzoso admitir en voz alta que hace milenios que no te das una alegría?

—¿Matty?

Sacudo la cabeza y me concentro en Edu.

Es un hombre no demasiado alto, pero bien parecido y atlético. Farda de una preciosa melena ondulada, negra como la de los mejores cantaores flamencos, una barba bien recortada y los mismos ojos pardos del Antonio Banderas que conquistó a Madonna allá por los noventa.

—Mucho tiempo. Unos ocho o nueve meses, ya no me acuerdo.

—Pues ahí lo tenéis —zanja Edu—. Yo no aguanto ni tres días sin sexo. Si Akira me dejara ahora mismo, no podría guardar luto por la muerte de la relación: me lanzaría a la calle en busca de rabo como un sediento saharaui después de una travesía eterna. Cuando llevas tanto tiempo sin echar una canita al aire y te cruzas con un tío con esa planta, la respuesta natural es comértelo. Por eso le ha hecho el salto del tigre.

—Eso suena a algo que hacen los hombres, pero las mujeres no. Y que conste que no trato de establecer ninguna diferencia biológica —asegura Eli, con las manos en alto.

—Más te vale, porque yo me siento más cercano a la definición de mujer que de hombre —aclara Edu.

—Solo creo que —continúa Eli—, por la distinta educación que han recibido los diferentes sexos, ambos afrontan de manera opuesta la sequía sexual. Yo soy incapaz de hacerle el salto del tigre a alguien que no conozco y con el que no tengo un vínculo. Los hombres, en cambio, prefieren no conocer a su pareja sexual y no tener que hacerlo después.

—Eso díselo a la guarra de tu amiga mexicana, que cada fin de semana se zumba a dos gemelos y a su primo —replica Edu—. Cada una es como es, estoy de acuerdo, pero después de nueve meses sin follar y tras aterrizar en la guarida de un lobo que quieres que te coma, da igual si es mejor o peor, cualquiera se desmelena y se atreve con cosas que no habría hecho.

—Estáis hablando como si le hubiese hecho sexo oral en la terraza, a la vista de todos. ¡Solo le robé un besito! ¡Igual que el que le doy a Eli antes de irme a dormir!

Tamara me lanza una mirada resentida.

—¿Le das un beso en la boca a Eli antes de irte a dormir y a mí no?

—Bueno, pero de haber podido, le habrías metido un morreo que le habrías saturado los pulmones con tu saliva, y eso es lo importante: no lo que hacemos, sino lo que habríamos hecho si hubiésemos tenido la oportunidad. Eso es lo que nos define —apunta Edu, rodeándose de esa aura de sabiduría que a veces nos deja pasmados.

—Te quedó bien chingona esa frase —apunta Tamara, que sigue mirándome con ojos entornados.

—La anotaré como frase gancho para que Stephen King la use cuando escriba mis memorias.

—¿Memorias de un maricón salido sin remedio?

A lo mejor en la boca de otra persona eso de «maricón» habría sonado terrible: a Akira no le gusta nada que gente que no forme parte del colectivo LGBT use la palabra por la historia ofensiva que tiene detrás. Ni siquiera él la emplea. Edu, en cambio, se ha armado con ella y la usa de forma indiscriminada, tanto para mujeres como para hombres, como exclamación —igual que si dijera «leches» o «madre mía» después de resbalarse o darse con el meñique del pie contra la esquina de la cómoda—, y le ha concedido a Tamara el derecho a decirla delante de él cuando quiera.

—Yo no soy el salido, amiga mía. Estoy muy bien atendido por mi dios del Lejano Oriente. —Me apunta con el dedo—. Es *ella* la que tiene un problemita con su jefe, su subjefe, su muso sexual o como queramos llamarlo. Y ante este problema solo se me ocurre una solución.

—¿Solución? No he planteado esto como un problema, sino como un hecho.

—Que te guste alguien que pasa de ti y te hace un desaire cuando intentas acercarte tampoco es una bendición que digamos —replica Virtudes.

—Ya, pero ¿qué solución ni qué niño muerto? ¿Qué puedo hacer, aparte de vivir con ello? No pienso dejar mi trabajo, y menos cuando tengo cada vez más claro que él me necesita. Y no tiene nada que ver con que yo sea una *flower power* y él Míster Atormentado —aclaro, advirtiendo a Eli con la mirada—. Mi tipo de hombre es el que no tiene miedo a bailar, lleva uniforme y se presta a pagar la cena por separado, no uno que me odia. ¡Eso que quede bien clarito!

—Cielo, ¿no estás cansada de estar sola? —pregunta Edu,

mirándome con compasión—. ¿No te gustaría salir con alguien de vez en cuando?

Me giro hacia él sin pestañear, sorprendida por el cambio de modulación en su tono. Casi como si quisiera convencerme de que la respuesta es afirmativa, cuando ya es obvio que sí, que estoy cansada de estar sola.

No soy una de esas chicas incapaces de estar solteras, ni tampoco sueño con el amor eterno, pero me tienta la sencilla vida de pareja con hipoteca y niños que educar en valores. Y es verdad que el tiempo no pasa en vano, que hoy tengo veintiséis años, pero en cuanto me descuide, cumpliré los cuarenta, tendré la menopausia y habré coleccionado más gatos de los que podré almacenar en mi casa ataúd.

Nunca he estado enamorada, y creo que es el momento perfecto para ello. Estoy en la flor de la vida, y bastante me privaron mis problemas durante la adolescencia de besos furtivos, fiestas y locuras. Así que sí, me encantaría salir con alguien de vez en cuando aunque estar sola no me parezca nada malo.

—¿Por qué lo preguntas? ¿Qué se te ha ocurrido?

Edu se frota las manos.

—Ya sabes que Akira baila y toca la guitarra en una academia de flamenco, ¿verdad? Pues el otro día fui a verle en una de esas clases abiertas a las que puede ir todo el mundo y conocí a un compañero suyo, gitano, que está en la Compañía Carmen Amaya. Veintiocho años —empieza a recitar—, metro ochenta y tres, soltero, heterosexual (por raro que parezca, y por desgracia) y con encanto para dos. Es igualito que ese *sex symbol* de Joaquín Cortés cuando filmó *La flor de mi secreto*, y mira, por lo que me contó, acaba de tener una ruptura sentimental muy fea y está deseando conocer a alguien. ¿Qué te parece? ¿Organizo una cita de parejas, y, si va bien, Aki y yo nos largamos con una urgencia en mitad de la cena?

—Oye, ¿por qué no me presentas a mí los vatos como ese? Los apreciaría mucho más que Matty, créeme —rezonga Tamara.

—¿Los apreciarías? Más bien los exprimirías —corrige Eli.

—Porque tú sabes conseguírtelos por tu cuenta, y a Aníbal le tengo yo demasiado aprecio para que lo envuelvas con tus piernas y luego lo deseches como si fuera un trapo viejo. Ese hombre es una dulzura, no quiero tus tentáculos cerca. —Tamara, en absoluto ofendida, le saca la lengua—. ¿Qué me dices, cariño? Si no te convence, puedo enseñarte una foto. Está buenísimo y baila como Dios. Y tiene acento cordobés.

—Tiene acento cordobés... —Eli suspira.

—Tiene acento cordobés —musita Virtu, con aire romántico.

—¡Tiene acento cordobés! —jadea Tay—. ¡Ese macho debería ser para mí!

—Cuando estés necesitada de verdad, ya haré una selección personalizada de pollotes, pero mientras seas la princesa de la sandunga de toda Malasaña, olvídate de esta celestina que te habla. ¿Y bien, Matty? —me insiste Edu, ignorando los bufidos de Tamara.

—Yo... no lo sé. —Me rasco el brazo con incomodidad—. Nunca he tenido una cita a ciegas.

—¡Yo te acompaño! —propone Tamara—. Si no te gusta o no conectas con él, yo me encargaré de que Aníbal se lo pase bien.

—Serás cerda... —refunfuña Edu—. Olvídate. Al bailaor flamenco lo tengo reservado para Matty, y se acabó. Además, que su ex no era ninguna latina de flamantes encantos. No creo que le gustaras.

—¡Serás xenófobo! —le regaña fingiendo indignación—. ¿Quieres apostar a que lo enamoro tirándole un beso?

Mientras los dos se pelean por Aníbal, Eli cierra la bolsa de los plásticos y Virtu culmina el capítulo de su nueva novela, yo me quedo mirando por la ventana con aire pensativo.

¿Por qué no? Me encanta conocer gente nueva. Seguro que, si no congeniamos, al menos nos hacemos amigos. Y nunca está de más añadir a alguien en tu lista de amistades.

Pero si congeniamos, si yo le gusto y él a mí también, quizá nos hacemos pareja. Y, de alguna forma, eso se siente como una traición o una pérdida de tiempo, porque...

Bueno, besé a Julian por un motivo, y es que me gusta.

Sí, me gusta, ¿vale? Arrestadme, pero mis incipientes sentimientos no cambiarán de la noche a la mañana. No es nada tan intenso, ¿eh? Me atrae más de lo que nadie me ha atraído nunca en el sentido físico y sexual. Es inteligente, tiene un sentido del humor un poco retorcido y se nota que se preocupa por los demás. Saber que ha estado pendiente de los vecinos lo ha demostrado, además de cómo me socorrió al verme en el suelo. Pero no lo conozco y eso es una barrera entre los dos. Una insalvable, por lo que preveo, porque no va a abrirse a mí. Quiere vivir para siempre entre esas cuatro paredes, lejos de la civilización y de mis calcetines por la rodilla.

Y, por desgracia, dos no pueden bailar si uno no quiere.

Julian ni siquiera se anima si pongo una canción de Aretha Franklin.

No tiene sentido esperar nada de él. Me dijo cuatro guarrerías por e-mail porque no sabía que era yo, y en cuanto se lo confesé e intenté besarle, salió corriendo. Literalmente. Dejándome maltrecha y con el orgullo herido en el suelo de su baño.

Las señales son inequívocas. No le intereso lo más mínimo, y hacer el esfuerzo de gustarle me hará quedar como una mujer sin respeto por sí misma. Una cosa es ser una chica *pin-up* con una alegría desbordante y otra, transmitir mi energía positiva a alguien que me la devuelve con la carga negativa. Hasta los más tontos preferimos reservar nuestras fuerzas para quien se las merezca.

Como, por ejemplo, un bailaor gitano.

—¿Por qué no? —interrumpo la discusión. No sé de qué han estado hablando, pero la escena es reveladora: Tamara se está agarrando las tetas y Edu niega con la cabeza. Los dos se dirigen a mí enseguida—. Si vienes conmigo, estaré encantada de conocerlo.

—¡Hija de la chingada! ¡Con todo lo que he hecho por ti y ahora me robas al cordobés! —exclama Tay, exagerando su indignación a nivel de culebrón.

—¡Magnífico! —Edu aplaude—. Te va a encantar, ya lo verás. Tiene una sonrisa... Y pelo en el pecho. Negro como un misal, y ensortijado, como los rizos de un afroamericano. Un hombre con un pelo en el pecho como ese folla como Dios, así te lo digo.

—No lo digas muy fuerte, que no quiero que se entere todo el mundo.

—¿Quién se va a enterar, si estamos en la cocina?

—Pues, por ejemplo, Julian.

Edu me mira con el ceño fruncido, y pronto se unen Virtudes y Tay a su curiosidad. Con Eli ya he hablado de esto: en cuanto mira a alguien a la cara, sabe que le pasa algo, y no he podido esconderme mientras preparaba café para sobrevivir a la mañana.

—¿Cómo se va a enterar ese, si custodia el torreón? Es una gárgola de Notre Dame.

—Se entera muy bien, créeme. Por ponerte un ejemplo, sabe quién eres y quién es Akira.

—¡Basurero a domicilio! —grita una voz femenina al otro lado de la puerta.

Virtu se levanta y, junto a Eli, abre para proceder a llenar el cubo que cargan Luz y Néstor. Edu ni se mueve. Se me queda mirando con cara de «cuéntamelo todo».

Ante la conmoción general, procedo a relatar con brevedad la confesión de Julian.

Por un momento me siento mal. No tengo por qué revelar

lo que durante tanto tiempo le ha hecho bien y ha mantenido en secreto porque no está preparado para afrontar a la gente ni las consecuencias, pero me parece precioso que le preocupe la vida de los vecinos y, aunque sea para sí mismo, invente maneras de poner solución a sus problemas.

Además... estoy hablando con mis amigos. Si no puedo hablar con mis amigos de lo que tengo en mi cabeza, entonces ¿qué?

No puedo arrepentirme cuando Edu se queda sin palabras a medio camino de la salida, con dos bolsas de basura en cada mano y cara de pasmo. Yo también me pongo de pie y ayudo con otro par.

Resulta que ni siquiera me hice un esguince, solo me di un buen golpe. Puedo andar bien.

—No me lo puedo creer. Es el Oráculo, y nosotros hemos sido su ancla de salvación —murmura, emocionado—. ¿Y dices que te ha hablado de Aki y de mí?

—Sí. Sabe cómo os conocisteis y todo. Y por la forma en que se refirió a ti, parece que te tiene cariño. De Virtu también sabe mucho. —Me giro hacia ella con una sonrisa—. Cree que eres una anciana entrañable. No se imagina que llevas el pelo azul. Tamara no le deja dormir con sus gritos, y aún no sabe cuál es el nombre completo de Eli, pero le encantaría descubrirlo. Pega la oreja muchas veces adrede para ver si lo capta.

Eli esboza una sonrisa tierna.

—Puedes decírselo.

—Lo haré hoy mismo.

—¿Hoy? —repite Edu—. ¿Vas a ir a verlo hoy, cuando no tienes obligación de subir, y después de lo que pasó ayer? Eso es valor. Cuando a mí me han dado calabazas, me he mudado de ciudad. No es un farol: antes vivía en Alicante y en cuanto mi ex me dejó, me vine a Madrid.

—¿Y adónde te vas a ir cuando Akira te abandone? —pregunta Tamara sin maldad.

Edu la fulmina con la mirada.

—Al cementerio a dejarte flores no, eso te lo aseguro.

—Es que anoche estuve pensando en algunas cosas que me dijo antes del beso, en todo eso de que odia sentirse solo pero no sabe cómo ponerle remedio, y... —continúo hablando, aunque sea para las otras dos, que sí me escuchan—, se me ocurrió una idea para echarle una mano.

Una idea estupenda que requerirá que me pase por la papelería.

—Y no tiene nada que ver con que me atraigan los hombres torturados —añado, señalando a Virtu y a Eli—. Tiene que ver con que me están pagando para eso y me gusta ver a la gente feliz.

—Si hay alguien en este mundo dispuesto a ayudar a cualquiera, independientemente del color de sus ojos y de cuántos abdominales se le marquen, esa eres tú —me concede Eli—. Solo te he comentado el tópico de novela romántica para animarte a hacer un poco de autocrítica. Nunca está de más revisarse las actitudes y buscarles una explicación. No siempre nos mueve a hacer el bien el motivo adecuado.

—¿Y qué importa que no sea el motivo adecuado mientras hagamos el bien? —pregunta Edu, que ya ha dejado de discutir con Tamara.

—Pues mucho —responde Tay—. Según la ética kantiana, las únicas acciones irreprochables son las llamadas «hechas por deber», las que están determinadas por respeto a los principios propios. Las «conformes al deber», que son las que sugiere Edu, son igual de reprobables que las contrarias al deber, porque las mueve algo distinto al bien general. —Pone los brazos en jarras al ver que nos la quedamos mirando como si le hubiera salido otra cabeza—. ¿Qué? Os recuerdo que estudié Filosofía en la universidad antes de poner mi talento culinario a disposición de otros gordos como yo.

—Ni se me habría pasado por la cabeza que esa fuera tu

especialidad. Pero qué más da. —Edu hace un gesto con la mano—. Lo importante es que Matty le hace bien a ese hombre, y da igual si lo hace porque quiere rabo o porque es más buena que el pan. Sobre todo porque rabo va a pillar, y de primera calidad. ¿Te viene bien mañana, cari?

Capítulo 18

ESTA HADA MADRINA VIENE CON VARITA INCORPORADA

Julian

—*Eres un auténtico idiota.*

Lo sé. Soy consciente y me hago cargo. Pero no me lo están diciendo a mí, sino a Néstor, el estudiante que vive en el quinto. Lo que pasa es que, cuando tienes problemas personales, tiendes a verlos reflejados en cualquier persona o situación.

Mi problema es que reaccioné ante el inocente beso de Matilda igual que si me hubiera disparado en la cara. El de Néstor es...

—*Mira, no es mi culpa que sea hipersensible y lloriquee con cualquier cosa que hago. Solo era una maldita broma.*

—Le has dicho que es basura, Néstor —comento. Mientras, bato un par de huevos en un cuenco vacío—. Las bromas de ese tipo solo nos las tomamos bien cuando vienen de amigos, y tú eres su *bully*.

Luz, su compañera de piso hippy, sigue intentando sacar algo de él.

—*No entiendo por qué eres así, te lo digo en serio.*

Levanto las cejas.

—¿No, Luz? A mí se me ocurre un motivo interesante.

—*No hay nada que entender* —bufa Néstor—. *Esa chica y yo no congeniamos y ya está. Ella viene de Marte y yo de Júpiter, o de Venus... No sé cómo es el dicho.*

—*Si la cosa va de dichos, deja que te comente uno: no hagas lo que no te gustaría que te hicieran.*

—Muy bueno, Luz —apunto.

Estiro el brazo hacia el salero y echo una pizca de sal en la tortilla por hacer.

—*¿Por qué actúas como si ella no me tocara las narices? Esto empezó porque es una imbécil de manual.*

—Esto empezó porque no te hizo ni puto caso, Néstor. Porque te enamoraste de ella y ella no te corresponde. Y mira, me caes bien, pero está muy desfasado tratar a alguien como el culo solo porque te gusta y no sabes cómo gestionarlo.

—*Mira...* —sigue él, ajeno a mis aportaciones. Mejor. Con la mala leche que gasta, creo que no saldría muy bien parado en una discusión—. *Es imposible que nos llevemos bien, ¿de acuerdo? Es una pija mimada, una caprichosa y una elitista. Bastante tengo que aguantar viéndola todos los días para encima obligarme a ser simpático.*

Esbozo una sonrisa entre sarcástica y comprensiva.

Siempre he tenido sentimientos encontrados por este chico.

—Desde luego tiene que ser duro perder el culo por alguien que pone patas arriba todo en lo que crees.

—*Néstor, por favor* —insiste Luz—. *No seas exagerado. Gloria es bastante agradable.*

—*Es verdad. Fue muy agradable cuando me golpeó la cara al cerrar la puerta y me tuvieron que llevar al hospital. Y cuando tiró toda mi ropa tendida en pleno invierno, después de que se acumulase el barro en el patio. Y cómo olvidar aquella vez en la que demostró ser todo un encanto, pasando la noche entera tocando el puto violín cuando sabía que yo tenía un examen al día siguiente.*

—*Toca el contrabajo* —le corrige Luz.

—*Lo que toca son las pelotas. Y de un modo bastante pro-fesional.*

—Ya te gustaría a ti, *my friend*. —Vierto el contenido del cuenco en la sartén con aceite—. Pagarías lo que ganas en tus trabajitos de media jornada para que te regalara unas cuantas caricias, ¿eh?

—*Si no llamé a la policía ese día fue porque, a diferencia de ella, yo sí que soy buena persona.*

—O porque en el fondo no le deseas ningún mal, Néstor. —Me armo con una paleta para despegar los bordes de la tortilla—. Lo de que seas buena persona no lo discuto, pero el amor y tú no hacéis buenas migas. Saca lo peor de ti. Deberías buscar a alguien con quien desahogarte sobre Gloria, o se te van a pudrir los sentimientos... si es que no lo han hecho ya. No hay nada peor que querer a alguien lleno de rencor.

—*Mira, no quiero discutir otra vez por el tema de Gloria ni traer al presente todas las trastadas que os hayáis hecho* —replica Luz—. *Solo quiero que veas que estás empezando a pasarte de la raya. Si vas a insultarla cada vez que toquemos a su puerta para llevarnos los reciclables, dímelo y busco a otra persona que me ayude. No tienes derecho a hacerla sentir mal, y a comportarte como un animal, solo porque no sabes cómo enfrentar tus sentimientos por ella.*

Abro la boca para exclamar un «¡Ahí le has dado, Luz!», pero el toque de atención me borra la sonrisa de la cara incluso a mí. Se lo ha dicho a Néstor porque conoce su situación, pero su discurso habría cuadrado también con la mía.

«No tienes derecho a hacerla sentir mal, y a comportarte como un animal, solo porque no sabes cómo enfrentar tus sentimientos por ella».

Yo no soy como Néstor. Él es un cabrón a conciencia porque se envenenó la cabeza pensando que Gloria le rechazaría, y que le rechazaría por un novio que ni la quiere ni la cuida.

Yo, aunque he sido cruel en algún momento puntual con los leotardos de Matilda, no puedo pensar en decirle que se meta en el cubo de la basura para llevarla al contenedor, donde pertenece. Todo lo contrario. Lo que quiero hacer se diferencia tanto de lo que hago finalmente que me siento impotente cuando estoy con ella. Impotente y también... ¿feliz?

Me ha besado. La mujer con la que soñaba cuando pensaba que no podía soñar con nadie *me ha besado*. Habría muerto (incluso habría matado) para corresponderla en la misma medida, porque la deseo, pero la ansiedad anticipatoria no iba a ponérmelo tan fácil. Mi mente fue, durante ese escaso segundo, bombardeada por millones de preguntas que me sumieron en la incertidumbre más descorazonadora. Si hubiera permitido que continuara..., ¿qué habría hecho después, cuando nos separásemos? ¿Decirle que se quedara a dormir?

Matilda no exageraba cuando me llamaba ermitaño. Hace años desde la última vez que tuve un contacto similar, y la soledad pasa factura. Agrieta la seguridad en ti mismo. Merma tu confianza en los demás. Borra tus recuerdos agradables o te aleja tanto de ellos que no te reconoces en esas reminiscencias en las que te mostrabas abierto y capaz. Yo no sé cómo comportarme, ni qué decir, ni cómo ser. Soy como el neandertal: no dispongo de las herramientas que te permiten desenvolverte en un entorno social, como el lenguaje, pero sí estoy condicionado por los viscerales impulsos del hombre. Siento pasión, siento deseo, siento que quiero estar con alguien. Que quiero estar con ella. Quiero besarla, pero me aterra lo que venga después.

—*Si al menos se lo dijeras...* —continúa Luz—. *Creo que la ayudaría a entenderte. Y, entendiéndote, no sufriría tus desplantes. Porque, créeme, los sufre. Eres muy cruel cuando quieres.*

—*Decirle ¿qué?* —espeta Néstor, de mal humor.

—Llevas demasiado tiempo en la fase de negación —le regaño, y suelto un suspiro resignado en la punta de la lengua.

Doy la vuelta a la tortilla—. Va siendo hora de que asumas lo que te pasa. No vas a poder sacarte a alguien de la cabeza si no admites antes que está ahí, acaparando tus pensamientos.

Sin embargo, Néstor es más terco que una mula y siempre quiere tener la razón. No importa lo que le diga Luz, ni que baje Dios en persona a echarle una mano: no va a abandonar la pose de tío duro e inconmovible que disfruta sacando de quicio a una pobre universitaria. Yo soy un poco más consciente de mí mismo, y aunque he estado un tiempo negándome a aceptarlo, ya no puedo huir de lo que Matilda hace conmigo.

—*Que estás loco por ella.*

—*Paso. No quiero tener esta conversación. Las mujeres tenéis que hacer de todo una especie de historia de amor, ¿eh? ¿Por qué no asumes que la odio y ya está?*

—Néstor, amigo, dices su nombre en sueños. —Tortilla hecha: al plato con las tostadas, y al salón—. Te he escuchado hasta yo.

—*Porque te he oído hablando con Ming más de una vez. Sé que aprovechas que no tiene ni pajolera idea de español para contarle tus desventuras con Gloria.*

Se me escapa una carcajada intranquila.

El chaval no es del todo idiota. Si yo anduviera cerca de un extranjero que no tiene ni pajolera idea de español, también me aprovecharía de la situación para desahogarme. Está claro que lo que Néstor y yo encontramos difícil de la comunicación es que la otra persona replique a lo que decimos.

—*Me voy al gimnasio.*

—*¡No huyas! ¡Estamos teniendo una conversación! ¿Cómo puedes ser tan infantil?*

¿Es un comportamiento infantil, como dice Luz, o es un problema de raíces profundas? Que Néstor sea incapaz de admitir lo que siente sin odiarse a sí mismo debe tener su razón de ser, al igual que el hecho de que Álvaro se haya entregado a los videojuegos para no pensar; como la melancolía de Sonsoles, que probablemente va más allá de la pérdida de su marido, o como mi necesidad de permanecer encerrado. Todos estamos condicionados por algo más grande, más fuerte que nosotros, y es de bien nacido ser empático. Igual que es cierto que Gloria no tiene el deber de averiguar qué es, claro. Ni tampoco Matilda está en la obligación de curarme las heridas.

Debo hablar con ella. Con Matilda, no con Gloria; ella es asunto de Néstor. Aunque gustosamente le explicaría la situación para que deje de llamar a su amiga Amaia llorando de rabia y al grito de «¡Mira lo que me ha hecho ahora el tarado este!».

Me dirijo al salón con el desayuno en la mano y el móvil en la otra. Solo de pensar en pulsar unos cuantos botones para largarle que quería besarla me estremezco de pavor. Merece saber también que la provoqué aquel día por e-mail. Y que la he escuchado siempre. Incluso me acuerdo de la primera frase que le oí, porque me pareció muy divertida: «¿Sabéis que un perrito me ha perseguido por toda la calle hasta que he entrado en el portal? Tenía collar. ¿Y a que no lo adivináis? Se llamaba Matty, como yo».

A lo mejor debería pedirle asesoramiento a mi hermana. Unos días sin hablar con ella me hacen sentir perdido.

Justo cuando pongo el trasero en el sofá y voy a encender la televisión, escucho la puerta de entrada cerrarse. Casi de forma automática me pongo en tensión, porque no esperaba a nadie. Si alguien ha venido a robar, podré soportarlo, pero si Matilda se ha asomado por sorpresa para atormentarme con sus labios traviesos...

Solo una mujer hace ese sonido con los zapatos al caminar. Y va a entrar en tres, dos, uno... Y voy a echarle la bronca por perturbar mi paz en tres, dos, uno...

—Antes de que digas nada, escúchame.

Me giro hacia ella, temiendo toparme con otro horrible vestido y un puñado de flores a juego con el color. O peor: con sus expresivos ojos. Pero no ocurre nada de eso. Matilda lleva unos pantalones cortos, unas zapatillas de deporte y una camiseta de propaganda. Y en los brazos carga montones de cartulinas de colores, un sobre enorme, papel pinocho y celofán, un estuche del que rebosan rotuladores de colores y...

—No recuerdo haberte dicho que arrasaras en las rebajas de la Vuelta al Cole. Hace tiempo desde la última vez que usé barras de pegamento.

—¿Alguna vez lo has esnifado? ¿No? Genial, otra cosa que tachar de la lista. No eres drogadicto.

Voy a preguntarle de qué lista habla, pero me cierra el pico solo caminando. Se acerca con ese movimiento de caderas frenético y abandonado que tiene y que tan femenino me parece. Ha venido corriendo: tiene las mejillas coloradas, la frente le brilla y jadea.

Tira encima de la mesa la mitad del botín de la papelería que habrá atracado y luego pone los brazos en jarras.

—Querías que te ayudara con el inglés para selectividad, si no recuerdo mal, no con material de plástica —digo en voz alta—, y de todas formas las manualidades no te subirán la nota a no ser que te metas en Bellas Artes.

—Deja de decir tonterías. Se me ha ocurrido una idea genial para que hables con los vecinos.

Mi fingida expresión de guasa se desvanece y da paso a una mueca desconfiada. No solo por lo que acaba de decir, sino porque se la ve... como siempre. Como si no hubiera recibido un empujón después de intentar ponerse cariñosa.

«¿Y qué esperabas, Julian? ¿Que actuara como una amante despechada?».

—Mira. —Se sienta a mi lado, pero no tan cerca como acostumbra. Estira el brazo hacia el sobre y de él saca una serie de sobrecitos más pequeños. Coge uno y lo estira delante de mis narices—. Cartas. Vas a escribir cartas.

—¿Perdón?

—Sí. He comprado cartulinas de colores para que queden

bonitas. Recortas un rectángulo, le pegas un trozo de folio más pequeño con forma de nube, o de corazón, o de lo que sea, y ahí escribes el mensaje que quieras mandarle a cada uno. Uno que guarde relación con su problema. Por ejemplo: seguro que sabes que los Román quieren que Álvaro se vaya de casa. Les puedes escribir un consejo. Luego yo me las llevaré y las iré repartiendo por debajo de las puertas sin que nadie me vea. ¿Qué te parece?

Me parece que le ha importado un carajo que la empujara. O eso o la ha entusiasmado tanto su propia idea que se le ha olvidado que fui un imbécil.

También me parece que es lo más bonito que he visto en mi vida. Lleva dos trenzas de raíz algo despeinadas, nada de maquillaje, y sus ojos brillan como luceros. Si no fuera Julian Bale, alargaría los dedos y acariciaría ese rubor tan tierno en sus mofletes. Y sus hoyuelos, su barbilla...

Pero soy Julian Bale, así que ajo y agua.

—¿Me has oído? —insiste, a punto de chasquear los dedos a un palmo de mi cara—. No tendrías que firmarlas tú. Podrías usar un pseudónimo. O hacerte llamar... El Hada Madrina, o algo así. Nadie sabría que se trata de ti.

—Matilda...

—No tienes que dar la cara ni salir de aquí —continúa, decidida a enterrarme bajo sus buenas razones para que no se me ocurra negarme—. Es perfecto. Y encima sentirías que estás ayudando a los vecinos. Ayer me dijiste que querías ser útil y que te gustaría poder echarles un cable. ¡Pues esta es la manera perfecta!

Agita el sobrecito de nuevo. Luego se gira hacia la mesa y mete las manos debajo del montón de cosas.

—He traído toda clase de materiales para hacerlo bonito. Lazos, pegatinas, sellos, cintas... Además de varios tipos de papel de colores, y lo que se necesita para hacer manualidades, claro: tijeras, cola, grapas, rotuladores... ¿Te has fijado en estos? ¡Tienen purpurina!

Lo dice de una manera que me es imposible no sonreír.

Ojalá algo me hiciera tan feliz como a Matilda los bolígrafos de gel.

—No quiero matar tu ilusión, pero no sé si me gustan... eh... —Levanto las finas láminas de papel de colores—, las pegatinas de unicornios y los subrayadores rosa fosforito. Mi estilo es algo más... sobrio.

—Sabía que dirías algo parecido. Por eso también he comprado bolígrafos de tinta negra y azul oscuro. Me habría roto el corazón que te quedaras los de gel. Los quiero para mí. Son tan bonitos... Mira, vienen en un estuche muy colorido.

Intento reprimir una carcajada.

—No sabía que te excitara el material escolar.

—De pequeña soñaba con tener una papelería —confiesa, aún demasiado absorta entre tanto papel y tantos estuches para mirarme a la cara.

Increíble. Unas pegatinas de unicornios me han robado el protagonismo.

—¿Una papelería? ¿Qué hay de todos esos sueños elevados e imposibles que tienen las niñas? ¿No querías ser princesa o bailarina?

—Siempre he tenido sueños muy humildes, la verdad. Me encanta el olor de las gomas nuevas, el crujido que hacen los libros de tapa dura cuando los abres por primera vez, los mosaicos en relieve de las portadas de libretitas pequeñas... Es el sitio más feliz del mundo, ¿no crees? No hay nadie a quien no le guste comprarse rotuladores, pósits y demás, incluso aunque eso signifique volver a las clases. Es lo único bueno de estudiar.

—Es posible —accedo, recordando la interminable colección de subrayadores de todos los tamaños que tiene mi hermana—. ¿Y dónde está el resto de tu papelería, porque una parte acabas de descargarla encima de la mesa de mi salón?

La sonrisa de Matilda se suaviza hasta ocultar sus dientes.

Todavía no me quiere mirar.

—En el cajón de todas las cosas que quise hacer y no pude. Es mejor que tenerla en el cajón de las cosas que me gustaría hacer y *no puedo*, ¿no? Este es mucho peor porque acumula lo que hoy por hoy es imposible. Por eso procuro tenerlo vacío.

Trago saliva.

—¿Y lo tienes vacío de verdad... o algo guardas dentro?

—Algo guardo —responde, rehuyendo mi mirada—. Ya no quiero tener una papelería, pero por lo menos he trabajado en una librería.

—¿Eso era lo que hacías antes de venir aquí? —pregunto como si no lo supiera.

—Sí. Me despidieron porque iba a cerrar el negocio. Llevo todos estos días ayudando a mi exjefa a hacer la mudanza. Va a donar parte de los libros a bibliotecas municipales.

—¿Lo echas de menos?

Matilda encoge un hombro.

—Era un buen trabajo. Manu y yo nos queríamos. Nos queremos —se corrige—. Nos pasábamos el día charlando, riéndonos, intercambiando opiniones sobre las últimas novelas leídas... Ella me prestaba todas las que quería, y yo las devoraba al volver a casa. Bueno, algunas no: algunas fingía haberlas leído, pero porque leer no es de mis aficiones preferidas. Ya leí mucho durante mi adolescencia. Ahora quiero dedicarme a otras cosas.

—No es incompatible leer y hacer «otras cosas».

—No, claro que no. Pero para leer tienes que estar solo y sentado, y yo quiero moverme. Quiero relacionarme. Quiero sentir que estoy viva, ¿entiendes? Y vivir mi propia vida, no la de otros personajes.

—Tiene sentido. Pero pasarás mucho tiempo sola y sentada estudiando.

—Sí, pero tendrá un fin, porque seré médico. Oncóloga infantil. No suena mal, ¿no? Al margen de que todo lo que tenga la raíz «onco» suene terrible.

—Es tan válido como regentar una papelería.

—Nunca he dicho lo contrario. ¿Qué me dices? ¿No es una idea fantástica que el Hada Madrina de la calle Cortázar socorra a sus habitantes?

—¿Quieres que sea sincero? Tampoco simpatizo demasiado con la idea de llamarme El Hada Madrina.

—¿Por qué? ¿Porque te haría ver como una mujer? —Se cruza de brazos y por fin me mira—. No me digas que eres de esos hombres que se aferran con uñas y dientes a lo prototípicamente masculino porque son tan frágiles de mente que no soportan que pongan su masculinidad en tela de juicio.

—Eso me da igual. ¿Quién cuestionaría mi masculinidad aparte de ti, si nadie sabe quién soy?

—Nadie, claro. Y yo soy un ejemplo de persona cuya opinión no te importa. Lo entiendo. En ese caso, ¿por qué no quieres llamarte El Hada Madrina? ¿Te gusta más el Oráculo? O... ¿Qué tal Odín? A fin de cuentas, eres el hombre que todo lo ve. Es como si tuvieras su ojo.

«Y yo soy un ejemplo de persona cuya opinión no te importa». Lo ha dejado caer como si nada, sin darme oportunidad de defenderme. Pero debe ser porque sabe que no habría conseguido pronunciar palabra, y empieza a tener claro que no merece la pena perder el tiempo esperando una reacción por mi parte.

—«El Oráculo» suena bien.

Ella me mira con una mezcla de ilusión y recelo.

—¿Qué significa eso? ¿No voy a tener que pasarme toda la tarde intentando convencerte?

Cuando abro la boca para negar, caigo en la cuenta de que ni siquiera me he parado a pensar en su propuesta. Me he tirado de cabeza porque ha aparecido sonriente y emocionada, y de primeras no me ha sonado nada mal. Pero ahora me siento un momento a meditarlo, y no solo no suena mal, sino que es una idea... fantástica. Es decir, me produce mucho vértigo, pero supongo que ese es el precio a pagar por dar un pequeñísimo paso más en la dirección correcta.

—¿No van a pensar que me estoy metiendo en su vida cuando no tengo ningún derecho?

—Aquí todos se meten en la vida de todos, sin excepción. No creo que les extrañe nada que alguien conozca sus intimidades. Ni tampoco que les moleste que les des consejos. De hecho, estoy casi segura de que los agradecerán.

—Si tú lo dices...

—¿Quieres que te eche una mano? Si no tienes una letra muy bonita, puedo escribir yo los mensajes.

—Espera, espera. Estás yendo muy deprisa. Me estás pidiendo que escriba cartas personalizadas a cada individuo de la comunidad. Quieres que escriba en ellas un consejo. Lo que yo haría si estuviera en su piel —repito para asegurarme de que lo he entendido.

—Puedes escribir también lo que piensas de ellos. Algo que te haya llamado la atención. Por qué te gustaría conocerlos. No sé... Lo que tú quieras. Se trata de ponerte en contacto con alguien de forma más cercana.

—Ellos no podrán llegar a mí, ¿verdad?

—A no ser que desveles tu identidad, no, aunque creo que deberías hacerlo. Después de un tiempo podrías abandonar el anonimato. Sin salir aún de casa, ¿eh? Así formarías parte de nuestra vida común de alguna manera. Es mejor eso que no participar en nada.

—Supongo que tienes razón —murmuro.

—¿Quieres que te haga compañía mientras escribes? Podría recortar las cartulinas.

La miro a los ojos para asegurarme de que no lo propone por quedar bien. Y claro que no: Matilda nunca hace nada por ese motivo. Es la razón por la que estoy loco por ella. Sus motivaciones nacen de lo que considera correcto, del deseo de ayudar a los demás. Me gustaría que la moviese algo más, como cariño genuino hacia mí, pero mi brutalidad ha jodido todo el aprecio que pudiera haber nacido en ella.

¿Es normal sentir esta melancolía cuando crees que has perdido algo que nunca ha sido tuyo?

—Vale —respondo casi sin voz.

Como de tácito acuerdo, ambos dirigimos la mirada a mi escueto desayuno.

—Se habrá enfriado por mi culpa —comenta, algo incómoda—. Lo siento.

—No pasa nada.

—¿Qué te parece si hago mi famosa tarta? Tiene un ingrediente especial. Solo dos personas en el mundo saben hacerla: mi abuela paterna y yo. No probarás nada más rico en tu vida, te lo aseguro.

—Si me lo vendes así, no puedo decir que no.

—¿No? Pensaba que esa era tu respuesta de manual ante cualquier propuesta que se me ocurriese hacer.

—Bueno, ya te he dicho que sí a lo de las cartas —me defiendo, avergonzado.

—Por eso sería un abuso y una ingenuidad por mi parte esperar que dijeras que sí a dos cosas en un día. Sobre todo a mí, la asistenta sobre la que aún tienes dudas.

—No me gustabas porque no te parecías en nada a la clase de persona que esperaba. Creía que abriría la puerta a una ancianita encantadora que sabe de repostería. Pero si resulta que sí sabes de repostería, no me va a costar reconciliarme contigo.

—No me digas que todo este tiempo me has tenido manía porque creías que no sabía preparar unas magdalenas —se mofa, mirándome con aire socarrón.

Decido seguirle el juego.

—Fue un golpe muy duro para mí que no te ofrecieras a hacerme galletas el primer día, entiéndelo.

—Pues ahora voy a hacer galletas. Te vas a enterar.

—¿Por qué suena como si fueras a hacer que me las tragase sin masticar?

Ella se asoma bajo la cocina y me lanza una caída de pestañas inocente.

—¿Por qué iba a hacer yo eso? Soy... inofensiva.

Tengo la prudencia de esperar a que desaparezca al otro lado de la puerta para esbozar una sonrisa resignada.

Inofensiva. *Ya.*

Eso es lo que ella se cree.

Capítulo 19

Pros y contras de ser una *flower power*

Matilda

A lo largo de mi vida me han rechazado muchos besos. Ya he dicho que no soy demasiado atrayente sexualmente hablando. ¿Como amiga? Soy la mejor. Los hombres se pelean por mí cuando buscan consejo femenino. ¿Como chica a la que desnudar? Ya no tanto. Y debería alegrarme, porque si de algo se quejan las mujeres —y con mucha razón— es de que las cosifiquen, de que las vean como pedazos de carne.

Pero, la verdad, no estaría mal ser cosificada de vez en cuando. Así Adán Nogueras no habría roto conmigo en el patio del recreo porque no tenía suficiente pecho, ni Pablo Durán me habría soltado, teniéndome desnuda debajo, que me prefería como amiga.

Con Adán, Pablo y todos los que vinieron después tenía más expectativas románticas que enfocadas al sexo, así que no me supuso un trauma no atraerles como mujer. Con Julian es diferente, porque quiero que me vea... sexy. Y lo de ayer dejó muy claro que le asqueo.

Cualquier persona normal habría puesto distancia, o por

lo menos habría esperado unos días antes de usar la llave del apartamento. Pero yo trabajo para él y tenía que hacerle cómplice de mi fantástica idea lo antes posible, además de demostrarle que no me ha afectado su rechazo. Es decir, *hacerle creer* que no me ha afectado. Y parece que por el momento lo estoy consiguiendo. Pero solo porque he estado en la cocina batiendo huevos, calentando el horno y fundiendo chocolate.

¿Por qué es tan importante contar con la aprobación masculina? Eli se enfada si un tío se le acerca en la discoteca, pero si pasan de ella, se deprime. Tamara vuelve a casa decepcionada consigo misma si no se enrolla con un hombre, como si no hubiera cumplido su objetivo. Y yo estoy ofuscada porque en veintiséis años no he conseguido que un chico quiera besarme. Todos los besos los he dado siempre yo.

Nunca me ha importado... hasta ahora.

Le gustó mi sujetador y mi atrevimiento. Le gustó mi cuerpo. ¿Qué es lo que no le gusta, entonces? ¿Mi cara? Sé que los mofletes y los hoyuelos me dan aspecto de niña, pero tengo una talla de sujetador que proclama a los cuatro vientos que soy mayor de edad. Y desde hace un tiempo.

—¿*Qué te parece esto?*

Aparto la mirada del horno y vuelvo la cabeza a un lado y a otro en busca de la voz que acabo de oír. No tardo en darme cuenta de que viene del patio central. La conversación que Susana Márquez está teniendo con una de sus amigas llega hasta la ventana de la cocina del ático con meridiana claridad.

No tardo en asomarme, asombrada. ¿Cómo es posible?

—*Te queda increíble* —asegura una voz desconocida. La de su amiga, supongo—. *No hay nada mejor que un buen escote para hacer que un hombre se olvide de lo que tenía que decir.*

—*Más me vale hacer que se le olvide, porque me ha dicho que tenemos que hablar y no me ha gustado el tono. Espero que no sean malas noticias.*

Oh, entonces va a quedar con su *sugar daddy*.

A Susana la mantiene un diputado conservador desde antes de que Tay y Eli se vinieran aquí a vivir. Esto se sabe porque hemos visto al hombre entrar a las tantas de la noche y marcharse a primera hora de la mañana muchas veces, no porque a ella le guste hablar de sus rollos ocasionales.

Todo el edificio se pregunta de quién es su hijo, si estuvo casada con anterioridad o si fue fruto del «amancebamiento», como sugiere Sonsoles siempre entre dientes. Lo que está claro es que Susana se dedica a estar guapa y a complacer a un tipo con buena planta, corbatas de satén y canas en las patillas.

Eli dice que siente lástima por ella porque intuye que no es muy feliz. Tamara, en cambio, tiene claro que Susana está viviendo su mejor vida.

Yo prefiero no pronunciarme.

—*No va a abandonarte con un vestido rojo. Hay ciertas cosas a las que un hombre no se puede resistir, y llevas las tres, cariño: un pintalabios llamativo, un escote descarado y unos zapatos de tacón que hacen las piernas infinitas. A no ser que el hombre sea bajito, claro, en cuyo caso ya sabes que tendrás que pasar el resto de tu vida en planos para no herir su ego...*

Así que esa es la cosa. Tengo que ponerme un pintalabios rojo putón, un vestido de salida y unos taconazos de vértigo para que los hombres se fijen en mí. ¿Qué tendrán estos tres elementos que hacen que todos se giren a mirarte cuando los llevas puestos?

Por lo menos ahora sé por qué a Julian no se le escapa nada de nadie. Se oye hasta el programa chino que tiene puesto Ming en su habitación, y los golpecitos que está dando Blas, el hijo de Javier, en el somier de hierro de su cama.

Saco las galletas del horno y las sirvo en un cuenco grande. Parece que, aunque mis avances románticos hayan sido frustrados, mis ideas para que socialice y mi presión para quedarme han dado sus frutos. Estamos un poco más cerca de nuestra meta que cuando empezamos, hace ya unas semanas.

Regreso al salón con una frase en mente: «Actúa con normalidad». Dejo mi creación culinaria sobre la mesa, pero Julian no se da ni cuenta. Ha completado un total de cinco cartitas, y ahora está absorto en otra.

Por curiosidad, me asomo por encima de su hombro y leo lo que ha escrito en la que observa con indecisión.

Javier, creo que deberías hacerle caso a tu hermano mayor e irte a trabajar con él a Valencia. Es una gran oportunidad, y vivir en la casa que compartías con tu mujer solo te va a hacer más daño. Suelta esos recuerdos viejos, dañinos, y lánzate a la nueva aventura.

—Vaya, eres bueno —comento en voz alta.

Él aparta la mano con la que se estaba acariciando el mentón y me mira.

Sin esa barba deforme que llevaba, se aprecian las marcadas líneas de su mandíbula definida. Tiene un hoyuelo de lo más sexy y masculino en la barbilla, y ahora que se le ve la cara entera, sus ojos relucen en medio de su vampírica palidez como zafiros en la nieve.

Lo veo tan guapo que por un momento me corta la respiración.

«¿Por qué, en nombre de Dios, no pudiste corresponderme el beso? Aunque solo fuera por compasión».

—He tenido mucho tiempo para pensar qué decirles. Solo me quedan seis por cerrar: Néstor, Anita, Álvaro, Minerva y Helena, y Sonsoles.

—¿Minerva y Helena? —repito. Me siento muy despacio en el sofá—. ¿Las pequeñas de la familia Olivares? ¿Por qué?

—Helena tiene problemas de autoestima por culpa indirecta de Mine. La comparan con ella y siente que no es suficiente.

Quiero decirle que está bien ser como es. Y Mine necesita un toque de atención. Debe dejar de meterse con su hermana melliza. No se da cuenta del daño que hace con sus bromas.

—¿En serio? No tenía ni idea de eso. Los Olivares parecen la familia perfecta. Los han apodado así.

—Pues los catedráticos llevan nueve meses sin acostarse. Ambos se refugian en el trabajo para no tener que atender sus obligaciones conyugales, y ella no para de echarle en cara a él que le lanza miradas lujuriosas en el rellano a «la furcia del 2.º B». —Hace las comillas con los dedos. Se refiere a Susana, claro está—. De acuerdo... Ahora sí que me siento un cotilla.

—No te sientas mal, todos lo somos aquí. —Carraspeo—. Y... llevar mucho tiempo sin acostarte con alguien tampoco es para tanto, ¿no?

—Antes de este parón lo hacían como conejos. ¿No los oías? Ahora solo discuten, y esas peleas afectan mucho a Ajax..., pero a él ya le he dicho que no tiene de lo que preocuparse.

Lo comenta con toda normalidad, como si llevara cinco años firmando cartas como el Oráculo. Y lo que es más: habla de ellos y de la ayuda que ofrece sin ninguna pretensión. Ni siquiera me mira para ver cómo me tomo su preocupación por gente que no lo conoce. No necesita mi aprobación ni unas palmaditas en la espalda. Está entregado a su tarea, y es tan obvio que le emociona sentirse útil que me cuesta no sonreír con ternura.

—¿Por qué se preocupa?

—Se echa la culpa de las peleas entre sus padres —explica, sacudiendo la cabeza—. Me parece terrible. Siempre intento empatizar con todos los vecinos. Es una especie de ejercicio para no perder mi humanidad mientras estoy aquí, ¿entiendes? Pero es inevitable que me sienta más afín a unas causas que a otras. Ajax es uno de esos que me ponen un nudo en la garganta.

La forma en que lo expresa hace que se me forme uno a mí

también. Con el objetivo de deshacerlo, cojo un trozo de tarta y se la sirvo en un plato.

—¿Con quiénes te identificas más?

Él acepta mi ofrecimiento, pero no la prueba enseguida.

—No es que me identifique con nadie. Javier, por ejemplo, es un buen hombre que lucha por seguir adelante a pesar de que la vida se lo pone muy difícil. No me veo en él, pero despierta mi empatía. —Se queda un segundo en silencio, con la vista perdida entre las cartulinas—. Luego están Néstor y Ajax. Con ellos sí siento que tengo cosas en común.

—¿En qué sentido?

—Yo también me culpaba de todo cuando era un crío. Me habría gustado que un ángel de la guarda me enviase una carta diciéndome que son cosas de adultos, y que mis padres me querían igual. Aunque fuera mentira.

El corazón se me acelera.

Está abriéndose sin que yo haya tenido que insistir. No puedo desaprovechar este momento.

—¿Cómo iba a ser mentira? Seguro que tus padres te adoraban.

—Quién sabe. Puede ser. Pero la enfermedad de mi padre le impedía demostrarlo, y la entrega de mi madre por él hacía que me descuidara.

—¿A qué te refieres con eso?

Julian ladea la cabeza hacia mí.

Ahora es cuando dice: «¿Y a ti qué te importa [inserte aquí los adjetivos peyorativos que prefiera]?», y me corta el rollo de raíz. O eso pensaba. Aunque me mira vacilante, acaba claudicando.

—Vietnam dejó a mi padre tocado —prosigue— y mi madre se volcó en sus cuidados de tal forma que empezó a actuar como si no tuviera hijos. Su vida giraba en torno a su marido. O sea, mi madre se aseguraba de que no nos faltara de nada, no me malinterpretes, pero no recuerdo haberme sentido su hijo.

Vivía con una extraña. Crecí creyendo que eso de leerle cuentos a los críos y darles besos en la frente antes de dormir eran un recurso sentimentaloide de las productoras hollywoodenses, que los cumpleaños eran una excusa estúpida para gastar dinero y solo los frívolos y los pijos lo celebraban, y que los «te quiero» eran una forma delicada de decir «cállate», porque solo te los dice tu hermana cuando te ve llorando para que pares de hacerlo.

Intento no hacer ruido al coger aire antes de preguntar:

—¿Por qué llorabas?

—Mi padre no estaba bien. Y eso hacía que nadie estuviera a salvo —responde con voz queda, mirándose las manos—. Cuando cumplí los dieciséis me di cuenta de que tener padres no era eso, y empecé a usar a los de nuestros amigos como ejemplo. Hacían barbacoas, se tiraban tardes enteras en la piscina, iban al cine o a la bolera, les enseñaban a conducir. Recuerdo que...

Vuelve a quedarse en silencio. Y yo no siento que tenga derecho a volver a insistir. Su postura encorvada, su mandíbula tirante y su tono tenso no dejan lugar a dudas. No está cómodo hablando, y desahogarse tiene que ser eso, un desahogo, no una tortura.

—Tus padres deben de ser encantadores —dice al fin, y acompaña el gesto de cederme la palabra con una mirada de reojo.

Se me acelera el corazón de pensar en que pueda interesarle mi vida.

—¡La verdad es que sí! —exclamo en tono cantarín—. Mi madre ha trabajado toda la vida en la zapatería de unos grandes almacenes. Podría recitarte de memoria y por orden alfabético todas las marcas caras y los materiales de los que están hechos. Mi padre era contable de una empresa privada y tenía un jefe muy pijo que le dijo: «O tiras esos zapatos y te compras unos decentes, o no vuelves a poner un pie aquí».

—Y así se encontraron, entre las estanterías y vitrinas de la zapatería —resume él, con una sonrisa más o menos relajada.

—Mi madre le dijo que sus zapatos eran horribles y que ella lo habría despedido sin ultimátum. Siempre dice que se los habría tirado a la basura en el momento, y mi padre responde que, si lo hubiese hecho, no habría esperado a la tercera cita para enamorarse.

»Ella está obsesionada con los buenos modales. A él le encanta gastar dinero en tonterías y da abrazos de oso en los que uno puede desaparecer. Mientras mi madre me decía que no hay que ser avaricioso, mi padre me compraba en secreto los peluches y muñecas más caras del Toys «R» Us.

—Eso explica que hayas salido como has salido. Apuesto a que no te han dado un problema jamás.

Suavizo las arrugas de mi pantalón corto con cuidado.

—No, la verdad, pero yo sí se los daba a ellos. De pequeña estaba tan obsesionada con complacer a los demás que dejaba que me pegasen y se burlasen de mí. No les hacía ninguna gracia venir a recogerme y verme con algún que otro mordisco o moretón. Incluso una vez me cortaron el flequillo.

Julian frunce el ceño.

—¿Cómo?

Encojo un hombro.

—Mi mente infantil pensaba que tener amigos iba de eso: de hacer cualquier cosa con tal de verlos felices.

—Es lo más estúpido que he oído en mi vida. —Carraspea enseguida y me lanza una mirada de disculpa—. Perdón por la palabrita. Sé que no te gusta.

Vuelvo a encogerme de hombros.

—Era un poco idiota en esa época. No te lo dije cuando discutimos aquella vez, pero no, no creo que el odio haya que combatirlo con amor. Lo que tengo claro es que con más odio no se frena. Llegó un momento en el que esos acosadores recibieron su merecido, y cuando me pidieron disculpas, los disculpé. No muchos años después, vinieron a verme al hospital cuando estuve enferma. No se separaron de mí ni un momento, así que supongo que no me fue tan mal con la actitud que tomé.

—¿Al hospital? ¿Qué te pasó? ¿Te rompiste algún hueso, o te operaron de apendicitis?

Me aparto un mechón de pelo y lo coloco detrás de la oreja.

—Ese es el otro problema que les di a mis padres —explico muy despacio—. Me diagnosticaron cáncer con dieciséis años y no volví a la vida tal y como se conoce hasta los veinte. En cuatro años, los pobres envejecieron alrededor de treinta, y nunca dejaron de estar asustados.

La gente suele necesitar un rato para asimilar la información. En este caso no es diferente. Les sorprende y extraña tanto mi historia adolescente que lo primero que se les ocurre es algo como «estás bromeando» o «no me lo esperaba de ti», como si el cáncer fuera algo que pudiese esperarse de alguien.

Como si me lo hubiera esperado yo.

Corto mi porción de tarta y me la como en silencio mientras Julian encuentra las palabras adecuadas.

—Eso explica algunas cosas —dice al fin.

Su respuesta capta mi atención.

—¿Qué cosas?

—Tu exasperación al ver cómo desperdicio mi vida cuando crees que lo tengo todo. Tu obstinación a impedir que siga así. Algunos comentarios que has hecho, como aquel del primer día en el que me pediste que no te matara porque habías tenido una vida muy dura y no querías perder más tiempo. El de los libros: prefieres convertirte en la protagonista de la historia real de tu vida que experimentar la de otros a través de las letras, tal vez porque leíste demasiado esas temporadas que pasaste entre el hospital y tu casa. Y luego está ese detalle...

Sus dedos atrapan un mechón de mi pelo y lo acarician con suavidad. Parece entrar en un trance pensativo.

—Siempre estás jugando con él. Es como si necesitaras asegurarte todo el tiempo de que está ahí.

Nadie se había dado cuenta de ese detalle. Ni siquiera yo.

Lo reproduzco tal y como lo ha descrito: enrollo el dedo, nerviosa, y no me relajo hasta que me hace cosquillas en la piel.

—Eres muy observador.

—Cuando tienes a un polizón en casa, es tu deber fijarte en cada detalle.

—Por supuesto. No se me ocurre ningún otro motivo por el que fueras a fijarte en mí. —Sonrío sin fuerzas. Él retira la mano a cámara lenta y la deja caer sobre el muslo—. No pretendo ofrecer una visión romántica del cáncer, pero la enfermedad te da perspectiva. Gracias a él aprendí a abrazar y a besar a todo el mundo como si fuera la última vez, y desde entonces no he dejado de hacerlo. Veo la vida como un regalo, no guardo rencor porque siento que me hace perder el tiempo y valoro a la gente por lo que es, no por lo que parece. Pero también me ha condicionado.

—¿En qué sentido?

—No he tenido adolescencia. Es una etapa que se me arrebató y que me habría gustado disfrutar. Supongo que por eso me visto así y me comporto a veces de forma infantil. —Me rasco el cuello—. Aunque no lo veo como un defecto. ¿Sabes que el día que me dijeron que estaba curada redacté una lista de cosas de adolescente que quería hacer para recuperar el tiempo perdido?

—¿De veras? ¿Y qué ponía?

Echo un vistazo al techo, tratando de hacer memoria.

—Podría enseñártela un día de estos. Aún la conservo, y con esto de la mudanza a casa de Eli seguro que la encuentro en alguna caja. Eran auténticas tonterías, pero me centré en ellas para no pensar en que ya no acabaría el instituto como los demás y perdería años de estudio. Por ejemplo, quería que me dieran mi primer beso, perder la virginidad, fumarme un porro o meterme alguna droga más dura en una fiesta llena de chicos de mi edad, ir a un botellón, enamorarme platónicamente de algún miembro de One Direction... y sentirme guapa.

»Nunca me he sentido guapa, ¿sabes? —confieso en voz baja, con la vista clavada en mis zapatos—. Con quince años tienes un millón de inseguridades. Te salen granos, se te está desarrollando el pecho y no te gusta, no terminas de acostumbrarte a la grasa que genera tu piel cuando te baja la regla... A los dieciséis, si tienes suerte, remontas un poco. Pero si te detectan cáncer, se te cae el pelo y se te agrietan los labios, y entonces tu autoestima vuelve a caer en picado.

—Creo —empieza él, con ese tiento respetuoso que supone un alivio para el corazón— que la forma en que te vieras era lo menos importante.

—Bueno... A veces tienes tanto miedo que te aferras al aspecto menos aterrador del problema, y se te va la vida preocupándote por eso. Es un mecanismo de defensa, ¿sabes? Lo primero que le preguntas al médico es si se te caerá el pelo con el tratamiento, pero porque es mucho más fácil encajar ese golpe que el que te dará si pides un porcentaje de supervivencia. Prefería lamentar mi calvicie que mis pocas posibilidades. Era más fácil para mí, ¿entiendes?

Él asiente despacio.

—No voy a decir que lo entienda, pero puedo hacerme una idea de la situación. El miedo es un lenguaje universal. Todos pensamos irreverencias cuando estamos bajo sus efectos, y casi siempre intentamos huir de él. La pregunta es... ¿conseguiste tachar todos los objetivos de la lista?

—La mayoría, sí. Excepto el de sentirme guapa. Parece que el *sex appeal* es algo que desarrollas durante la adolescencia, porque yo no tengo ninguno. —Suspiro—. Por suerte, mañana tendré una oportunidad para experimentarlo. No podré pasarme por aquí, por eso he venido hoy.

Julian cambia de postura.

—¿Por qué?

—Ha sonado como si te molestara que no viniese. ¿No deberías alegrarte?

—Aún lo estoy decidiendo. ¿Y bien?

—Edu me ha organizado una cita con un bailaor flamenco que conoce. Parece muy simpático. Y muy atractivo.

«No hace falta que des detalles, Matty. No le interesan».

Pueden no interesarle, pero soy una cotorra, y cuando me embalo hablando, no hay forma de ponerme freno. Deberá dar gracias porque me haya detenido ahí y no haya descrito los ensortijados rizos de su pecho.

Él se sume en un silencio incluso más violento que con mi confesión anterior.

—No hay problema, ¿verdad? —pregunto—. Solo serán unas pocas horas por la noche. Si necesitas cualquier cosa, puedo venir por la mañana, por la tarde e incluso de madrugada.

—A no ser que paséis la noche entera juntos.

—Eso lo veo improbable. Aníbal acaba de salir de una relación, y yo no soy... O sea, si mis parejas quisieran, me iría a la cama con ellas en la primera noche. No tengo prejuicios con eso. Pero no suele ser lo habitual, así que no te preocupes. Estaré disponible.

—¿No suele ser lo habitual? —repite, unos tonos más bajo.

—Qué va. Nadie quiere arrancarme el vestido nada más verme. En fin. —Carraspeo—. Voy a empezar a recortar cartulinas para pegar esos trozos de papel. ¿Qué le vas a poner a Néstor? Ese chico me da curiosidad, no sé nada sobre él.

—Tiene varios problemas, pero le voy a poner algo relacionado con su situación sentimental. Está enamorado de alguien a quien no puede tener —explica sin mirarme.

—¿Por qué no lo puede tener? ¿Ella no lo quiere?

—Sospecho que sí, pero Néstor es un cobarde. Sabe que, aunque consiguiera superar su miedo para decírselo, no estaría a la altura.

—A la altura ¿de qué?

—De ella.

—Pobrecillo. Me parece más importante que le des consejos de autoestima.

—Está desanimado porque no puede estar con esa chica. Es ella la que lo ha desmoralizado, la que hace que todas sus derrotas sepan más amargas. No es culpa de ella, claro, pero todo lo malo suele ser peor cuando no puedes compartir tus sentimientos con quien te los provoca. Por eso prefiero centrarme en el ámbito amoroso.

—¿Y qué vas a hacer?

—No lo sé. Supongo que animarle a que se lo diga. Un corazón roto se puede curar, pero un alma llena de incertidumbre puede ser inmortal.

—Parece que hablas por experiencia.

Él me lanza una mirada furtiva y vuelve a concentrarse en sus cartas.

—Todavía no lo he experimentado, pero creo que queda poco. Ahora, si no te importa, voy a terminar esto.

Me tienta preguntarle si está bien, si he dicho algo que le haya molestado, pero no parece enfadado conmigo. Más bien, cansado.

—Claro. Si quieres, vuelvo más tarde, cuando las tengas todas. Además, quería salir a comprarme algo para lo de mañana.

Me da la impresión de que sus nudillos se ponen blancos de tanto apretar el bolígrafo, pero enseguida me digo que son figuraciones mías.

Me pongo de pie, preparada para irme a la primera señal.

—Perfecto. —Traga saliva como si se le hubiera atascado algo—. Espero que te lo pases muy bien.

—Gracias...

—Y, eh —me llama, justo antes de que me gire.

Me toma de la mano de repente.

Su contacto desata unas graciosas cosquillas en mi estómago.

Julian me mira a los ojos y yo no tengo escapatoria.

—Espero que te... valore como mereces.

—¿Te refieres a que no me llame estúpida, no intente apartarme de él como si fuese un perro ni me empuje cuando le bese la primera vez?

Ha salido de mis labios sin querer. Lo juro. Pretendía callármelo, guardarlo para siempre, pero soy incapaz de mantener un secreto, y menos cuando el influjo de esa mirada cristalina está haciendo su magia.

Julian no me suelta la mano ni despega sus ojos de los míos.

—Si lo hiciera, tendrías todo el derecho a buscarte otro al que besar al día siguiente.

Es casi inapreciable, pero detecto cierto tono de reproche en su voz.

—¿Qué estás insinuando?

—No estoy insinuando nada.

—No, sí que estás insinuado algo.

Él suspira.

—No quiero discutir. Hemos tenido una conversación muy agradable y quiero dejarla aquí antes de que se malogre.

—La has malogrado tú insinuando que soy una oportunista y que me da igual tinto que mosto. Admítelo: lo has dicho con mala intención. —No espero a que conteste—. Me has llamado furcia.

—*What the f...?* ¿Qué dices?

—Pasaste de mí. —Le apunto con el dedo—. Ahora yo tengo derecho a pasar de ti. Que no es que pueda pasar, porque para pasar de ti tendrías que hacer algún movimiento, pero tú me entiendes.

—No, no te entiendo. Eso es justo lo que he dicho, Matilda —responde con paciencia.

Pero no me engaña. No se engaña ni a sí mismo. Debajo de esa inexpresividad hay una olla exprés bullendo de odio y prejuicios.

«Dramática».

—Sé muy bien lo que has querido decir. Te debes de creer muy listo. Más que yo. Pero entiendo cuál es el problema: no te gusto nada, pero quieres tenerme ahí porque te subo la autoestima. ¿Me equivoco?

Julian se queda pasmado.

—¿De qué hablas?

—Me apartaste y te molesta que salga con otro. No se me ocurre otra explicación.

—Pues sigue pensando. —Me suelta la mano, de muy mal humor, y aparta la mirada—. Quizá te iluminas pronto con la verdad.

Me deja con la palabra en la boca volviendo a las andadas: se larga del salón y se mete en su habitación. Coronando la mañana, por supuesto, con un portazo.

Capítulo 20

LO MEJOR DE TENER PRINCIPIOS ES VER SU FINAL

Julian

No me puedo sacar de la cabeza la conversación que hemos tenido. Y no puedo parar de empinar la botella para quedarme dormido lo antes posible.

¿Qué? Se me ha acabado la Coca-Cola, y el vino del otro día no sabe nada mal.

Es la primera vez en años que charlo con alguien sin ponerme histérico, sin que me asalte la idea de que todo va a torcerse, voy a decir algo inconveniente y tendré que salir huyendo. Puede parecer una tontería, pero ha sido una de las experiencias más bonitas que he vivido en mucho tiempo... hasta que ha dicho que tiene una cita, y, tal y como había previsto, he soltado una inconveniencia.

Sé que no tengo derecho a enfadarme. Matilda solo es mi empleada, y si en algún momento tuve alguna oportunidad de convertirla en algo más, la machaqué con mis propias manos. Es lógico y justo que, por el bien de su dignidad, no insistiera después.

Pero no puedo controlar mis sentimientos, y me duele.

No le encuentro el maldito sentido, pero sí, es dolor. Un dolor muy distinto al que llevo experimentando desde hace un par de años. Un dolor soportable y humano.

Creo que, cuando estás solo, tus sentimientos se intensifican. No solo porque los repartes entre menos seres queridos, sino porque a estos los aprecias como si fueran a salvar tu vida. Tengo la certeza de que, cuantas más veces venga Matilda a verme, más hondo se me va a clavar.

¿Quién será ese tío con el que ha quedado? ¿La tratará bien? ¿La hará sentir bonita, como tanto desea? Tengo grabada en el pensamiento cada palabra que ha salido de su boca. ¿Cómo es posible que la luz del mundo nunca se haya sentido guapa? ¿Qué clase de gente se ha cruzado en la vida que no ha conseguido deslumbrarlos?

Solo espero que ese capullo danzarín se deje iluminar. Y, a la vez, mi egoísmo sueña con que la cita fracase.

Maldito Edu. Me caía bien. Me parecía un tío majo y legal. Tendré que incluirlo en mi lista negra por haber orquestado la cita. He estado bastante tentado de escribir en su nota que puede irse a tomar por culo.

Pero no lo he hecho, claro. Me he limitado a poner que, si tanto quiere casarse con Akira, que se lo pida él.

¿No es de risa? El ermitaño del ático —y ahora el Oráculo— animando a la gente a tomar la iniciativa. ¿Qué decía el refrán? «Consejos vendo que para mí no tengo».

Nunca ha tenido tanto sentido como hasta ahora.

Ni siquiera sé por qué me sorprendo. Matilda es una mujer joven, enérgica y amigable; no iba a quedarse en casa esperando a que yo encontrara el valor para decirle que para mí es mucho más que guapa. No tiene tiempo, ni ganas, ni la obligación de aguantar que la desprecien. Y por ese lado me alegro. Pero por otro no puedo separarme de la ventana, esperando que algún fragmento de su conversación con las amigas, a unas horas vista de la cita, llegue hasta mí.

Con suerte dice algo como que no le apetece y lo que quiere es estar conmigo.

De sueños se vive, ¿no? Hasta hace poco, el mío era ser capaz de bajar a comprar el pan sin sudar por el pánico. Ahora tiene que ver con ella. Y eso me hace feliz.

Es evidente que la miseria de mi vida es el trauma que me impide moverme de casa. Pero ella también es un problema: uno menor, y, a la vez, el *mejor* que tengo. El problema perfecto para sentirme algo más normal. ¿Quién no sufre el vacío de la persona que le gusta? Me satisface encontrarme en el mismo punto que millones de personas en el mundo. Es una manera de sentirse acompañado. Y que eso me complazca ahora, cuando hace un mes me aterraba la mera idea de formar parte de una sociedad, es gracias a Matilda. Como licenciado en Matemáticas puedo decir que ningún problema es también su solución... excepto ella.

No digo que haya dejado de aterrarme todo esto de dejarme ver. Pero después de escribir unas cuantas y breves cartas a mis vecinos, y de encontrarlo tan emocionante, siento que algo está cambiando. Que progreso. Y aunque me da vértigo pensar en la reacción que puedan tener, estoy ansioso por descubrirla.

Si no está muy enfadada por la casi discusión que hemos tenido, Matilda ya habrá repartido las cartas del Oráculo y los vecinos las estarán leyendo en la intimidad de sus casas.

Confío en no haberme excedido tomándome confianzas que ninguno de ellos me ha dado. Lo he hecho lo mejor que he podido. Aun así, no me deshago del incómodo presentimiento de que algo malo va a pasar.

Aunque quizá ese algo malo tenga que ver con Matilda.

Dios. No puedo sacarme de la cabeza que alguien la va a besar. O por lo menos va a pensarlo. Si quiero sobrevivir a la larga noche —mucho peor que la de los guardianes del Muro— voy a tener que aferrarme a la remota esperanza de que el bailaor «simpático y atractivo» sea tímido. O un puto gilipollas.

Pero prefiero que sea solo tímido. Quiero que se lo pase bien. Aunque no tanto como para irse a la cama con él... ¿Me explico?

Lo mejor será que sea agradable pero más feo que pegarle a un padre.

O que no haya chispa.

En mi vida anterior no era un tío especialmente celoso, aunque siempre he sido desconfiado e inseguro. Supongo que es el legado que te deja una madre para la que no eras suficiente, y un padre al que debías vigilar con el rabillo del ojo para prevenir un ataque. Pero ahora todos mis defectos han empeorado. No hace falta que lo diga: a la vista está. Por fortuna, aún no soy tan egoísta como para llamar por teléfono a Matilda e inventarme que la necesito con urgencia desde las nueve de la noche hasta las dos de la madrugada.

—*¿Qué es esto?*

Aguzo el oído, pegado a la ventana de la cocina, y me asomo un poco. No demasiado, porque estoy un poco perjudicado por el vinito y me veo capaz de perder el equilibrio y matarme. Este ligero mareo me impide escuchar con nitidez la conversación, pero reconozco el tono agresivo de Rafael.

—*¿Qué cosa?* —pregunta Anita con precaución.

—*Ha llegado una notita a tu nombre. Muy bonita, por cierto. Se ha currado el sobre. Y lo que hay dentro, más aún.*

—*¿De qué hablas?*

Aparto la botella de mis labios muy despacio y me quedo inmóvil, con los ojos fijos en un punto del edificio contrario. Como si mi estómago hubiera decidido que ha llegado a su límite, revuelve su contenido y amenaza con doblarme en dos para vomitar.

Ese cabronazo ha leído la nota para Ana. Una que he cerrado y sellado con mucho cuidado de que Matilda no la viera para transmitirle todo mi apoyo en secreto. Una en la que he escrito casi de forma explícita que debe salir de ahí.

—¿*Ahora te vas a hacer la estúpida? Ya decía yo que lleva-bas un tiempo comportándote de forma extraña y saliendo más de lo que acostumbras.*

—*Rafa, mi amor, no sé yo qué vaina de...*

Suena un golpe. Nudillos y carne. Un alarido de dolor llega hasta mi ventana, acompañado de un sollozo.

—*N-no sé qué tienes en la mano, de verdad, n-no...*

—*Pues léelo, zorra.*

Más golpes. Más sollozos. Yo no sé cómo despegar las sue-las de las zapatillas, pero pierdo la movilidad de los dedos y la botella cae al suelo.

El estruendo no detiene la escena que se desarrolla en el sexto.

—*Te creías más lista que yo, ¿eh? Menos mal que nunca me he tragado tus promesas. ¿Quién es el hijo de puta que te ha mandado esto? ¿Ha sido una de tus amiguitas? No. Esta no es la letra de una mujer. Te estás follando a alguien, ¿verdad?*

—*Rafa... bájale dos, por favor.*[27] —El temblor de su voz me parte el alma—. *No sé quién es, lo juro.*

—*¡No me mientas!* —grita. Cierro los ojos e intento no imaginarme la escena, pero la imagino con detalle. Debe de tenerla agarrada por el pelo. Anita no deja de llorar—. *No vas a volver a tratarme como a un imbécil, ¿me oyes? Eres una puta y una desagradecida. Y ya sé de qué rollo vas.*

—*Rafa, escúchame...*

Otro golpe. Otro grito sofocado, de los que nada más salir de la garganta vuelven a entrar en ella.

—*Me vas a decir ahora mismo quién te ha escrito. Y me vas a decir si ha sido un vecino. Se lo hayas contado a quien se lo hayas contado, voy a hacerte ir a desmentirlo, aunque para ello tenga que arrancarte hasta el último pelo de la cabeza. ¿Me he explicado bien?*

27. Tranquilízate, relájate.

Me estremezco de la cabeza a los pies. Como si alguien hubiera pulsado un botón, parte de mi borrachera se desvanece. A través del mareo y el pánico entiendo que va a hacerle daño de verdad, y no consigo deshacerme de la certeza de que será por mi culpa.

Descalzo, paso por encima de los cristales rotos y me dirijo al recibidor. Aunque me distancio de la ventana, no consigo alejarme de los ruegos de Anita. Se me han incrustado en la cabeza y no van a parar de atormentarme hasta que haga algo.

Lo que sea.

Ha sido mi culpa. No tendría que haber escrito nada. Menos aún lo que le he puesto. Debería haberle pedido a Matilda que le diera en mano la maldita carta y le recomendara romperla después, antes de que ese hijo de perra la interceptara.

Me quedo mirando la puerta con el corazón en un puño. La adrenalina me corre por las venas, y este miedo se diferencia del habitual en que no es mío: es suyo, de esa mujer que está pagando por mi error.

El alcohol me anima a girar el pomo y salir corriendo a ayudarla.

Mis principios, también.

De un impulso casi inconsciente, porque no pienso en todo lo que pueda salir mal, lo hago: empujo la puerta y me precipito escaleras abajo.

Ni siquiera me doy cuenta de que es la primera vez en demasiado tiempo que pongo un pie fuera de casa. No reparo en lo distinto que es el aire. Ni en los olores. No pienso en que vaya a suceder nada terrible, ni en atentados ni en catástrofes, porque ya está sucediendo una. Me dirijo al timbre de la vivienda de Rafael y Ana, pero en lugar de pulsarlo, aporreo la puerta con los dos puños. Desde el rellano del sexto no se escucha nada más que dos voces entrelazadas en una discusión.

Para cuando Rafael abre la puerta con la cara roja y el ceño fruncido, me he llenado de tanto odio que me cuesta desinflarme ante la visión de un desconocido, menos incluso cuando observo que tiene los nudillos ensangrentados.

—Cabrón de mierda... —mascullo, incrédulo.

—¿Qué has dicho? ¿Quién coño eres tú?

Debe de llegar él solo a la conclusión, porque echa un vistazo por encima del hombro para mirar a Anita, que se ha arrastrado hasta el pasillo para verle la cara al que ha interrumpido. Tiene el «socorro» escrito en los ojos, abiertos de par en par, y le tiembla el labio partido.

No sé en qué momento mi puño se estrella contra su nariz, pero sé que cruje y que sirve para hacerle retroceder.

Puede caerme una denuncia importante por esto. Y no me importa. Entro tan rápido como me lo permiten las débiles piernas y levanto a Anita del suelo por los hombros. No sé quién tiembla más, si ella o yo.

Ana me mira con pánico.

—¿Quién... quién eres? ¿Qué quieres...? —balbucea, asustada. No hace nada por apartarme—. Voy a... voy a llamar a la policía.

—Me parece bien —respondo con voz áspera. Agarro el teléfono inalámbrico que hay sobre la mesilla y se lo ofrezco—. Hazlo ahora.

—¡Tú!

Me giro hacia Rafael, que se me ha acercado con una mueca torcida. La sangre sale a chorros por su nariz partida. Aprovecho que se tambalea para sacar a Anita del apartamento y guiarla hasta la puerta de enfrente. Toco al timbre cinco, seis, siete veces; no puedo quedarme a asegurarme de que Javier abra la puerta, porque Rafael viene a por mí e intenta arrastrarme.

—Tú eres el hijo de puta que se la está follando, ¿no es verdad?

Me tienta decir que sí, solo para destrozarlo. Pero puedo imaginarme cómo sufrirá ella las consecuencias.

—¡Ana, por Dios! —exclama Javier a mi espalda.

Me doy la vuelta para ver cómo la anima a entrar en casa, lanzando antes una mirada de incomprensión y recelo al apartamento colindante. Rafael aprovecha mi despiste y espera a que el vecino cierre la puerta para incrustarme el puño en la frente.

El dolor es tan intenso que todos los que he recibido antes parecen de calentamiento en comparación. Un líquido caliente mana de mi ceja y me obliga a enfrentarlo con solo un ojo, pero con uno me basta para agarrarlo por la camiseta y clavarlo contra la pared.

La adrenalina habla por mí cuando tengo su cara de pasmo a unos centímetros de la mía.

—Escúchame bien —silabeo entre dientes—. Sé lo que le has estado haciendo, y también por cuánto tiempo. He grabado todas y cada una de vuestras discusiones. He oído todos y cada uno de los golpes que le has dado. Si se te ocurre volver a acercarte a ella o hacerle el menor daño, voy a presentarme en comisaría y voy a entregar todo el material que tengo. He sido indulgente contigo porque ella depende de ti y porque no quería que nadie se metiese, pero hasta aquí he llegado.

Rafael me mira con tanto odio que podría haberme hecho pequeño.

—No vas a conseguir nada. Ella nunca me denunciaría, y es su palabra la que vale.

—Veo que estás muy seguro de su lealtad a ti. No lo parecía cuando le dabas una paliza por serte supuestamente infiel. Eso solo demuestra que lo haces por placer. Más a mi favor. Ella puede no denunciarte, pero todo el edificio lo hará si abro la boca, así que ten mucho cuidado.

Él palidece.

—¿Quién cojones eres?

Con esa pregunta, la magia de la adrenalina se va deshaciendo, y solo nos quedamos mi cobardía y yo.

¿Quién soy?

Nadie, no soy nadie. Nadie que tenga derecho a dar sermones ni a lanzar amenazas.

Lo suelto de golpe, con las manos temblorosas, y retrocedo unos cuantos pasos. El rellano se vuelve a sumir en el silencio. Un silencio violento del que intento escapar.

Me limpio la sangre con el antebrazo, le lanzo una última mirada que pretende advertirle y desaparezco subiendo las escaleras.

Ruego para mis adentros por que Anita se quede toda la noche en el piso de Javier. Ruego por que no deje entrar a Rafael si toca al timbre. Ruego por que hayan llamado a la policía... y ruego por sobrevivir al ataque de pánico que está a punto de doblarme las rodillas antes de abrir la puerta de mi casa.

Cierro de un golpe y uso las llaves para encerrarme por dentro. Y, como si se me hubieran gastado las pilas, mis piernas ceden a la presión y me caigo al suelo, cubierto de una densa capa de sudor frío.

Capítulo 21

La estrella invitada

Matilda

—Es oficial. Necesito una amiga que esté más gorda que yo o me sumiré en una depresión.

Suelto una carcajada y repito la vueltecita que he dado con mi vestido nuevo.

—¿Significa eso que estoy guapa? —le pregunto a Tamara.

—A ver, si ese bailaor no te mete un viaje en cuanto te vea, o es más maricón que un palomo cojo, o no se ha puesto las gafas de vista. Deberías dejar de esconderte detrás de esos vestidos de vieja que te pones —aprovecha para agregar—. Estás hecha una mami.

—Me sumo a la observación —dice Eli, sentada a su lado en el sofá, cabeceando. Ella y sus extrañas formas de dar la razón—. Y deja de decir esa palabra, la terminada en «on». No está bien, por mucho permiso que te haya dado Edu.

Las dos tienen los pies descalzos sobre la mesilla de madera, una con las uñas pintadas de rojo pasión y la otra de un sencillo y veraniego azul celeste. No es difícil averiguar cuál es el color de cada una, ni tampoco quién es la que ataca su tercer sándwich de queso fundido y quién la que bebe a sorbos un vino tinto Vega Sicilia.

De muy buen humor, pellizco el pan de molde de Tamara para probarlo y le doy un sorbo a la copa de cristal fino.

—¿No voy buscando guerra? Tampoco quiero dar la impresión de que ando desesperada por acostarme con él.

—Pero quieres acostarte con él, ¿no? —Eli enarca la ceja.

—Si no lo hace ella, lo haré yo —advierte Tamara.

—Ni siquiera le has visto la cara, Tetlamatzi, haz el favor de relajarte —se descojona Eli.

—El sexo no me llama mucho la atención —intervengo antes de que Tay me robe el protagonismo—, pero sí que me gustaría que me diera uno de esos besos que te devuelven a casa tropezándote con tus propios pies. En serio... ¿Parezco muy desesperada?

—No es un vestido que me pondría para una primera cita si no quisiera que me hicieran chaquetas[28] en la parte trasera del auto, la neta, pero tú vas monísima.

—Di que sí. No le des más vueltas, ratita. El blanco te sienta genial con lo bronceada que estás. Y ese rojo en los labios es perfecto.

Acepto la lluvia de piropos alisando las arruguitas de la falda de vuelo. Es de una tela transpirable que enseñará mis secretos en cuanto sople un poco de viento. No tengo intención de marcarme un Marilyn sobre un conducto de ventilación, pero no me cambiaría por nada del mundo. Tiene un escote delantero la mar de interesante, y las finas tiras que se entrecruzan a mi espalda enseñan una buena porción de carne.

Es algo más descarado de lo que suelo ponerme. He cumplido los requisitos de la amiga de Susana: pintalabios potente, tacones de vértigo y escote. No había contado con que, además de volver locos a los hombres, serían elementos empoderadores.

28. Me masturbaran.

Me siento capaz de cualquier cosa. Pero con la suerte que tengo, seguro que el bailaor resulta ser un conservador que las prefiere modositas.

—Bueno, me voy. —Cruzo la tira del bolso al pecho—. ¿Qué vais a hacer vosotras?

—Llorar porque vas a enrollarte con el que podría ser el amor de mi vida, ver *Destilando amor* y comer hasta que me den ganas de vomitar —responde Tamara—. No se ve prometedor, ¿verdad? Es por tu culpa. Me merezco ese acento cordobés más que tú.

—No seas plasta —bufa Eli. Luego se dirige a mí con morros tristes—: Esta chica me da tanta penita que acabaré liándome con ella en el sofá para hacerla sentir mejor. Le he leído la carta astral y hoy acabará todo como el rosario de la aurora si no hacemos algo.

Tay la fulmina con la mirada.

—No quiero tus morros de modelo de MAC ni tus nalgas anoréxicas encima de mí. Deberías quitarte de mi vista. Hoy me siento tan gorda que solo verte me da ganas de sollozar.

Eli pone los ojos en blanco.

—Anda, vete, Matty. Yo me quedo con el bebé. Y a ver si dejas de llamarme «anoréxica», que no tiene ninguna gracia.

Suelto una risita que es enseguida correspondida y lanzo un beso al aire. Eli me acerca el móvil que estaba a punto de dejarme en la mesa. Le doy las gracias y le echo un ojo para buscar el mensaje en que Edu me dice cómo llegar al bar de la cita.

Frunzo el ceño al ver que Julian me ha enviado un wasap:

Necesito que vengas.

—¿Qué onda? —pregunta Tamara, regocijándose—. ¿Te han plantado? Güey, eso es justicia divina. Seguro que estaba escrito en mi Luna en Virgo.

Menos mal que sé que me quiere y no lo dice en serio. Si no, estaría siendo un poquito cabrona.

—No me extrañaría. —Eli pone los ojos en blanco—. Habrás atraído toda la mala suerte del universo con esa negatividad que proyectas sobre Matty. Escorpio tenías que ser.

—Quiere que vaya —digo en voz alta, con el móvil aún encendido en la mano—. Ahora.

Eli arruga la frente.

—¿Cómo? ¿El cordobés, dices?

—No. Julian.

> Tengo una cita, ¿recuerdas?
>
> Ahora no puede ser.
>
> Podrías habérmelo dicho antes.
>
> Estoy a punto de salir.

—No me lo puedo creer —bufo, con la vista clavada en la pantalla—. Estoy disponible todos los días, a todas horas, ¿y me necesita ahora? ¿Justo hoy? ¿A veinte minutos de mi cita?

Tamara enrolla el dedo en un hilo de queso fundido que sobresale del sándwich. Me lanza una miradita casual, levantando las gruesas cejas oscuras.

—¿No te da eso ninguna pista?

—Pista ¿de qué? ¿De que quiere amargarme la noche?

—Sí, la noche... —Suelta una de sus risotadas malévolas—. Quiere darte la noche por donde amargan los pepinos, que es distinto. ¿Qué os ha parecido mi juego de palabras? Bien chido, ¿verdad?

—Estoy con ella —se une Eli—. Por lo que nos has contado de tu discusión con él por la cita, yo creo que se puso celoso y ahora quiere evitar que salgas con otro.

—¿Por qué iba a ponerse celoso? —rezongo, de brazos cruzados—. Me tuvo en su regazo, confesándole que me desnudé por correo para él y casi rogando por un beso, y me rechazó. No tendría ningún sentido que estuviera celoso.

—Nada de lo que hacen, dicen o sienten los hombres tiene sentido. Les habla la verga y ellos actúan según su santa palabra. —Tamara encoge un hombro.

—Mándalo a hacer puñetas, ratita. Es tu día libre.

Es una emergencia. Si no lo
fuera, no te molestaría.

—«Es una emergencia» —leo en voz alta, indecisa.

—Dile que defina «emergencia» —replica Eli—, porque tener un ataque de celos no lo es. Que se tome una tila.

—Chicas... Julian nunca me ha enviado un mensaje antes.

—Porque nunca antes ha tenido que frustrarte una cita —concluye Tamara. Le ha faltado el *duh*—. La emergencia que ese chavo tiene es que se está muriendo de envidia y necesita que lo reanimes alimentándole el ego.

No puedo. Lo siento.

Por favor. Te estoy rogando.

—Me está rogando.

—Pues que siga —espeta Tay, agitando la mano—. Vete ahora mismo a por ese gitano cordobés o te juro que me levanto, me visto y voy yo en tu lugar.

Aunque me tienta decirle que vaya, asiento con la cabeza y me despido de ellas sacudiendo una mano. No suelto el móvil ni aparto la mirada de su súplica en todo el camino hasta la puerta. Ni en todo mi camino hasta el tercer piso, el segundo, el primero...

Ni cuando me doy la vuelta para rehacer mis pasos y subir al séptimo.

Es oficial: soy estúpida.

Y él, un idiota.

Solo será un momento. No
pienso llegar más de diez
minutos tarde por ti. Da muy
mala impresión.

No es justo. No puede hacerme esto. Soy una chica comprometida con su trabajo que se siente culpable por ganar una obscena cantidad de dinero a cambio de hacer nada. Se está aprovechando de mi ridículo sentido de la lealtad para que pierda la oportunidad de encontrar el amor en la sangre caliente de un artista de flamenco.

Pero yo también me estoy aprovechando de él, lo confieso: no tenía ganas de conocer a un desconocido porque aún me duele el rechazo de Julian y ahora tengo una excusa para no presentarme. Me ha salvado de una noche comparando al pobre Aníbal con un ermitaño encerrado en el ático de mi edificio.

Pero también me ha amargado la noche, así que subo las escaleras procurando hacer patente mi enfado. No puede ser que se crea en el derecho de dirigir mi vida. Ni siquiera aunque yo se lo permita. Faltaría más.

Entro en el piso y me dirijo al salón pisando fuerte.

—¿Julian? —llamo—. ¡Julian! ¿Dónde estás? ¿Te crees que es muy gracioso llamarme justo cuando voy a salir? ¡El único día que salgo! ¡No es justo!

El crujido de unos pasos a mi espalda me alerta. Doy la vuelta, preparada para empuñar el dedo de los regaños y espetarle que no pienso lidiar con abusones... y casi doy un respingo al toparme con una camiseta de algodón manchada de sangre.

¿Qué coño «manchada»? EMPAPADA, más bien.

Julian se tambalea delante de mis narices. Consigue apoyarse en la pared con una mano antes de perder el equilibrio.

La sangre mana de él, de una brecha abierta en la ceja.

—¡Oh, Dios! ¿Qué te ha pasado? ¿Te has dado un golpe?

Julian me mira a los ojos y entonces me doy cuenta de que está asustado. Tiembla, tiene la piel de gallina y parece en *shock*.

Y yo pensando que quería arruinarme la cita.

En un impulso, le rodeo la cintura con los brazos.

—No pasa nada, ya estoy aquí. Ven, vamos al baño. Voy a curarte esa ceja.

Me cuesta un mundo conducirlo hasta el servicio. Julian me saca una cabeza y hace mucho, *muchísimo* ejercicio en su tiempo libre. Si perdiera el equilibrio, podría aplastarme como hace la lámpara de Pixar con la letra «I».

Gracias al cielo, no se desmorona hasta que entramos en el baño. Se deja caer sobre las frías baldosas del suelo, y a mí no me queda otra que sentarme sobre los talones con el botiquín encima del regazo.

Él se aferra a mi muñeca como si quisiera decirme algo.

Me fijo en que parte de la sangre que chorrea ya se ha secado.

—¿Cu... cuánto llevas así? —balbuceo.

—No quería... arruinarte la... Lo s-siento muchísimo. —Parece sincero—. Quería q-que lo pasaras bien, de v-verdad.

Su mortificación me conmueve más de lo que debería.

—Olvídalo. No pasa nada. Es una emergencia de verdad. Jesús, estás temblando mucho. ¿Quieres que vaya a por una manta?

No suelta mi muñeca.

—No. No te muevas, p-por favor.

—Julian... ¿Qué ha ocurrido?

Sus ojos desenfocados vagan muy lejos de mí.

—Lo de las cartas... —balbucea, como ido—. No ha sido buena idea. Debería... haberme estado quieto. P-pero me hacía ilusión.

Detecto un ligero olor a alcohol en su aliento.

—¿Has bebido? ¿Te has puesto a beber y te has dado un golpe? ¿Es eso?

Sacude la cabeza. Empapo el algodón de alcohol y limpio antes el río reseco de su mejilla.

—He salido. Y al volver... al volver, me ha... superado. —Se toca los brazos desnudos, como si temiera haberse llenado de suciedad. No tardo en olvidarme de su forma de frotarse y concentrarme en lo que acaba de decir—. Me he puesto a beber para no darme cuenta del dolor.

Me queda la duda de a qué dolor se refiere, porque no parece que esté hablando del físico.

Un momento... ¡Un momento!

—¿Has dicho que has salido? Salido ¿de dónde?

—Del apartamento.

Mi mano se queda suspendida en el aire. Él enfoca la vista por fin y me mira a la cara, atento a mi reacción. Pero soy incapaz de decir algo, y menos a la altura de su confesión.

—Eso es... es... —Trago saliva, incapaz de contener mis emociones—, ¡estupendo!

—Si supieras por qué he salido, no dirías eso —murmura, apartando la vista—. Casi la mata.

Frunzo el ceño.

—¿Cómo? ¿Quién?

—Él... casi la mata por mi culpa. —Se mira las manos con ojos vidriosos, y entonces me fijo en que tiene la piel de los nudillos levantada, como si hubiera golpeado una pared. ¿O a una persona?—. Siempre he pensado que el mundo está enfermo y que yo solo soy... una víctima más. Pero ahora... empiezo a pensar que soy el culpable de todo lo malo que me ha pasado. De todo lo que sucede alrededor. ¿Y si solo he tenido lo que me he merecido? ¿Por qué otros tienen que sufrir por mi culpa?

Ni siquiera puedo figurarme de qué está hablando, pero se me encoge el corazón de forma agónica. Con una mano presiono el algodón contra la ceja y con la otra limpio el reguero de sangre seca de su cuello.

—Claro que no eres el culpable de lo que ocurre en tu entorno, Julian. Eres el culpable de algunas de las cosas que suceden en tu vida; de esas que son consecuencia de tus decisiones, pero esto es así para todo el mundo.

Pierdo el hilo de lo que estaba diciendo al atisbar el brillo de las lágrimas en sus ojos.

—¿Cómo lo llamas cuando todas esas decisiones que tomas son un error? ¿Dirías que soy malo o que soy ignorante? ¿Hay que ser indulgente con esos ignorantes, los que se escudan en que no saben ni pueden hacerlo mejor para que no los castiguen? Yo creo que no. La cruda verdad es que nada de lo que hago está bien. Tengo que quedarme aquí para siempre. Y tú tienes que dejar de venir.

—¿Qué?

—Debes dejarme solo... Si estoy solo, no pasará nada. Si hubiera estado solo, si no hubiera intentado hacer... algo, Ana no estaría así. Ahora Ana se convertirá en alguien como yo, alguien que no confía en los demás porque piensa que van a hacerle daño...

¿Ana? ¿Y esa quién es? ¿Se referirá a nuestra Anita o a alguien de su pasado? Será por Anas en el mundo, a un lado y a otro del charco. Lo mismo no es ni Ana, sino Anna, con dos enes.

Creo que solo está borracho, delirando, y no sabe lo que dice.

—No voy a dejar de venir, ¿de acuerdo?

—Si es por el dinero, encontrarás trabajo en otra parte. Cualquiera te querría cerca. Y cualquiera te merecería excepto yo... —Me coge la mano y la retira con cuidado de su cara.

Por un segundo no sé qué decir.

Inspiro y suelto el aire despacio.

—Bueno, si con eso te refieres a que eres un jefe un poco

capullo... Sí que lo eres. Llamarme el único día que tengo libre, y encima cuando iba camino de una cita, no ha sido muy amable por tu parte, pero entiendo que me necesitabas.

Julian apoya la nuca en la pared del baño. Su nuez de Adán se mueve de forma hipnótica cuando traga saliva.

—En realidad... esa es una de las pocas cosas de las que no me arrepiento del todo. —Abro la boca para quejarme, pero entonces me doy cuenta de que ha cogido el borde de mi falda para acariciar la tela. Descuelga la cabeza hacia un lado, dándose un aire vulnerable y hastiado—. No he visto nada más bonito en mi vida, y solo puedo compararte con las actrices que salen en las películas que me he tragado el último año.

Me cuesta respirar al escuchar su confesión. Habla como si la verdad le doliera.

—Entonces saldré perdiendo.

—Claro que no. ¿Y sabes por qué? —Baja la voz—. Porque tú eres real.

—Ellas también, solo que no están a tu alcance. O sea, estás bueno y tal, pero no creo que Angelina Jolie fuera a salir contigo.

Su mirada se intensifica sobre la mía.

—¿Y tú sí estás a mi alcance? No lo creo. Estás más lejos de mí que Angelina Jolie. —Se muerde el labio inferior con fuerza—. Y estás... preciosa. Por favor, no te vayas.

Respiro hondo. Tengo claro que no me voy a marchar mientras esté así, pero no pierdo nada por presionarlo un pelín.

—Hace un segundo me has dicho que deje de venir.

—Que te vayas es mi consejo de cortesía. Que te quedes es mi súplica menos original. Por favor —repite—, *don't go.*[29]

—¿Por qué no? Seguro que me lo paso muy bien con Aníbal. Si no quieres que quede con él, vas a tener que convencerme. Ofrecerme algo mejor.

---

29. No te vayas.

—No soy mejor. Seguro que soy mucho peor. Pero si te quedas, te diré la verdad.

—¿Qué verdad?

—Que sí que te he escuchado desde mi ventana. Sabía quién eras antes de conocerte.

Se me corta la respiración.

—¿Cómo?

—¿Y sabes qué más? Estaba loco por ti.

—¿Qué dices? —Se me escapa una risa histérica—. Estás mintiendo.

—¿De veras no me crees? Cantas en voz baja para que nadie se dé cuenta, pero tienes una voz muy dulce, perfecta para ese country que adoras. Me mataba cómo suspirabas cuando conseguías recuperarte de un ataque de risa, como si te hubieras empachado de alegría y necesitaras un respiro. Reconocería tus pasitos cortos y frenéticos en cualquier parte. Parece que te hubieran criado en el Japón imperial y no pudieras ir más rápido porque, si no, se te saldrían esas sandalias con tiras que llevan las geishas. Ya sabía que decías *Hit the road, Jack* en lugar de «que te den», y cuando me lo dijiste a mí, casi me morí de ilusión. No sabes cuánto me enfadé cuando supe que la estrella invitada del edificio iba a ser mi asistenta.

—Yo no era como esperabas —replico, sin poder ocultar mi decepción.

—No es eso. Contaba con que no me conocerías nunca.

—¿No querías conocerme?

—No lo entiendes... El problema no es que no quisiera conocerte, sino que *yo no quería que me conocieras*. Son dos cosas diferentes. Soy yo quien no está a la altura, no tú. Pero siempre he sabido quién eras. *Siempre*. —Me mira con los ojos entornados, como si no pudiera abrirlos más—. Incluso aquel día que hablamos por correo electrónico.

Se me escapa un jadeo de sorpresa. El rubor no tarda en extenderse por mis mejillas.

—¿Sabías que era yo? —pregunto casi sin voz.

—Por eso te provoqué. Por mentirosa y por cotilla. Me molestaba que estuvieras haciéndote pasar por alguien para sonsacarme información, pero caí en mi propia trampa. —Sonríe desganado—. Si quería odiarte por entrometerte, acabé haciendo todo lo contrario.

Aparto el botiquín y me echo hacia atrás, demasiado en *shock* para articular palabra.

—¿Por qué no me lo dijiste? Me hiciste quedar como una idiota. El otro día me humillé de tantas formas delante de ti... Podrías haber tenido un poco de compasión.

—No espero que me entiendas, pero yo... no sé cómo comportarme. No he tratado con nadie en años, Matilda, solo con mi hermana. Y no quiero que me veas como un trastornado... aunque lo sea. Antes era un hombre normal, ¿sabes? Capaz de hacer reír a los demás y... —me mira de soslayo—, devolverles los besos. Alguien que te habría querido y tratado como siempre has soñado.

Bajo la vista al suelo.

—No me vengas con monsergas. Si no me devolviste el beso no fue porque tuvieras un problema, sino porque no quisiste. No debías hacer ningún esfuerzo, Julian. Me tenías ahí, en tus labios.

—Y tú me tienes en tus manos, *sweetheart*. Pero apuesto a que no sabes cómo manejarme, igual que yo no sé cómo actuar contigo.

¿Cómo me ha llamado?

Me da igual. Ha sonado sexy.

Alarga una mano indecisa hacia mí. Yo se lo pongo fácil acercándome a ella. Ladeo la cabeza en la dirección de la trémula caricia que regala a mi mejilla.

—El misterio no es la chica que tienes delante, Julian. Soy muy fácil de entender y complacer.

—Lo sé. El problema no es que no sepa qué darte, sino

cómo dártelo. Quiero que seas algo mío. —Su pulgar acaricia mi labio inferior—. Y quiero descubrir a qué saben esos besos que das como si fuera el último.

No es miedo lo que de pronto me impide moverme, sino una terrible certeza que pesa sobre mis hombros: yo también lo quiero. Estoy tan fuera de mí, tan sobreexcitada y feliz, que no sé qué palabras escoger.

—No es justo —termino diciendo—. No puedes hacer conmigo lo que te venga en gana. Si me rechazas un beso, no pienso darte otro. Me hiciste pasarlo mal, ¿sabes? Me avergonzaste y me...

—Matilda —me interrumpe—, me muero por besarte.

«Se muere por besarte».

—Pero...

—Me gustas.

«Le gustas».

—Julian...

—Dudo que te arranque el vestido, pero voy a usar esta oportunidad para hacerte sentir guapa.

«Va a usar su...».

No hace falta que me mueva, él ya lo hace por mí. Ahueca mis mejillas con las manos y tira con suavidad para acercarme a sus labios. Y ahí termina su delicadeza, porque en cuando su boca entra en contacto con la mía, un beso fiero toma el control de la situación.

Apoyo las manos contra la pared para mantener el equilibrio y separo las piernas sobre su regazo. Sus labios arremeten contra mí. Nadie diría que lleva tiempo sin besar a alguien, porque consigue hacerme un nudo en el estómago con la primera caricia.

Me abrazo a él como si fuera mi última noche en el mundo, y él me besa como yo siempre he sospechado que lo haría: despidiéndose de mí, creyendo que no tendrá otra ocasión para hacerlo, entregado a cada roce. Me siento como he leído que una debe sentirse, como me han contado que debe ser: fuegos artificiales.

Hormigueo en la piel.

Un disparo al corazón.

Suena típico, pero nunca me han besado así, y no se me pasó por la cabeza que pudieran hacerme sentir guapa de verdad o deseada sin usar las palabras.

Me aferro más a su cuello y hundo los dedos en los largos mechones rubios. Es más suave de como lo imaginaba. Él es más tierno y también más rudo de como creía. Es tan apasionado como he soñado. Sabe a vino tinto y a menta y su olor es tan atrayente que no quiero dejar de respirarlo nunca.

Por primera vez no me preocupo de si estoy haciéndolo bien. Solo me dejo llevar por sus besos, que nunca terminan. Suspiro muy cerquita de sus labios, casi tan borracha como él por la revolución de hormonas que domina mi cuerpo excitado.

Tenemos que separarnos un segundo para coger aire, pero él no abre los ojos ni deja de tocarme. Es como si tuviera un imán en los dedos y apartarlos de mí significara perderlos. Yo tampoco puedo apartarme. Somos un lío de manos y piernas en la esquina de un baño. Se me ha caído un tacón y le he llenado la cara de pintalabios.

—¿Qué voy a hacer contigo? —murmura.

Carraspeo.

—Pues se me ocurren un par de cosas. Y para todas ellas vas a tener que recordar cómo se desabrochan los sujetadores.

Él esboza una sonrisa trémula y vuelve a besarme. Despacio y sensual. Todo el vello se me pone de punta. Y me besa otra vez. Y otra, y otra más. Unas veces frenético, otras pausado, probando distintas formas, a ver cuál es la que más le gusta a él y cuál es la que más me gusta a mí.

Le atraigo. No tengo ya la menor duda. No va a parar de besarme porque no se sacia, y yo tampoco.

—No quiero hacerlo estando borracho —musita contra mi barbilla alzada, y me da un pequeño mordisco—. Y no cuando llevas esas medias normales y corrientes. Exijo mi derecho a quitarte tus horribles calcetines muy poco a poco.

Suelto una carcajada, por una vez encantada con su odio manifiesto por mi estilo de vestir.

—¿Eso significa que no quieres ver mi sujetador?

Él abre los ojos lo suficiente para que sepa que me está mirando. Se ve tan espectacular... El azul vibrante de sus ojos me atrapa y la visión de sus labios hinchados me trastorna. No sé cuánto rato llevamos aquí, pero está muy duro y ya no puedo resistirme. Necesito tocarlo.

Apoyo la palma de la mano sobre su notable erección. La ley de la «L» de la que tanto habla Tamara ha resultado ser falsa, porque su altura va a juego con su tamaño. Me estremezco de placer anticipado y cierro los ojos un instante, imaginándome cómo sería. Cómo se sentiría.

No soy la persona más sexual del mundo, pero él me hace sentir así.

—Quiero que sepas que no te he hecho venir para esto, aunque haya derivado... en lo que ha derivado. —Aprieta la mandíbula—. Matilda...

Lo miro a través de las pestañas. Hace un calor terrible en el baño, llevamos demasiada ropa puesta y el roce de mi palma contra su miembro nos afecta a los dos por igual.

—¿Qué?

—¿Qué vas a hacer? Estoy borracho.

—Eso ya lo has dicho. Pero no lo estás lo suficiente para que esto pueda verse como que me estoy aprovechando.

—No es eso. Estoy borracho y ahora tengo valor para hacer cualquier cosa. Pero cuando se me pase...

—Cuando se te pase, ya veremos.

—Me resulta demasiado fácil hacer daño a los demás con lo mismo que me hace daño a mí, y no quiero que tú sufras.

—Acaricia la comisura de mi labio con el pulgar. De un movimiento rápido, atrapo su dedo entre los dientes y paso la lengua por la yema. Él se humedece los labios—. *Fuck... That was smocking hot.*[30]

—¿Qué has dicho? No vale hablar en inglés.

Julian esboza una sonrisa afectada por el alcohol. Sus uñas arañan la línea de mis hombros, arrastrando consigo los tirantes del vestido. No llevo sujetador debajo. Mis pechos ven la luz en cuanto arruga el escote a la altura de mi ombligo.

De pronto deja caer la cabeza hacia delante y usa la lengua para trazar una línea vertical hasta el centro de mis clavículas. Reparte besos por mi escote mientras una de sus manos pellizca mis pezones. Es una zona tan sensible que se me escapa un gemido.

Todo mi cuerpo tiembla de expectación.

—Se supone que no se te daba bien esto... y... Oh, ahora entiendo lo que siempre dice Tamara cuando se refiere a que el sexo es como montar en bicicleta: nunca se olvida.

Él me mira con los ojos entornados.

—*Baby... I want you so bad.*[31]

No sé qué ha dicho, pero ha vuelto a sonar tan sexy que poco me importa lo que signifique.

Guiada por un lado sensual que no sabía que tenía, e intentando no distraerme con la dulce boca que me acaricia los pechos, meto la mano dentro de su pantalón de chándal. Lo siento caliente y palpitante, y a él, muy dispuesto. Gruñe de placer cuando mis dedos se enroscan en torno a la erección.

—No sabía que fueras tan atrevida. —Su aliento es una forma más de excitarme.

Me muerdo el labio para contener un gemido. Sus manos cubren mis pechos con suavidad. Los aprieta y manosea hacia

30. Joder, eso ha sido muy sexy.
31. Cariño, te deseo tanto.

arriba, sin dejar de repartir besos por mi mandíbula, mi cuello, mi escote... Casi pierdo la noción de mí misma.

Nunca se habían parado así conmigo. Nunca se habían preocupado por excitarme. La costumbre era tumbarme boca arriba y separarme las piernas, no derretirme con caricias y enternecerme con las palabras que necesito escuchar.

—Eres tan dulce... Se me hace la boca agua contigo.

Recuerdo que tengo su erección a punto y hago un esfuerzo por salir de mi trance sexual. Quiero complacerlo, que siga hablándome y tocándome. No creía que dos personas pudieran conectar en la cama, ni me tragaba eso de que solo pudiesen llevarse bien entre las sábanas, pero resulta que en esta situación me siento más cerca de él que nunca.

Me encanta cómo se siente la piel más sensible y fina de su cuerpo. Puedo notar el trazo de las venas bajo mi pulgar, igual que su ardiente vitalidad. La agarro con firmeza y lo masturbo poco a poco, primero para conocer hasta dónde llega. Es gruesa y está tan rígida que podríamos saltarnos todos los preliminares. Pero él está absorto en mi cuerpo y yo en su calidez. La misma que yo y solo yo he despertado.

—¿Te gusta así? —Aumento el ritmo y alargo la caricia hasta la base. Me detengo sobre el hinchado prepucio y lo presiono con suavidad.

Un músculo palpita en su mandíbula.

—Hazme lo que quieras y como quieras. *It's all yours.*

—¡Eso lo he entendido! —exclamo, emocionada—. «Es todo mío».

Nuestras miradas se encuentran un instante. En sus ojos brilla la diversión.

—*That's it, baby.*[32]

Me acaricia la cara y me atrae hacia él para besarme. Tira de mi labio inferior antes de soltarlo y decir:

---

32. Eso es, nena.

—Llevo queriendo tenerte así desde que te vi.

—¿Sí...? —balbuceo, medio ida. Mi mano sigue escalando puestos de excitación entre sus pantalones—. Pues se te da muy bien fingir lo contrario.

—No va a haber forma de fingir que no me corro en tus manos. Si no quieres mancharte, vas a tener que quitarte.

—Quiero mancharme.

Él traga saliva.

—Si hubiera sabido que ibas a ser tan... Podría llegar al orgasmo solo besándote. Eres una preciosidad, *sweetheart*.

Ni él ni yo vemos venir cómo me sentaría esa apreciación. Los ojos se me inundan en lágrimas de ilusión. Lágrimas que no voy a derramar, pero que tampoco puedo devolver a su origen. Él besa mis mejillas, como allanando el camino en el caso de que quieran correr libres por ahí.

Y entonces su cuerpo sufre un leve espasmo. Sus músculos se contraen y la erección, viva entre mis dedos, escupe el orgasmo en forma de líquido espeso. Yo vibro a la vez que él, igual que si me hubiera corrido también. Se abraza a mi cintura y presiona los labios contra mi hombro desnudo, sofocando un gemido de liberación que me estremece entera. Espero, abrazada también con la mano que tengo libre, a que vaya volviendo a su estado natural.

—Y ahora... —inspiro hondo—, volveré a casa. Si te vas a arrepentir, prefiero no verlo.

Él me mira con tristeza hacia sí mismo. Me basta con apreciar esa emoción para no venirme abajo. No quiere que me vaya, pero tampoco va a insistir, porque no se ve capaz de mejorar la situación y se mataría antes que echarla a perder con uno de sus prontos incontrolables.

Poco a poco lo voy conociendo. Voy descubriendo cómo y en qué piensa.

—Ahora estoy en deuda contigo.

Sonrío un poco nerviosa.

—Mañana volveré. Vete a la cama... y piensa mucho en mí.

Mientras yo vuelvo a ponerme el vestido en su sitio, él me mira a los ojos y se decide a hablar con franqueza:

—Ya no sé pensar en otra cosa.

No puedo contenerme, y antes de incorporarme del todo, le robo un beso. Esos labios mullidos, ese aliento fresco y la suavidad de sus manos van a acompañarme hasta el último peldaño de la escalera y van a meterse en la cama conmigo.

Nunca asimilaré del todo la facilidad que ha tenido para convertirme en una fiel admiradora de su forma de hacerme sentir especial. ¿O me siento especial porque él es especial para mí?

Me marcho, muy consciente de que lo que en realidad quiero es sentarme en su regazo y quedarme ahí toda la noche. Pero no me puedo resistir a enviarle un mensaje una vez estoy en el rellano del cuarto piso.

Mañana dame los buenos días,
¿eh?

Supongo que es lo mínimo. Tú
me has dado las mejores
noches.

Capítulo 22

CORAZÓN DULCE

Julian

—¡La has besado!

Aparto el teléfono del oído para no quedarme sordo.

Sabía que iba a recibir la noticia entusiasmada, pero no que se pondría a chillar. Solo he oído gritar a Alison una vez, y fue porque con diez años, tras ver una película de terror malísima y aprovechando que mi padre no estaba, hicimos un concurso de gritos para ver quién de los dos tendría más credibilidad para formar parte del reparto de *Scream*. No puso a prueba sus cuerdas vocales ni cuando vio una rata bajo el fregadero de la casa, ni cuando aquella monstruosa jugadora de hockey sobre hielo se le tiró encima y le partió el cúbito y el radio.

Pero grita ahora porque le he dado un beso a Matilda.

¿Quién entiende a las mujeres? Yo, desde luego, no.

Cuando vivía en Texas, a la gente le extrañaba que lo compartiera todo con Lis. Por norma general, uno no le cuenta a su hermana mayor sus aventuras y desventuras amorosas, pero es algo que llevo haciendo desde que tengo uso de razón. Primero, porque hay que aprovechar que es psicóloga y no me cobra por darme los mejores consejos. Segundo, porque es la única persona sobre la faz de la Tierra que me comprende. Y tercero, porque tampoco es que tenga a nadie más para contárselo. Hace tiempo que me alejé de mis amigos porque no me veía capaz de mantener una relación sana con ellos.

—Y ahora ¿qué? —insiste en saber—. ¿Qué vais a hacer?

Suspiro.

—Ella, no lo sé. Yo le he pedido que me suba dos botellas de vino para ahogar mi vergüenza. A lo mejor me ayudan a mirarla a la cara.

—Jules, no hagas eso. No te escondas.

Es un poco tarde. Estoy envuelto en las sábanas de mi cama igual que un gusano en su capullo, y no me siento con las fuerzas necesarias para desplazarme al salón y saludar a Matilda. Aún no ha llegado, pero por primera vez desde que invade mi guarida no me va a tentar bajar a recibirla.

Nunca espero que nadie me entienda. Llega un punto en tu vida en el que lo único que pides de parte de los demás es que te dejen tranquilo. Aun así, tendré que intentar hacerle comprender a Matilda que esto no tiene que ver con ella.

No solo con ella, al menos.

Llevaba sin salir de esta casa, ni siquiera asomarme al rellano, desde hace más de dos años. Y ayer lo hice. Sin pensar, atolondrado y por una buena razón. Pero lo hice. Ahora tengo el estómago descompuesto y unas terribles ganas de vomitar.

Solo de pensar en todo lo que podría haber pasado en esos minutos, se me bloquea el pecho y no puedo respirar. Por un instante he sentido que volvía a ese día, a esos fatídicos quince minutos, y mi vida corría peligro otra vez.

Comprendo la preocupación de mi hermana, también que le haya ilusionado mi acercamiento, pero a veces me cabrea que sea incapaz de ponerse en mi lugar. Ella no sabe lo que es vivir sin una sola certeza, sin ninguna puñetera garantía. Me sermonea porque me echo unos tragos, pero estoy seguro de que cualquiera lo haría si solo ebrio tuviera la fuerza necesaria para enfrentar el día como una persona normal. Yo ya no soy una persona normal y no me entra en la cabeza por qué se resiste a entenderlo... o por qué Matilda manifiesta tantos problemas a la hora de asimilarlo.

O, ya puestos, por qué yo mismo me niego a aceptar mi situación.

Besarla ha sido ponerme una máscara y pretender ser alguien que se quedó en mi pasado. Alguien que no seré nunca más. Y no ha sido un impulso, porque me recreé en la oportunidad que se me presentó. Porque le dije lo que pienso y lo que siento. Y entre mis palabras se ha filtrado el deseo de que me aguante, de que se quede conmigo.

Como si yo tuviera algo que ofrecer.

Tendría que haberla echado a los brazos del tío ese del tutú, o lo que sea que se ponga para bailar. Él no la habría mandado a casa sin miramientos.

Pero ella no lo quiere a él. Me quiere *a mí*. Puede que sea porque no conoce a nadie más interesante, porque tiene complejo de salvadora o porque le gustan los retos. La verdad es que no se me ocurre ni una buena razón por la que alguien como ella podría detenerse un segundo con alguien como yo.

Sin embargo, por mucho miedo que me dé, Alison tiene razón: no es que no deba esconderme, es que ya *no puedo*. ¿Qué otra cosa voy a hacer más que fluir y permitir que la corriente Matilda me lleve a donde quiera? ¿Volver a gruñirle? ¿A pasar de ella? Bastantes trastornos cargo encima para, además, añadir el de personalidad múltiple o bipolaridad. Antes me mataría que convertirme en uno de esos miserables que se aprovechan de la paciencia y la misericordia de la buena gente para tratarla mal porque saben que serán perdonados.

Siento que tenemos el deber moral de no decepcionar a quienes nos perdonarían mil veces. Actuar con esa indecencia, machacar a los permisivos con nuestras malas actitudes, hará que se arrepientan de ser como son y acaben extinguiéndose.

A lo mejor es un poco ingenuo por mi parte suponer que la bondad mueve el mundo, pero no me hará ningún mal ser optimista de vez en cuando.

—¿Jules? —Mi hermana suena preocupada—. ¿Sigues ahí?

—Sí... Perdona. Estoy con el portátil. Me queda contenido del instituto por subir al taller de problemas del aula virtual.

—¿Del instituto? ¿De cuando trabajabas en El Paso?

Mi voz sale algo más cascada de lo habitual:

—Sí.

Hay una pequeña pausa.

—¿Piensas en ello a menudo?

La pausa se alarga por unos cuantos segundos más. El dedo que pulsaba el ratón del ordenador se queda suspendido en el aire.

—Háblame, Jules —insiste en tono desesperado—. Dime qué piensas. Dime en qué pensaste cuando ayer saliste de casa. Dime qué pasa con Matilda... Por favor. Solo dime algo.

Intento no respirar muy fuerte por miedo a que detecte alguna vacilación.

—Sí, pienso en ello a diario —respondo—. Salvo ayer. Se me debió olvidar todo lo que pasó, porque no lo medité mucho antes de bajar las escaleras.

—¿Cuánto tiempo estuviste fuera?

—No lo sé... ¿Un par de minutos? Después ella apareció con un vestido muy bonito y unos zapatos de tacón. Nada que ver con su lamentable estilismo habitual.

Me tenso al oír un «hola» en voz muy alta y unos pasos acelerados.

Agarro el móvil con más fuerza y lanzo una mirada turbada al pasillo.

Tengo unos pocos segundos antes de que suba las escaleras y venga a por mí, porque es evidente que no va a permitir que me vaya de rositas.

No sé si eso me alegra o me aterra. Por el momento, yo diría que las dos cosas.

—¿Quién era? ¿Matilda?

—Sí. Aún tenemos que hacer la limpieza general. No pudimos porque se dobló un tobillo y... Dios. —Me froto la cara con la mano—. No sé qué voy a hacer.

—Vas a saludarla como le prometiste ayer, y vas a darle conversación. Ya la conoces, Julian. Te ha hablado de ella. Tú le has hablado de ti. Estás avanzando. No puedes detenerte ahora.

Una de las voces impertinentes de mi cabeza me espeta un: «*Can't I? Try me*».[33] Las otras la acallan de inmediato.

A veces siento que estoy orgulloso de ser un despojo y por eso no me esfuerzo en superar los obstáculos, pero a la hora de la verdad es algo mucho más complejo que aplicar la famosa fuerza de voluntad. Querer no es poder, como venden todos los libros de autoayuda. Lo sé porque me he leído unos cuantos. A veces, querer es sentirte impotente porque no puedes, y por eso te obliga a no querer nada en vez de salir ahí fuera y arreglártelas para conseguirlo.

Matilda irrumpe en mi cuarto.

Me resisto a mirarla, fingir que no la he oído, pero nadie puede ignorar un tornado cuando lo tiene encima. Sobre todo cuando lleva un vestido lila y unas flores del mismo color en la mano.

Cuelgo el teléfono.

—No he oído tu saludo. —Es lo primero que dice, y con retintín.

It's just a woman, Jules. You've done worse.[34]

—Buenos días.

La sonrisa que estira sus mejillas compensa cualquier esfuerzo. Parece una estupidez, pero el simple hecho de estar delante

33. ¿Que no puedo? Ponme a prueba.
34. Es solo una mujer, Julian. En peores te has visto.

de ella después de lo que ocurrió ayer me produce el mismo vértigo que la bajada de una montaña rusa. Y no es el vértigo de los amantes de las atracciones de feria extremas, sino de los que se montan coaccionados por la presión social.

Aun así, no es tan terrible como antes.

Antes huía. Ahora sé cómo respirar su mismo aire sin asfixiarme.

—Eso está muy bien. He traído zumo por si no habías desayunado aún. Es muy temprano. No has debido de dormir mucho. Yo tampoco. —Suspira. Deja la botella de zumo sobre la mesilla de noche y se sienta en el borde de la cama. *Mi cama*—. Vamos a ver cómo está tu ceja. Gírate hacia mí.

Hago lo que me dice en completo silencio.

Respiro su dulce perfume. Me gustaría embotellar su olor y pasarme el día entero aspirándolo.

—Parece que no la tienes partida. Eso está bien. Vas a tener que explicarme con qué te diste para que saliera tanta sangre, aunque me lo puedo figurar. Los picos de las estanterías del baño de abajo son un arma letal. —Se asoma al ordenador y echa un vistazo a la pantalla—. ¿Qué estabas haciendo?

Hay varias ventanas abiertas: la del taller de problemas, los documentos llenos de ejercicios de matemáticas distribuidos por dificultad y curso, y Spotify. Una canción de Leon Bridges suena discretamente a través de los altavoces.

Parece gustarle, porque la sube esbozando una sonrisa y me mira.

—¿Sabes? El otro día escuché a Leon Bridges por primera vez. Me dijiste que es tu cantante favorito. No es mi estilo, lo reconozco, pero me gustó mucho una canción en concreto. Si no te importa, voy a ponerla.

No me importaría ni que me pusiera una pistola en la sien. Ha escuchado a Leon Bridges solo porque sabe que me gusta: ya no hay capricho en este mundo con el que no esté dispuesto a complacerla.

Shy empieza a sonar. Ella pone las manos en las caderas y las empieza a menear a la vez que los hombros. Es un bailecito un poco torpe, pero es toda una muñeca. La metería en una caja de música para verla girar siempre que pudiese.

—«*I just wanna see you... You could come over*». —Me lanza una mirada significativa—. «*I know you're shy, baby. You can be shy with me*».[35]

—Suena como si supieras de qué va la canción —me mofo, nervioso.

—Lo sé muy bien. He buscado la traducción antes de venir porque tenía la sensación de que sería perfecta para ti. Sabes que puedes ser tímido conmigo, ¿verdad? —Y me lanza una mirada llena de intención.

Aunque el comentario me ha descolocado, sonrío cuando da una vueltecita sobre sí misma.

—¿Vestido nuevo? —pregunto.

—¿Cómo lo has sabido? No me conoces tan bien como para saber que siempre hago una exhibición cuando estreno compras.

—No le has quitado la etiqueta. —Estiro el brazo hacia la cremallera trasera y arranco el papel con cuidado—. Menos mal que nos hemos dado cuenta. La gente se habría pensado que vales veintisiete con noventa y nueve.

—¿Y eso habría estado mal?

—Por supuesto. Por lo menos vales un céntimo más —le bromeo.

—Me parece bien. Dicen que da buena suerte encontrarte un céntimo en la calle. Si lo tuviera, lo tiraría para desearle buena fortuna al valiente que se agachara a cogerlo.

Así, a bote pronto, se me ocurren unas diez personas que pensarían que eso es una gilipollez. Yo, entre ellas. Pero está

35. Solo quiero verte... Podrías venirte. Sé que eres tímido, cariño. Puedes ser tímido conmigo.

medio bailando con su vestido nuevo, así que me arriesgaría a salir a la calle para coger ese céntimo suyo.

—Eso demuestra que no practicas la generosidad conmigo solo porque lo necesito, sino que ser buena con los demás es tu moneda de cambio... nunca mejor dicho.

—Lo que acabas de decir suena a que alguna vez te has preguntado por qué soy paciente contigo. —Enarca una ceja, esperando una explicación.

¿Quiere más confesiones?

Por Dios, dame una tregua, Matilda.

—No me lo he preguntado porque sé que es cosa del dinero. Te oí quejarte de que Amazon te había quitado tu trabajo. Necesitabas un sueldo. Y rápido.

—¿No me oíste decir que iba a llamarte?

—No. Solo tu despotrique contra las grandes plataformas, y porque estabas haciendo la cena. Si no hablas en la cocina, no puedo oírte. De todas formas, no me puedo enterar de todo. También duermo, escucho música y demás, no estoy pendiente las veinticuatro horas.

—Hasta los cotillas descansan.

—Creo que, para vivir en este edificio, eso de ser cotilla es un requisito obligatorio. Pero no, no soy un cotilla. Raras veces he pegado la oreja adrede. Si escucho a alguien es porque no me queda otro remedio. Podría cabrearme porque el arquitecto no insonorizara el edificio en condiciones, pero ya me he hecho a la idea de que aquí nadie tiene intimidad. Y no es tan malo, porque me divierto con los vecinos.

—¡No me lo puedo creer! —Exagera una mueca de sorpresa—. ¿Es eso una señal de optimismo?

—¿Optimismo?

—Estás viendo el problema por el lado positivo cuando eres de los que prefieren quejarse.

Esbozo una sonrisa melancólica.

No solo he sido positivo, sino que estoy siendo comunicativo, lo que debería tenerla más sorprendida, pero no me gusta esa sorpresa en ella. Me hace sentir más bicho raro que nunca. Odio ser quien soy, pero cuando tienes a alguien mejor al lado, alguien que te recuerda que estás estancado solo trayéndote flores, te odias el doble.

—La verdad es que sí me lo he preguntado, lo de por qué eres tan buena conmigo —confieso al fin, sin mirarla a la cara—. Una cosa es venir a limpiar en silencio y otra, venir con gardenias, zumo natural exprimido en casa y una canción de Leon Bridges estudiada. —Levanto la vista hacia ella—. ¿Es porque te necesito? ¿Es eso? ¿Sientes compasión por mí?

—Has sido demasiado desagradable conmigo para que encima te tenga esa clase de compasión que se siente por los enfermos terminales. Y es esa la que no quieres que te tenga, ¿no?

Asiento.

Matilda abre la boca para añadir algo más, pero de pronto se le ocurre que no va a poder hablar si no lo hace sentada donde señala: en mi regazo. El «¿Puedo?» implícito en sus ojos grandes me acelera el corazón. Se lo permito porque dicen que la mejor forma de superar un miedo es enfrentándote a él.

Sus bracitos cortos me envuelven el cuello. Me tenso un instante. Al otro, me relajo. Al tercero, siento que es donde ella debe estar... Pero al cuarto vuelvo a ponerme rígido.

—No sé qué te pasó, pero es triste que no puedas confiar en nadie. Ahí fuera hay personas decentes que se preocuparán por ti. —Hace una pausa—. Las hay aquí dentro.

Mi respuesta vital ante la vida es rechazar cualquier ayuda bajo el pretexto de que no es genuina, pero en ella sí creo. Esa es la verdad.

—«Taller de problemas» —lee de pronto en voz alta. Tiene la vista fija en la pantalla del ordenador que he apartado para que pueda sentarse. La veo sonreír, divertida—. Qué interesante.

—¿Despejar incógnitas te parece interesante?

Matilda me devuelve la mirada. A esta distancia tan escasa, sus ojos son de un precioso tono caramelo.

—Solo si esa incógnita me soluciona el enigma que eres tú. Yo también hago talleres de problemas con mis amigas, ¿sabes?

—Debería haber imaginado que se lo llevaría a su terreno—. Nos sentamos en torno a la mesa del salón con un montón de quesadillas y hablamos de lo que nos tiene preocupadas. Después de una sesión, estoy como nueva. ¿Te gustaría probar?

—¿Quieres que vaya contigo y con tus amigas a comer quesadillas?

—No hace falta. Lo hacemos tú y yo en el sofá del salón con la tarta que ha sobrado.

No sé si reírme como un maniaco por la propuesta.

—Dios... ¿Cómo he llegado yo a esto? —pregunto, más para mí mismo.

—Te lo has buscado tú solo poniendo eso en mis narices. De toda la vida, un taller de problemas es una quedada organizada por una asociación de alcohólicos, drogadictos o enfermos de cáncer para que abran sus corazones.

Ella ni siquiera se tensa al mencionarlo, pero yo sí. Eso de «cáncer» y «Matilda» en la misma oración no lo llevo muy bien.

Hay algo escalofriante en la idea de que haya podido sufrir tanto. Se supone que la gente como yo existe para que las personas como ella no derramen ni una lágrima en toda su vida.

—¿Tú fuiste a alguno?

—Alguna que otra vez. Había una especie de reuniones para los enfermos de cáncer. Nos sentábamos en un círculo y hablábamos con una psicóloga. La verdad es que no me gustaba ir.

—No me lo creo. ¿Cómo ibas a rechazar tú una charla con conocidos?

Ella suelta una risita.

—No me gustaba estar rodeada de negatividad. Yo no quería considerarme una enferma de cáncer, ¿sabes? Quería ser una adolescente y punto. Quería reunirme con los que ya lo habían superado, no con los que estaban convencidos de que todo se iba a acabar.

—¿Cómo pudiste mantener la esperanza durante cuatro años? ¿No se marchitó en ningún momento?

—Al contrario. Pensaba: «Si aún sigo viva, es porque mi destino es vivir».

—Qué peliculera —bromeo, mirándola con admiración—. ¿Crees en esas cosas?

—Todo el que quiere ser feliz tiene que creer en ellas. Hay que ir por la vida con un poco de fe. En ti y en quienes te rodean. —Hace una pausa antes de proseguir enérgicamente con su reflexión—: Puede que todo eso de la homeopatía no sirva, y que la fe solo sea un placebo. A lo mejor una buena actitud no sirve para superarlo, ni para curarte. Pero está demostrado que afrontar las cosas con dignidad y optimismo al menos te ayuda a pasar el mal trago. Y no creas que no me he dado cuenta de que has dirigido la atención a mí, colega —agrega, levantado las cejas.

—Lo siento —me apresuro a decir—. Supongo que no es un tema del que te resulte agradable hablar.

—No es de mis favoritos, lo reconozco, pero no está mal hacerlo de vez en cuando con alguien que no se va a deprimir el resto del día.

Su respuesta me deja aturdido.

—¿A qué te refieres?

—No es que sea un tema tabú entre mis seres queridos, pero, por ejemplo, Eli prefiere hacer ver que nada pasó. Mis padres se cuidan mucho de no sacarlo a colación. Quieren olvidarlo porque fue una época muy dura, y como no me ha dejado secuelas y estoy sana, ¿para qué hablar de ello?

—No estoy de acuerdo. Fue una experiencia que marcó tu

vida a una edad muy temprana. Tienes derecho a hablar de ello todo cuanto quieras hasta que sientas que te has desahogado.

Matilda me mira con atención.

—Por ese mismo motivo, ¿qué te impide a ti desahogarte?

—En mi caso, cuando hablo de mis problemas, no me desahogo; *me ahogo*. Aún no puedo verlo con ese optimismo del que hablas. No creo que lo vaya a hacer nunca.

—¿Por qué?

—Porque... —Carraspeo—. Porque, en primer lugar, yo aún no he dejado esa época atrás. Y porque... Mira, lo que te pasó a ti fue terrible, y podría haber sido peor, pero fue un capricho de la naturaleza. Nadie tiene la culpa de enfermar, y les pasa a personas que no lo merecen. Yo... yo viví en todo su esplendor el resultado de la maldad humana. Un crimen perpetrado por gente que nunca pensé que estaría tan podrida. Hay una diferencia, ¿entiendes?

—Pero hay mucho más detrás de eso, ¿no? Tu padre, tu infancia... No sé casi nada de cómo has vivido todo este tiempo, y aun así siento que todo ha tenido que ver para que llegues a este punto. Que lo que sea que te pasó solo fue la gota que colmó el vaso.

Cojo aire con paciencia.

Ojalá pudiera borrar de su pensamiento la imagen de amargado que tiene de mí.

—¿La verdad? No recuerdo un solo día de mi vida en el que no haya estado aterrado o no me haya planteado no salir nunca más de la cama. Pero siempre encontraba la forma de vestirme y participar como uno más del mundo, de hacer mis pequeñas aportaciones, de comprender al resto.

—Cuando dices «comprender al resto», ¿te refieres a tu padre?

Asiento con la cabeza.

—Las frases que más le he oído decir a mi madre han sido: «No hagas ruido», «No le molestes» y «Es tu padre, Julian».

Te inculcan desde que eres un crío que debes quererlo y perdonárselo todo. Así que... sí, me refiero a él. Cuando no intentaba entenderlo por presión materna, era por curiosidad, y cuando no, por supervivencia. Estos sermones que te digo no calaban en la mente de Alison, que pasaba olímpicamente porque entendió rápido que no había solución, pero yo necesitaba comprender qué estaba pasando y aprender a querer a mi padre para que odiarlo no me pudriera el corazón.

—¿Y lo conseguiste?

Suspiro largamente.

—Entendí que estaba enfermo. Que lo que hacía y decía, su inutilidad como padre, no era nada personal. Entendí que mi madre sufría este complejo de salvadora que padecen muchas mujeres y que las empuja a dedicarse a curar los tormentos de su hombre. Entendí que no le importaba regalar su vida a alguien que quería desaparecer. Pero nunca entendí por qué demonios tenía que estar yo en medio. Yo... y Alison, claro.

Matilda apoya su mejilla en mi hombro y la frota con suavidad, como si así pudiera mitigar la tensión acumulada. Intento tragar saliva para continuar.

—No te puedes ni imaginar lo que es estar haciendo los deberes a puerta cerrada y escuchar cómo, al otro lado, un hombre amenaza con pegarse un tiro. Dormía con la pistola debajo de la almohada. Mi padre me rompió la nariz de un puñetazo teniendo yo seis años solo porque lo abracé por detrás y lo asusté. Y ahora... mírame. Podría reaccionar de forma similar si tú hicieras lo mismo.

—Lo dudo. ¿A tu madre le hacía daño?

—Solo la buscaba para acostarse con ella. Cualquier otra clase de contacto era demasiado para él. Sexo impersonal y algún «te quiero» distante cuando se inspiraba o no se tenía en pie de tan borracho que estaba. El resto del tiempo ni le dirigía la palabra porque estaba sumido en sus pensamientos derrotistas.

—La miro a los ojos, sintiéndome culpable—. No quiero que

suene como si él fuese un hijo de puta. Sé que no era así cuando mi madre se enamoró. Pero no podía vivir de un recuerdo, y se aferró a este para ponerse a su servicio de por vida. Si se hubiera querido a sí misma, o, ya de paso, si hubiese querido a sus hijos, lo habría dejado.

—A lo mejor no tomó esa decisión porque le daba miedo que se hiciera daño.

—Es muy probable. Teniendo en cuenta que se suicidó en nuestras narices después de ponerse hasta el culo de ginebra barata, fíjate de lo que le sirvió la hazaña de aguantar a su lado año tras año.

Me arrepiento de haberlo soltado en cuanto lo digo, y no porque sea demasiado personal, sino porque me preocupa estropear el día de Matilda.

—Dios... —balbucea, con los ojos abiertos de par en par—. ¿Él...? ¿Delante de ti?

Percibo que quiere que hable.

Y yo quiero hablar.

—No, delante de mí no. —Me froto la cara con ansiedad, como si quisiera borrármela—. A veces me daba pena. Y a veces... a veces... Él nunca estuvo por la labor de visitar un psiquiatra. Se aferró a mi madre y le chupó la sangre porque no nos quería lo suficiente para aceptar la ayuda que podría habernos convertido en una familia. Una de verdad. Prefería mantener un entorno hostil a ir a terapia una puta vez a la semana.

—¿Tú has ido a terapia?

—Hasta que Alison no empezó a estudiar Psicología no fui. Luego, cuando me dieron el golpe definitivo, la dejé. Pero ni se te ocurra compararme con él —le aviso, muy serio—. Yo estoy solo precisamente para evitar convertirme en esa clase de persona. Si soy un infeliz, lo seré al margen de la gente. No quiero condicionar la vida de nadie.

—¿Y por qué no intentas ser feliz y, una vez rehabilitado, vuelves a la vida de los demás?

—Lo he intentado, pero es demasiado para mí. El mundo es un sitio horrible, *sweetheart*. No quiero vivir en él, pero tampoco soy lo bastante valiente para...

Cierro los ojos y me obligo a cerrar el pico.

No voy a decirle a Matilda lo que ni siquiera le he confesado a Alison. Si me reservo ciertos aspectos de mis oscuros pensamientos es porque incluso a mí me aterra la forma que toman. Este tipo de dolor es algo que no se puede ni se debe compartir, y menos con ella. Prefiero que ella siga viviendo en un mundo en el que esta clase de sufrimiento es figurado y nunca se materializa.

Matilda ha debido de ver que he llegado al límite, porque me acaricia la mejilla con los dedos y dice:

—«Corazón dulce». —Mi ceño fruncido la obliga a añadir—: Es la traducción de eso que me llamas.

Pruebo a sonreír.

—Es algo similar a «querida» o «cariño». Las traducciones casi nunca son literales.

—Bueno, eso de «cariño» tampoco está tan mal.

—Aun así, la interpretación que le has dado te sienta muy bien. Tienes un corazón muy dulce.

Matilda me sostiene la mirada con una expresión soñadora y ausente al mismo tiempo que nunca le he visto antes.

—¿Sabes qué? —Me acaricia la nuca sutilmente—. No creo que necesites mi corazón para ponerle azúcar a tu vida. Eres mucho más dulce que yo.

—¿Qué dices? —me mofo.

—Lo que oyes. Creo que tiene potencial para volver a ser una persona feliz, señor Bale. Y por si no se ha dado cuenta, tiene delante a alguien que puede guiarlo hasta que encuentre su camino. —Levanta las cejas varias veces—. Ahora en serio... ¿Por qué no lo intentamos? Te apuntas a la consulta de un psicólogo online si no quieres salir de casa, empiezas a hacer los vídeos para YouTube dando la cara, y poco a poco te vas presentando a los vecinos. Están todos entusiasmados con el misterioso Oráculo que les ha leído la cartilla.

El corazón se me acelera de forma estúpida.

—¿En serio?

—Están muy ocupados intentando descubrir quién es. Se mueren de curiosidad. La mayoría agradecen el consejo, por cierto... Solo Néstor está cabreadísimo. ¿Se puede saber qué le pusiste?

—Que se deje de gilipolleces y le diga a la chica alto y claro que le gusta. La vida son dos días y no va a tener ni la oportunidad de disfrutar unas horas con ella si no es fiel a sus sentimientos. —Encojo un hombro—. Sé que en el fondo tiene la esperanza de que Gloria toque a su puerta y proclame que lo adora, pero eso no va a suceder. Si se ha enfadado es porque acaba de darse cuenta y no le ha gustado la verdad.

—Tienes razón. No todos tienen la suerte de que una chica les toque a la puerta y les diga cosas agradables. Solo la tienes tú —apunta, encantadora como ella sola—. ¿No te interesaría aprender a valorarlo?

—Lo valoro. Solo me cuesta expresarlo.

Entorna los ojos.

—Anoche lo expresaste muy bien.

—Estaba borracho —añado enseguida, ruborizado.

—¿Qué significa eso? ¿Te arrepientes?

—Una parte de mí siente haberte arruinado la cita.

—No la arruinaste. Tamara fue en mi lugar y se lo pasaron genial, por lo visto. A qué te referías entonces con lo de que estabas borracho, ¿eh?

—A que el alcohol derriba las barreras que me impiden hacer lo que quiero.

—Pues habrá que buscar otra cosa que las derribe, porque no quiero volver a aprovecharme de un borrachuzo. ¿Qué te parece si esa otra cosa... soy yo?

Matilda me pilla con la boca entreabierta al usar sus labios para acelerarme el pulso.

Lo primero que se me pasa por la cabeza es distanciarme, sacármela de encima como sea, pero ella apoya las manos en mi pecho y... no sé qué sucede a partir de ahí. Me convence con un beso paciente al que consigo adaptarme con cierta torpeza.

Ayer pude tocarla, pude hacerlo, aunque no estaba del todo en mis cabales. Pero ahora no hay ansiedad ni pánico por haber bajado las escaleras, así que podría hacerlo mejor.

¿Podría?

Enrosco los brazos en torno a su cintura y la estrecho contra mí. Había olvidado lo bien que se siente el contacto humano en según qué casos. Después de la terrorífica noche de ayer y la preocupación de esta mañana, colgado de la ventana por si averiguaba algo del estado de Anita, es la paz del sincero aprecio de Matilda lo que finalmente consigue apaciguarme.

Hay algo en la ridícula esperanza que demuestra hacia mi futuro que me conmueve. Sobre todo porque no es la típica niña ingenua que no sabe lo que es el dolor y predica una vida de risas y aplausos porque es todo lo que ha conocido. Es una mujer que ha tenido una adolescencia dura, que se ha visto entre la vida y la muerte y ha escogido la vida. No solo al embarcarse en un tratamiento agresivo, sino también después. Lo ha hecho hoy al levantarse, comprar flores, bailar con su vestido nuevo y abrazarme.

Ella quiere vivir cada segundo. Y yo quiero quererlo.

Enredo los dedos en su melena y la atraigo con suavidad desde la nuca para acercarla más a mi boca. Mi mente se ha puesto de acuerdo con mi cuerpo y aniquila todas las preguntas que amenazan con derrumbarme: ¿está bien lo que estoy haciendo?, ¿es lo más adecuado?, ¿soy un egoísta por permitirle que se acerque a mí, con el riesgo que eso supone?, ¿voy a convertirme en mi padre?, ¿no lo fui ayer, haciendo que renunciara a su cita para consolarme?

No dejo de besarla por eso. La beso más intensamente, como creo que no he besado a nadie jamás, porque hasta ahora no tenía ni idea de lo que verdaderamente motivaba un beso: la necesidad de sentir a alguien.

Quiero sentirla. Quiero respirarla. Quiero... saborearla. Es la cosa más dulce del mundo, y si es verdad que también hay algo de dulzura en mi corazón, creo que ella se merece asimismo borrar a través de mí un poco de esa vieja amargura que la acompaña como un lastre invisible.

Pero estaba claro que alguien o algo nos iba a separar. Y esta vez no soy yo, ni un *«hit the road, Jack»* por su parte, sino el timbre.

Capítulo 23

Un psicópata simpático

Matilda

—No pongas esa cara. —Me río al ver el pasmo de Julian—. Seguro que es el repartidor.

—¿Qué repartidor? Yo no he pedido nada.

Le froto los hombros con suavidad, intentando transmitirle un poco de confianza.

Unas veces parece que estamos avanzando. Lo pareció ayer cuando confesó que había salido de casa, y ahora que se atreve a hablar de él y a preguntarme por mí. Pero otras reacciona de forma exagerada a algo que no supone ningún peligro, y entonces me da la impresión de que no va a haber forma de ayudarlo.

Solo han tocado a la puerta. Puede ser Edu con otra tarta de bienvenida, alguien preguntándole si es el que ha escrito las cartas o algún testigo de Jehová, no necesariamente el cobrador del frac o un asesino a sueldo.

Más que nada porque los asesinos a sueldo no llaman a la puerta.

Me levanto de la cama y le prometo que iré yo misma a resolver el misterio.

Es verdad que, cuando no estás acostumbrado a que llamen a tu puerta, este tipo de sorpresas te pillan con la guardia baja. Y en otro orden de cosas, ¿quién llama al timbre en fin de semana cuando no son ni las nueve? Me parece de muy mala educación.

Heme aquí resolviendo otro misterio más: es la policía.

—¡Oh! Hola, Matty. ¿Cómo estás?

¿No he dicho que salí con un poli? Pues no es el que franquea la puerta, sino uno de sus amigos. Fui a cenar un par de veces con otros agentes, y Martín es uno de ellos.

—¡Hombre! ¡Qué sorpresa tan agradable!

Le doy un par de besos, y cuando estoy a punto de preguntarle por su mujer, me fijo en que no viene solo.

Rafa y Javier lo acompañan, los dos con cara larga.

—¿Vives aquí?

—Qué va, ya me gustaría. Soy la asistenta.

Martín arruga el ceño.

—¿De Julian Bale?

—El mismo que viste y calza. ¿Por qué? ¿Vienes por lo que pasó la otra vez? Resolvimos todo el tema del cuchillo, tranquilo. Ahora se podría decir que somos amigos.

—¿Qué cuchillo? —pregunta Javier, alarmado.

—Nada, olvídalo. Es una broma privada entre él y yo. ¿Has venido solo? ¿Los polis no os movéis siempre en parejas?

—Sí, pero es que ha habido un problema en el centro y se han tenido que desplegar casi todas las unidades, y... En fin, no damos abasto.

—Y cuéntame, ¿qué te trae por la zona?

—Trabajo, y después de eso que has dicho del cuchillo, también la preocupación por ti —explica con el morro torcido—, pero contigo hablaré más tarde. ¿El señor Bale se encuentra en casa? Me lo tengo que llevar.

—¿Cómo? —Pestañeo—. ¿A santo de qué?

—No puedo dar detalles.

—Pero ¿por qué? ¿Ha defraudado a Hacienda o algo así?

—¿Qué pasa?

Me giro y ahí está Julian. Parece mucho más perdido que yo, pero quizá sea porque va en pijama, está despeinado y tiene la cara hecha un cristo del guarrazo de ayer.

—¿Es usted Julian Bale? —Él se tensa al coincidir con los ojos de Rafa y Javier. El primero le observa con la mandíbula apretada y el segundo, con recelo—. Encaja con la descripción que se nos ha facilitado.

—Sí. Es él, agente —asiente Rafa.

Javier mueve la cabeza afirmativamente, confirmándolo.

—¿Cómo que es «él»? —interrumpo, mirando al uno, al otro y al de más allá—. ¿Y qué ha hecho él? ¿Qué pa...?

—En ese caso, póngase contra la pared. Las manos a la espalda —ordena Martín. Entra en casa y empuja a Julian para esposarlo—. Tiene derecho a permanecer en silencio. Cualquier cosa que diga podrá ser usada en su contra ante un tribunal. Tiene derecho a consultar a un abogado y/o a tener a uno presente cuando sea interrogado por la policía. Si no puede contratar a uno, le será designado uno de oficio para representarlo...

—Un momento, un momento... ¿Qué está pasando? —intervengo con el corazón en la garganta—. ¿Qué es lo que se supone que ha hecho? ¿Julian?

—¿Y se lo preguntas a él? ¿No has visto mi ojo? —espeta Rafa de muy mal humor—. Tu jefe entró ayer en mi casa sin permiso y nos atacó a Ana y a mí.

La acusación es tan surrealista que se me escapa una risa histérica.

—Eso es imposible. No haría algo así. Yo lo conozco... —Al ver que Martín no solo no me escucha, sino que pretende marcharse con Julian esposado, los sigo escaleras abajo—. ¿Adónde vais? ¿Te has vuelto loco? ¡No ha hecho nada!

Martín se detiene un instante para mirarme.

—¿Puedes demostrarlo?

¿Cómo se demuestra que me estuvo besando?

—Eh... —balbuceo, nerviosa. Hay cuatro pares de ojos fijos en mí—. ¿No sirvo como testigo de buen comportamiento?

—En el siglo dieciocho a lo mejor eso te habría valido. —Martín todavía tiene sentido del humor y se ríe de la tontería—. Veo que sigues siendo tan buena como te recordaba, Matty. Por desgracia, la gente no suele ser como tú la ves. Es bastante peor.

Me las apaño para adelantarlos por las escaleras y extender los brazos para impedir que pasen.

—Pero ¿qué ha ocurrido?

Martín arquea una ceja.

—Quítate o tendré que abrirte un expediente por desacato a la autoridad y delito de obstrucción a la justicia.

—Me caías mejor cuando salías con Ramón, ¿sabes? —le bufo de brazos cruzados—. Venga ya, ¿qué significa todo esto? Ha debido haber alguna equivocación. Es imposible que Julian hiciera algo así. Ayer estuvo conmigo. Tengo mensajes que demuestran que subí a su casa a las nueve menos veinte.

—Es factible que le sobrara tiempo para llamarte. El delito del que se le acusa tuvo lugar a las ocho de la tarde de ayer. Un altercado en el 6.º B del edificio. La pareja fue agredida y se ha interpuesto una querella a nombre de una persona que las víctimas y el testigo imparcial aquí presente describen como «varón adulto, más o menos metro ochenta y cinco, ojos azules y cabello rubio».

Javier y yo intercambiamos una mirada. No parece muy cómodo con el asunto, pero le tengo por un padre ejemplar y un buen hombre. No mentiría. Tampoco Rafa, que es más de lo mismo: majísimo y encantador.

Y, de todas formas, ese ojo morado habla por sí solo.

Julian no reacciona. Tiene la vista clavada en el suelo y le palpita un músculo en la mandíbula. Está al borde del colapso, colorado por la rabia.

Me apuesto lo que sea a que no esperaba tener que salir tan

pronto de casa... otra vez. Porque ayer lo hizo, ¿no es cierto? Y más o menos a la hora en la que atacaron a Anita y a Rafa.

Los detalles que se me escaparon anoche empiezan a encajar ahora: sus nudillos abiertos, la sangre, la herida de la ceja. Su inquietud.

Un sudor frío me recorre la espalda. La pasividad de Julian y su elocuente silencio deberían convencerme de que el policía tiene razón. Explicaría su culpabilidad.

Pero ¿por qué iba él a hacerle daño a nadie? No tiene maldad alguna.

—¿Eso se lo has hecho tú? —le pregunto, señalando con la barbilla a Rafa y tratando de contener mis emociones.

Julian, sin ningún tipo de vergüenza o arrepentimiento, asiente con la cabeza.

Se me cae el alma a los pies.

—¿Por qué? ¿Qué querías? ¿Robar? —exige saber Javier, incrédulo—. Te complacerá saber que Anita está muy grave. Ha pasado la noche en el hospital. Le han puesto puntos de sutura en la cara. Y le rompiste unas cuantas costillas.

Me cubro la boca con la mano, pero espero con el estómago revuelto a que Julian se defienda. Lo hace enviando a Rafa una mirada ominosa con los ojos inyectados en sangre.

—Diré lo que tenga que decir en presencia de mi abogado.

Los tobillos me tiemblan y solo puedo agarrarme a la baranda.

Culpable. Es culpable. No me puedo creer que haya resultado ser cierto lo que decíamos sobre él: que está loco, que es un psicópata y que le gusta hacer daño, en especial a las mujeres.

¿O no? Si no ha sido él, ¿por qué no habla?

Al reclinarme a un lado para encontrar el equilibrio, Martín y los demás aprovechan para seguir bajando.

Yo no puedo decir nada. Me he quedado sin voz y se me ha helado la sangre.

Con miedo y también con la rebelde convicción de que hay gato encerrado, lanzo una recelosa mirada a la nuca de Julian, que me va dejando atrás.

No dejo que me den la espalda por mucho tiempo. Tengo que averiguar en qué hospital está Anita y cuál es su apellido en caso de que lo necesite para verla. No hace falta que abra la boca, porque justo en el sexto piso se han arremolinado unos cuantos vecinos; entre ellos, la maltrecha Anita, con los ojos llorosos.

—¡Dios mío!

Bajo los últimos escalones a trompicones. Tiene el labio partido, un moretón que le cubre gran parte del ojo y la cara hinchada por los golpes. Y se apoya en unas muletas.

Eli y Tay la protegen, cada una a un lado.

Las dos observan a Julian cuando pasa por delante de ellas. Una, Tay, con su cara de rottweiler peleón, y la otra, Eli, con la fría inexpresividad de un asesino a sueldo. Virtudes, su nieto Daniel, Edu, Susana y Akira tampoco apartan los ojos de él, todos ellos sorprendidos por su aspecto físico y porque al final, y a su pesar, sus sospechas se han confirmado.

El hombre del ático es un criminal.

Todas esas miradas me duelen como si fuera yo el objetivo. No puedo ver la cara de Julian, pero está temblando y sé que tiene los ojos cerrados porque esto es demasiado para él.

No sé qué pensar de todo esto. Aun así, presiento que va a desmayarse o sufrirá un ataque de ansiedad de un momento a otro.

—Hijoputa —le suelta Tamara, diluyendo mis pensamientos de golpe. El insulto me pone el corazón en un puño—. ¿Qué había en esa casa que no tuvieras tú? Más te vale alejarte de mi mejor amiga o saldrás muy mal parado.

—Señorita, contrólese —le pide Martín.

—Y nosotros como unos gilipollas muriéndonos por conocerlo —masculla Edu en voz baja—. Al final era mucho peor de lo que nos temíamos.

—No digas nada de lo que puedas arrepentirte —le recomienda Akira en tono conciliador, examinando a Julian con una mirada cautelosa—. Aún no sabemos qué ha pasado.

—Cielo, ¿qué haces aquí? —le pregunta Rafa a Anita—. Deberías estar tumbada. No es bueno para tus costillas que vayas de acá para allá con las muletas. Métete en la cama. Yo volveré tan pronto como resuelva esto.

Anita ni siquiera pestañea. Está sumida en un *shock* del que no sale ni siquiera al asentir.

—Antes de que se vaya... —interrumpe Martín—. Señorita Zambrano, es usted la que queda por reconocer al agresor. ¿Es él?

Un silencio violento se instala en el rellano del sexto. Todos atienden a la respuesta de Anita con la remota esperanza de que haya sido una confusión, no solo porque les duele haber estado elucubrando sobre alguien que ha resultado ser una mala persona, ni porque les choque haber vivido durante tanto tiempo cerca de alguien así. No quieren aceptarlo —lo mismo que yo— porque en sus fantasías —y en la mía— Julian era otra clase de persona. Y duele darse de bruces con la dura realidad.

No obstante, la expresión culpable de Anita capta mi atención. Sus ojos vidriosos lloran las lágrimas contenidas. Tay lo interpreta como que le ha dado sentimiento estar tan cerca de su agresor y suelta una palabrota antes de hacer de escudo delante de su maltrecho cuerpo, pero la forma en que Julian y ella se miran no tiene nada que ver con la conexión de una víctima y quien le ha causado un daño fatal.

A Anita se la comen los remordimientos, y Julian...

Julian parece no esperar nada de su parte.

Esas lágrimas rebeldes de Anita se convierten en un llanto inconsolable, interrumpido solo por hipidos y palabras sin sentido. Eli le frota la espalda, preocupada, y le dice algo en voz baja con lo que pretende animarla. Tamara no tiene tanta paciencia y espeta un «¿No es evidente?».

Un recuerdo fugaz que arroja luz sobre el asunto:

«Él casi la mata por mi culpa —había dicho Julian en el suelo de su baño—. Ahora Ana se convertirá en alguien como yo, alguien que no confía en los demás porque piensa que van a hacerle daño».

—Lo... lo siento —balbucea ella, mirándolo a los ojos—. Lo siento m-muchísimo...

Julian niega con la cabeza, como diciéndole que lo entiende.

—Ana, haz el favor de responder de una vez a la pregunta del policía —masculla Rafa—. No quiero que este hombre esté tan cerca de ti.

Y entonces todo cuadra. Cómo Anita se encoge con el tono «preocupado» de Rafa; la forma en que Rafa mira a su novia, nervioso y cabreado porque se esté pensando tanto la respuesta.

—Piénsalo bien —se me escapa. Anita me mira sin dejar de sollozar—. Piensa muy muy bien si ha sido él, Ana. Porque si se le declara culpable, se le marcará como a un abusador violento. Pasará por un largo proceso judicial y lo condenarán después. Y si es inocente... habrá pagado por un delito que no ha cometido.

—Ya lo hemos reconocido Javier y yo —irrumpe Rafa de mal humor.

—Bueno, yo no le vi agredir a Ana —especifica Javier, tenso—. Ella tocó a mi timbre casi desmayada, y recuerdo que Rafael y él estaban discutiendo.

—Pero pudo ser él —interviene Susana en tono conspiranoico.

—Pudo ser él —accede Javier de mala gana—, pero yo me he limitado a testificar lo que he visto: a Julian Bale en el rellano peleándose con Rafael. Nada más.

—Ana —insiste Rafa—, díselo al poli.

Ella se estremece.

—S-sí —murmura, casi sin despegar los labios—. Es él.

Tengo que contener un grito desesperado.

Es imposible que haya sido Julian. Imposible. Anita le está

rogando que la perdone. Lo persigue con los ojos inundados cuando Martín lo empuja escaleras abajo.

—¡Espera! ¿No se puede esclarecer quién fue haciendo alguna prueba de ADN? A lo mejor hay restos de otra sangre en la ropa de Anita —sugiero, dudosa—, o... le arrancó un poco de piel con las uñas al intentar defenderse.

Martín me dedica una sonrisa condescendiente.

—Tienes que dejar de ver la televisión, cariño.

—¿Cómo puedes estar tan seguro de que fue él y no Rafa? —insisto. Julian levanta la cabeza por fin y me observa inexpresivo—. Los dos son igual de altos, y ambos tienen las manos muy grandes. De hecho, me parece que el que tiene los nudillos más amoratados es...

—¿Q-qué estás diciendo? —jadea Tamara—. ¿Cómo va a ponerle una mano encima a Anita? Parece que de repente no vivieras aquí, Matty.

—Totalmente —asiente Edu, cruzado de brazos—. Es un novio ejemplar.

—¿Es un novio ejemplar porque a vuestro parecer está buenísimo? —interviene Daniel, el nieto de Virtu, que se había mantenido al margen mirándolo todo con severidad—. No me parece muy profesional descartar a un sospechoso solo porque vaya al gimnasio. Detrás de una cara bonita puede haber cualquier otra cosa.

—Eso es verdad —apunta Susana, pensativa—. Mi novio me ha contado que cuando sale a fumarse un cigarrillo a la terraza que da al patio de los tenderetes, a veces oye gritos. Discusiones entre un hombre y una mujer con un marcado acento venezolano.

—Todo el mundo discute —dice Tay, confusa.

—Pero sus discusiones son muy agresivas —concluye Virtudes, tan seria que no parece ella—. A veces escribo en la mesilla del balcón y me llegan sus voces. Y reconozco a una mujer con miedo cuando la veo.

—¿Cómo no va a tener miedo? Este desgraciado comparte edificio con ella. Os recuerdo que la propia Ana ha confirmado que se trata de él —insiste Rafa, de brazos cruzados—. Las conspiraciones de una comunidad vecinal no le importan a nadie. La policía tiene trabajo que hacer, así que callaos de una puta vez.

Virtudes exhala de golpe una especie de «ajá» y sonríe sin pizca de simpatía.

—Lo sabía.

Rafa pierde la paciencia.

—¿El qué sabías, vieja?

—Vuelve a hablarle así y te parto la cara —le espeta Daniel con toda tranquilidad mientras pasa un brazo protector por los hombros de su abuela.

Virtudes ni se inmuta por el tono de Rafa.

—Que no todo era tan maravilloso como parecía. A mí nunca me lo pareció. He vivido treinta años con un hombre como tú —le replica en tono despreciativo—. No se va a olvidar nunca el talento que los maltratadores tienen para el teatro. Una mujer que repite como un mantra la misma lista de virtudes cuando le preguntas por su novio es una mujer que se ha convencido muchas veces de que no vive en un infierno. Eres un cerdo y un maltratador —le acusa sin pestañear—, y lo sabes tan bien como yo. El juez también lo sabrá si acabas llevando a juicio a ese pobre muchacho. Me apuesto lo que sea a que te oyó haciéndole daño a Anita y salió de su casa para intentar ayudar.

El corazón se me encoge después de la intervención de Virtu. Todos los vecinos se han quedado en silencio. Miran a Rafa y a Julian alternativamente. Martín, que es poli desde hace solo diez meses y han debido de mandarlo aquí porque no había nadie más, no sabe qué hacer.

—Tómele declaración a la muchacha sin que haya alguien delante —le aconseja Virtu—. Dirá la verdad si nadie la manipula.

—Ya se le ha tomado declaración hace unas horas —la corta Martín, aunque no muy seguro de quién es la autoridad aquí, si Virtudes o él—. No puedo entretenerme. El señor Bale y yo tenemos que irnos a comisaría.

Dicho esto, lo empuja para que siga caminando. El nudo en mi garganta se hace más grande, y mientras me pregunto qué será mejor, si ir detrás de ellos o devanarme los sesos pensando en la forma de ayudarlo, Virtudes suspira y Anita exclama:

—¡Espera!

Martín se detiene, exasperado, y la mira desde el pie de las escaleras con cara de desesperación.

—No puedo hacerlo —solloza Anita—. No puedo mentir. No ha sido él. Sí que estuvo ahí ayer, sí que entró en casa, pero no es ningún choro ni ningún malandro.[36] Se apareció porque yo creo que escuchó que...

Rafa desencaja la mandíbula.

Antes de que Anita cuente su verdad, él avanza con decisión hacia ella. Se ve en sus ojos —unos ojos inyectados en sangre en un rostro encendido— cuál es la intención: nos damos cuenta cuando está a punto de tirarla escaleras abajo. Ninguno llega antes que Eli, que lo agarra por la camiseta y hace...

No puedo describir con exactitud sus movimientos, no conozco a fondo el judo, pero lo placa contra el suelo y lo deja pajarito.

Cuando comenté que sabía algunos movimientos, era porque Eli me los enseñó. Ella es la amiga cinturón negro, por si aún no ha quedado claro.

Martín observa la escena con la boca abierta.

—Debería haber seguido la tradición familiar y estudiar Medicina —masculla para sí mismo—. Señorita Zambrano, va a tener que acompañarme a comisaría para rehacer su anterior

36. Ni un ladrón ni un delincuente.

declaración... Por cierto, no llevo otras esposas para el caballero del suelo.

—Puedo ayudarte a llevarlo —se ofrece Eli, con una sonrisa educada.

—Eh... yo... Mejor pediré refuerzos. ¿Eso... eso que has hecho es legal? —balbucea, pasmado—. ¿Le van a quedar secuelas?

—Pues tú sabrás, que eres el poli aquí —bufa Daniel—. ¿Entraste en el cuerpo por enchufe, o qué?

Mientras Eli, aún sentada a horcajadas sobre Rafa para evitar que se mueva, le explica a Martín de qué va el judo, Tamara comenta «A mí que me enchufe lo que quiera» y yo bajo las escaleras para abrazar a Julian. Tal y como esperaba, está chorreando de sudor por la ansiedad que a duras penas ha logrado tener bajo control, y respira con dificultad.

—¿Por qué no te has defendido?

Si algo he aprendido es que en esta vida hay que ser paciente. Lo soy cuando espero que Julian se las arregle para destensar los músculos y apoyar la barbilla sobre mi cabeza.

—No tiene permiso de residencia en España y depende de él para que no la manden de vuelta a Venezuela —explica en voz baja para que no lo oiga Martín—. Y porque podría haberle hecho cualquier cosa en cuanto el poli me llevara consigo.

—Pero ¿no ves que te iban a acusar de algo grave?

—Un abogado me habría sacado del apuro. Tengo... audios grabados. —Carraspea—. Maldita sea —mascula—, con lo prometedor que era el día cuando has llegado a mi casa.

—Ahí estaré esperando cuando vuelvas —le aseguro, ahuecándole el rostro con las manos—. ¿O quieres que te acompañe?

Su negativa me decepciona, pero la sonrisa frágil que esboza me rompe el corazón.

—Si tengo que sufrir un ataque de pánico, prefiero que no estés presente. Quédate aquí.

No me convence, pero como parece estar más tranquilo cuando llegan los agentes de refuerzo, obedezco y me despido de él en cuanto suben a un coche patrulla acompañado de la maltrecha Anita. En otro se llevan a Rafa, una medida preventiva que también había sugerido Virtudes.

Nota mental: mandarle un wasap si veo que tarda mucho en regresar. E ir a recogerlo. Tengo el coche aparcado en la calle de enfrente.

En cuanto los coches policiales se marchan, aquí solo nos quedamos los curiosos, tan avergonzados que no nos atrevemos a decir nada, ni siquiera a mirarnos.

—Me siento una estúpida —dice Tamara, sentada en uno de los escalones de la escalera. Tiene la cara enterrada en las manos—. ¿Cómo no lo he podido ver?

—No te fustigues, reina —la consuela Edu, pasándole un brazo por los hombros—. Unos ojos verdes distraen a cualquiera, y más a los sensibles como tú y yo.

Todo el mundo está emocionalmente exhausto, muy silencioso y aún en *shock*.

Aunque haya intentado tomar las riendas del asunto y parezca más o menos relajada, ahora mismo mi estómago me está diciendo que o me siento un momento para respirar hondo o voy a vomitar el desayuno.

Me coloco en el hueco que Eli y Tay han dejado entre ellas, y al igual que esta, me sujeto la cabeza con las manos.

—¿Cómo lo has descubierto? —le pregunta Eli a Virtu—. Y no me digas que es porque salías a escribir al balcón por la noche, porque tú a las diez de la noche estás grogui a no ser que echen *Tu cara me suena*.

—Bah, ya ni siquiera eso. A mí me hacía gracia Santiago Segura, y ya no está. —Suspira—. Niñas, no es que vosotras estéis ciegas, es que una mujer de mi edad, y con mi experiencia vital, tiene una especie de rayos X. Recordad con quién vivía.

Yo no me acuerdo porque no conocí a su señor esposo. Ni yo ni los demás vecinos. Pero no haberle visto en acción no ha impedido que le odiemos con todo nuestro corazón. Después de media vida de prudencia y una década de silencio tras enterrarlo en la Almudena, Virtu decidió contar al mundo lo que sucedía al otro lado de la puerta de su casa. Desde entonces no se ha vuelto a callar. Tamara, Eli y yo siempre la escuchamos con atención y respeto cuando menciona de pasada las perrerías que le hacía ese desgraciado. Y después, cuando vuelve a su casa, las tres nos miramos maravilladas y nos preguntamos cómo es que aún tiene fuerzas para escribir sobre el amor. La respuesta de Virtu siempre es la misma: sabe que lo que ella vivió no era amor.

—A mí lo que me sorprende es que dedujeras el papel de Julian en todo esto —confiesa Javier, preocupado—. A mí se me pasó por la cabeza que el agresor fuera Rafa, pero pensé que había perdido el juicio y... Bueno, Rafa y yo solíamos salir de cañas. No detecté nunca nada raro en él. Todo esto es terrible.

Daniel le da una palmada en la espalda.

—No te tortures. Ningún psicópata viene con carta de presentación. Mi abuela lo habrá deducido por eso que Matty contó el otro día de que Julian lo escucha todo.

—Y porque parece que ahora está preparado para formar parte de la comunidad —añade Virtu—. Está claro que ha sido él el autor de las cartitas.

Noto cómo se me encienden las mejillas.

—¿Cómo lo sabéis? ¿No es eso mucho suponer?

—Edu dijo la otra tarde: «Es como el Oráculo» —menciona Eli—, y qué casualidad que a los dos días pillamos unas cartas monísimas firmadas por alguien apodado así. Él las ha escrito y tú las has repartido, ¿no?

—*Chale*... —Tamara se abraza a sí misma—. Entonces ¿está al corriente de todo lo relacionado con mi vida sexual? Me moriré de la vergüenza.

—Todo el mundo está al corriente de tu vida sexual, cariño —se mofa Daniel.

Tay le saca la lengua y continúa despotricando.

—Lo de la carta fue un detallazo —apunta Eli.

—La neta —asiente Tay—, pero podría haberme puesto algo menos... no sé. Es que va y me dice, sin anestesia y sin nada, que deje de intentar llenar mis vacíos con líos de una noche. ¿Qué sabrá él?

—¿Qué sabremos nosotras de nada, si no vimos lo que estaba pasando con Rafa? —replico yo.

Hay un breve silencio.

—Si es que todos los buenorros están podridos. —Edu suspira—. Cuando vuelva Anita, le voy a decir que se venga a casa con nosotros. Nos podemos turnar para acogerla mientras ahorra, porque no va a quedarse con ese cerdo ni un minuto más. Y estaré toda la noche pensando en formas de sabotearlo. Sabemos dónde vive. Sabemos sus puntos débiles.

—Esa es una información que podrá sernos de mucha ayuda —apunta Eli—. Aunque con un poco de suerte, la policía se hace cargo de todo esto y con una orden de alejamiento ni ella ni nosotros tendremos que verlo más.

—Podemos joderle la bomba de agua —continúa conspirando Edu—. O el butano.

—Yo creo que deberíamos centrarnos en ella. Organizar algo para Anita —propongo—. Todavía no, porque está débil y necesita mucho reposo..., pero tenemos que demostrarle que estamos aquí para cuando nos necesite. Que puede confiar en nosotras.

—Eso me duele —confiesa Tay—. Que no confiara en mí para contármelo. Habría ido al 6.º B a partirle la madre a ese cabrón.

—Lo más seguro es que eso fuera lo que Anita quería evitar —replica Eli—. Tendremos que esperar a que vuelva y a que esté en condiciones de hablar para que nos lo cuente todo.

—No la forcéis. Necesita su tiempo —añade Virtu.

—Y yo necesito tirarme por el balcón. Me siento como el culo —dice Tay en un suspiro—. Encima le he dicho «hijoputa» al pobre Julian, que seguro que solo quería ayudar.

—Bueno, pero es que el hombre es raro, pero raro raro. —Edu sacude la mano—. Un poquitín psicópata sí que parece, pero de esos que no hacen nada. De esos a los que no les gusta San Valentín.

—Tiene ojos de loco —apostilla Daniel.

—Tiene unos ojos preciosos —le corrige Akira.

—Eso es verdad. Qué bueno está, parece Thor. —Edu suspira—. ¿A qué se dedica? Si da martillazos por un precio asequible, yo me ofrezco a dejarme clavar.

Todos nos reímos, aún un poco nerviosos.

Edu no soporta las situaciones de tensión. Cuando pasa por una, se siente obligado a soltar alguna parida para distender el ambiente.

—Ya que lo vas a ver, dile que nos han gustado mucho sus cartas —me pide a continuación—. No voy a seguir su consejo, pero lo importante es participar.

—¿De veras? —Akira le rodea el brazo por la cintura—. A mí me puso que no seguirías el consejo que te escribió.

Edu abre mucho los ojos.

—¿En serio?

—Ajá, además de pedirme que no deje las clases de guitarra. Le gusta mucho oírme tocar los domingos.

—Pero ¿sabes qué me escribió? —Edu entorna los ojos.

—¿A ti te escribió algo? —le pregunta Virtu a su nieto.

Daniel encoge un hombro.

A mi izquierda, Tamara le da un golpe en el muslo para llamar la atención de Eli y preguntarle qué mensaje hubo para ella.

—¿Qué hay de ti? —le pregunta Javier a Susana.

Y así es como después del susto, y para relajarnos un poco mientras regresan nuestros chicos, nos interrogamos los unos a los otros si el Oráculo nos ha leído el pasado, el presente o el futuro. A mí me ha leído los labios, pero eso no lo voy a decir —ni tampoco que no me mandó nada—, así que me dedico a escuchar a los que se atreven a contarlo, que son unos pocos, y a observar con una sonrisilla conspiradora a los que no piensan soltar prenda. Nos convertimos en un puñado de niños de vuelta de las vacaciones navideñas, ansiosos por descubrir qué han traído los Reyes Magos al resto de nuestros amigos. Es un pequeño momento de alegría entre tanta tensión que me ayuda a calmar la preocupación por Julian, el impulso de bombardearlo a mensajes y la culpabilidad por no haberlo acompañado cuando habría sido lo más apropiado. ¿O no?

Tal vez no. Alison me lo dejó muy claro. Yo misma me he marcado unos límites. Soy una mano tendida, no una espalda tras la que pueda esconderse ni un abrazo en el que refugiarse de forma permanente. Ni siquiera estoy aquí para entrelazar los dedos con los suyos, sino para alcanzarle las riendas de su vida. Igual que ayer salió, solo, en auxilio de Anita, debe encontrar su camino sin nada más que mi consejo y mi apoyo.

No puedo convertirme en la sustituta de Alison, en una pelota antiestrés o en su ángel de la guarda, y ni mucho menos después de haber descubierto que me gusta. Una mujer no puede (ni debe) convertirse en la psicóloga de su hombre.

Aun así, estoy todo el rato mirando el móvil y luego las escaleras, por si apareciera Julian. O Anita. También quiero hablar con ella, aunque no nos conozcamos mucho. Se merece la tercera habitación del piso de Eli mucho más que yo, y así se lo digo a mis amigas.

—Pero, mujer, si ni siquiera has acabado de traerte las cosas de tu viejo apartamento. ¿Cómo te vas a ir? —se queja Eli—. Que yo entiendo lo que dices, y con nosotras estaría mejor que con nadie, pero ni se me ha pasado por la cabeza echarte.

—Ni que fuera a acabar debajo de un puente —replico—.

Puedo permitirme una habitación por ahí. He ahorrado todo lo de Julian del mes pasado y aún tengo el finiquito de la librería. Con que me mantenga en mi puesto de asistenta podré ir tirando. Es lo que debemos hacer.

Entonces, Tamara se inspira.

—¿Por qué no te vas a vivir con el ermitaño? Oye, no me pongas esa cara. Es un dúplex con dos baños. Mínimo tiene tres habitaciones. Si una la usa como despacho y la otra para las pajas, la tercera te la puede alquilar. Así no te vas muy lejos.

Se me desencaja la mandíbula. Es el efecto que suele tener el descaro de Tay.

—¿Has perdido la cabeza?

—Yo solo pierdo las llaves y las bragas en camas ajenas, el resto del tiempo estoy en mis cabales, gracias. Solo se me ocurren ideas maravillosas y me tratáis como si estuviese pirada. Me siento maltratada en esta comunidad.

Mientras ella se lamenta en voz alta, yo cometo el error de ver los pros de su propuesta. Dejaría de subir andando hasta el séptimo casi todos los días y tendría a mano al objeto de mis conspiraciones, fantasías y preocupaciones.

Alison estaría de acuerdo, pero él...

Ya me puedo imaginar su cara. Su apartamento no está en venta, y si tuviera que ponerle precio a su valiosa intimidad, yo no podría pagarlo.

Ni yo ni nadie.

—Olvídalo. —Saco el móvil otra vez para echarle una ojeada rápida—. Es una locura.

—Esto es como *Manicomio* de Cosculluela. —Ya estaba tardando Tay en sacar el reguetón a colación—. Tú estás loca, él está loco... ¿Qué iba a ser, sino una locura?

—Una terrible idea. Dilo, Eli. —Pero mi amiga no dice nada—. ¿Tú también estás de acuerdo?

—Julian es acuario seguro, y todo astrólogo que se precie

sabe que los acuario y los sagitario son compatibles. Los signos de aire y de fuego se complementan a la perfección.

—Que no soy sagitario —rezongo una vez más—, que soy capricornio.

—Eres sagitario diga lo que diga tu carta astral —insiste Eli.

—Eso no funciona así —me quejo—. Y no me puedo creer que estemos hablando de esto ahora...

Una vibración en la mano me interrumpe.

¿Vendrías a rescatarme?

Capítulo 24

NI MÁS GRACE KELLY
NI MENOS FREDDIE MERCURY

Julian

A través del cristal de la comisaría miro ansiosamente a un lado y a otro de la calle de doble sentido, aún sin tener ni idea de qué clase de vehículo espero. Tratándose de Matilda, podría aparecer con la calabaza del hada madrina de Cenicienta o con el coche de Barbie. La verdad es que no me importa el transporte mientras no tarde. Estoy tan desesperado por regresar a mi apartamento que incluso dejaría que me llevase en brazos.

—¿Cómo andas? —me pregunta Anita.

Acompaña la pregunta poniéndome una mano cariñosa en el brazo.

Doy un respingo y giro todo el cuerpo hacia el lado opuesto. Ella también se sobresalta por mi reacción.

Genial. Esa es la empatía que demuestro hacia una mujer a la que he metido en un problema del que ninguno de los dos sabemos cómo salir. Una mujer a la que han apaleado por mi culpa. No pretendo quitarle responsabilidad al bestia que la ha dejado tan magullada, por supuesto, pero no me saco de la cabeza que de alguna forma he sido yo el que se lo ha hecho.

—P... perdóname —balbuceo—. Es solo que estoy un poco...

—¿Achantado?[37] ¿Asustado? Yo también... Pero ya fue —murmura, aún con la vista clavada en sus zapatillas deportivas—. O eso creo.

Lo está. Está asustada porque quise jugar a ser su ángel de la guarda. Porque me emocionaba tanto la idea de comunicarme con los vecinos que no pensé en las consecuencias.

Para mí los vecinos no son solo mi oportunidad de socializar y reincorporarme a la vida normal. Una parte de mí los ha idealizado porque los admira, los envidia, desea tener sus vidas. Me entusiasmó formar parte de ellas, aunque fuese en diferido.

—Es que me cuesta un poco eso de tratar con la gente —consigo articular—, y me resulta muy difícil encajar... el contacto físico. No es nada personal. Discúlpame por haberte asustado.

Siento sus ojos oscuros sobre mí.

—¿Tú me pides perdón a mí? Soy yo la que se debe disculpar. Si Matty, Virtu y el resto de los vecinos que andan de metiches no se hubieran dado cuenta de la coba,[38] los pacos[39] te habrían acusado de malandro.

—Claro que no. Habría contratado a un buen abogado y me habría librado. Cuando la verdad es tan evidente, es imposible que la mentira se salga con la suya. Pero... gracias, de todas formas, por decir la verdad —murmuro al fin—. Sé lo duro que puede llegar a ser hablar mal de alguien de quien dependes, y, bueno, por lo menos me he ahorrado el asesoramiento legal, que me habría salido bastante caro.

37. Triste.
38. Mentira.
39. La policía.

Intento esbozar una sonrisa más o menos simpática, pero me sale una mueca.

—Sí va lo de la verdad evidente —cabecea—, pero Javi estaba de testigo, y ya ves que los asoplazas[40] de los vecinos siempre estuvieron del lado de Rafa. Nunca habrían sospechado de él.

Se la nota herida cuando lo dice, como si le doliera. Y eso capta mi atención.

Haciendo un esfuerzo monumental, me giro para mirarla. Tiene un perfil muy bonito; nariz respingona, labios carnosos, pestañas largas y rizadas. Se nota de dónde viene, y no solo en el acento o las expresiones.

—Los vecinos apreciaban a Rafa porque salía contigo, Ana. A quien adoran Eli, Tamara y las demás es a ti. Eres a la que invitan a sus fiestas de *muffins*, a la que buscan los niños, a la que cuentan sus penurias. Rafa era querido porque *tú* eres querida. ¿Crees que alguno va a apoyarlo después de todo lo que te ha hecho, y más después de verte así? Son muy buenas personas.

Anita traga saliva.

—Lo sé, y los quiero burda.[41] Gracias a ellos tengo algo bonito en mi rutina... —No se puede ni imaginar lo bien que la entiendo, y eso que nunca pensé que pudiera tener algo en común con una mujer como ella—, aunque justo por eso se me complicaba lo de seguir adelante con la farsa. Me sentía una rata.

—Ya no tienes por qué hacerlo más. Y sé que esto te va a perjudicar más que otra cosa. Sé por qué lo aguantabas a pesar de todo, y lo comprendo.

Anita clava sus ojos en los míos. No me da tiempo a retirar la mirada, nervioso por la forma en que me observa, y tampoco creo que lo hubiera hecho si no me hubiese hipnotizado.

40. Chismosos.
41. Mucho.

Hay algo en los rostros contraídos por el llanto que no te deja apartar la vista, y me sobran razones y principios para ofrecerle consuelo si es lo que le hace falta ahora.

Se lo debo. Y se lo quiero dar.

—¿Lo comprendes? —murmura con un hilo de voz—. Porque me juzgo todos los días. Me sentía una vendida, una mujer débil y dependiente, pero tú sabes que en esta situación no puedo permitirme ser orgullosa. Era aguantar o abandonar a mi familia, y me necesitan. Si Rafa pagaba las facturas, yo podía mandar a Venezuela todo lo que ganase. Poco pueden hacer con él, porque no es que me entre todo un billullo,[42] pero es que allá no dan ni chamba.[43] Están todos comiéndose un cable[44] porque la inflación ha alcanzado su máximo global, el sueldo mínimo no llega ni a los diez bolos, y si se pusieran enfermos, yo desde aquí no podría hacer nada, porque el servicio médico es un cenicero de moto,[45] pero... al menos comen. Lo único que tenía que hacer a cambio era... —suspira—, aguantar que me negrearan.[46]

—Lo sé. En el edificio se oye todo y no he podido evitar escuchar las conversaciones con tu madre sobre el tema del dinero —le confieso—. Lo siento mucho.

—No te disculpes. Gracias a eso supiste que me estaba... haciendo daño, así que...

—Y sé que lo ha hecho más veces. —Le dirijo una mirada prudente antes de añadir—: He grabado algunas discusiones, Ana. Si quieres que lo borre, está hecho. No soy nadie para difundir ese material. Pero si lo necesitas para poner una denuncia, es todo tuyo.

---

42. Dinero en billetes.
43. Trabajo.
44. Desempleados y sin dinero.
45. Algo o alguien inútil.
46. Menospreciaran.

Me reservo una opinión que le importará un pimiento y que no tengo ningún derecho a dar. Ni siquiera sé cómo estoy teniendo las santas narices de comentarle todo esto en la sala de espera de comisaría. Supongo que he aprendido de Matilda eso de hablar y hablar cuando me come la histeria, lo que no impide, claro está, que sude como un cerdo. Todo lo agorero que no es el pesimismo lo puede ser un hombre con agorafobia fuera de su casa.

—¿Por qué lo grabaste?

—Lo siento —respondo enseguida—. No era de mi incumbencia y no debería haberme metido, pero pensé...

—No, si te lo estaba ameritando. —Levanta una mano—. Y también me da curiosidad. Nunca sales de casa, nunca has querido hablar con nosotros. ¿Por qué andabas pendiente de mis... zaperocos?[47] ¿Y por qué viniste? Pudiste llamar a los pacos y ya.

—A saber cuánto tardaba en aparecer la policía. Mientras llegaban, a él le daba tiempo a... —carraspeo—, dejarte peor. Y se me ocurrió que no querrías denunciarlo por todo eso que has mencionado antes.

Se instala entre los dos un pequeño silencio.

—No, no quería denunciarlo —murmura—. Ahora es cuando me dices lo que yo me digo: que soy una vendida, que debí dejar el pelero[48] antes...

—Yo también tengo mis cosas —la interrumpo antes de que siga fustigándose—. No soy nadie para juzgar cómo las personas deciden llevar su vida. E incluso si fuera un ejemplo de humanidad y decencia, tampoco se me ocurriría ponerme a criticar. Hacemos lo que podemos, lo que creemos que es mejor para nosotros o para aquellos a los que queremos.

Anita se muerde el labio para mantener a raya un puchero.

47. Pelea, riña o alboroto entre dos personas.
48. Fugarse o superar una dificultad.

Lo agradezco, porque no tengo ni idea de qué haría si se echara a llorar. Puedo conversar tranquilamente con una mujer; Matilda me ha acostumbrado. Incluso me he hecho a la idea de que el contacto físico no es tan desagradable, siempre y cuando lo vea venir y me dé tiempo a dar mi consentimiento. Pero consolar a una víctima de maltrato es algo que queda muy lejos de mis habilidades sociales.

—Eres un ejemplo de decencia, Julian —dice, y lo hace con tal aplomo que el vello se me pone de punta—. Pudiste mirar a otro lado y no lo hiciste. Yo en tu lugar habría actuado igual, y te lo digo aunque seguramente ahora tenga que enfrentar una situación bien compleja. Te estoy muy agradecida por haberte preocupado. Desde que me fui de casa de mi mamá nadie lo ha hecho.

—Porque nadie estaba al tanto de lo que te pasaba —puntualizo—. Ahora van a darte más amor del que podrás gestionar, ya lo verás. Incluso yo lo he recibido, y ni siquiera he salido al rellano hasta ayer.

Anita agacha la mirada.

—Fue muy chimbo[49] que te formaran un peo sin darte chance de explicarte.

No me sale una respuesta inmediata a eso, quizá porque aún estoy decidiendo cómo me ha sentado que me llamaran «hijoputa» y «psicópata», entre otras lindezas. Sé que se han dejado llevar por el odio porque pensaban que era culpable, pero sonaron como si no les sorprendiera, y no creo haber hecho nada malo para que se me tenga como alguien capaz de hacer semejante barbaridad. Sé que estar encerrado no da buena espina, pero no he sido ninguna molestia ni he demostrado nunca que tenga tendencias violentas.

Le resto importancia haciendo un gesto con la mano.

—Da igual.

49. Lamentable o triste.

—No da igual. Pensaron lo peor de ti porque no te conocen, y no es justo, aunque sí comprensible. Óyeme, eres buena persona, parece que rico, y un güero bien lindo: ¿por qué vives encerrado? —pregunta de repente—. No lo entiendo. ¿Y cómo es posible que empatices conmigo? Sé que Tay y Eli me quieren, pero tú ni me conoces, y he estado burda de tiempo esperando a alguien que me comprendiese como tú.

—No soy una persona con una empatía extraordinaria. Yo... —Observo mis dedos entrelazados como si fueran interesantes—. En mi familia hubo un problema similar durante muchos años. Una de las ventajas que se saca de una experiencia así es que aprendes a comprender a los que están viviendo un infierno.

—¿Qué pasó? ¿Tu padre también era... violento? Lo siento si ando de metiche —añade enseguida, y esboza una sonrisa débil y resignada.

—Tranquila, me alegro de que estés hablando con alguien. No es molestia.

Ella hace una pausa.

—¿Qué te pasó?

Cojo una bocanada de aire.

—Digamos que a partir de cierta edad podría haber puesto una denuncia, pero no lo hice porque habría perdido a la única familia que tenía. Porque dependía de ellos. —Anita suaviza el ceño, señal de que ha entendido cuál es nuestro vínculo común—. El vecino llamó a la policía una vez y estuvieron a punto de mandarnos a una casa de acogida, a mi hermana y a mí. La situación en casa no era la más adecuada para educar a un par de niños, pero pensar en que pudieran separarme de ella me ponía tan malo que odié al tío que se entrometió, aunque lo hiciera con la mejor de las intenciones.

»Con esto quiero decir —continúo, no sin cierta dificultad— que sé que estos problemas tienen muchas capas y es imposible saber si lo estás haciendo bien cuando actúas. No sabes qué lleva a una persona a seguir ahí, en esa casa, pero es casi seguro que le vas a hacer más daño si intervienes. Yo te lo he hecho —confieso en voz baja—. Si no te hubiera mandado esa nota...

—Ya fue, si me habría pegado igual. Cualquier excusa le valía —me interrumpe ella con suavidad. Esta vez acerca su mano con cuidado, y no me la pone sobre el antebrazo hasta que no está segura de que no voy a reaccionar mal. El contacto es agradable. Despierta un hormigueo cálido en la zona que se extiende por todo mi cuerpo—. Anoche te odié tanto como tú a tu vecino, lo admito. Pero vi pronto que esto es lo que necesito. Ahorita no sé qué haré, adónde iré, si denunciaré... Solo sé una cosa.

—¿Qué?

Vuelvo a girar la cabeza hacia ella.

Anita esboza una sonrisa tierna que me conmueve más que ninguna otra cosa que haya vivido en los últimos años. Me quedo tan catatónico por el agradecimiento y el cariño de su expresión que ni me doy cuenta de que me acaricia la mejilla.

—Es un desperdicio que estés encerrado. Para los vecinos y para ti. Sea lo que sea que te esté reteniendo, intenta liberarte como sea. A las personas como tú les espera mucho sufrimiento, lo sabrás tan bien como yo, porque en el mundo hay gente arrecha y los que pagáis por sus maldades sois los generosos. Pero también sois los que recibís las alegrías más grandes porque empatizáis —añade—, y yo creo que compensa.

Veo que me equivoqué cuando dije que Anita perdería la fe y el valor después de convivir con un monstruo. Rafa le ha hecho daño, sí, pero es un daño reparable que no ha calado lo bastante hondo para romperla. Ha padecido un infierno como pocos y aún cree que, si asoma la cabeza, verá la luz del sol.

Es algo que no puedo decir de mí mismo. Algo que me inspira y abre una grieta más en mi coraza de titanio. Una grieta que se ensancha cuando Anita me envuelve con los brazos y apoya la barbilla en mi hombro.

No sabía que eso era lo que necesitaba para quitarme la culpa y los complejos, para empezar a ver lo que acaba de ocurrir como un desenlace inevitable, quizá solo adelantado por mi intervención, y no un error garrafal por mi parte.

—¿Julián Bale? —oigo decir a un tipo uniformado.

Me separo enseguida, como si me hubieran pillado haciendo algo inapropiado.

—Es *Yulien*, no *Julián* —corrijo en voz baja.

—¿Qué ha dicho?

Al girarme hacia él, reconozco unos leotardos blancos sujetos sobre la rodilla con un lazo rojo. Mi corazón se salta un latido al reencontrarme con los ojos preocupados de Matilda, que ignora al agente y se acerca a nosotros.

Como si no quisiera que pensáramos que tiene preferencias, nos coge a los dos de la mano y nos hace una pregunta tras otra de forma atropellada. Anita y yo nos miramos, y aunque aún no tenemos fuerzas para reírnos, al menos sonreímos con complicidad. El momento de las confesiones ha sido desagradable para ambos: hemos hablado con un agente por separado y se nos ha avisado de que más adelante se nos comunicará cómo proceder. Por supuesto, no hemos coincidido con Rafa.

Durante la explicación, ella no aparta su brazo del mío, en el que se ha enrollado y que no suelta hasta que aparece Javier con el ceño fruncido.

—Es que mi coche es un Smart de dos plazas —se disculpa Matilda—. Como no te apretujaras en el maletero... y no es el mejor espacio para una persona en tu estado.

—De todas formas tenemos que pasarnos por el hospital. Tienen que hacerle la cura de un par de heridas que lleva tapadas —explica Javi. Me dirige una mirada dudosa antes de girarse en mi dirección—. Me gustaría hablar contigo cuando vuelva. Quiero pedirte disculpas por haberme puesto de parte de Rafa sin estar demasiado seguro de lo que pasó, aunque en mi defensa diré que solo declaré lo que vi.

De nuevo cohibido por el trato con un desconocido, me limito a mover la cabeza.

—No hay problema.

Javier no espera mayores concesiones por mi parte, tan solo asiente y escolta a Anita a la salida. Esta se toma un momento para volver a abrazarme y dejar un beso en mi mejilla. Yo le devuelvo el gesto cariñoso tanto como me lo permite mi rigidez, y a ella, la gravedad de las lesiones. La veo desaparecer por la puerta de comisaría cojeando un poco. Me quedo contemplándola un rato de más, y no me doy cuenta de que Matilda está a mi lado hasta que dice mi nombre en voz alta.

—Perdona. —Me rasco la barbilla. Como no sé qué decir después del revuelo de las últimas horas, comento—: Anita es muy cercana.

—Los latinos son efusivos por naturaleza. ¿Nos vamos?

Me parece detectar una ligera incomodidad en su voz, pero asumo que son imaginaciones mías y la sigo hasta su coche.

Por el camino, miro a un lado y a otro.

Aunque intento convencerme de que no va a ocurrir nada malo, el sudor frío y los malos presentimientos me acompañan antes y después de ocupar el asiento del copiloto. Trato por todos los medios de no hacer visible la ansiedad que me carcome, pero el coche de Matilda tampoco me transmite mucha seguridad. No sé cómo conduce, ni desde cuándo lo tiene, ni si ha pasado la ITV. No sé cómo estará el tráfico, ni cómo de lejos nos encontramos del edificio... No sé si habrá un accidente cerca.

Nada puede asegurarme que no ocurrirá una catástrofe mientras hacemos nuestro camino.

—Julian, ¿estás bien?

De forma irracional, aparto la mano que me tiende con un manotazo. Ella suelta un «ay» y se agarra los dedos enseguida.

—Lo... lo siento —me apresuro a decir, entrecortado—. Lo siento de veras. Estar fuera de casa me... Por favor, no me toques hasta que esté más tranquilo. Te lo ruego.

—No pasa nada, me he llevado guantazos peores por intentar meter el dedo en la masa de las galletas o coger pastel antes de que le hagan una foto para el blog —responde en un tono desenfadado que me tranquiliza sobre la marcha—. Voy a poner un poco de música, ¿vale?

No espera a mi rígido asentimiento para pulsar unos cuantos botones del estéreo. Al segundo, el gran éxito de MIKA inunda el pequeño vehículo. Que, por cierto, lleva unas ruedas de risa, y encima es de color blanco y verde pistacho.

My God.

Se me escapa una sonrisa tonta que se acentúa con la elección musical. ¿Quién no sonreiría si escuchara *Grace Kelly* a todo volumen de camino al trabajo?

Ella se da cuenta de que me estoy riendo y sube el volumen un par de rayitas más. Hemos tenido suficiente tensión para el resto del año, y, como siempre, Matty está dispuesta a rebajarla.

—«*Do I attract you? Do I repulse you with my queasy smile? Am I too dirty? Am I too flirty? Do I like what you like?*» —canturrea en voz muy alta. Como me mira al seguir el compás, parece que me esté haciendo las preguntas a mí. Las caras ridículas que pone con cada palabra casi me arrancan una carcajada—. «*I could be wholesome, I could be loathsome, I guess I'm a little bit shy...*». —Encoge un hombro y aletea las pestañas exageradamente—. «*Why don't you like me? Why don't you like me without making me try?*».[50]

---

50. ¿Te atraigo? ¿Te repugno con mi sonrisa nauseabunda? ¿Soy demasiado sucio? ¿Soy demasiado ligón? ¿Me gusta lo que te gusta? Podría ser maravilloso, podría ser repugnante, supongo que soy un poco tímido... ¿Por qué no te gusto? ¿Por qué no te gusto, si no me dejas intentarlo?

Intento concentrarme en todas esas expresiones divertidas que van surcando su rostro para no pensar en desenlaces fatales, como por ejemplo que se desconcentre y suframos un choque mortal.

—¿Tienes idea de lo que dice la canción? —le pregunto.

—Pues claro. Cuando la canción me gusta, busco la traducción y me leo la letra para pronunciarla bien. *«Why don't you like me? Why don't you like me? Why don't you like yourself?»*.[51]

La sonrisa se va secando en mis labios. Mis ojos huyen del espectáculo para refugiarse en el paisaje, al otro lado de la ventanilla. Pero poco hay que ver.

¿Que por qué no me gusta...? A mí me gusta todo lo que es y todo lo que hace, tanto para divertirse ella sola como para ayudarme. No podría haber elegido canción menos apropiada para cantarme, porque yo no necesito que Matilda sea «marrón, azul, cielo violeta, hiriente o morada»; ni siquiera creo que pudiera ser solo un color cuando en realidad es todo un arcoíris, como dice la canción de los Rolling Stones.[52] No tiene que hacer nada para gustarme, ni intentar ser más Grace Kelly o menos Freddie Mercury.

No tiene que convencerme. Yo ya sé que me importa y me encanta tal y como es.

—Eli y Tay le van a ofrecer a Anita la habitación que sobra en su apartamento —dice de repente—. Mientras encuentra un segundo trabajo, otro lugar al que irse... Ya sabes, hasta que ponga en orden su vida y se recupere. Es lo mejor.

Frunzo el ceño.

—Lo es, pero... ¿adónde vas a ir tú? Que yo sepa, el apartamento de Eli tiene tres habitaciones. ¿Vas a dormir en el sofá?

---

51. ¿Por qué no te gusto? ¿Por qué no te gusto? ¿Por qué no te gustas a ti mismo?
52. Se refiere a *She's a Rainbow*.

—Solo mientras busco otro sitio donde alojarme. En cuanto llegue a casa me pondré a mirar habitaciones baratas cerca del edificio. Tampoco quiero irme muy lejos, prefiero no coger el coche, y bastante ejercicio hago subiendo unos cuantos pisos a pata casi a diario.

Me giro hacia ella.

—¿Eli está de acuerdo con eso? Ni siquiera has terminado de trasladar tus cosas del piso en el que vivías antes. No sé si tanto movimiento es bueno para alguien a quien le gusta la rutina.

—No es para tanto. Voy a estar viviendo en pisos de alquiler hasta que pueda tener ahorros, y para eso me queda un tiempo. Recuerda que soy estudiante.

Si es por recordar, también recuerdo por qué me volví loco cuando subió a recoger mis despojos con el vestido blanco de Marilyn Monroe; cuando, acto seguido, se sentó en mi regazo y me dejó desnudarla... o casi. No veo el lado erótico de una mujer conduciendo, pero la falda se le ha subido unos cuantos palmos por encima de las medias y tiene un perfil adorable.

Es increíble lo tentadora que puede ser una mujer que no se da cuenta de lo que provoca con unos simples calcetines y unos labios pintados. Es increíble lo que puede tranquilizarme y a la vez acelerarme su cercanía. Es un anestésico y un subidón de adrenalina a la vez.

—Anita y tú estabais muy cariñosos —comenta de repente, con la vista en la carretera—. Os he visto a través de la cristalera. ¿Te ha hablado de la situación con Rafa o te ha dicho que vaya a denunciar?

—No. Está muy perdida con ese tema. Le he recomendado que reflexione. La verdad es que me preocupa cuál sea su decisión.

—¿Y eso? ¿Desde cuándo?

La miro con el rabillo del ojo.

—¿Qué quieres decir?

—Nada —contesta con desenfado—. Solo que nunca me has hablado de lo de Anita. No me dijiste lo que sabías. Si lo hubieras hecho, a lo mejor podríamos haber intervenido antes de que la situación se volviera insostenible.

Apoyo el codo en el hueco del respaldo y la miro con fijeza.

—¿Cuándo querías que te lo dijera? ¿Cuando ponías una canción de Aretha Franklin a toda leche, cuando te hacías pasar por la colaboradora de una revista científica o cuando me besabas después de recortarme la barba?

Sus mejillas se tiñen de un tono rosado.

—Yo solo digo que, si te callas, eres cómplice —murmura—. Mira cómo está ahora: hecha polvo. ¿Y dices que te preocupas? Pues no lo ha parecido.

Se me forma un nudo en la garganta.

—¿Me estás reprochando en serio que no fuera cotilleando por ahí? Es asunto suyo. Estaba con Rafa porque lo necesitaba económicamente, y si hubiera llamado a la policía, la habrían devuelto a Venezuela, que es lo que van a hacer ahora... Mira, vamos a dejar el tema porque no quiero discutir. Pero si está hecha polvo ahora es porque ese bastardo pilló la nota que *a ti* se te ocurrió que escribiéramos.

Matilda frena delante de un semáforo y me mira pasmada.

—¿Me estás echando la culpa?

—¿Me estás echando la culpa tú a mí?

—¡Pues claro que no! Nadie tiene culpa salvo ese animal. Solo digo que se te ha visto muy implicado, ¿vale? Nada más. Se supone que no puedes hablar con desconocidos y ni mucho menos abrazarlos, y mira, no te resultaba muy difícil ahí dentro.

—¿Qué querías que hiciera? Estaba llorando y acaba de pasar por una experiencia traumática. He hecho un esfuerzo y ha dado la casualidad de que estaba tan cansado por lo que ha pasado en solo una mañana que... ha fluido.

—Ha fluido —repite sin entonación, con un hilo de voz—. Supongo que es algo que siempre pasa con las mujeres guapas: con ellas fluye el contacto físico, mientras que a mí tardaste semanas en decirme «buenos días».

Se me desencaja la mandíbula al abrir la boca para hablar.

—¿Estás celosa de una mujer a la que le dieron una paliza ayer?

Matilda se muerde el labio inferior.

No me mira.

—Es una mujer —me recuerda con voz queda—. El maltrato nunca la definirá por encima de su personalidad desbordante, su dulzura o que sea un icono sexual en el edificio.

—No elimina sus cualidades, no, pero sería un depredador asqueroso si pensara en ella de manera sexual cuando está así. ¿Por quién me tomas? No me puedo creer lo que estás diciendo.

El motor se detiene. Hemos llegado a nuestro destino y ni me he dado cuenta de lo enfrascado que estaba en la conversación. No puedo apartar los ojos de Matilda, que se esconde detrás del pelo y se niega a mirarme a la cara.

—Yo tampoco. Sé que suena fatal todo lo que digo, pero... no sabes todas las noches que me he acostado pensando en cómo acercarme a ti, cómo hacerlo para que confíes en mí, para ahora darme cuenta de que a lo mejor no lo hacías o te costaba tanto porque tengo un problema. No son celos, es que me siento... inútil. Se nota que ella te ha reconfortado. En cuanto se ha ido, te ha dado ansiedad, y no sé cómo... No sé... No me estoy explicando bien. —Al fin suspira. Con la mano aún sobre el volante, me mira derrotada—. Lo siento. Ni ella ni tú tenéis la culpa. Solo me he frustrado, eso es todo. Ha sido una mañana tensa.

No sé qué decir, porque ni siquiera estoy seguro de haber comprendido lo que está sintiendo. Imagino que uno se siente impotente cuando intenta ayudar a alguien y ve que los avances los consigue otra persona. Aun así...

—Deberías alegrarte de que pueda relacionarme con más gente. Es egoísta que quieras que solo lo haga contigo. ¿Pretendes que dependa de ti, o algo así?

—¡Claro que no!

—Porque creo que es bastante evidente que, si he podido hablar con ella, ha sido porque llevo un mes y medio tratando contigo —me explico, aunque lo hago de mal humor—. Así que no te preocupes, eres mi salvadora y la que debe atribuirse todo lo bueno que haya podido suceder en comisaría, que, dado el motivo que nos ha llevado allí, es más bien poco.

Matilda se gira hacia mí enseguida, frustrada.

—No es eso lo que quería... Me he expresado mal. Escucha... Me ha hecho ilusión verte cómodo con ella, pero también me he sentido amenazada. A mí nunca me has abrazado y... Tú me gustas, ¿entiendes? —confiesa atropelladamente—. Y Anita es perfecta. Es valiente y vulnerable, y... Da igual. No debería haber dicho nada.

Baja del coche sin darme tiempo a responder y cierra de un portazo.

Me tomo un segundo para seguir con la mirada y el aliento contenido su paseo apresurado al rodear el Smart. Suspiro, tratando de no prestar mucha atención al latido desenfrenado de mi corazón, y saco las llaves del contacto, que se le han olvidado con las prisas.

Consigo alcanzarla antes de que cruce el umbral del portal.

La última vez que lo vi fue hace casi dos años, cuando decidí que emplazaría mi búnker en este edificio. Lo han renovado: ahora cuenta con unas puertas de doble hoja recubiertas por una fina lámina translúcida de un tono azul turquesa y una especie de verja arabesca. No me habría fijado si no hubiese visto que tienen una pantallita pegada sobre el tablero de los pisos en la que han escrito una frase de Julio Cortázar.

«Las palabras nunca alcanzan cuando lo que hay que decir desborda el alma».

Me quedo un momento inmóvil delante de la caligrafía. Solo reacciono para coger a Matilda de la mano y acercarla a mi costado. Ella me lanza una mirada mezcla entre culpabilidad y reproche, y yo, que creía que iba a poder decir algo con lo que zanjar el asunto, solo puedo señalar el cartel.

—Por eso contigo me cuesta más hablar que con nadie, *sweetheart* —murmuro al final—. No tiene nada que ver con que seas inútil... *But because you are yourself. And you've been important to me long before I started to care about the rest of the neighbors. The rest of the world.*[53] Me pones nervioso porque me importas.

Antes de que me eche la bronca por alternar idiomas, la envuelvo entre mis brazos. Me aseguro de que no me pide una traducción estrechándola con la suficiente firmeza para que no pueda respirar. Yo respiraré en su lugar.

Me dejo llevar por el perfume a melón, el champú y el hecho de que su aprecio por mí sea tan real y ligeramente egoísta como el que podría haber desarrollado por una persona de la calle. Nunca podrá imaginarse lo que significa para mí que sienta celos, que no me trate como un ente inalcanzable y platónico; que crea que puede perderme cuando tengo la impresión de que sin ella estaría perdido. Incluso cuando no lo hace adrede, me regala esa normalidad que necesito para sentirme bien, y, a la vez, me convierte en alguien tan especial que me veo capaz de cualquier cosa.

Y ahí, abrazándola en medio de la calle, es cuando me doy cuenta de lo que está pasando, de que tengo más miedo cuando la toco que cuando enfrento al resto del mundo, porque Matilda es mucho más valiosa.

Y eso solo puede significar una cosa.

Que me he enamorado de ella como un estúpido.

---

53. Pero porque eres tú. Y has sido importante para mí mucho antes de que empezaran a importarme el resto de los vecinos. El resto del mundo.

Capítulo 25

PROPORCIÓN ÁUREA

Julian

Los días que siguieron a mi detención en el rellano del ático han sido una locura de la que he intentado abstraerme. Nunca se me ha dado bien aplicar ese viejo truco de fingir que nada ha ocurrido, pero intentar pasarlo por alto tampoco me iba a matar. Solo pegué la oreja para enterarme de que Rafa se ha largado a casa de sus padres mientras lo procesan por malos tratos, tal y como obliga la orden de alejamiento interpuesta, y Anita se está recuperando en casa de Tamara y Eli. Por lo demás, he preferido no oír ni hablar del tema e ignorar el aluvión de disculpas por parte de los que arremetieron contra mí aquel día.

Tamara preparó tiramisú y me lo mandó con una tarjetita llena de caritas de disculpa esbozadas a mano. Edu se ofreció a cortarme el pelo gratis como compensación —dijo algo como «te queda bien la melena de Brad Pitt en *Leyendas de pasión*, pero está muy pasada de moda y no tienes un caballo para lucirla en su esplendor»— y Javier ha dejado abierta la puerta por si necesito cualquier cosa. He dado las gracias por escrito —a través de Matilda— y he vuelto a mi guarida, sin más.

Prefiero deshacerme de esos recuerdos lo antes posible.

Recordar la ansiedad que me había dominado al pensar en poner un pie en la calle, igual que la que estuvo a punto de hacer que me desmayase en comisaría, no me va a reportar ningún bien. Y ahora me obsesiona precisamente estar bien. Pero ha sido comprometerme con tomar las riendas de mi vida y que un nuevo miedo me paralice. Uno para el que no estaba preparado y que no necesito en este momento de mi vida... y al que más me vale acostumbrarme pronto, porque no se va a ir rápido.

No es que de repente deje de hacerme sudar la idea de asomarme a la calle, pero por lo menos lo llevo mejor. Y lo llevo mejor porque ahora lo que ha colapsado y tomado protagonismo en mi día a día es el temor irracional de todos los hombres que alguna vez se han enamorado. Matilda no es nada mío, y, aun así, una parte de mí está convencida de que la tiene y debe hacerlo todo bien para que no huya despavorida.

Pero no lo hago bien. Lo estoy haciendo mucho peor que antes.

Tomar conciencia de que alguien te importa supone, queriéndolo o no, un cambio radical de actitud. Estoy intentando que Matilda no se dé cuenta, pero me cuesta contener mis emociones cuando me roza, y a veces reacciono como un auténtico idiota. Por lo menos, y gracias a su confesión, saber que le gusto me permite acercarme a ella sin morirme de la impresión.

Aunque no es que lo haga a menudo.

La verdad es que todo esto me sobrepasa. Soy un adolescente otra vez... Para que luego digan que no se puede «desaprender» algo. Olvidar cómo ligar o acercarte a una mujer es tan fácil como olvidar los métodos para resolver sistemas de ecuaciones. Yo podría dar una clase magistral sobre la reducción, la sustitución y la igualación, pero no sé cómo decirle a Matilda que estoy loco por ella. Me he convertido en el cliché del friki de las ciencias que no tiene mano con las mujeres.

Pero ¿cómo decírselo? ¿Y con qué objetivo? ¿Con el de comer perdices al final del cuento? Matty no puede tener una relación conmigo, y yo no debería comprometerme a algo que no sé si voy a cumplir. Mi momento vital es lamentable. Soy un medio hombre que se oculta de la gente y *ahora* está aprendiendo habilidades sociales. No podría seguirle el ritmo, ni tampoco hacerla feliz. Ella está llena de vida y yo acabo de descubrir que quiero vivirla. Mientras encuentro la forma puede pasar mucho tiempo, y no debería encerrarse conmigo. Es un camino que yo debo hacer solo, sobre todo después de haber visto cómo se frustra cuando ve que no puede ayudarme tanto como le gustaría.

Me encuentro en un punto muerto. No sé adónde dirigirme. No puedo dar un paso hacia delante y decirle que me he enamorado, ni tampoco uno atrás y pedirle que se vaya. Sería injusto para los dos, y ya tengo bastante con ser el prototipo de científico loco que no sabe cómo ligar, como para encima convertirme en el que aleja a quien quiere porque «no es bueno para ella».

—¿En qué estás pensando?

Hablando de la reina de Roma...

Doy un respingo que me hace soltar el rotulador con el que estaba jugando, meditabundo.

—Se te ha puesto una cara muy rara —añade.

—Es la cara que se me pone cuando pienso en cómo resolver integrales. Deberías tener la misma —sugiero en cuanto rescato el rotulador—. Eres la alumna. No puedo darle al coco por ti.

Estos días, para liberarme de los restos de tensión acumulada tras el... llamémoslo *percance*, he estado centrándome en mi asignatura. Matty se ha unido a la causa y hemos comenzado las clases para que saque la máxima nota en sus exámenes de matemáticas y química. Tiene una buena base y es muy trabajadora, pero se le resisten algunos temas y muchas tardes he invertido más horas en que entendiera unos problemas que respondiendo correos. Lo bueno es que esos días se ha quedado a ayudarme y algunas de las dudas planteadas le han quedado claras a ella también.

Está sentada frente a una pequeña mesa que he rescatado de la terraza y que hace las veces de pupitre; yo uso la pantalla digital para hacer bien grandes los números y las operaciones y alejarme un poco de la tentación. Al final poco importa que sea prudente, porque ella me desmonta con cualquier coquetería: unos pestañeos de incomprensión, un mordisqueo ansioso al borde del lápiz o esa manía de balancear los tobillos cruzados.

A veces, y sobre todo estos últimos días, flirtea conmigo con bastante descaro.

—Estoy esforzándome más que tú, créeme. Me esfuerzo por no fijarme en lo sexy que es mi profesor.

A mi pesar, tengo que intentar no reírme.

—Esa no es la forma de hablarle a un docente, señorita Tavera.

—¿No? ¿Y cuál es? Es que hace ya diez años desde la última vez que estuve en un instituto y se me ha olvidado cómo comportarme.

Vuelve a hacer lo de las pestañas.

Esto es una tortura.

—Con que no se refiera a mí de esa forma tan cercana es suficiente. Si no se controla, tendré que informar al director —apunto, intentando mantener un rictus severo.

—¿Me expulsarían?

—Ajá. Una semana —le sigo el juego.

—Genial, así puedo ir a ver a mi jefe, un hombre que vive en un ático y es también sexy a rabiar. Os parecéis un poco, ¿sabes? Solo que él no lleva gafas y prefiere ir en pijama a vestir un chándal.

—Suena a que no se preocupa mucho de su higiene.

Matilda se levanta de la silla y rodea la mesa.

Lleva un vestido un poco más corto de lo habitual y unas medias de colegiala que hacen conjunto con unos zapatos de charol con velcro. Entre eso y la blusa con cuello de bebé, le falta la americana para ir vestida como una estudiante de colegio privado.

—Todo lo contrario. Huele de maravilla. De hecho, tengo una sospecha... —Se me acerca y se pone de puntillas para olisquearme el cuello. La siento sonreír pegada a mí, e intento por todos los medios que no se me doblen los tobillos—. Tal y como imaginaba, oléis igual. ¿No seréis la misma persona, como Superman y Clark Kent?

—No sé tu jefe, pero yo nunca llevaría mallas. Ni tampoco capa. Los superhéroes que la llevan están muy pagados de sí mismos. Solo sirve para darse aires de grandeza y para que se les enrede en el lugar más inconveniente.

—Creo que Edna Moda decía algo así en *Los increíbles*.

—Lo que es increíble es que llevemos aquí dos horas y hayas resuelto tres ejercicios. Vuelve a tu sitio y ponte a integrar, vamos. Ese examen no se va a aprobar solo.

Matilda se me queda mirando con una mezcla de esperanza y decepción.

Lleva unos días comportándose así, de forma provocadora, como si quisiera... como si quisiera... A quién quiero engañar con mis «como». Es obvio que espera algo de mí que no estoy preparado para darle.

No me he caído de una higuera. Puedo reconocer en la expresión de una mujer cuándo quiere que la besen. Pero si le pongo un dedo encima, no habrá vuelta atrás: yo me enamoraré el doble y ella se espantará con mi inexperiencia y torpeza porque, digan lo que digan, si no tienes sexo con frecuencia, te oxidas.

—Venga ya, obedece —ordeno. Le arreo un azote en el culo y le señalo la mesa sin sonreír ni parpadear.

Ella abre los ojos, sorprendida.

—¿Eso que acabas de hacer no es acoso?

—Si quieres quejarte, te traeré la hoja de reclamaciones.

—Pues vale. Que sepas que presentaré una instancia por este trato lujurioso, y pediré que me compensen... —anuncia, apuntándome con su barbilla de duendecillo juguetón—, haciéndolo otra vez.

Suspiro y doy unos toquecitos a la pantalla con el rotulador.

—¿Quieres aprobar ese examen, Matilda? Porque si no te sientas y aprendes a hacer integrales, no lo conseguirás.

Siempre que toco el tema de la selectividad, logro disuadirla de volverme loco. Esta vez no es la excepción. Regresa a su asiento y acomoda la falda para que no enseñe ni un centímetro de piel. Más de lo necesario, quiero decir.

No vuelve a mirarme. Coge el lápiz y se zambulle en las operaciones que ha copiado con bolígrafos de gel y purpurina. Su cuaderno podría pasar por el de una cría de ocho años si no fuera por la complejidad del contenido.

Aprovecho su concentración para mirarla de arriba abajo.

Hace dos años desde la última vez que eché un polvo. Y no lo he echado de menos, porque tenía cosas más importantes de las que preocuparme. Claro que he sentido lujuria, pero no planeaba dejarme llevar por ella. Partimos de la base de que nunca se me han dado bien las mujeres. Mi lista de amantes es bastante reducida. He salido con tres en toda mi vida y, aparte de ellas, me he acostado con dos que no eran mi pareja porque tenía esta estúpida fantasía de la familia tradicional y pensaba que llevándome a desconocidas a la cama no iba a completar el objetivo. Quería a mi lado a una esposa que me tomara (y a la que tomar) de la mano cuando el día hubiera sido desastroso, una casa modesta en algún pueblo alejado del barrio de mi infancia y unos hijos a los que educar en valores. Para eso, primero había que comprometerse con alguien. Justo con lo que no tenía problemas. Más me costaba enganchar a una de la cintura en una discoteca y convencerla de acompañarme a casa. Para mí, el cortejo, las citas e ir de una base a otra antes de llegar a la cama era lo normal.

Ahora no sabría por dónde empezar. No puedo llevar a Matilda al cine, ni de paseo, ni tampoco decirle de buenas a primeras que quiero meterme entre sus piernas, porque no es lo que he aprendido ni como concibo las relaciones. Pero si no fuera un cobarde, lo haría. Se lo diría. Lo que siento por ella no es nada desdeñable. Pocas veces me ha atraído alguien. En los tiempos en los que tenía citas, me importaba más consentir mi idea de pareja feliz, de tener a quien cuidar y querer, de lo que me interesaba el sexo. Quería el ideal, no a la persona; buscaba formar mi propia familia fuera de casa, porque dentro la cosa dejaba mucho que desear.

Pero con Matilda es diferente. Ya no albergo el sueño doméstico. Lo que siento por ella no está condicionado por la necesidad de casarme lo antes posible y olvidar el bajo concepto de familia que tengo gracias a (o por culpa de) los Bale formando una propia, una más decente.

—Tengo una duda, profesor.

Carraspeo y me acerco.

—Dime.

Matilda levanta la mirada hacia mí. Parece serena, pero en sus ojos brilla una emoción difícil de definir.

—¿Por qué no me besas desde que pasó lo de Anita?

La respuesta acude a mi cabeza, pero no la pronuncio porque me ha pillado con la guardia baja.

Abro la boca sin emitir ningún sonido.

—¿Te impresionó tanto lo que ocurrió que aún lo estás gestionando? —sugiere, dudosa—. ¿Es por lo que te dije y te hizo enfadar...?

—No, no es nada de eso.

—¿Entonces?

Trago saliva.

—¿Quieres que te bese?

—Esa no es la pregunta; más bien, *si quieres besarme*. Y si la respuesta es «no», por qué —se corrige—. Creía que estábamos en ese punto, pero veo que me he equivocado. A lo mejor es que al ver a Anita, y al seguir viéndola estos días, te has dado cuenta de que yo a su lado no soy tan guay.

Es cierto que he visto a Anita: ella sube a verme a veces y nos tomamos un café. Me inspira cómo progresa y busca la forma de seguir adelante sin dejar a su familia con el culo al aire. Su compañía me hace bien. Es muy cariñosa y se preocupa por mí sin resultar abrumadora.

Pero lo que Matilda dice después de eso me deja de piedra.

—¿De qué estás hablando? —Apoyo los nudillos en la mesa y me inclino hacia delante—. ¿Tanto te he forzado a estudiar matemáticas que te han derretido el cerebro y ahora no piensas con claridad?

—¿Estás volviendo a llamarme estúpida?

Sacudo la cabeza para desprenderme de una imagen en la que le saco la falda y la siento sobre la mesa.

Yeah, that would be an excellent way to solve the problem.[54]

El Julian libidinoso no tiene muy claro eso de que hablando se entiende la gente.

—¿Qué quieres exactamente? —pregunto al fin.

Ella solo me sostiene la mirada con las mejillas coloradas. Es tan expresiva que no necesita decirlo para que lo sepa, pero este humilde servidor tiene los huevos por corbata y no quiere darse por enterado. Matilda puede ser muy atrevida en según qué casos, pero en otros es tan tímida como yo, y es por culpa de esas dudas que siente sobre su sensualidad.

Odio que eso sea así, y no puedo corregir lo mal que suena,

54. Sí, esa sería una manera excelente de solucionar el problema.

pero si sus complejos son lo único que evita que me pida sexo, agradezco que los tenga. Y, a la vez, lo lamento profundamente, porque escuchar cómo me lo pide me elevaría al séptimo cielo.

La pregunta es... ¿merezco el séptimo cielo? ¿Merezco el primero, para empezar? ¿O siquiera merezco pisar el mismo suelo que ella?

—*Sweetheart*...—murmuro—, podría joderlo.

—*Joderme* —me corrige, con las mejillas ardiendo—. De eso se trata. Si es lo que quieres, claro.

Sacudo la cabeza.

—No lo entiendes. No soy ningún semental y no confío en mis habilidades. Sería como perder la virginidad otra vez, y no me siento... sexy estos días.

Ella aparta la vista.

—Vale. No importa. Da igual. Olvídalo.

—Matilda...

Apoya el lápiz sobre el cuaderno y me mira a la cara.

—En serio. Olvídalo y vamos a hacer una cosa. Hoy estás muy guapo. Te queda bien esa camiseta. ¿Por qué no grabamos un vídeo para el canal?

—¿Cómo que un vídeo para el canal? ¿Dando la cara? —Ella asiente con la cabeza—. ¿Por qué? ¿Qué interés tiene eso?

—Para tus suscriptoras y parte de tus suscriptores creo que no tengo ni que decírtelo. Pero para ti creo que podría ser bueno.

—¿En qué sentido?

«¿Y qué tiene eso que ver con lo que estábamos hablando antes?», evito preguntar.

—Si enseñas tu cara un poco más cada día te ayudará a darla del todo cuando te incorpores a la comunidad. Para que luego digas que no hago suficientes integrales. Estoy intentando integrarte a ti. —Me guiña un ojo con simpatía, aunque aún se la nota incómoda.

—Una cosa es integrarme y otra muy distinta es hacerme reconocible a simple vista. Si aparece mi cara en los vídeos del canal, no podré salir a la calle, pero porque me atosigarán desconocidos.

Se lo he puesto a huevo para que me replique que tampoco es que salga a la calle con frecuencia, pero tiene la gentileza de guardárselo y solo contestar:

—Entonces vamos a hacerlo solo para que te veas. Para que veas como yo te veo. ¿Tienes una cámara?

No tengo ni puñetera idea de qué se trae entre manos, pero señalo la Canon que uso para grabar la pantalla digital. Matilda la sujeta y empieza a trastear llena de curiosidad antes de apuntarme con el objetivo.

—Es cara —comenta.

—Sí, así que intenta no tirarla al suelo.

—La luz de la ventana te favorece. Desde que la abrimos se te ven los ojos más azules. A través de la cámara es increíble... Salen preciosos.

—¿Vas a decirme lo guapo que te parezco hasta convencerme de que el concepto que tengo de mí mismo es erróneo?

Ella aparta la cámara un momento para lanzarme una mirarme elocuente. Exhalo por la nariz, emulando una risa cansada, y me acerco a ella haciendo un gran esfuerzo.

—Te gustan mis ojos —confirmo con contrición. Le quito la cámara y la dejo sobre el escritorio otra vez. Aprovecho para acorralarla entre mis brazos, tratando de hacer oídos sordos a los latidos de mi corazón—. ¿Qué más?

No soy ningún conquistador, pero puedo fingirlo por unos minutos siempre y cuando ella se preste a ser vulnerable a mi atención. Ahora lo hace: parece hacerse grande cuando la miro. No le cuesta tomar las riendas y deslizar un dedo por la garganta.

—Tu cuello —susurra—. Es muy masculino.

Levanto las cejas, divertido.

—¿Masculino?

—Sí, como este hoyuelo de aquí. —Roza con el pulgar mi barbilla partida, una característica heredada que también tiene mi hermana.

—¿Te gusta ese hoyuelo?

Matilda asiente en silencio. Sus manos se posan en mi pecho y desde ahí ascienden.

—Tus hombros... —continúa—. Tus brazos. Tu pecho y tu cintura... Tu boca.

Acaricia con los dedos mis labios entreabiertos. Por miedo a molestarla con mi aliento, contengo la respiración y agacho la mirada como si así pudiera vigilar su recorrido.

No se mueven de ahí. Parece haberse quedado ensimismada con la forma de mi boca.

—Qué alumna tan superficial tengo —bromeo en voz baja.

Alza la vista con determinación.

—¿Hay algo que te guste de mí?

—*Is there anything that I dislike about you?*[55]

—Deja de jugar sucio con los idiomas. Acabaré sacando el móvil y buscándolo en el traductor. Han creado una aplicación para eso, ¿sabes? Para grabar a los guiris y traducir lo que han dicho en el momento.

Sonrío ligeramente, como si no quisiera que se diera cuenta de que me parece divertida. No solo estoy entretenido con su juego; también estoy emocionado y nervioso como un colegial.

Eso no me detiene. Mis manos vuelan al cuello de su blusa, que retiran lo suficiente para revelar un detalle más que conocido.

—Este hueco de aquí, entre las clavículas. El que le señalaba el conde Almásy en *El paciente inglés* a su Katharine Clifton. ¿Has visto esa película? —Ella asiente a cámara lenta—.

55. ¿Hay algo que no me guste de ti?

Le puso nombre: «el bósforo de Almásy», porque no hay lugar mejor que la geografía de la persona que... —trago saliva, consciente de lo que iba a decir: «La persona que quieres»—, de la persona que te trae de cabeza.

Matilda se humedece los labios.

—¿Nada más?

—Estas filas de pestañas. —Ella cierra los ojos, permitiéndome acariciar con la yema el borde del vello curvo—. Me dan un respiro cada vez que parpadeas, por eso a lo mejor me gustan más que tus ojos. Los hacen menos intimidantes. Y esta franja del muslo...

—¿No el muslo entero?

—No. Justo este rectángulo. —Le hago cosquillas con las uñas en el espacio que deja entre la falda y el calcetín—. He calculado que deben ser unos siete centímetros. Solo siete centímetros y me parece la distancia más larga del mundo. Esta franja de piel es la insinuación más erótica que he sufrido en toda mi vida.

Ella suelta una risita.

—Qué frase tan curiosa... Y yo que pensaba que irías a lo fácil.

—¿Qué es lo fácil? Lo fácil es decir que me gusta lo que haces con tu cuerpo, cómo lo mueves e interactúas con él. Señalar partes impersonales que podría tener cualquier otra mujer es lo verdaderamente complicado. Me gusta que te toquetees el pelo —empiezo—, que te tires de los leotardos hacia arriba, que le soples al flequillo, que hagas morritos y que cruces los pies a la altura de los tobillos. Se crea una sombra muy interesante entre tus muslos, justo bajo la falda.

—¡Pero serás pervertido! ¿Estás mirando las sombras bajo mi falda?

—*Constantly* —confieso, mirándola a los ojos. Basta con que Matilda haga el amago de sonreír para que dos hoyuelos aparezcan en sus mejillas. Retiro las manos de su cintura y los rozo con el borde de las uñas—. Pero estos son mis favoritos.

—¿El qué? ¿Mis hoyuelos?

—Ajá. Serían mi geografía; las pequeñas depresiones más bonitas que he visto en mi vida. Pero como soy matemático y no geógrafo, y no quiero copiar *El paciente inglés*, tus hoyuelos no serían ningún bósforo, sino... una representación del número áureo.

—¿Número áureo? ¿Qué es eso?

—Un número algebraico con infinitos decimales. Se le llama «divina proporción» porque se encuentra en la naturaleza: en las nervaduras de las hojas de los árboles, en sus ramas, en el caparazón de un caracol, en el patrón de las semillas de los girasoles... Los objetos y las cosas son perfectos cuando tienen la proporción áurea.

—¿Es esa la forma matemática de decir que soy perfecta?

—*Maybe*.

—¿Y mis hoyuelos tienen esa proporción ideal?

—Tus hoyuelos *lo son*. Son la proporción ideal.

—Si pongo eso en un examen, estoy suspendida seguro, ¿verdad?

Suelto una carcajada con la frente pegada a la suya.

—Ajá. Y tampoco te van a aprobar por integrarme en la comunidad, ni por haberme derivado de jefe a lo que sea esto, ni por haberle restado pena a mi vida, ni por haber subido la probabilidad de mi recuperación. Por eso tienes que poner tu trasero en esa silla y usar el lápiz para algo más que morderlo mientras me miras como si quisieras morderme a mí.

Ella se humedece los labios.

—¿Estás seguro de que no quieres besarme? Porque suena como si tuvieras muchas ganas.

Rodeo su nuca con los dedos y tiro de ella hacia mí. Matilda me envuelve con los brazos y no pierde el tiempo. Se pone de puntillas y empieza a frotarse conmigo, pidiéndome algo que no sé si satisfago al cogerla en brazos y llevarla hasta su pequeño pupitre.

La siento sobre la mesa de exterior y separo sus rodillas con una mano.

—*Only for the record*[56] —jadeo entre un beso y otro—, en otra vida, y si fuera otra clase de tío, te habría quitado el vestido en la primera cita como dijiste que ninguno de tus ligues deseaba hacer... porque eres sexy y provocativa a tu manera.

Aparto el cuaderno de un manotazo para que no se clave las anillas. Tiene la mala suerte de caer al suelo, seguido del lápiz y un estuche lleno de rotuladores de colores. Lo único que se queda sobre la mesa es un papel desdoblado al que no presto atención hasta que leo una frase al azar y me distraigo.

Me separo un poco y la miro a los ojos.

—¿Qué es eso? ¿Es la lista que me mencionaste aquel día?

Matilda ladea la cabeza hacia la cartilla y la coge con dedos temblorosos. Tiene las comisuras y la barbilla manchadas de pintalabios y está despeinada y sonrojada.

—Sí... —balbucea con voz débil—. Como estoy empaquetando y desempaquetando cosas, acabo encontrando de todo. El otro día me tropecé con esa tontería que escribí a los veinte: mi lista de cosas de adolescente pendientes de hacer.

Le pido permiso para rescatarla de entre sus dedos.

Iba a ser una ojeada rápida porque tengo algo más importante entre manos ahora mismo —ella—, pero la forma en que está escrita, los tachones, los corazones... Todo me llama la atención y me enternece irremediablemente.

—Solo te faltan un par por cumplir —comento en voz baja—. Enamorarte y sentirte guapa.

Matilda me mira con una sonrisa escueta y dulce. Me muero por besarla otra vez, y celebro no hacerlo enseguida o me habría perdido su respuesta:

—Una de las dos acaba de ocurrir.

El corazón se me acelera de la forma más ridícula.

56. Solo para que conste.

No es que de repente tenga las agallas de preguntar cuál de las dos, pero, por si acaso, ella se cura en salud continuando enseguida.

—Me gusta llevarla encima cuando tengo revisión. La saco en la sala de espera y me recuerdo que me quedan unas cuantas cosas por hacer. Esta tarde añadiré algunas más para motivarme, y si por casualidad me dan una mala noticia, tendré una razón (o varias) para luchar.

Sacudo la cabeza, confuso.

—¿Revisión?

—Cada cierto tiempo tengo que ir al oncólogo a que me hagan unas pruebas. No sé si es algo que hacen todos los que han estado enfermos de cáncer, pero como el que yo tuve tiende a reaparecer, la vigilancia es necesaria.

—¿Vas con tus padres o con tus amigas?

—No. No quiero que lo pasen mal. No saben que voy a ir a recogerlas.

La imagen de Matilda yendo al hospital sola, desdoblando el papelito que llevaba doblado en el bolsillo delantero de su vestido vaquero y dándose fuerzas a sí misma con una sonrisa temblorosa, es algo que se me graba con nitidez en la cabeza. Y que me duele.

Un nuevo temor se une a la colección: el de que enfrente sola un miedo que sé que tiene.

—Es algo periódico y no tiene demasiada importancia —continúa con aparente indiferencia—. No me gusta ir, como es natural... Me trae muchos recuerdos porque cuesta no pensar que los análisis traerán consigo una noticia que no quieres oír. Pero pasa tan rápido que no te das cuenta. En una hora a lo sumo estaré aquí de vuelta por si me necesitas.

Estira el cuello para rozar sus labios con los míos. Al principio me resisto a que cambie de tema con facilidad, pero es tan tentadora y está tan segura de lo que quiere, tan supuestamente relajada, que no tardo en ceder. Sabiendo que me lo ha contado porque tiende a soltarlo todo, y no porque pretenda que haga algo al respecto, pienso que por una vez es posible que sea ella la que me necesite a mí.

O tal vez no a mí en particular, pero sí a alguien.

—Todo va a ir bien —me da tiempo a prometer antes de que enrolle las piernas en torno a mi cintura—. Ya lo verás.

Capítulo 26

Diagnóstico: *ponifobia*

Matilda

—Y si no se refiere al combustible, ¿cuál es la metáfora, mija? —insiste Tamara—. Te estoy diciendo que en el videoclip salen picando neumáticos y meneándole las nalgas a un coche. Más obvio no puede ser.

—No tiene ningún sentido lo que dices —replica Eli—. ¿Cómo va a gustarle la gasolina de verdad? ¿Qué pasa, que la muchacha se sirve vasitos de gasoil todas las mañanas para empezar el día con energía? ¿Con lo caro que está, encima? —Suelta un bufido—. Se refiere a la bebida alcohólica. Hay un cóctel puertorriqueño que se llama así, Gasolina.

—Esa madre te la estás inventando ahora mismo para llevarme la contraria. ¿A que lo busco en internet?

—Búscalo, ya verás. Se sabe que los cantantes de reguetón no son muy metafóricos, pero dudo bastante que Daddy Yankee escribiera una canción sobre una mujer *transformer*. O que se la estuviera dedicando a su coche.

—¿Perdona? Claro que son metafóricos. ¿A qué crees que se refería Pitbull cuando una mujer le paraba el taxi? ¿Te crees que

Pitbull sube a taxis? Pitbull va en limusinas, o tiene chofer privado. No necesita que nadie le levante la mano y le ayude a conseguir transporte. Lo que le pasaba era que se empalmaba.

—¿Y me podrías decir cuál era la metáfora cuando Maluma cantaba «no sé con cuál quedarme, todas en la cama saben maltratarme»?

—Eso no es una metáfora, es una oda al poliamor. Está enamorado de «cuatro babys» y eso está perfectamente bien —insiste Tay con su tonillo repelente, de brazos cruzados—. Y *Felices los cuatro* hace una alegoría al intercambio de parejas y las relaciones abiertas. Me agotas, Elisenda. Odiar el reguetón es muy 2014. Deja de ir de superior por pasar de los artistas latinos.

—¿Cómo hemos pasado del significado de *Gasolina* a echarme un sermón porque no me guste el electrolatino ni el trap? —Eli suspira.

—Hemos cerrado el tema de *Gasolina* con mi exposición porque tengo la razón. ¿A que sí, Matty?

Me giro hacia ellas mientras intento meter el pendiente en el agujerito de la oreja.

Como cada vez que Tamara se obceca con un tema, me limito a sonreír y asentir. Llevándole la contraria le estaría dando coba, y no creo que Eli quiera que esté hasta el final de los tiempos defendiendo que a la mujer de Daddy Yankee le gusta beber de bidones.

Porque es Eli la que se va a quedar aguantándola: esta noche tienen que atender una convención de negocios en la que servirán el piscolabis y están muy entretenidas haciendo los canapés. Yo tengo cita con el oncólogo a las once de la mañana y, como es natural, no les he comentado nada. Se pondrían tan nerviosas como yo, y para no aparecer en el hospital hecha un manojo de nervios, he preferido dejarlas conspirar sobre el reguetón.

Ha sido una distracción muy divertida.

—Le voy a subir a Julian el correo. Luego iré a ver apartamentos —miento—. Volveré para la hora de comer.

—¡¿Cómo que irás a ver apartamentos?! —grita Tamara—. ¿No le has dicho que te deje una habitación? ¿O que te deje *su* habitación, con él dentro? ¡Era la idea perfecta!

Hago un gesto con las manos para que baje la voz.

—Cállate, leches, que te puede oír si hablas desde la cocina —masculllo entre dientes—. No, no se lo he dicho. Iba a hacerlo cuando lo recogí de comisaría y lo intenté un par de días después, pero entre que me da miedo su reacción y está medio raro, no me atrevo.

—¿Medio raro? Pensaba que habíamos quedado en que es *completamente raro* —apostilla Tay, metiéndose en la boca media barrita de pan de pipas—. Estar «medio raro» sería estar casi como una persona normal... Vale, no me pongas esa cara, lo siento. Ya veo que no te gusta que bromee. ¿Qué onda con él?

Echo un vistazo a mi reloj de pulsera. Me sobra tiempo para sentarme y soltar lo que lleva una semana preocupándome.

—Tiene muchos cambios de humor, o eso me parece. A veces lo pillo mirándome con ojos lujuriosos y, cuando me acerco, intenta quitarse de en medio. La mayor parte del tiempo deja que lo toque y todo eso, pero es como que... se cansa rápido y enseguida corta el rollo. El otro día, después de que me explicara las integrales, estuvimos enrollándonos una media hora.

Tamara se me queda mirando con las cejas arqueadas.

—¿Y...?

—Y nada. Nada de nada. Solo besos. Como los adolescentes.

—Eso no tiene nada de malo. Los besos están muy infravalorados —anota Eli, concentrada en su labor de rebozar las empanadillas—. Son muy pocos los hombres que se toman el tiempo de besarte como Dios manda. La mayoría solo lo hacen para contentarte antes de empujarte por la nuca para que les hagas un trabajito.

—Ya... Si a mí me encanta, pero es que...

—Te pones cachonda y luego eso no hay Dios que lo baje —deduce Tay. Encojo los hombros con resignación—. Y yo pensando que os dabais candela día sí y día también. Debe de ser un portento si con unos cuantos besitos te hace volver a casa con las piernas temblando.

Me froto las mejillas coloradas.

—Lo es —respondo—. Pero estos últimos días pienso que lo hace... No sé por qué lo hace. Dice que le intereso y que el problema es suyo, que hace mucho tiempo que no termina la faena y le supera el miedo a no estar a la altura, pero...

—Qué tierno. —Eli sonríe—. Es adorable ver a un tío inseguro con estas cosas, por variar un poco. He llegado a un punto en el que los chulos pagados de sí mismos me dan ganas de vomitar.

—Pero... ¿y si es una excusa? —balbuceo, ansiosa. Les hago un gesto para que vengan al salón. Sabiendo el motivo (el cotilla del ático), Eli se limpia las manos en el delantal y cierra la puerta de la cocina—. Creo que ya no le gusto.

—¿Cómo que «ya no le gustas»? —repite Tamara, contrariada—. ¿Cuándo le has gustado, entonces? ¿Cuatro días? Déjate de mamadas.

—Creía que el plan era empezar a hacerlas —bromea Eli. Al ver que no me hace demasiada gracia, me coge de la mano y tira de mí—. A ver, cuéntanos qué pasa. ¿Por qué dices eso?

Lanzo una mirada nerviosa a la puerta del baño, en el que Anita lleva metida un buen rato. Si quiero confesarme sin que se entere, es el momento: está terminando de ducharse.

—Lo noto distante desde que pasó lo de Rafa.

—¿Eh? ¿Qué tiene que ver el pinche *hijueputa* ese con vosotros dos?

—Que Julian pasó unas cuantas horas en comisaría con Anita, y cuando llegué... no podía parar de mirarla. Ahora se han hecho amigos. He visto que se intercambian mensajes, e incluso se ven a veces. ¡Se ven! ¡Toman café juntos! ¡Como personas normales!

Eli frunce el ceño.

—¿Cuál es el problema? Me parece normal. Anita nos ha dicho varias veces que siente que Julian es la única persona que no la juzga, que entiende su situación, y ambos están cómodos en compañía del otro. No veo cómo eso... —Su voz se va apagando hasta que da con el quid de la cuestión—. Oh.

—¿«Oh»? Oh ¿qué? —espeta Tamara, con los brazos en jarras—. No pensarás que se han enamorado y van a fugarse juntos. Esto a lo mejor suena fatal, pero los dos están traumatizados. Lo raro es que no tomen cafés más a menudo. Han encontrado a alguien con quien compartir sus... vainas.

»¡Mira! —exclama de repente, y le da un golpecito a Eli en el hombro—. Otra metáfora chingona: ¿a qué crees que se refería Fuego en *Una vaina loca*? No creo que hablara de un lugar donde guardar la espada de acero. Más bien la de carne.

—«Un chochito loco» no habría quedado igual de bien, lo capto —ironiza Eli, que enseguida vuelve a mí—. No me digas que estás celosa de Anita. Ha pasado por algo terrible, ¿de verdad piensas que hay algo entre ellos? No creo que la pobre tenga la cabeza para pensar en hombres después de lo que ha ocurrido.

—No digo que haya algo entre ellos. Nada de esto tiene que ver con Anita, sino con él. Yo era la única mujer que veía, además de su hermana, y a lo mejor por eso le gusté. Pero fue una especie de deslumbramiento adolescente, como cuando un chico de once años se fija en su primera compañera de clase. Ahora que ha visto la luz y ha conocido a otra, es cuando ha comparado y he salido perdiendo. Ana es guapísima, exótica, sexy y...

Last Name, de Carrie Underwood, el politono que elegí para las llamadas, me interrumpe.

—¿En serio? —bufa Tamara—. Debes de ser la única persona en el planeta que sigue teniendo el móvil en sonido.

—Te recuerdo que soy la asistenta a tiempo completo de una persona, no puedo no enterarme de que me están llamando y la vibración no sirve para nada porque nunca llevo el móvil en el bolsillo —replico con rencor, y cambio completamente el tono al contestar—: ¿Dígame?

—Hola, Matty. —Es Alison—. Perdona por las horas, seguro que estás ocupada, pero acabo de ver en el periódico que en tu edificio hubo una historia turbia la semana pasada, y...

—¿Ha salido en el periódicó?

—No se especifica demasiado. Unas cuantas líneas: un vecino se infiltró en la casa de otro y mandó al hospital a su mujer. ¿Qué ocurrió? ¿Cómo está Julian? Lo estoy llamando y no me coge el teléfono, y sé lo que este tipo de cosas le afectan.

Vaya. Parece que no le ha contado a su hermana que lo detuvieron en la puerta de su casa. Entiendo que no es plato de buen gusto para nadie ponerse a narrar semejante aventura, pero es Alison, la persona que más quiere en el mundo. Debería tenerla al día.

—Pues verás...

No sé si estoy haciendo lo correcto contándole algo que Julian ha decidido reservarse, pero Alison es muy discreta y se nota que anda preocupada. Intento no aportar detalles sórdidos y le hablo sobre todo de la reacción de Julian y cómo se encuentra ahora mismo, lo único que es de su interés ahora que no hay cargos contra él. No es una situación que pueda relatarse como si fuese divertidísima, pero intento restarle importancia para no preocuparla.

Ya digo de antemano que no sirve para nada.

—No me lo puedo creer. Me dijo que salió del apartamento, pero no por qué. Me ha ocultado la parte problemática.

—Seguro que es porque no quiere interrumpir tu vida.

—Claro que es por eso, es un auténtico idiota. Voy a ir a verlo. No hoy, porque se supone que estoy en Barcelona y se tarda mínimo un día en conseguir un billete de avión a la capital, pero mañana a primera hora me presentaré en el apartamento. Lo llamaré para decírselo. Si no consigo comunicarme con él, te mandaré un mensaje para que se lo digas tú.

—Vale, guay.

—Muchas gracias por contármelo. Seguimos en contacto.

—Y cuelga.

Me quedo mirando la pantalla con el ceño fruncido.

Esta mujer al teléfono es mucho peor que un ejecutivo. Dice lo que tiene que decir y se las pira. Ni un «oye, y tú qué tal», aunque sea por cortesía.

Lo guardo en el bolso junto a mis pastillas de menta y mi lista de posibles personalidades del ermitaño. Debería tirarla a la basura porque, después de haber visto cómo está Julian, no me parece nada divertido jugar a las quinielas, pero se ha convertido en un bonito recuerdo de los comienzos.

—Me voy. Ya llego tarde.

—¿Qué? Tenemos una conversación pendiente —se queja Tay.

—Ya la terminaremos cuando vuelva.

La puerta del baño se abre y una Anita sin maquillar y con un turbante en la cabeza se asoma. Los moretones ya no son violáceos, sino amarillentos, y no eclipsan su inigualable belleza latina. Solo anuncia que se ha acabado el champú y pregunta dónde puede encontrar otro bote, pero reacciono como si me hubiera contado que anoche se tiró a Julian sobre la mesa de la cocina.

No entiendo de dónde salen estos ridículos celos, porque yo jamás he sido esa clase de persona, pero no puedo obviar el nudo en el estómago. La he visto reír con Julian y cogerle de la mano durante una sesión de café, y no me saco de la cabeza que es muy curioso que, nada más aparecer Anita, yo me haya convertido en una luz lejana. Unas veces me ve y otras no.

Compartir apartamento con ella mientras encuentro uno para mí solo empeora el problema, porque recién levantada está igual de guapa, su conversación es estupenda, viste de maravilla y es una bellísima persona. Ha pasado por una experiencia terrible y eso no la ha cambiado. A veces se viene abajo, como es natural, y entonces la consolamos entre las tres.

Yo la aprecio, aunque esta estúpida envidia me haga mirarla con anhelo cuando me descuido. Quiero que esté bien. Lo estará porque intenta salir adelante por sus propios medios y es muy optimista. Y entonces... ¿Qué pasará? ¿Lo que tiene con Julian derivará en algo más? Odio el rumbo que toman mis pensamientos, y me siento muy injusta con ella, pero no puedo evitarlo.

—Gracias, mis amores. —Y vuelve a meterse dentro.

—Yo también me las piro, vampiro. Nos vemos luego.

Me escabullo antes de que Tamara decida olvidarse de las empanadas, los canapés y los barquillos de nata y me arrastre al taller de problemas, *nuestro* taller de problemas, lleno de postres dulces, música mariachi, comedias románticas y esmaltes de uñas.

No dudo que vaya a necesitar uno dentro de poco. Tengo antojo de alfajores y mucho que desahogar.

Bajo al buzón a recoger el correo de Julian y, una vez más, me lamento porque el ascensor está averiado. Allí me tropiezo con una pareja de vecinos: reconozco el pelo ondulado de galán de Edu, que va con su ropa de trabajo. El tipo con el que charla no me resulta familiar, pero mi mandíbula casi rompe el suelo al intercambiar una mirada rápida con él.

Mi cara debe de ser un poema, porque el desconocido, que estaba dejando unas cuantas cajas de cartón en el suelo, me observa con una ceja en alto.

—Lo siento... lo siento si te he mirado rarísimo, pero... es que por un segundo he pensado que eras Chris Evans —balbuceo.

—¿Verdad que es igual? —interviene Edu—. Hasta él mismo admite que lo han parado varias veces por la calle. Es Óscar, el vecino del cuarto. Entrará a vivir en marzo, pero ahora hace la mudanza. ¿Qué te parece?

Me pregunta qué me parece como si lo hubiera esculpido él mismo.

—Encantada, Óscar. —Y lo digo de verdad: estoy encantada por mí y por mis amigas, que van a vivir al lado de un sexy semental como ningún otro. «¿Sexy semental? Hablas como Edu»—. Yo soy Matilda, pero puedes llamarme Matty.

El tipo se acerca a darme los dos besos de rigor y yo por poco me convierto en un charco de hormonas.

—¿Vives aquí? —me pregunta con cortesía.

—No por mucho tiempo, pero me verás con frecuencia.

Él me enseña todos sus dientes en una sonrisa perfecta.

Leches, que no. Que es Chris Evans y me están mintiendo. Y si no, tiene un hermano gemelo el doble de guapo, con los ojos más verdes...

—Perdona. Me he quedado mirándote, ¿verdad? Qué mala educación la mía. —Carraspeo y me dirijo al buzón—. ¡Suerte con la mudanza!

Óscar me da las gracias y se desliza escaleras arriba. No han dejado de oírse sus pasos cuando Edu se me cuelga de los hombros como un chimpancé.

—Estoy seguro a un noventa por ciento de que es maricón —me susurra al oído.

—Todos los guapos lo son. —Suspiro mientras voy amontonando las cartas—. Pero hoy voy a darte bola porque se nota que te mueres por un cotilleo. ¿En qué te basas?

—Ha entrado tarareando una canción de Liza Minnelli. Lleva unos vaqueros muy muy apretados; usa mascarillas por las noches, y ha pillado una referencia que he hecho a *RuPaul's Drag Race*. Una muy concreta que solo sabría alguien que hubiese visto el programa. —No contiene la ilusión y agita los puños delante de mí—. Si es que no sé de qué me sorprendo, todo el mundo sabe que el dios Apolo es marica, y este no tiene nada que envidiarle a ningún atleta olímpico.

—La verdad es que es guapísimo.

—Tú ni lo mires —me advierte como un perro rabioso—. Si puedes permitirte ir por la vida rechazando la sabrosa carnaza de un artista cordobés es porque tienes superadas las caras bonitas.

—Ya te he pedido perdón por dejarte tirado. Sabes que era una urgencia. Ahora incluso ya sabes cómo de urgente era —apostillo, y le cambia la cara enseguida—. Además, Tamara se acostó con él y no fue tan mal, ¿no? No me puedes decir que el pobre se amargara sin mí.

—Tamara estuvo bien para echar un casquete, pero ninguno de los dos se quiere para nada más. Tú eres su mujer perfecta.

—¿Y él? —Mi ceja sale disparada hacia arriba—. ¿Es mi hombre perfecto?

—Eso solo lo sabrás si la próxima vez no lo dejas tirado.

—Pareces muy seguro de que habrá una próxima vez. No sé, Edu. No me simpatiza mucho salir con alguien que ha sudado en las sábanas de Tamara. Luego hará comparaciones, y Tay seguro que es estupenda.

—Pues, hija, si quieres salir con alguien que no se haya comido Tamara, ve preparando las maletas, porque como mínimo vas a tener que irte a Francia.

—Qué exagerado eres. —Río—. Anda, luego nos vemos.

Encajo la pesada correspondencia bajo mi brazo tembloroso y subo las escaleras entonando una canción infantil. Cuando estoy nerviosa parezco más atolondrada que de costumbre: hago mucho ruido y hablo muy deprisa. Hoy es uno de esos días. Desde que me he levantado esta mañana, no he parado de dar vueltas. Me he cambiado siete veces de zapatos y ni siquiera tengo siete pares.

A priori no cuento con razones para estar histérica, pero conforme subo hacia el ático, mi ánimo se va crispando cada vez más, y más, y más.

A cada segundo que pasa estoy más cerca de la hora de la cita médica.

Sé que es una simple revisión, y después de haber pasado por quimioterapias e intervenciones quirúrgicas, poner un pie en la consulta de un oncólogo no debería ser gran cosa. Pero mi cuerpo quiere convencerme de lo contrario copiando las náuseas y la hinchazón de las embarazadas.

Estoy empezando a arrepentirme de no habérselo dicho a nadie. Tener a alguien a quien coger de la mano sería fantástico. Es uno de esos días duros del año.

Por fin llego al ático, sudorosa y cansada por la carrerita. No me da tiempo a sacar la llave y meterla en el cerrojo, cuando la puerta se abre de par en par.

Preparo una sonrisa para Julian, pero al cruzar miradas con él, el asombro me impide mover un solo músculo.

Mis ojos recorren con avidez toda su estatura.

—¿Llevas vaqueros?

Julian se mira las piernas como si no se acordara.

—Eso parece. —Carraspea y me mira, nervioso—. ¿Nos vamos?

Un pitido se instala en mis oídos, y de repente siento como si fuera a desmayarme.

—¿Irnos? ¿Adónde?

—A la revisión. ¿No era hoy? —De pronto su semblante se oscurece de puro miedo a haber hecho el ridículo—. ¿Me he equivocado?

—Sí, es hoy, pero... —Cierro la boca en cuanto empieza a temblarme la barbilla. Solo cuando estoy segura de que no voy a tartamudear, añado—: ¿Vas a venir conmigo? ¿Vas a salir de casa?

Julian mira a un lado del pasillo y se rasca la nuca.

—Me dijiste que pretendías ir sola y no me pareció que te hiciera mucha ilusión. De hecho, es bastante evidente que vas a pasarlo mal.

—*Tú* vas a pasarlo mal —le corrijo—. Tenemos que salir a la calle. ¿Eres consciente?

—Y tanto. No me habría puesto vaqueros en ninguna otra circunstancia.

Inspiro y voy expulsando el aire poco a poco.

Él está mucho peor que yo. Se le nota. Tiene la frente perlada de sudor y ha cambiado el peso de pierna unas siete u ocho veces. Pero la convicción le puede al pánico.

—Si es una broma, no me voy a reír. Esto es serio.

—Lo sé, por eso he rescatado la ropa vieja del altillo del armario. Porque es importante. Además, ¿desde cuándo soy un tío que hace bromas, serias o no? —Traga saliva—. Mira... Si de verdad quieres ir sola, lo respeto. Sin embargo, siento que necesitas compañía. Y... bueno, ya sabes que esto de abandonar mi guarida no me hace ninguna ilusión, pero ya bajé al rellano una vez e hice un viaje a comisaría... y sigo vivo. Después de eso me parecería injusto no ir contigo al hospital, o al fin del mundo, o a donde sea.

Con esto último termina de convencerme. A lo mejor hago mal y debería insistir en que no es necesario, que puedo ir yo sola y no pasa nada, pero me hace tanta falta esa muestra de aprecio que me tiro a sus brazos y me aprieto contra su fino jersey gris —que, por cierto, le sienta como un guante— como si me fuera la vida en ello.

Acompañarme al hospital no habría supuesto ningún esfuerzo para otra persona. Tay y Eli lo hubieran hecho con los ojos cerrados. Edu también. Pero en Julian, hasta el más ridículo de los detalles tiene su significado.

Está haciendo esto por mí, y yo pensando que ha desarrollado una especie de *ponifobia* y por eso me rehúye más de lo que rehuía salir por ahí y comunicarse con la gente.

Sí, *ponifobia*. Le he oído referirse a mí como My Little Pony varias veces.

No le he dicho nada porque me gusta el mote. Me parece de lo más apropiado.

—Para ser medio ermitaño, lees a las mujeres mejor que los que tratan con ellas todos los días —murmuro, con la mejilla pegada a su pecho. Él me abraza con esa tierna torpeza a la que ya me estoy acostumbrando—. Te diste cuenta de que no quería ir sola.

—Trato con mujeres todos los días, o casi todos. Tú, Alison, Anita... No tiene tanto mérito.

No sé cómo tomarme que equipare su trato con Anita con el contacto que mantiene con su hermana y conmigo. Solo sé que no me entusiasma y que no tengo derecho a decir nada al respecto. Ni mucho menos cuando está demostrando que le preocupo.

—Eso sí, espero no cruzarme a ningún vecino —murmura.

—A estas horas todo el mundo está trabajando, no te preocupes. ¿Vamos?

Julian asiente con la cabeza. Bajamos las escaleras en completo silencio: yo intento convencerme de que esto no es para tanto, de que este esfuerzo suyo no significa que quiera ser algo mío, y apuesto lo que sea a que él se está mentalizando de que por primera vez va a poner un pie en la calle por voluntad propia.

Cuando estamos a punto de cruzar el portal, dudo.

¿Es lo más conveniente? Está pálido, y aunque lo intenta disimular, le tiemblan las manos. No parece que su miedo sea como el que se le tiene a la muerte, que no te queda otro remedio que afrontarla y acostumbrarte, y yo no quiero ser la que lo empuje a hacer algo que le aterra.

Abro la boca para decirle que puede irse, pero Julian elige justo ese momento para girarse hacia mí y regalarme una sonrisa decidida.

Me tiende la mano.

—¿Vamos?

—¿Seguro?

Él asiente con seguridad.

—Siempre y cuando me guíes tú.

Capítulo 27

EL PAÍS MATILDA

Matilda

Si cuando empecé a trabajar de asistenta me hubieran dicho que acabaría cogiendo de la mano a Julian, no me lo habría creído.

Las miraditas que nos dirige la gente por la calle son de risa. Las mujeres le echan un vistazo de arriba abajo y me observan con envidia, y algunos han sonreído con ternura al ver la pareja tan pintoresca que hacemos: yo con mi vestido amarillo de topos negros y él tan aparentemente gris.

Pero no puedo disfrutar del momento porque sé que Julian está preocupado.

El hospital se encuentra a unos pocos minutos a pie; veinte, a lo sumo. Y el trayecto entero se lo pasa observándolo todo sin pestañear, como si estuviese seguro de que hay alguien siguiéndole y quisiera prevenir un ataque. A ratos intenta ir como los burros, con la vista clavada al frente, sin usar la periférica. Suda y tiene la mandíbula tan apretada que me extraña que aún le queden dientes.

Como no puedo soportar tanta tensión, decido romper el silencio cuando ya hemos salido a la avenida.

—Tu hermana me ha llamado. Dice que viene mañana.

—¿Ah, sí? —responde entre dientes, con la garganta seca—. ¿Por qué?

—Hijo, anda que te alegras. —Le doy un codazo amistoso—. Ha leído en el periódico lo que pasó el otro día en el edificio y se ha preocupado. Quiere asegurarse de que te encuentras bien.

—Podrías haberle dicho que estoy perfectamente y no es necesario que se gaste el dinero.

—El dinero es lo de menos.

—Claro que es lo de menos. No quiero que venga —zanja con sequedad—. Cuando vuelva a casa la llamaré y le diré que se olvide. Estoy cansado de que se preocupe por cualquier nimiedad y decida dejar lo que esté haciendo para venir a buscarme.

—Julian, ir a comisaría porque te acusan injustamente de un delito que no has cometido no es ninguna nimiedad. —*Parece mentira que tenga que explicar esto*—. Mis padres también lo habrían dejado todo para venir a verme.

—Al final no me ha pasado nada malo. —Se echa el pelo hacia atrás con un movimiento brusco. Intenta disimular la tensión empleando un tono calmado, pero no se le da muy bien fingir—. Con telefonearme sería suficiente.

Aprovecho que nos paramos delante de un paso de cebra para admirar su perfil. Aunque estamos casi a finales de octubre, hace un sol cegador. Después de varios días nublados y con lluvia, pareciera que ha reconocido el esfuerzo de Julian y por eso ha salido a saludar.

—¿No la echas de menos?

—Mucho. Pero ahora que por fin se ha podido quitar de en medio, quiero que se distancie del todo de mis problemas. Bastante tiempo ha perdido ya por mi culpa.

—Ni que la hubieras apuntado con una pistola para que cuidase de ti. —Julian me dirige una mirada ominosa—. ¿Qué he dicho? Es verdad. Ella ha estado a tu lado porque ha querido.

—Pero lo que quieres no siempre es lo mejor para ti, y yo quiero lo mejor para ella. Quiero que salga y se divierta, que conozca a alguien y sea feliz, no que pierda oportunidades porque sienta que debe vigilarme.

—¿No crees que sea feliz?

—¿Quién va a ser feliz cargando conmigo? —Una nota de amargura se le escapa al soltarlo, y a mí se me revuelve el estómago—. No, no lo creo. No solo porque yo la preocupe. Alison también ha pasado por experiencias traumáticas y está tan lejos de superarlas como yo mismo. No soy el único que se escuda en algo para no afrontar la realidad. Yo me escondo en casa, sí, pero ella se protege con sus mentiras y con la excusa de cuidarme para no seguir adelante.

—¿De veras? —Traigo a mi mente la imagen de Alison sentada junto al ventanal de la cafetería, esperando a las candidatas a asistenta. Tenía un aire ausente, frágil—. No me ha parecido ver nada raro en ella.

—Porque oculta su tristeza de maravilla, pero perdió mucho.

—Me dijiste que Alison no sufría por la situación que vivíais en casa.

—Sabía mantener la cabeza más fría, pero le hizo mella igualmente. Aun así, la historia de mi padre es lo de menos. Es mucho más fuerte y valiente que yo, y se atrevió a probar suerte formando su propia familia, de donde era su prometido.

—¡Prometido! ¿Está casa...? —Pierdo el hilo al asimilar el pretérito—. Oh.

Julian pulsa con urgencia el botón de «Espere verde».

—En los Marines hice buenas migas con un par de chicos: Dawson y Hunter. Uno no se llevaba bien con su familia y el otro no tenía con quien pasar las Navidades, así que los invité a casa para celebrar el Año Nuevo. Ahí se conocieron mi hermana y Hunter. —Encoge un hombro—. No he visto otra pareja como esa, y créeme: antes de encerrarme en casa, vi mundo. Tampoco soy de los que creen en la predestinación, pero juro que fue como si nada más verse Lis y Hunter se reconocieran de una vida anterior.

—¡Qué bonito! —Con temor, agrego en voz baja—: ¿Y qué pasó?

—Que lo destinaron a Irak.

Me armo de valor para hacer la pregunta que he estado temiendo:

—¿Murió allí?

—No. Pero cuando volvió unos años más tarde, estaba... —Traga saliva—. Hunter era un hombre muy seguro de sí mismo y una de las personas más divertidas y enérgicas que he conocido nunca. Siempre tenía una meta, un objetivo; un plan con el que pasarlo bien. No sé qué mierda vio, ni qué vivió... Pero pudo con él.

No se me ocurre nada que decir. Le aprieto la mano para que sienta que estoy aquí y que puede seguir hablando si lo necesita. Tiene los ojos clavados en el semáforo de enfrente, que sigue en rojo.

—Siempre he pensado que es mi culpa. Si no los hubiera presentado, a lo mejor no habrían tenido unos años de felicidad, pero ahora Lis no llevaría esa carga encima.

—Por Dios, Julian —protesto con el ceño fruncido—. ¿Qué ibas a saber tú? No puedes predecir el futuro.

Él se queda un segundo en silencio.

—No, no puedo —dice al fin.

Lanzo al aire un suspiro apenas audible.

—¿Y Dawson? —pregunto, esperando de corazón que de su otro amigo solo tenga historias divertidas que contar—. ¿Qué tal él?

—Él volvió de Irak hecho polvo física y psicológicamente hablando. Estuvo ingresado en un hospital varios meses, más la rehabilitación que necesitó para sobreponerse. Se casó con la enfermera que lo atendió y ahora tienen un hijo pequeño. Es mi mejor amigo —añade en voz baja—. Me llama mucho, pero no suelo alargar las conversaciones.

Me muerdo el labio para no preguntar de sopetón lo que me ronda la cabeza. Al final, la curiosidad puede conmigo.

—¿Por qué no?

Él esboza una sonrisa distante. Se aparta un mechón rubio de la cara que se le había pegado a la comisura.

—Es un tío muy intenso. Si supiera en qué condiciones me encuentro, cogería un avión y me sacaría a rastras de casa.

—Anda, pues ahora sé a quién llamar si necesito refuerzos —bromeo—. Por cómo hablas de él, parece una persona maravillosa.

—La mejor. Tiene una bondad que no le cabe en el cuerpo, y eso que mide dos metros. Pero no me siento con fuerzas para hablar con él. Hace que... —Exhala—. Hace que me avergüence de quién soy y de cómo estoy llevando la situación. Dawson estuvo en la guerra, regresó y siguió adelante. *En la jodida guerra.* ¿Qué hay peor que eso?

—No tienes que compararte. Es obvio que, objetivamente hablando, siempre va a haber alguien que esté peor que tú, pero es que cada persona es un mundo, y este es tu mundo, tu dolor particular. Y es el peor dolor porque es el que conoces, el que estás sufriendo tú. No le restes importancia, pero tampoco lo glorifiques —le advierto—. Usa a tu amigo como ejemplo de superación y no para preguntarte por qué él y no tú.

—Tal como lo dices suena sencillo. Tanto como parece salir a la calle. Pero estoy...

Sacude la cabeza.

—¿Qué ibas a decir? ¿Que estás asustado y pasándolo mal? Lo sé. Lo veo. —Hago una pausa por cortesía—. ¿Por qué? ¿En qué estás pensando?

Julian echa un vistazo alrededor con los ojos entornados.

Se me hace difícil creer que no lo hayan destinado a ningún conflicto, porque lo observa todo como si fuese un campo minado.

—En todo lo que podría pasar ahora mismo. Un coche que pierde el control y me atropella. Una bomba que estalla en el centro de la ciudad. Un jodido loco que saca un arma y dispara a quemarropa.

—¿No has visto demasiadas películas de acción? —intento bromear.

Julian se gira para mirarme con severidad.

—Sueno como un neurótico, pero eso no solo pasa en la ficción. Los atentados son un hecho. Los conductores temerarios, también. Los terroristas son indistinguibles e imparables, si me apuras; nada los detiene porque no tienen nada que perder. ¿Cuántos enfermos sin valor por la vida y ganas de lanzar un mensaje puede haber por aquí? ¿Cuántos dispuestos a herir de muerte la seguridad ciudadana, o a matar por un ideal de...?

Cierra los ojos.

—Lo que te pasó tiene que ver con eso, ¿verdad? —pregunto con suavidad.

—He conocido a tanta gente mala que he dejado de comprender el propósito de la vida. He dejado de ver su belleza —murmura con un hilo de voz—. A veces pienso que esto jamás mejorará. Que nunca tendré la suerte de despertarme y no enumerar mentalmente todas las desgracias que ocurrirán a lo largo y ancho del mundo sin que pueda hacer nada para evitarlo.

—Julian... —Como no me escucha, tiro de la manga de su jersey hasta que se gira hacia mí—. No puedes evitar que ocurran cosas malas en el mundo. No puedes evitar ni la corrupción, ni la injusticia, pero sí puedes evitar que eso te obsesione y te afecte tanto. Sí puedes conducir tu vida por donde quieres que vaya.

—Eso pensaba yo, pero la desgracia a veces te persigue. Y nadie puede ser optimista después de ver ciertas cosas —añade en voz muy baja—. Se acaba de poner verde. Ya era hora. Pensaba que iba a hacerme viejo aquí.

Pensaba decirle algo así como: «No parece importarte tanto envejecer entre las cuatro paredes de tu piso», pero me reservo el comentario. No es el momento, y no creo que le hiciera ninguna gracia.

Ni siquiera me la hace a mí.

Sin soltar su mano, cruzo el paso de cebra hasta la entrada del hospital, que se encuentra justo enfrente. Al detenernos en la acera contraria, me fijo en que Julian me está mirando con un atisbo de sonrisa divertida.

—¿Qué?

—Has ido saltando por las rayas blancas del cruce.

—¿Cómo?

—Que al cruzar los pasos de cebra solo pones los pies en las franjas pintadas sobre el asfalto, como si estuvieras jugando a la rayuela.

—¡Ah! Ni me he dado cuenta... —Él disimula una risa meneando la cabeza—. ¿Te hace gracia?

—Es adorable.

Pero yo no quiero ser adorable. Quiero ser sexy. Estoy segura de que un hombre no se quiere acostar con una mujer adorable. Ni casarse con ella. Apuesto lo que sea a que si tuviera que describir a Anita, no usaría ese adjetivo del demonio.

No obstante, podría haber dicho que soy horripilante o patética en lugar de adorable, así que suspiro y digo:

—Gracias, supongo.

Al menos ha servido para que animemos un poco la conversación, que falta me hace ahora que estamos subiendo en ascensor a la planta de Oncología. Agradezco que haya venido conmigo, y no solo por lo que significa para él —y para ambos—, sino porque me ha ofrecido una distracción necesaria.

—Tu futuro lugar de trabajo —comenta como si estuviéramos en el hospital Blas Infante para hacer turismo—, ¿no?

—Bueno, no sé si me contratarían en este. Preferiría que no, porque es donde me ingresaron, hice tratamiento y todo eso, pero no deja de ser un hospital.

—¿No crees que será duro para ti trabajar con enfermos de cáncer? —Enarca las cejas—. Y, encima, niños.

—Claro que será duro. Son niños y no podré salvarlos a todos. Pero prefiero verlo por el lado positivo y pensar en todos a los que podré mandar sanos a casa.

Me mira con una chispa en los ojos.

—A veces me gustaría estar en tu cabeza. Tiene que ser un sitio espectacular para vivir.

—Pues sí. —Le guiño un ojo—. Casi siempre está soleado, tenemos pocas precipitaciones y una temperatura de veinte grados todo el año, ideal para ir en pantalón largo y camiseta de manga corta. ¿Por qué no te vienes? Hay sitio para dos.

—Suena tentador. —Se acaricia la barbilla—. No es que me guste más el lugar en el que vivo ahora, ¿eh? Está oscuro y llueve demasiado a menudo; tanto, que no te dan ganas de salir. Pero tengo un ático con vistas.

—Con vistas ¿a qué? ¿A dónde? ¿Al cielo inalcanzable, para tener constantemente la cabeza en las nubes? Yo preferiría vivir a ras de suelo, porque para estar bien hay que tener los pies en la tierra.

—¿Me estás diciendo que desde tu cabeza no se ve el cielo? Porque tienes unos cuantos pajaritos en ella, *sweetheart*, y los pájaros no suelen andar por tierra. —Su expresión se dulcifica con la broma—. Pero no te estás vendiendo nada mal.

—Y aún no he acabado, ¿eh? Nuestras ventanas ofrecen una visión más reducida y no tan impresionante de la ciudad, es verdad —reconozco, cabeceando—, pero es que no podemos mirar la vida a través de la cerradura, por impresionantes que sean las vistas; así no podemos participar en el día a día.

Tampoco necesitamos empaparnos de las desgracias y las desventuras ajenas, sino mirarnos un poco el ombligo y confiar en que somos la persona más importante que existe, y que solo por eso no nos va a pasar nada. Como destino de vacaciones, por lo menos, mi cabeza no está nada mal —culmino en voz baja.

Él me regala la primera sonrisa sincera.

—¿Vacaciones? Si yo me mudo al país Matilda es para siempre.

El corazón se me acelera.

«Para siempre». Para siempre viviendo en el país Matilda.

—¡Mucho más a mi favor!

—Me está convenciendo, señorita agente inmobiliaria. Al final la tentación podrá conmigo y abandonaré mi apartamento para comprarme un bajo en ese paraíso.

—No tiene por qué ser un bajo. Siempre se puede construir algo nuevo. Un ático con vistas, si es tu preferencia, solo que con vistas al futuro; vistas a largo plazo que se afronten con una mirada positiva.

—Suena tan bien que estoy dispuesto a cerrar el trato ahora mismo. Solo tendría una exigencia.

—¿Cuál?

Julian me retira el flequillo de la cara colocando un mechón detrás de mi oreja.

—Quiero que seas mi vecina. De poco sirve tener un lugar con tantas ventajas, con una panorámica tan prometedora y excitante, si no se puede compartir con nadie.

Se me escapa una sonrisa. A lo mejor lo estoy interpretando mal, pero parece anunciar que está preparado para dejarme pasar por la puerta de su vida, que hasta ahora la abría y la cerraba según el día.

Ante esa propuesta, esta humilde veinteañera loca por él solo puede decir una cosa:

—Eso está hecho.

Me pongo de puntillas y lo beso en los labios. Pero entonces suena la campanita del ascensor, anunciando que hemos llegado a nuestro destino. Los dos trabajadores del hospital que nos acompañan se miran y sonríen divertidos. Ella es pequeña, regordeta y lleva el uniforme de enfermera. Él es alto, rubio, y viste de azul cian, como los cirujanos.

—Se parecen a nosotros cuando no teníamos abierto un expediente por escándalo público —comenta el rubio con tono divertido.

—¿Tú crees? Me parece que son bastante más recatados de lo que tú sueles ser cuando te pones romanticón. No me has dado un pico en tu vida, Johnny Bravo.

—Para qué darte un pico si te puedo dar todas mis herramientas... —Se acerca a ella y le da un mordisco en la mejilla.

Los dos se ríen y salen del ascensor, dejándonos a Julian y a mí igual de divertidos por su breve charla.

—¿Vamos? —me anima él—. ¿Estás preparada?

—Algo así. En el bolso llevo mi lista de cosas por hacer y un bolígrafo de gel naranja con purpurina para anotar lo que se me vaya ocurriendo.

—Muy bien. Pues ve sacándola, *sweetheart*. Es hora de ensuciarla un poco.

Capítulo 28

HA SIDO UN ACCIDENTE

Matilda

No nos dio tiempo a apuntar muchas actividades de riesgo, porque el doctor me hizo pasar enseguida y me sacó casi con la misma rapidez para contarme los resultados de las pruebas.

Todo estaba perfecto. De maravilla. Como si nunca, jamás, hubieran tenido que abrirme el cuerpo para sacar un tumor maligno.

Yo he salido de la visita con una sonrisa enorme en la cara. Julian, en cambio, ha tenido ciertos problemillas a la vuelta.

Ha intentado retrasar la vuelta a casa porque la idea de poner un pie en la calle, incluso ahora que tiene la garantía de que no le va a pasar nada —porque no le ha pasado nada a la ida—, se le ha hecho bastante cuesta arriba. Él no me dice por qué se lo han comido de nuevo los nervios, pero no me ha costado imaginarlo: antes tenía una razón para salir, una misión, y luego ya no.

Pero teníamos que volver, no había otra.

Rehacer nuestros pasos ha sido una auténtica tortura para él, y para mí también. Verlo tan fuera de sí ha resultado doloroso, igual que si fuera yo la que estuviera sufriendo ese pánico. Con él, mi empatía se intensifica, y no creo que sea porque me gusta. El poli y el bombero también me gustaban y nunca terminé de sentirme afín a ellos. Debe haber algo más. Pero si lo hay, no creo que sea el momento de discutirlo. Acabamos de llegar al ático con la suerte de no habernos cruzado a ningún vecino —aunque a lo mejor alguno se ha asomado por la mirilla—, y Julian tiembla tanto que parece que acaben de rescatarlo de las aguas árticas.

—Voy a darme una ducha —anuncia sin mirarme.

—Vale. Esperaré aquí.

Sin embargo, se detiene bruscamente en medio del pasillo.

Es increíble cómo un hombre tan grande, cuyos hombros casi empujan las paredes, puede parecer tan derrotado. Desde ahí me lanza una mirada atribulada.

Sé lo que me va a decir: que me largue, y no porque yo le moleste, sino por algo que no acierto a comprender. Pero, sorprendentemente, no me suelta ninguna impertinencia.

—Muy bien —dice para sí, y desaparece escaleras arriba.

Yo me quedo un momento junto a la puerta de entrada, como si fuese la primera vez que piso el apartamento. No tardo en ponerme en marcha, activa ahora que sé que en mi organismo todo va de perlas. Me dirijo a la cocina con la idea de usar el horno para hacer mi famosa tarta. Mientras lo pongo a precalentar, me ato el delantal, me recojo el pelo e intento no prestar atención al sonido del agua que viene del baño.

No soy inmune a tener a Julian desnudo y bajo la ducha a unos pocos pasos de distancia. La situación es complicada, vale, pero ni estoy ciega, ni olvido lo que hemos hecho juntos, ni se me quita de la cabeza la fantasía de comérmelo a besos hasta que se sienta mejor. Y, por cierto, ser una mojigata no te convierte en asexual. Aunque no haya probado un acercamiento íntimo, llevo unas cuantas semanas obsesionada con la expectativa de tocarlo, saborearlo, «respirarlo» y todas esas cosas que dice Virtu en sus novelas de parejas decimonónicas gais, interraciales y sadomaso. Si encima él se comporta como si también se muriese por mí —hasta el punto de salir a la calle para acompañarme al hospital— y, para colmo, hay una tercera en discordia que me disputa el puesto, mi libido sube hasta las nubes.

¿Qué pasa? Saber que podrías perder a alguien en cualquier momento te mantiene en la cuerda floja, y eso siempre produce un subidón de adrenalina que lo hace todo más excitante. Aunque no saber en qué punto estamos también me da ganas de sacudirlo. O de que él me sacuda a mí. O de que nos sacudamos mutuamente.

Saco el móvil y pongo el aleatorio de Spotify. Un poco de música lo animará. Julian siempre la está escuchando, aunque es más de ritmos deprimentes, y ahora suena la banda sonora de *Shrek*, una canción de esas pocas que me sé de memoria.

—«*So she said, "what's the problem, baby?". "What's the problem? I don't know". Well, maybe I'm in love, love, think about it, every time I think about it, can't stop thinking 'bout it*» —canturreo, mientras bato los ingredientes—. «*How much longer will it take to cure this? Just to cure it 'cause I can't ignore it if it's love, love, makes me want to turn around and face me but I don't know nothing 'bout love, oh...*».[57]

No me sé el resto de la letra, pero sí de lo que va, y va de enamorarse de alguien accidentalmente, cuando menos te lo esperas y casi sin que te des cuenta.

Yo siempre he pensado que eso no es posible, que debes

57. Entonces ella dijo: «¿Cuál es el problema, nene?». «¿Cuál es el problema? No lo sé». Bueno, a lo mejor estoy enamorado, enamorado, pienso en ello, siempre pienso en ello, no puedo parar de pensar en ello. ¿Cuánto tiempo tardaré en curar esto? Solo curarlo, porque no puedo ignorar que, si es amor, amor, hace que quiera darme la vuelta y enfrentarme, pero no sé nada del amor, oh.

de tener una cierta predisposición a colarte por alguien, pero ahora...

Me rasco la mejilla, confusa, y me giro hacia la puerta que da al pasillo de la escalera.

¿No es suficientemente revelador que no deje de darle vueltas a lo que ha dicho sobre el país Matilda? ¿No es obvio que me emociona cada paso que da en mi dirección porque quiero formar parte de su vida, de que él forme parte de la mía, o de que creemos algo juntos?

Pienso que, de todos los estados, el del enamoramiento es mi favorito, pero cuando lo vivo a través de las parejas y no en mi propia piel. A lo mejor a mí no se me da bien. A lo mejor sufro porque no es correspondido y no quiero sufrir. Pero es recíproco, ¿verdad? Quiere vivir en el país Matilda. Existen formas menos poéticas para expresarlo, pero no se puede ser más directo.

Dejo la masa reposando sobre el cuenco y me decido a subir la escalera. No sé muy bien qué voy a hacer. ¿Preguntarle si le parece que estoy enamorada? ¿Colarme en el baño, desnudarme y meterme en la ducha con él? Me moriría de la vergüenza, aunque en otra vida, y si fuera más atrevida, lo haría sin dudarlo.

¿Cómo reaccionaría Julian si me colara? Lleva un buen rato ahí dentro: le habrá dado tiempo a darse un baño de sales con muchas burbujas. Teniendo en cuenta que no está en su mejor momento, ¿se enfadaría por mi atrevimiento o me recibiría con los brazos abiertos con tal de no pensar?

Me detengo ante el pomo y me lo quedo mirando dubitativa. Ya no se oye el agua, solo el latido acelerado de mi corazón.

¿Qué puedo hacer yo por él y qué puede hacer él por mí?

La puerta se abre de repente.

Lo primero en salir es una nube de vapor que me humedece las mejillas, y un agradable olor a gel invade mis fosas nasales. Luego la niebla se disipa, y como en una película de misterio, aparece Julian ajustándose la toalla en torno a la cintura, con el pelo mojado hacia atrás y el pecho salpicado de gotas de agua.

Abro la boca para defender mi presencia aquí y así no quedar como una salida sin remedio, pero me impresiona tanto su desnudez que me quedo embobada viendo deslizarse una gota entre sus pectorales. Baja por la línea de vello hasta el ombligo, y ahí se pierde.

La gota, no yo.

Bueno, yo también.

—Perdón. —Retrocedo—. Venía a preguntarte si... si la tarta de queso te gusta con o sin frambuesas.

Julian me observa sin pestañear, y yo aprovecho su silencio para echarle otra mirada de arriba abajo.

Parece increíble que un hombre así viva encerrado en un ático. Podría enfrentarse a todos los vecinos en una batalla campal y matarlos sin pestañear, aunque, en fin, ni que eso fuera algo halagador. Digamos que solo puedo sentirme honrada y orgullosa por haber tenido la suerte de coincidir con él, y no solo por su encanto físico. Nada de eso valdría si no me mirase como lo está haciendo.

Estira el brazo hacia mi mejilla y la acaricia muy despacio. La yema del dedo se le mancha de harina, harina que deshace al frotarla con el pulgar. La contracción de sus músculos con el sencillo movimiento de acercarse a mí me deja sin respiración. Me cuesta recobrar el aliento al advertir una cicatriz en el hombro, lo único que trastoca su cuerpo perfecto.

¿Cómo no me fijé en ella el día que lo conocí? Es bastante visible.

—¿Qué es eso? —pregunto sin pensar. Mi mano se dirige a la zona siguiendo un impulso temerario. Justo antes de tocarlo, me detengo, previendo que va a retirarse de golpe. Pero no lo hace. Me coge de la muñeca y la guía hasta el surco, que noto suave al contacto con las yemas.

Levanto la mirada hacia él. Me está observando con los ojos más azules que nunca.

—Es una herida de bala —contesta muy despacio—. No debería tenerla. Me dieron por error.

—¿De prácticas en los Marines?

Tal y como me temía, sacude la cabeza muy despacio, sin apartar sus ojos de los míos. Sea lo que sea que haya pasado durante esa ducha, es obvio que se ha deshecho de unos cuantos temores y dudas, y por fin ha asomado la seguridad que incluso a él le ilumina cuando toma una decisión.

Nunca he tenido una certeza más grande que la que siento ahora. Va a contarme lo que le pasó, lo que le convenció de que ocultarse del mundo lo mantendría a salvo.

—¿Quieres... hablar de ello? —pregunto, dubitativa.

—Creo que es la primera vez que te veo preocupada por si me apetece o no hablar. —Trata de sonreír para darme a entender que no me está reprochando nada. Exhala el aire contenido y se pasa una mano por el pelo—. Tú te abriste conmigo. Justo es que ahora yo lo haga contigo. En algún momento tendré que hacerlo si quiero que funcione.

«Si quiero que funcione», se repite en mi mente como un eco.

Cierra la puerta del baño tras él y echa a andar hacia la habitación. Me dan ganas de decirle que, si pretende contarme sus memorias y que yo le preste atención, va a tener que taparse y poner el culo en el sofá; preferiblemente, a unos cuantos metros de distancia de mí. Pero quedaría como una superficial, o peor: se daría cuenta de que estoy pensando en estupideces para no enfrentar algo que a lo mejor me viene grande.

Tuvo una bala alojada en el hombro. Una bala. Lo más cerca que yo he estado y estaré de una ha sido en la feria, cuando agarré una escopeta de balines para ganarme una serpiente de peluche.

—Se suponía que hoy debías llorar en mi hombro —comenta de espaldas a mí.

—¿Cómo? —Pestañeo sin entender—. ¿Por qué?

Me mira de reojo mientras rebusca en el armario. Parece que la ducha le ha sentado bien, porque parte de esa tensión dolorosa e imposible del principio se ha atenuado.

Ahora está a salvo, supongo.

—Estabas asustada. Preocupada.

—Por lo del médico, sí. ¿Y qué?

—Que siento que siempre estoy intentando quitar importancia a los problemas de los demás poniendo los míos como si fueran peores. Y no es cierto. —Se deja caer en el borde de la cama, sin que haya encontrado algo que ponerse, y entrelaza los dedos sobre el regazo—. Esto a lo mejor suena raro, pero todo el mundo tiene derecho a autocompadecerse sin necesidad de que nadie venga a victimizarse para quitarle el protagonismo.

Sacudo la cabeza, sin dar crédito.

—¿Cómo es posible que te preocupes incluso por eso?

—Supongo que preocuparme es mi trabajo a tiempo completo.

Sonrío sin fuerzas y dolida porque eso sea tan cierto.

—Olvidas que yo no quiero protagonizar desgracias. Si tengo que ser actriz principal, prefiero hacer mi debut en una comedia romántica. Más que nada porque no se me da bien llorar y creo que mi risa es contagiosa.

—Es verdad —recuerda de pronto—. Dijiste que no lloras desde los dieciséis.

—Creo que el día que me dijeron que estaba enferma lloré todo lo que una persona puede llorar, y eso que no me había hecho aún a la idea de lo que realmente significaba. —Con cuidado de no ahuyentarlo, me acuclillo frente a él y le pongo las manos en las rodillas. Es la única forma que tengo de mirarle a los ojos ahora que intenta esconderse de mí—. Cuéntamelo.

Sus ojos, al igual que los míos, siguen el atrevido recorrido de mis dedos, que se dirigen a la cicatriz del hombro. Vuelvo a tocarla, y esta vez observo que se le pone todo el vello de punta.

Por un instante solo se oye su respiración irregular.

—¿No tienes teorías? ¿No se te ha ocurrido nada? —Esboza una sonrisa cansada que se le tuerce a un lado—. Soy yanqui. Vengo del país donde no solo cualquiera puede tener un rifle, sino que también puede meterlo donde le apetezca.

Apoya los codos en los muslos y deja caer la cabeza entre las manos. Me tienta acariciar los lisos mechones rubios que saltan en todas direcciones, las puntas que se le abren hacia fuera, pero no sé si es un buen momento para tocarlo.

Solo me lanza un vistazo fugaz antes de clavar la vista en la alfombra. La sonrisa sigue atrapada en sus labios, y digo «atrapada» porque no quiere estar ahí.

—Ya ves que los institutos no son la excepción.

Intento hacer contacto visual con él, pero no levanta la barbilla. Nueve palabras insinuantes y ya ha dicho lo que tenía que decir. Ha matado de un plumazo mi curiosidad, y no estoy satisfecha.

Pero no iba a quedarse ahí.

—Después de salir de casa de mis padres, yo quería una vida normal. Ya te he contado todo eso: mi infructuosa y desesperada búsqueda de tranquilidad al margen de los Bale. Enterramos a mi padre y cada uno se fue por su lado. Mi madre viajó por el mundo; mi hermana se largó a vivir con Hunter, y yo me alquilé un piso en el centro de El Paso y empecé a trabajar como profesor de matemáticas. Incluso tenía un interés romántico: Carolyn Hernández, la maestra de biología.

Un escalofrío me recorre todo el cuerpo.

Ni se me pasó por la cabeza que nada de esto pudiera tener algo que ver con una mujer. Pero por la manera en que la ha mencionado, es obvio que siente cariño por ella.

—En El Paso viven muchos mexicanos. Está frente a Ciudad Juárez, una ciudad manufacturera industrial. Carolyn no era de allí, nació en Texas, lo que la hacía una ciudadana estadounidense por derecho, pero tenía un aire exótico y le encantaba su cultura natal. Por la cercanía con México no era la única profesora con orígenes latinos, y había muchísimos alumnos de otras nacionalidades, lo que despertaba cierto desprecio por parte de otros compañeros.

»Estados Unidos siempre ha sido demasiado racista para la cantidad de etnias que conviven y se mezclan, pero con la llegada de Trump a la Casa Blanca, las crispaciones aumentaron en la zona fronteriza. Yo lo vi. Cada vez había más radicales, más gente quejándose de la inmigración a viva voz, más hijos de puta arremetiendo contra cualquiera que no tuviera pinta de ario. Leía en los periódicos que eso desembocaba en peleas callejeras y discriminación, pero no pensé que esa lacra traspasara las puertas de mi instituto.

»Eran críos, ¿sabes? —murmura, negando con la cabeza. Como si aún no se lo pudiera creer—. Daba clase a quinceañeros, a chavales de diecisiete como mucho. Estaba al caso de otros tiroteos en centros escolares, allí es algo frecuente, pero lo de entonces... Eso fue...

Se toma un segundo para respirar hondo y mirarme a la cara.

—El chico era un estudiante impecable —prosigue—. Callado e inocente... en apariencia. Me recordaba a mí cuando tenía su edad e intentaba ayudarlo a socializar, creyendo que se excluía por alguna clase de problema. Ni se me pasó por la cabeza que evitara a sus compañeros por xenofobia y porque andaba planeando un crimen tan horrible.

»No murieron tantos como él quería —dice, no sin dificultad—. Le falló la puntería y consiguieron quitarle el arma de las manos. Pero estuve allí cuando...

Trago saliva.

—¿Carolyn?

Julian niega con la cabeza.

—Gracias a Dios, no. Estuvo muy grave en el hospital junto con unos cuantos niños más, pero salió adelante. Perdió buena parte de la movilidad en un brazo y regresó a Veracruz después de eso. Creo que pensaba tanto en Carolyn por lo que podría haber pasado si me hubiera atrevido a salir con ella y luego la hubiese perdido. No me habría recuperado nunca. Pero ella está bien ahora —aclara con tiento—. Ella y pocos más. Hubo ocho víctimas mortales: cinco de ascendencia mexicana, dos venezolanos y un texano al que el tirador disparó, al parecer, por error. Aparte de a mí. Tuviste que verlo en las noticias o leerlo en el periódico. Hubo más de veinte personas en el hospital, incluido yo. Aunque siendo algo tan común en Estados Unidos, seguro que pasó desapercibido.

—No suelo ver las noticias. Sé que ocurren cosas tan terribles como esa a lo largo y ancho del mundo, pero no verlas ni escucharlas me ayuda a vivir mejor.

—No lo dudo, pero ignorarlo solo sirve para que se pierda la conciencia de lo que está sucediendo. Un crío metió el arma de fuego de su padre en la mochila y fue al instituto con el plan de cometer un ataque terrorista, seguramente porque en su casa le envenenaron la cabeza sobre los mexicanos. Y es posible que sus padres se lo inculcaran porque la demagogia del Gobierno y las políticas de odio que propagó calaron muy hondo en ellos. Si no estás a salvo ni siquiera en un instituto, y ni siquiera tu país te protege... ¿qué futuro nos espera?

—Yo no estoy muy enterada de la política actual —confieso, aún arrodillada frente a él—, y he tenido la suerte de haberme rodeado de gente maravillosa que piensa y siente como yo, lo que de alguna forma me aleja de la maldad que existe. Pero todos los días ocurren injusticias y desgracias, por todo el mundo. Es lo que te he dicho antes: no puedes acabar con un problema estructural tú solo, ni tampoco puedes echarte la culpa.

—Y no lo hago. Tampoco intento erradicarlo. Solo me protejo de él.

—A un coste muy alto: no vivir lo que es bueno y bonito —apostillo—. Estoy de acuerdo en que hay muchas cosas que merecen nuestra indignación, y lo que has explicado es una de ellas. Merece que nos quejemos, que nos manifestemos en contra, y, sobre todo, que no lo olvidemos para evitar repetirlo. Pero la solución no es cerrarse las puertas a la vida. Estas situaciones no tienen una única lectura, Julian: el mundo no es solo un lugar terrible. También es precioso, y estoy segura de que has sido testigo de mucha belleza.

»Tú crees que has tenido la mala suerte de sufrir la enfermedad de tu padre y la rabia de tu alumno —continúo—. Y es cierto. No tendrías por qué haber estado ahí. Pero tampoco tendrías por qué haber sobrevivido a ello, y lo hiciste. ¿No es eso una garantía, un pequeño consuelo? Si no crees en el destino y en que, a pesar de todo, te haya señalado para seguir viviendo, por lo menos cree en ti mismo. Cree en lo bello que has visto. Cree en el amor que has sentido. Eso es tan real como el horror que presenciaste. No te escudes en lo que te ha herido para quedarte en casa; aférrate a la dicha que has experimentado para seguir adelante.

Julian me mira a los ojos con una mueca amarga.

—Crees que soy un cobarde, ¿verdad? Yo siempre lo he pensado sobre mí, pero contigo a mi lado me siento peor aún. Tú habrías llevado flores al cementerio, y a partir de ahí te habrías dedicado a dar clases en otro instituto, e incluso enseñarías tu cicatriz con orgullo.

—¿Eso es lo que tú piensas de mí? —replico, decepcionada—. ¿Que no le doy importancia a nada?

—Pienso que nada tiene importancia comparado contigo. Son dos cosas diferentes. —Suspira. Luego me toma de las mejillas y me levanta el mentón—. Este ático es un microcosmos y tú eres otro, ambos tan distintos como la noche y el día.

Encerrado en el primero me creo que todo es terrible, y contigo, que todo es perfecto. ¿Crees que podría llegar a equilibrarlo en algún momento? ¿Crees que es bueno para mí saltar de un extremo a otro, que algún día lograré adaptarme?

—¿A qué te refieres con eso?

—Soy consciente de que he estado mucho tiempo regodeándome en el desprecio hacia todo lo que me rodea. Cuesta vivir en la oscuridad y, de repente, tener que acostumbrarte al sol. No estoy sugiriendo que vayas a salvarme la vida —añade—, ni que abrazarte borre por arte de magia todo lo que ha pasado, pero creo que solo tengo tristezas que contar, y tú eres lo contrario.

—¿Qué tiene eso de malo? ¿No se supone que los polos opuestos se atraen y se complementan?

—Que se atraigan no lo dudo, porque es lo que me pasa contigo, pero que se complementen ya es otro tema. No me parece una relación equilibrada.

—Yo también me siento atraída por ti.

—¿Por qué? —pregunta, de veras interesado—. ¿Qué te atrae a mí? Yo saco de ti ilusión, risas, alegría... Pero ¿qué sacas tú de mí, *sweetheart*? ¿De verdad puedo yo ofrecerte algo?

—Claro que sí. —Apoyo mi mejilla en su rodilla desnuda, y desde ahí lo miro con una sonrisa—. Una visión crítica del mundo que yo no tengo y me falta, un sentido del humor muy especial, quizá una pizca de objetividad para cuando me sale la vena *flower power*, y explicaciones de problemas de matemáticas que no entendería yo sola. Es más que suficiente para mí. ¿Lo es para ti?

—¿Bromeas? Sabía que tarde o temprano alguien me daría un toque de atención para que reaccionase. No podía seguir así para siempre. Pero no se me ocurrió que alguien como tú fuera a perder el tiempo conmigo.

—Uf, tienes razón. He perdido demasiado tiempo contigo —exagero, bizqueando. Me incorporo lo suficiente para mantener el contacto visual, sin apartar las manos de sus rodillas—. Ahora tienes que compensarlo de alguna manera.

Un destello ilumina sus ojos desde el fondo, como si un relámpago hubiera encendido el océano. Estaba tan preparada para que me quitase de en medio e insistiera en que no está seguro de sus habilidades que me sorprende que me coja de la cintura y me siente a horcajadas sobre él.

En cuanto mis rodillas se clavan en el colchón, rodeando su cintura, pierdo parte de mi seguridad y me convierto en un manojo de nervios.

—Voy a probar un par de maneras que llevan rondando mi mente hace un tiempo —murmura con la vista fija en mis labios, y apoya su frente sobre la mía—. Y si esas no sirven porque estoy escacharrado, puedes descambiarme y buscar algo a tu medida.

—¿Descambiarte? ¿Y no puedo desvestirte, mejor?

—¿Ahora mismo? No. Prefiero seguir la jerarquía de las operaciones. Primero se resuelven los corchetes. —Sus manos me rodean las caderas para separar el broche trasero del vestido, llevándose a su vez el delantal.

No me desviste enseguida. En un cambio radical de rumbo, se dirige a mis zapatos y me los quita tirando del velcro. El aire cálido concentrado en la habitación me acaricia la espalda desnuda y los dedos, cubiertos por los calcetines.

A esos no les presta atención. Su siguiente destino es el cinturón que adorna la falda.

—Sigues un orden un tanto... extraño.

—Es para despistarte.

—Enhorabuena. Lo estás consiguiendo... ¡Ay!

En un abrir y cerrar de ojos, Julian se las ha arreglado para darme la vuelta y tumbarme boca arriba sobre el colchón. Inmovilizada por tenerlo encima, por el giro brusco y por los nervios, observo cómo, sin ninguna dificultad, se va deshaciendo del vestido.

Su lentitud dispara mis emociones, y, de repente, me siento como si fuera virgen.

—Y se supone que lo ibas a hacer mal... Yo te veo muy cómodo... quitándome la ropa —balbuceo, cerca de su mejilla rasposa. Mis dedos la acarician—. Vamos a tener que afeitarte otra vez. Crece muy rápido.

Julian flexiona los brazos para inclinarse sobre mí. Noto el sabor de una sonrisa suave en sus labios al besarme.

—Muy bien. No opondré resistencia.

—¿No? Pues qué aburrido.

Él suelta una especie de exhalación exasperada, mezclada con una risa.

—Ya sabía yo que te gustaba porque me hacía el duro. —Su nariz acaricia la mía—. En fin, me voy. Tengo que seguir fingiendo que no me gustas...

—Quieto *parao* ahí —le ordeno, cogiéndolo de los brazos. Bueno, lo cojo de un tercio del brazo, no soy Manu Manos Enormes. Es imposible abarcar tremendo bíceps—. Tú no te vas a ninguna parte.

No me da tiempo a decir nada más. Él esconde la cara en el hueco de mi cuello, donde sospecho que ahoga una sonrisa, y ahí comienza un recorrido de besos por mi pecho y mi vientre. Mis ojos se cierran antes de que pueda decidir si quiero vigilar adónde se dirigen sus caricias.

Sus manos rodean mi espalda y consiguen separar los corchetes del sujetador. Una corriente de aire caliente sustituye el roce de la tela, pero no es hasta que siento una humedad que me doy cuenta de que me está besando.

Dios mío. No creo ser del todo consciente de que Julian Bale está encajado entre mis piernas.

—Nunca he tenido una cita con alguien que haya conocido en internet, pero he de decir que no estoy nada decepcionado. Tus dos gemelas no son muy fotogénicas. Las imágenes que me mandaste no les hacen justicia.

Suelto una risotada histérica.

—¿En serio has dicho eso? No me puedo creer que solo hagas ese tipo de bromas en momentos como este.

—Es para que no se note que estoy nervioso, pero si quieres, me callo. O hablaré en inglés.

—Nada de inglés. Odio el inglés y a los ingleses. Nos quitaron Gibraltar.

Julian sofoca una carcajada hundiendo la nariz entre mis pechos. Sus uñas dibujan un círculo tentador en torno al pezón. Todas las cosquillas que provoca ese roce hacen bombear mi bajo vientre. Julian pone una mano justo ahí, como si supiera que es donde todo explotará.

—Hueles tan bien...

Un gemido escapa de mis labios entreabiertos en cuanto sus dedos descienden bajo mi ropa interior. Quiero darles alguna tarea a mis brazos, pero en cuanto me toca entre las piernas, la mente se me queda en blanco y solo jadeo.

—Recuerdo que esto te lo debía —susurra.

—Sí.

—Quiero que levantes las caderas.

—¿Eh...?

No repite la orden; es mucho más elocuente que eso frotando mi clítoris con el pulgar. Como si hubiera pulsado un botón, mi espalda se arquea lo suficiente para que pueda sacarme las bragas y arrojarlas lejos de la cama. Advierto todo eso a través de las dos rendijas en las que se han convertido mis ojos, que solo ven borrones y, entre ellos, a un hombre escultural que me mira como si fuese un sueño.

Sus dedos conectan conmigo enseguida y encuentran fácilmente los puntos que me vuelven loca. Soy un mar de suspiros entre los que a veces escapa un gemido indisimulable, y es en esos momentos en los que Julian decide introducirse y masturbarme con más energía, como desesperado por arrancarme una reacción entusiasta. Mis caderas se mueven buscándolo, ansiosas por la estremecedora fricción que provoca con su supuesta falta de práctica. Estoy tan poco acostumbrada al juego tortuoso al que me somete que no distingo si me estoy acercando al orgasmo o me encuentro al borde de un ataque al corazón.

No me sorprendería perder el conocimiento cuando no hay una sola parte de mí que se sienta desatendida. Las oleadas de calor que manan de nuestro contacto me estremecen de la cabeza a los pies y oxigenan cada músculo de mi cuerpo. Julian no se contenta con enloquecerme con sus dedos; su mano libre y su boca me veneran con esa clase de besos y caricias que pueden convencer a una mujer de que es la única en el mundo. O mejor: la única en la vida de un hombre. Del hombre que quiere.

—Julian... —gimoteo, sacudiendo las caderas sin control—. Necesito...

—Hazlo. No tengo condones.

—¿Y qué? Tomo la anticonceptiva porque mi Dama de Rojo es muy caprichosa y alguien debe mantenerla a raya, y no creo que tengas una enfermedad venérea, ya que... —Vuelvo a moverme, esta vez por culpa de un espasmo que me ayuda a incorporarme. Lo miro a los ojos—. Por favor...

Julian inhala muy cerca de mi nariz y, sobre la marcha, me devuelve a mi postura con un ligero empujón. Me levanta una pierna con el leotardo aún anudado a la altura de la rodilla y apoya el talón sobre su hombro.

—¿No me los vas a quitar?

—Ahora no. Un hombre tiene derecho a cumplir sus fantasías.

—¿Tu fantasía es... era...? No sabía que te atrajeran las colegialas.

—Como *cosplay* no está nada mal. Me gusta el *anime* ambientado en el instituto —aclara, erguido sobre sus rodillas. En esa postura proyecta una imagen de control y seguridad que me acelera el corazón. Ni siquiera pestañeo cuando observo cómo se desanuda la toalla y la deja caer al suelo. Después, y sin soltar mi pierna estirada, separa la otra y me abre para él—. Y también me gustas tú... con esos calcetines.

Exhalo de golpe. La humedad con la que he empapado sus dedos moja mi cintura cuando se agarra a ella para que no me mueva. El contraste entre mi media y sus músculos marmóreos me deja sin aliento un instante, y cuando quiero respirar de nuevo, no puedo. Julian se introduce centímetro a centímetro hasta que no puede avanzar más, y yo siento que el simple hecho de coger aire podría hacerme eclosionar.

La sensación de plenitud me recorre como una corriente eléctrica; toda yo tiemblo y jadeo entrecortadamente cuando se separa para volver a embestirme.

—¿Estás bien, *sweetheart*? ¿Te he hecho daño?

—No... Hacía un tiempo que no... Pero...

—¿Quieres que pare?

Sacudo la cabeza y estiro un brazo hasta que alcanzo su corazón. No literalmente: eso sería una victoria mayor, y creo que tendría que vivir una auténtica aventura para quedarme con él; pero sí que noto su frenético palpitar bajo la palma. El calor que emana de su piel es el mismo que me quema por dentro y que se va fraguando hasta volverse líquido con cada embestida. Julian solo deja de mirarme y agarrarme para tirar de mis calcetines hacia abajo, revelando a cada segundo un nuevo centímetro de piel. Sus labios rozan mi tobillo cuando ya me lo ha quitado. Murmura algo contra el hueso que no acierto a oír, que se pierde entre el vaivén de sus caderas encajadas en las mías, en el agudo y también excitante dolor que me pincha con su empuje rítmico.

—Me vuelves loco —masculla entre dientes, agarrado a mi muslo—. Tus piernas, tu cintura, tus mofletes colorados...

Su confesión dispara una emoción alocada dentro de mí. Dejo de sentir los dedos de los pies, a los que sin embargo llega un calambre y una contracción, y mi corazón le ruega:

—Bésame.

Él suelta mi pierna y profundiza entre mis muslos. Más rápido, más eficaz, con un ritmo imparable que me impide respirar. Sus labios y su vientre sobre el mío suponen la asfixia definitiva, y también una explosión interior que me impulsa a abrazarlo por el cuello y a devolverle todos los besos como si un segundo después fuéramos a desaparecer. Enredo los dedos entre sus mechones húmedos, no sé si por el agua de la ducha o el sudor, y me empapo de ese perfume corporal que se pierde bajo el olor en el que la nube del sexo nos está envolviendo y nos hace estallar casi al mismo tiempo. Él se estremece unos segundos antes que yo, entregado a un beso que me deja las mejillas enrojecidas por el roce de la barba, y yo siento que pierdo y entrego algo de mí misma después de un gemido que Julian prolonga embistiéndome dos, tres, cuatro y cinco veces más.

El hecho de que no se dé por satisfecho hasta que alcanzo el orgasmo despierta en mí una ternura que, al mezclarse con la sensualidad, me sume en una paz que mantendrá vivo mi corazón mientras él esté sobre mí. O cerca de mí. O, simplemente, esté. Porque es verdad lo que dicen: no es lo que haces, sino con quién.

—Te juro que... que ha sido un accidente —balbuceo, abrazada a sus hombros.

—¿El qué?

—Enamorarme de ti.

Aunque no contesta, me abraza con fuerza y presiona los labios contra la comisura de los míos. No voy a pedir más que eso, porque solo con eso puedo cerrar los ojos tranquila y dormir con la seguridad de querer a alguien que, lo sepa ya o no, también me quiere.

Capítulo 29

¿No querías ser una superheroína?

Julian

Creo que es la primera vez en años que consigo dormir toda una noche de corrido. No lo voy a achacar a las mieles del amor, porque, hasta donde entiendo, ninguna persona tiene el poder de curar el insomnio, y sí a que ayer tuve uno de los días más duros y largos que recuerdo. La calle, la tensión, el pánico, la ansiedad anticipatoria... y después, Matilda.

Como un premio.

Si me esperan sus brazos después de pasar por una experiencia traumática, estoy más que dispuesto a que me domestiquen y me tienten con refuerzos positivos. A fin de cuentas, no hay nada más positivo que ella.

Me estiro bajo el edredón. Al no dar con ningún cuerpo caliente y sí percibir un olorcillo agradable en el aire, deduzco que Matty se ha levantado y está haciendo el desayuno.

Nunca me he parado a pensar en cómo será el cielo, pero no se me ocurrió que se reduciría a una escena tan cotidiana. Ni tampoco creí que pudiera merecérmelo.

¿Lo he soñado, o anoche todo fue bien? ¿Lo he soñado, o

de verdad me dijo que me quería? «Ha sido un accidente», me soltó con la voz entrecortada. Así me resulta imposible no darle un significado agradable a esa inquietante palabra y que por largo tiempo me ha perseguido como sinónimo de tragedia.

Estoy tan poco acostumbrado a despertarme lleno de optimismo que no tardo en preguntarme dónde está el truco. Todo está yendo asombrosamente rápido y en algún momento tendré que sentir un mínimo vértigo: estoy lo bastante arriba para que, si ocurre la menor desgracia, me dé el golpe del milenio al caer. Debe haber una trampa... y no tardo demasiado en dar con ella: a lo mejor esto no tiene truco, pero sí fecha de caducidad.

Sabrá Dios de dónde saqué yo la valentía para creerme capaz de tocarla como lo hice, porque hasta a mí se me escapa. Lo que no soy es lo bastante ingenuo para dar por hecho que todo seguirá así. De que me atreveré otra vez. Se tiende a pensar que cuando se encuentra el valor para dar un paso al frente, hacer el resto del camino es pan comido. Pero lo que no te dicen es que nunca dejas de arriesgarte. No te tiras a la piscina una vez solo; lo haces cada día. Va a ser cuestión de encontrar el hábito. Aun así, a veces es más difícil acostumbrarse a lo bueno que a lo malo. Sobre todo cuando no entiendes cómo ha podido pasarte.

¿Se puede estar emocionado por una confesión y, a la vez, no creértela del todo? Hace ya un tiempo que me pregunto por qué le importo tanto. Reconozco que no soy una persona del todo desagradable cuando se me coge el tranquillo; que tengo dinero para mantenernos a ella y a mí, y que hemos compartido algún que otro momento bonito. Pero ¿significa eso que estamos hechos el uno para el otro, o que puede funcionar? Una parte de mí, la que aún está en las nubes, quiere creer que sí. Sin embargo, mi lado realista me prohíbe regodearme. Incluso me pregunto si es justo, si lo que siente por mí es fruto de la lástima por mi situación.

Lo sé, le estoy dando muy poco crédito a sus sentimientos. No es ninguna estúpida y lo último que quiere una mujer tras amanecer en la cama de otro es que le suelten que lo que siente no es real. Pero ¿y si no me equivoco? ¿Y si abre los ojos de repente y se da cuenta de lo evidente: que no podrá tener una relación normal y corriente conmigo? La he acompañado al hospital, pero no sé si podría ir al supermercado, o a la tintorería, o al cine, o a la terraza de un bar a tomarme un cóctel. No sé si algún día me desharé de la neurosis que me acompaña. Y no quiero ser tan egoísta como mi padre, obligando a alguien a estar conmigo solo para tener quien me consuele.

Claro que ella no se siente obligada..., ¿no?

Sí, me ha dicho que me quiere, pero se supone que no hay que tomarse en serio lo que te dicen después del sexo. En pleno clímax cualquiera te suelta una burrada.

Joder, Matilda haciendo el desayuno y yo elaborando una lista de todas las razones por las que no podría quererme.

Debería darme vergüenza.

Aparto el edredón, me pongo un chándal y me entretengo adecentando la habitación para posponer un poco el reencuentro. Me siento como un adolescente, preguntándome si me recibirá con una sonrisa, si se ruborizará, si habrá bajado a casa a cambiarse de vestido, si me dará los buenos días con un beso en la mejilla o uno de tornillo que podría derivar en algo más.

Lo mejor será ir a averiguarlo.

El eco de la escalera me hace llegar su voz con claridad.

—¿Seguro que lo quieres solo? ¿No está muy amargo?

—Me gusta así —responde una voz que conozco muy bien—. Gracias... Esta cafetera es una de las mejores cosas que me han pasado. Tengo que conseguirme una igual para mi apartamento.

Automáticamente frunzo el ceño. ¿Qué hace aquí mi...?

Ah, claro. Matilda me lo avisó. Alison iba a venir a interrogarme sobre lo ocurrido con Ana y Rafa.

De pronto no sé si bajar. Me muero de ganas de ver a Lis, como es natural. Llevo algo más de mes y medio sin saber de ella y unas cuantas llamadas semanales no son suficientes para mantener el contacto. Pero que se haya cruzado con Matty en la cocina significa que sabe lo que ha pasado, y me impone tener que dar explicaciones tan temprano.

Sacudo la cabeza y bajo unos cuantos escalones, decidido a hacerle frente como un hombre. Pero la casualidad tiene otros planes para mí cuando me llega el siguiente comentario:

—Me estabas contando cómo fue el trayecto al hospital.

Freno antes de plantar el pie descalzo en el segundo escalón.

—La ida, más o menos bien. Estaba nervioso, pero pudimos charlar y me contó más detalles de su vida. Me habló de Dawson y... bueno, de sus amigos en general —añade de forma atropellada. Carraspea—. La vuelta fue algo más dura. Me costó mucho convencerlo de salir, y lo hicimos en completo silencio. Al llegar a casa se pasó un buen rato bajo el agua, y luego... me habló de lo que pasó.

—¿De verdad te lo contó? ¿Lo presionaste, de una manera u otra?

—No. O sea... lo he presionado alguna que otra vez, lo reconozco. Y lo siento. Sé que no era lo que tenías en mente cuando me pedías ayuda, pero bueno, una se desespera a veces y... La cosa es que ayer todo salió de él. No tuve que apretarle las tuercas. Supongo que eso lo hizo tan especial.

«Sé que no era lo que tenías en mente cuando me pedías ayuda».

—Son increíbles los avances que has hecho con él en tan poco tiempo —comenta Alison—. Casi un milagro. Es verdad que la disposición de la persona es el factor determinante; aunque pareciese huraño algunas veces, estaba segura de que quería que las cosas fueran a mejor, y eso es imprescindible para que todo salga bien. Pero aun así eres asombrosa.

—Tú también molas mucho.

—Bueno... —El tintineo de las cucharillas dentro de las tazas del desayuno me distrae un segundo—. Eso es cuestionable. Viendo los resultados, me siento muchísimo mejor, pero al principio se me hacía un poco cuesta arriba eso de mentirle. O sea que molar, lo que se dice molar, creo que no demasiado.

«Eso de mentirme».

—Dicen por ahí que el fin justifica los medios, ¿no? Yo tengo que darte las gracias porque lo hicieras. De no haber sido por eso, no lo habría conocido.

Sacudo la cabeza.

Mentirme ¿en qué?

—No sabes lo mucho que me alegro de que le hayas cogido tanto cariño. Una persona como tú es justo lo que necesitaba. —Suspira—. Yo las voy a pasar canutas averiguando cómo deshacer el lío en el que me he metido. Julian no es estúpido. Me preguntará por qué vuelvo tan rápido de Barcelona, qué ha pasado, qué ha sido de mi doctorado... Lo tengo que cuadrar bien para que no sospeche.

—¿No vas a contarle la verdad?

—No creo que sea buena idea. Algo así podría hacerle mucho daño. Se sentirá engañado, y no quiero que se encierre en sí mismo otra vez.

Trago saliva e intento concentrarme en un punto concreto de la pared, ahí donde tengo puesto un cuadro que le compré a un artista callejero cuando llegué a Madrid.

Las ganas de vomitar me revuelven el estómago. Toda esa sensación de bienestar que me ha sorprendido esta mañana y de la que me había armado para sobrellevar el día se diluye.

—¿Cuánto quedará para que se despierte? —se pregunta Alison en voz alta—. Quiero ver cómo está. Hace unos cuantos días que no hablamos por teléfono y tus llamadas no me daban la información que necesitaba. Pensé que estaría aterrado por lo que pasó con el vecino, pero ya veo que solo andaba muy ocupado.

—Ahora no soy la única que está con él, ¿eh? Ha hecho buenas migas con Anita. También la ve de vez en cuando.

—Eso también es por ti, espero que seas consciente. Sabía que serías una buena influencia para él. Calculo que para Navidades podría estar saliendo a la calle con cierta frecuencia, y entonces podrías buscarte un trabajo que te guste más, salir con alguien...

No me doy ni cuenta de que estoy bajando la escalera. Primero despacio, porque aunque una parte de mí está harta de lo que está escuchando y no quiere saber más, hay un lado masoquista que desmenuza cada detalle. Y después a toda prisa, como si en la cocina me estuviera esperando un problema al que debo poner solución de inmediato.

En realidad, han sido ellas las que han puesto solución a algunas dudas que tenía. Creo que ya ha quedado claro por qué Matilda «me quiere».

Empujo la puerta de la cocina. La luz que entra a raudales me deslumbra, pero no retrocedo.

—¡Aquí estás! —Alison se pone de pie y rodea la mesa—. Buenos días, Jules...

—Creo que no me estabas prestando atención cuando te decía que en este edificio las paredes son papel de fumar —la interrumpo de cuajo; ella se detiene a unos cuantos pasos de mí—, aunque supongo que nunca sabré si enterarme de esta charla tan interesante es otra de tus manipulaciones.

—Julian...

Esbozo una sonrisa sin emoción.

—Perdona si no te pregunto por el viaje, pero creo que todavía no hay vuelo directo de la Castellana a Chamberí.

Alison levanta las manos como si así pudiera protegerse de mi furia. Con el rabillo del ojo observo que Matilda se ha quedado inmóvil, y así lo prefiero.

No quiero mirarla ni lidiar con ella ahora mismo.

—Julian, escucha. Sabes que, si no mentía, tú nunca...

—Yo nunca ¿qué? ¿Nunca habría mejorado? —me burlo—. Por supuesto. No se me ocurre mejor forma de convencer a un hermano de que el mundo es un lugar estupendo que metiendo en su casa a una mujer a la que ha contratado para que haga un recorrido espiritual con él. ¿Sabes?, si querías curarme, podrías haber contratado a una puta psicóloga, no a una librera en el paro que finge que me quiere.

—Tú no...

—¿Qué os contabais en las llamaditas? —pregunto, exagerando un tono de voz curioso—. «Julian ha comido bien». «Hoy me ha dejado quedarme más de los minutos de rigor». «Lo he besado para ver cómo reaccionaba y parece que progresa adecuadamente».

—Eso no ha sido así —interviene Matilda, poniéndose en pie.

Le lanzo una mirada fría.

—Haz el favor de callarte —le espeto—. Seguro que te lo has pasado de maravilla jugando a ser la heroína. No trabajar es tan aburrido que uno se presta a hacer cualquier cosa. ¿Cómo te lo planteó? ¿Te dijo que tenía un hermano que no salía de casa y que por favor desplegaras tus encantos y tus historias conmovedoras para insuflarle las ganas de vivir? ¿Hasta cuándo ibas a mantener la farsa? ¿Hasta que pudiera bajar al supermercado? ¿Hasta que te pidiese que te casaras conmigo?

Matilda se abraza los hombros.

—No ha sido ninguna farsa.

—Y una mierda. Lo he oído todo. «Oh, enhorabuena, Matilda: has sido tan convincente desempeñando tu papel que mi hermano se lo ha tragado y ahora actúa como una persona corriente. Toma tu salario». Aunque, claro, eso Alison no tenía forma de saberlo porque en tus llamadas no le dabas demasiada información... Gracias por eso. A lo mejor, si me llego a levantar diez minutos antes, te pillo contándole con todo detalle las cosas que te dije anoche.

—¡Pues claro que no! Julian, no hagas una montaña de un grano de arena. Alison solo me contrató para que cuidara de ti, para que trataras con una persona nueva, diferente. Eso ya lo sabías.

—No sabía que iba guiando tus pasos en la sombra, ni que hablabais a escondidas de los progresos del enfermo mental. ¿Tienes... tienes idea de cómo ha sonado lo que estabais hablando? —jadeo, incrédulo—. Parecía que os estuvierais refiriendo a un discapacitado. Ya sabía que mi hermana me tenía lástima, pero que me la tengas tú, simplemente...

Se me quiebra la voz y por un momento no sé cómo seguir. Claro, era eso: pena. Y supongo que no puedo aspirar a que una mujer feliz por naturaleza se fije en alguien como yo si no hay algo que la mueva, la más atroz y vergonzosa de las compasiones. Pero eso no quita que queme como el infierno.

Me sentía normal con ella. Válido. Corriente. Creía que todo era fruto de la naturalidad, que todo se había dado de forma orgánica, y resulta que solo seguía órdenes de arriba cuando insistía, y que todo lo impulsaba la pena que se le tiene a los miserables.

Bueno, ¿y qué esperaba? ¿Cuál iba a ser su motor, sino la misericordia?

Oculto una carcajada amarga pasándome la mano por la mejilla, la barbilla y la boca.

Yo no quería ser un necesitado. Ni su paciente. Quería ser alguien a quien pudiera apreciar por lo que es y lo que siente, no por lo que le limita. Pero ya veo que mis limitaciones son una tapia tan alta que no se ve nada al otro lado.

—Me largo —murmuro.

—¿C-cómo? —balbucea Alison en inglés—. ¿Adónde?

—No lo sé. De pronto la calle me parece un lugar más seguro que mi propia familia —contesto en el mismo idioma—. De todas las cosas del mundo, que me hicieras enamorarme de una mujer a la que has convencido de que debe rescatarme es la que menos me esperaba.

—Julian... Creo que estás exagerando —murmura, pero el temblor de su voz la contradice.

Aun así, estallo del todo:

—¿Que estoy exagerando? ¿En serio no ves el complot? ¿Ni la manipulación? ¡Has estado diez pasos por delante de todo lo que yo iba sintiendo porque eso era lo que pretendías provocar! Y no me cuentes gilipolleces de que esto «ha surgido». —La apunto con el dedo—. Te conozco, algo que parece que no puedo decir de ella, y la elegiste expresamente porque sabías que me despertaría ternura. Matilda ha cumplido su parte.

—Estás siendo muy injusto —replica Alison, contrariada.

—¿Injusto yo? ¿Y qué eres tú, que has metido a alguien en mi casa para que me conquiste? —le espeto a voz en grito—. ¡No te costaba una mierda ir de frente, Alison!

Agarro la sudadera que reposa sobre una de las sillas de la cocina y me la pongo con movimientos enérgicos ante la espantada y llorosa mirada de Matilda y la fría calma de Alison. No voy a mentir: mis pies vacilan antes de salir al ver a Matty mordiéndose el labio inferior, vestida con una de mis camisetas y el pelo recogido en un moño.

El corazón se me parte en dos al verla tan cómoda en mi cocina, igual que si formase parte de ella.

Pero informaba a Alison a mis espaldas. La tenía al tanto de cada movimiento que yo hacía. Como si fuera un enfermo terminal.

Intento mantener la calma y vuelvo al español para preguntarle:

—Cuando volviste al día siguiente y pusiste Aretha Franklin fue porque ella te insistió, ¿verdad? Tú no querías. No habrías vuelto.

—Yo...

—Y cuando te hiciste pasar por redactora de esa revista, Alison lo sabía, ¿no es así? Por eso me llamó justo a esa hora y me animó a responder las primeras preguntas.

Matilda clava la mirada en el suelo.

No necesito nada más para saber cuáles son las respuestas correctas.

Inspiro hondo y me subo la cremallera hasta el cuello. Como nadie tiene más que decir, las dejo sumidas en un silencio que nunca antes ha habido en mi casa; una casa que, de repente, ha dejado de parecerme un santuario. Siento que las paredes del pasillo se cierran sobre mí al dirigirme a la entrada.

Quién sabe si todo esto también lo ha orquestado Alison para hacerme huir. Espero que, en ese caso, esté muy orgullosa, porque ni me lo pienso al abrir la puerta de golpe y bajar las escaleras.

Capítulo 30

EL HUMOR NEGRO TIENE GRACIA
HASTA QUE SE RÍEN DE TI

Julian

La calle me sigue quedando grande, así que descarto de plano ir a dar un paseo por los alrededores. En su lugar, me detengo delante del 4.º B, con los puños crispados a un lado y otro de las caderas. Quiero mantener la mente en blanco y la cabeza fría, pero no puedo evitar repetir para mis adentros la tranquila conversación sobre el pobre Julian, el paciente terminal que va haciendo progresos.

La culpa es mía por pensar que alguien podría verme como un hombre cuando yo mismo puedo contar con los dedos de una mano las veces que me he sentido así. La culpa es mía por no haber desconfiado de la tremenda disposición de Matilda, de su obsesión por hacerme feliz. Claro que había un pacto de por medio. De lo contrario, no la habría conocido nunca. Si no hubiera hablado con Alison, no se habría parado conmigo dos veces. Las chicas como ella no van de la mano de chicos como yo, a no ser que teman que les dé un ataque de ansiedad en medio de una avenida concurrida.

Toco al timbre y espero sin pensar en las consecuencias; en quiénes puedan estar ahí, aparte de Anita. A lo mejor interrumpo un desayuno, o la gente está durmiendo...

Qué importa. Ahora mismo no me importa nada.

Pero tengo suerte, porque me abre Anita con una toalla de baño.

—¡Julian! —exclama con su perfecto acento inglés—. ¿Qué hubo, marico?

Así saluda siempre. «¿Qué más?» o «¿qué hubo?», acompañándolo de «mi amor» o «marico».

—¿Puedo pasar?

—Ay, ya sabes que no es mi casa, y Eli y Tay no están acá, pero sí, dale. —Se aparta y me hace un gesto para que entre—. No me creo lo que ven mis ojos. ¿Cómo que andas danzando por ahí?

La nota de sorpresa encerrada en su voz me saca de quicio.

—Por favor —mascullo—, ¿podríamos actuar como si no fuera un ermitaño que nunca sale de su casa? Solo por un momento.

Anita se me queda mirando sin saber muy bien qué decir. Desconoce lo que acaba de ocurrir, y no se lo voy a contar porque no quiero que me mire con lástima. Supongo que esa es la base de todo el problema, de que todo haya acabado como lo ha hecho: me destroza verme reflejado tal y como soy en los demás. Sobre todo en Matilda, para la que nunca he querido ser «el tío traumatizado». Ni siquiera cuando no la conocía.

Anita coge una especie de mantón que reposaba sobre el respaldo del sofá y se lo echa por los hombros. Después se sienta a una distancia prudencial de mí.

—¿Qué pasó, marico? —No se me ocurre nada bueno que contestar. Me quedo en silencio—. ¿Ya desayunaste? Con el estómago vacío cuesta ver las cosas con perspectiva. Puedo preparar unas arepas rellenas de queso. Antier compré los ingredientes.

Niego con la cabeza sin apartar la vista de mis rodillas.

Anita suspira y se levanta para acuclillarse delante de mí, la única forma que seguramente existe ahora mismo de que mire a alguien a la cara.

Apoya las manos en mis muslos y los palmea de forma amistosa.

—Ya va, cuéntamelo todo. ¿Qué pasó? —prueba de nuevo, con paciencia.

—Creo que solo necesitaba salir un poco de casa. Respirar otro aire.

—*Na'guara!* ¡Eso está chévere! Podrías hacerlo más a menudo.

Su inocente sugerencia se me antoja tan obvia que se me escapa una carcajada. Me lo dice como si no hubiera una historia truculenta detrás de mi encierro, como si a mí nunca se me hubiese ocurrido, y si antes me habría dolido que tratasen mis asuntos con ese desenfado, ahora me suena tan bien que me sale de dentro cogerla de la mano y apretársela.

—Gracias por el consejo, no se me había pasado por la cabeza. —Ella sonríe, sin ser consciente (o sin querer serlo) del tono con que lo digo. Le devuelvo el gesto como puedo, pero enseguida se me ensombrece el rostro, igual que mis pensamientos—. ¿Alguna vez has querido que le quitaran hierro a lo que te ha pasado? ¿Que actuaran como si nunca hubiese ocurrido nada?

El semblante de Anita se vuelve levemente serio.

—Obvio. Las miradas de lástima son otra forma de recordarte tu miseria, y uno tiene ya bastante con acordarse solo, ¿no?

—¿Así te miran?

—Ajá. No me va a quedar otro remedio que mudarme a otra parte y empezar de nuevo, aunque vaya a extrañar a los vecinos. Sé que andan de metiches porque se preocupan burda por mí, pero ese cuidado que se tiene al hablarme o al preguntarme por la beta[58] a veces me da arrechera.

58. Noticia interesante.

—¿Mudarte a otra parte? —repito, alarmado—. ¿La policía...?

—No, no, ya te dije que conseguí los papeles de residencia. Una de las formas de obtenerlos era consiguiendo una chamba por más de un año con más de cuarenta horas semanales, y Edu me hizo una como ayudante en la peluquería —explica, muy emocionada—. Solo lavaré cabezas y limpiaré, y el horario es un poco nazi, como dice él, pero me irá enseñando vainas, como hacer baños de color y demás, así que puede que acabe siendo peluquera. ¿No está chévere?

—Desde luego. —Le sonrío de oreja a oreja—. Me alegro muchísimo por ti.

—Edu es el mejor. Ni se imagina lo agradecida que estoy. —Se muerde el labio, pensativa—. Y sobre eso, sobre lo de mudarme... ¿Crees que soy injusta? Después de todo, esto es lo que siempre quise, que me comprendiesen y me dijeran que todo anda bien. Pero ahorita, la forma en que me tratan, como si fuera de cristal..., marca una diferencia, y no quiero ser diferente. Javi está todo el día llamándome, Edu me pregunta adónde voy cada dos por tres, y las chicas... No sé. Solo quiero olvidar tan pronto como sea posible para empezar a gozar un puyero,[59] y esa sobreprotección no ayuda.

Suspiro y dejo caer la cabeza hacia delante.

—Claro que lo sé. Te entiendo. Y te idolatro —añado con una sonrisa desganada—. No te das ni cuenta de que sueles decir lo que necesito oír para no sentirme un bicho raro.

—Pero, mi amor, no eres un bicho raro. Eres una persona con problemas. Todos los tenemos. Más o menos arrechos, pero los tenemos. —Me guiña un ojo—. No te creas que eres especial por sufrir. Uno nunca debería sentirse único porque esté solo en su dolor.

—¿Y por qué debería sentirse único?

59. Pasarlo muy bien.

—Pues por lo que le hace único. En mi caso, es mi talento haciendo arepas. ¿Seguro que no quieres una? O dos... —me tienta, arqueando las cejas.

—Nunca he probado la cocina venezolana —reconozco.

—Pues dame un momentico que vaya a ponerme algo y preparo guarapo y unas arepas, ¿sí?, que me pillaste en medio de una sesión de belleza y dejé los macundales[60] por medio.

La detengo antes de que se levante para observar sus hombros en busca de alguna marca.

Todas las veces que nos hemos visto para tomar café se ha presentado tapada hasta las cejas para, según ella, no aguar la fiesta. Qué difícil debe de resultar obviar los moretones cuando aún tiene las costillas resentidas y debe pasar la mayor parte del tiempo tumbada boca arriba, pero no comento nada porque sé que su forma de combatirlo es ignorándolo.

—Parece que ya se han curado algunas de las heridas.

—Guácala, ya era hora, ¿no? —ironiza—. Pensé que no se irían nunca.

El sonido de unas llaves trasteando la cerradura nos distrae de la conversación. La puerta de la entrada se abre y una Matilda con el vestido de ayer, el pelo desordenado y cara de pena hace acto de presencia. Ni siquiera se me había ocurrido que siguiera durmiendo aquí, en el sofá, pero ahora es tarde para lamentaciones: levanta la vista y clava sus ojos en los míos. Su ceño se frunce ligeramente al fijarse en Anita, luego en su toalla, después en mi mano, que reposa sobre el hombro...

—¿En serio? —exclama ella, petrificada en medio del recibidor—. ¿Cuánto has tardado? ¿Veinte minutos? ¿Quince?

Aparto con cuidado a Anita y me pongo en pie. Ella, sin entender nada, se encamina a la puerta de la cocina para darnos intimidad.

60. Enseres.

—¿Qué dices? ¿En qué he tardado? —mascullo de mal humor.

Matilda avanza a grandes zancadas con la mandíbula desencajada y me atiza en el estómago con su bolso. Las asas deben de estar recubiertas de mantequilla, porque se le cae cuando intenta darme un segundo porrazo.

—¿Qué te crees que estás haciendo?

—¿Qué te crees que estabas haciendo *tú*? —brama. No es que tuviera una buena respuesta a su pregunta, pero me roba todas mis buenas ideas fulminándome con la mirada—. Ya veo que a la mínima de cambio vienes a buscar a Anita. No tienes ninguna vergüenza. ¡Y encima en mi apartamento!

—Matty, mi amor —interviene Anita, apoyada en el marco de la cocina—, no pasó nada entre nosotros. Me pilló saliendo de la ducha...

—No le des ninguna explicación —la interrumpo—. Ya ves que prefiere liarse a bolsazos en lugar de hablar como las personas normales.

—¡Dijo el tío que pega cuatro voces en inglés y luego se larga sin dejar que nos defendamos!

—A lo mejor me he largado porque no tengo ningún interés en escuchar tus réplicas.

—Yo mejor dejo el pelero —murmura Anita, y desaparece de escena.

Ahora solo tengo ojos para la loca del bolso, que me mira como si la hubiera traicionado.

Matilda, al mirarme dolida, pierde un poco de la confianza con la que ha entrado.

—¿De verdad piensas todo eso que has dicho? ¿Que tu hermana te ha manipulado y que yo he estado fingiendo?

—¿Y acaso no lo has hecho? ¿Ha salido alguna palabra de tu boca con el objetivo de que te conociera y te quisiera, y no para salvarme del abismo? —pregunto en tono burlón—. Yo no quería que fueras mi heroína o mi psicóloga, Matilda, y nunca se me pasó por la cabeza que esa sería tu pretensión. Creía que estabas ahí porque yo te... —la palabra se me atraganta—, importaba.

Ella enrojece, no sé si por la vergüenza de saberse descubierta o simplemente por ira.

—¡Pues claro que me importas!

—Pero eso ha sido un efecto colateral, ¿no? Por eso dijiste que fue un accidente lo de enamorarte, si es que iba en serio, que lo dudo. Supongo que te expones a desarrollar sentimientos cuando pasas tanto tiempo con alguien, que son..., ¿cómo lo diría?, gajes del oficio.

—Alison me pagaba para...

—Para que hicieras conmigo un recorrido espiritual hacia la iluminación. —Aplaudo muy despacio—. Precioso.

Ella alza la barbilla con prepotencia.

—¿Y qué tendría de malo que fuera así?

—¡¿Cómo que qué tendría de malo?! —estallo, ya sin contener la rabia—. ¿Quieres que te haga un croquis?

—¡Siempre me movió la curiosidad, Julian! ¡Desde el primer momento! El deber también, claro; un compromiso con mi propia ética, pero ¿y qué si al principio esas eran mis motivaciones? —Me mira desesperada para que la entienda—. Luego cambiaron.

—Cambiaron porque te apiadaste de mí —replico, hastiado—. ¿Cuánto tiempo pasaba desde que te marchabas de mi casa y llamabas a Alison para darle el informe del día? ¿Hemos tenido verdadera intimidad en algún momento, Matilda? ¿Ha habido algo exclusivamente entre tú y yo, o hemos permanecido bajo la sombra de mi hermana todo este tiempo?

No sabe qué responderme, y eso me parte el corazón.

Claro que no sabe qué responder. No hay defensa posible.

Soy consciente de que lo que ha hecho no es imperdonable. No la odio, como es natural, pero odio que esos sean sus sentimientos por mí, y me odio a mí mismo por no haber sabido provocar en ella un aprecio sincero, uno que no naciera de la compasión.

—A pesar... a pesar de todo esto, te quiero —balbucea ella.

Tengo que hacer un esfuerzo para no desmoronarme. Todo se ha juntado de repente. Hace menos de veinticuatro horas le estaba hablando de El Paso, de la vida que se me fue por el desagüe, o que yo mismo dejé que se marchitara, ya no lo sé, y hace unos minutos he tenido la sensación de que lo perdía todo.

Sabiendo que no podré mantenerla por mucho tiempo, abandono la pose beligerante, pero la sustituyo por otra que no es mejor: con los hombros hundidos y una pena que no me cabe en el pecho, la miro a los ojos y opto por hablarle con franqueza:

—¿Cómo me vas a querer, Matty? ¿Qué clase de amor puedes desarrollar por alguien que te da pena? Amar a alguien significa respetarlo, admirarlo, incluso, y verlo como a un igual. Yo he sido tu paciente. Querías verme progresar, darme un empujoncito, no cogerme de la mano ni convivir conmigo.

Ella me apunta con un dedo igual de tembloroso que su voz.

—No t-tienes... ningún d-derecho —tartamudea entre sollozos— a restarle... validez a mis... s-sentimientos. Tú no sabes qué... siento, ni qué... ¡No estás en mi cabeza!

—Pero tampoco en tu corazón. Eso que dijiste ayer solo fue fruto de la emoción de haber descubierto finalmente el pastel. Te dio un subidón de adrenalina al llegar a la meta, y puede que incluso fuera eso lo que te animó a dejar que te tocara. ¿Llamaste a mi hermana teniéndome aún dormido a tu derecha? Espera, creo que ya lo tengo... Te acostaste conmigo porque querías dejarme un bonito recuerdo de tu breve pero contundente intervención psicológica.

La bofetada que me suelta me hiela la sangre en las venas. No muevo la cabeza de donde me la ha dejado, ladeada hacia la puerta que da a lo que parece un baño.

—Me da igual que estés cabreado —la oigo mascullar, furiosa—. No voy a permitir que insinúes que soy una zorra o lo que sea que pretendieras decir, pero mucho menos que veas lo que pasó ayer como una mentira o un acto de caridad por mi parte, porque no lo fue. Ni lo de ayer ni nada de lo que sucedió antes.

Sin decir nada, la aparto de en medio y paso por encima de las tonterías que lleva en el bolso. Con el porrazo que me ha dado antes, el contenido se ha desparramado por toda la alfombra del salón. No presto atención al papel que piso, pero cuando una barra de labios cruje bajo la suela del zapato, bajo la vista.

Mi ceño fruncido se suaviza cuando, con el rabillo del ojo, reconozco mi nombre en el folio arrugado. La curiosidad y un mal presentimiento hacen que me agache para cogerlo y, con el corazón en un puño, eche un rápido vistazo.

—«Descartar posibilidades marcando con una equis» —recito en voz alta, sin entonación. Aparto el dedo de los cuadraditos tachados por un bolígrafo de gel azul celeste—. «Proxeneta, violador, narcotraficante, traficante de órganos, fugitivo de la ley...». —No consigo leer más allá. Mis ojos tardan en despegarse de la abominable lista, pero lo consiguen y buscan la expresión horrorizada de Matilda, que habla por sí sola. No sé de dónde saco el valor para preguntar—: ¿Qué es esto y por qué lleva mi nombre?

—No es nada, solo una tontería... Ese es el bolso que llevaba el primer día, cuando te conocí. Guardé ahí la lista y se me ha olvidado sacarla, pero no...

—¿Qué se supone que significa? —la interrumpo sin pestañear, aunque mucho me temo que ya lo sé, y que esta vez mis sospechas no son una exageración avivada por mi mente enferma.

Ella traga saliva.

—Como iba a empezar a trabajar para ti, a Edu... En realidad, como los vecinos teníamos nuestras teorías sobre quién eras, lo que hacías para ganarte la vida y por qué estabas encerrado, a todos nos pareció divertido elaborar una lista de cosas y... bueno, ir tachándolas conforme yo las desmintiera.

La mente se me queda en blanco durante unos lentos y agónicos segundos.

—Te parecía divertido —repito como un autómata.

—No, cuando te...

—Te parecía divertido que hubiera una persona encerrada en un ático. Joder, un hombre con agorafobia; la hostia de gracioso, ¿eh? Me descojono.

Matilda da un paso hacia mí. Yo retrocedo tres.

—Eso fue mucho antes de conocerte —explica en voz baja. Alarga una mano hacia mí, como si fuera una bestia embravecida a la que apaciguar: «Tranquilo, bonito, no te voy a hacer nada».

—¿Más mentiras? Hay cruces, Matilda. Pasaste un tiempo entretenida haciendo tachones. Hasta tres colores distintos veo por aquí, y sé que usas un bolígrafo distinto cada día, según cómo te sientas.

—Por favor, Julian —murmura, ahora visiblemente angustiada—. No te lo tomes así. Solo era una broma. Todos participamos porque no se nos ocurrió que lo que te ocurría fuera tan preocupante...

—Conque todos, ¿eh? La gran comunidad, los vecinos del siglo —pronuncio, extendiendo los brazos—, todos grandes ejemplos del ser humano, y resulta que al final se lo pasaban de maravilla burlándose de alguien a quien no conocían. Aunque a lo mejor el término «burlarse» es demasiado amable. —Levanto la lista y la muestro con un gesto grandilocuente—. ¿Dirías que soy drogadicto? ¿Y un violador? Dios mío, qué divertido. Qué vecinos tan majos y agradables.

—Julian...

Arrugo el papel en una sola mano y lo arrojo a sus pies con

toda la fuerza que consigo reunir. Una mueca de desprecio me tuerce la boca, haciendo casi incomprensible lo que sale de mis labios.

—No vuelvas a acercarte a mí —le digo muy despacio, tratando de mantener la calma—, ¿entendido?

—¡Solo bromeábamos! ¡Lo guardé porque pensé que algún día podría enseñártelo y tú también te reirías! Julian... —Me agarra del brazo y tira de mí para que no me mueva. No lo consigue, y en consecuencia acaba tropezando hacia delante y arrastrándose conmigo hacia la puerta—. Julian, por favor, escúchame. No te lo tomes como algo malo. No sabía nada. Esto me ayudaba a quitarle importancia. Esto...

—No me toques.

—Ju...

Aparto sus manos como si me hubieran quemado. Ella no intenta ponérmelas encima otra vez, y menos mal, porque no sé cómo habría reaccionado. Ahora mismo no estoy en mis cabales; a duras penas logro contener la ira. No quiero que sea tan evidente que acaba de destrozarme.

Salgo del apartamento ignorando sus ruegos. Trato de apartar de mi pensamiento las barbaridades que he leído en ese folio, impresas para la ocasión en un Excel. Trato de olvidar que todo el mundo ha participado en él, y ella, ella y nadie más, lo llevaba en su bolso. El primer día y también el último.

No sé adónde dirigirme ahora. Mi apartamento ahora es terreno minado, porque contiene los olores de Matilda y puede que mi hermana aún siga allí. Y aparte del ático, nada me espera salvo quizá la calle. Sería la primera vez que salgo sin un objetivo ni compañía, y por voluntad propia.

¿Por qué no? Ya no me importa lo que pueda salir mal. Me acabo de dar cuenta de que lo que de verdad duele es que lo que sale bien se malogre, y ahora que ha pasado, no parece que tenga nada que perder.

Capítulo 31

Porque me quieres sin querer

Matilda

—No me coge el teléfono.

—Mija, no mames. Tienes una llave de su casa —me recuerda Tay, como si fuera idiota. Da otro mordisco al regaliz rojo y lo mastica con la boca abierta—. Si tantas ganas tienes de hablar con él, úsala. Tampoco está tan cabrón.

—¿Cómo va a meterse en su casa después de la que se ha liado? —le recrimina Eli, como siempre apelando a la razón—. Los acuario tienen un lado muy oscuro y no soportan las injusticias. No conviene provocarlo ahora mismo.

—¿Siquiera estás segura de que sea acuario? —Tamara enarca una ceja—. No sabemos cuándo es su cumpleaños.

—Simplemente lo sé. Lo siento aquí dentro. —Se pone una mano en el pecho—. Te recuerdo que averigüé tu signo y el de tu ex sin que me dierais pistas.

—¿Podéis dejar la astrología y prestarme un poco de atención? —gimoteo. Arrojo el móvil al sofá y luego me tiro yo boca abajo—. No sé qué hacer. Necesito hablar con él, pero si se pone como el otro día, no conseguiré que entre en razón.

—¿Tan feo fue? —pregunta Tay, mirándome con esa curiosidad morbosa que todos en este edificio hemos sentido, sin excepción, y de la que tanto me avergüenzo—. Deberíamos haber puesto cámaras de seguridad en el *depa*, así podríamos juzgar por nosotras mismas.

—Fue peor aún. Nunca me había gritado. Se enfadaba conmigo por desobedecerlo, sí, pero controlaba sus impulsos. El otro día... Y se fue tan... La he cagado. La *hemos* cagado —me corrijo, alternando la mirada entre la una y la otra—. Es todo culpa de esa estúpida lista. Voy a agarrar a Edu del pescuezo y lo voy a zarandear.

—Edu no era el que la llevaba en el bolso, linda —replica Tamara—. Por cierto, el otro día se compró una bandolera que te mueres de lo bonita —añade, bizqueando para mirar el regaliz que sostiene ante sus narices.

—¡No sabía que me traería tantos problemas! —me defiendo—. Solo nos estábamos riendo...

—De una persona con ansiedad —apostilla Eli, reprendiéndome por usar ese argumento—, agorafobia y quién sabe qué más. No hemos estado muy finos y es el momento de reconocerlo. Nos las hemos dado de vecinos ideales y empáticos, y lo único que hemos hecho ha sido divertirnos a su costa. Incluso nos reunías para contarnos cómo iba todo. Nada de lo que habéis hecho ha quedado en la intimidad, y él se protegía con mucho celo, Matilda. Es normal que esté enfadado.

—Si yo lo sé —murmuro, con la vista clavada en las puntas de mis zapatos—, pero no quiero que todo acabe así. Necesito que me escuche y sepa que no había mala intención detrás, al menos por mi parte, y que aunque estaba compinchada con su hermana, nunca hice nada que no deseara, ni... ¿Creéis que existe una solución? ¿Eli?

Ella no dice nada. Me pone cara de consternación y se pierde en el interior de la cocina, de la que ha salido un momento, desatendiendo los *noodles* del almuerzo, solo para atender mis sollozos.

Me giro hacia Tamara.

—¿Qué hay de ti? Estudiaste Filosofía. Seguro que puedes ayudarme.

—Güey, soy licenciada, no Nietzsche. —Cruza las piernas y apoya los pies sobre la mesilla baja—. Solo puedo decirte que sigas llamando. Y que cierres tu bolso con la cremallera para que dejen de pillarte las pendejadas que llevas dentro.

Ladeo la cabeza hacia el respaldo del sofá para esconder mi rostro de Tamara.

No creo que sean conscientes de lo que ha pasado, y si lo son, no pueden entenderme, porque ni sienten lo que yo siento por Julian, ni han visto cómo ha reaccionado.

Sí que se me pasó por la cabeza que la mentira de su hermana le calaría hondo. Es una persona en la que confía, y tanto teatro sentaría mal a cualquiera. También era consciente de que no estaba del todo bien airear por ahí sus problemas, pero ¿no es la intención lo que cuenta? Ni Alison ni yo hemos actuado de mala fe. Debería saberlo. Ella es su familia, y yo nunca he demostrado que sea mala persona.

¿O sí?

No soy la única que se siente fatal porque haya leído la lista. Cuando se lo dije ayer a Edu y a los demás, todos asumieron su parte de culpa y ahora están dándole vueltas a la forma de compensarlo. Y no vamos a hacerlo porque nuestra reputación esté en juego, sino porque no pretendíamos herir ni ofender a nadie haciendo chistes. Que es lo que son: chistes. Quizá solo olvidamos que, como en todo, existen unos límites que no deberían cruzarse. El humor negro mola un montón hasta que tú lo protagonizas.

No se me va de la cabeza la cara que puso al leer la nota. La forma en que me miró después me partió el corazón. Claramente se estaba preguntando cómo era posible que hubiera podido decepcionarlo tanto. Según él, soy una oportunista y una falsa, y encima me tomo a risa sus problemas personales. Si yo estuviera en su lugar, tampoco querría escucharme..., pero *necesito* que lo haga.

Le di tres días de margen para que pensara con calma y se tranquilizara. Luego, el jueves, empecé a llamarlo. Desde entonces estoy dándole la murga sin descanso. Si apagara el móvil, podría consolarme pensando que solo quiere más tiempo y espacio, pero no: deja que suene hasta el último pitido, y así pretende hacerme sufrir con su mortal indiferencia.

Tamara tiene razón. Si me desespera esta situación, siempre puedo usar mi llave y obligarlo a hablar conmigo, pero no se me olvida la frase de Eli: convencer a una persona de hacer algo que no quiere no es una victoria, sino una dictadura.

Aun así, si tengo que esperar a que le apetezca verme la cara, ya puedo morirme de vieja.

Me entran ganas de viajar al pasado para darme una bofetada. ¿Y si por mi culpa ha vuelto a encerrarse en sí mismo? ¿Y si está alimentando la inquina para, cuando suba, darme con la puerta en las narices? ¿Y si no me perdona jamás?

La idea de que me odie para siempre me destroza. Solía pensar que estar enamorada y querer a alguien son dos cosas diferentes, pero si no es amor lo que hace que me sienta tan culpable y me horrorice haberle hecho daño, ¿qué es? ¿Y qué tan conveniente es descubrir que te mueres por los huesos de alguien cuando ha decidido que no quiere volver a verte?

Anita aparece por la puerta de casa con una sonrisa en los labios. Me incorporo lo suficiente para verla entrar con un jersey de ochos y unos vaqueros. En la mano carga un pastel envuelto al que le faltan un par de cuñas.

—¿Qué hubo, mis amores?

—Matty ha estado parloteando sin descanso y durante veinticuatro horas sobre lo que he decidido llamar «El Monotema: Julian Bale». O sea que padrísimo —contesta Tay, sarcástica—. ¿Eso que llevas ahí es tarta de tres chocolates?

—Sí, la compré para Jules. Ahorita vengo de pasar la merienda con él. ¿Hay novedades? —me pregunta con preocupación—. Jules no me dijo nada de ti, imaginé que todo seguiría igual.

No lo dice en un tono desagradable, y sé que su intención nunca ha sido competir conmigo, pero entre la envidia hacia ella que he alimentado desde lo ocurrido con Rafa y que viene de compartir un bizcocho con Julian, el estómago se me revuelve. Y eso me hace sentir el doble de mal, porque ella no tiene ninguna culpa de estos celos venenosos que me carcomen.

¿Y si Julian no me responde porque le doy igual, y no porque esté enfadado? ¿Y si ha aprovechado todo esto como excusa para flirtear con Anita? No soy ninguna neurótica, pero no tener ni idea de qué hace ni qué piensa aviva mi imaginación.

—¿Está en casa? —le pregunto. Anita, que ya estaba a punto de meterse en la cocina, se gira para asentir con la cabeza—. Pues voy a ir.

Ella vacila antes de decir:

—¿Tú crees? Quizá se enoje.

—¡Pues que se enoje! —Me palmeo el muslo—. Ya vale de ignorar mis mensajes, leches. En algún momento tendrá que hablar conmigo.

—Sí va, de pana[61] —apostilla Anita, sonriéndome—. Oye, no sé otras veces, pero si no te respondió esta tarde es porque pusimos el teléfono en silencio.

¡Encima silencia el móvil cuando está con ella!

Echo un vistazo rápido para asegurarme de que no tiene corrido el pintalabios, ni huele como si hubiera hecho depor-

61. Estoy de acuerdo.

te, porque nunca se sabe. A lo mejor estaban en medio de un interludio sexual y no querían que los interrumpieran.

—Sé qué es lo que estás pensando —se mete Tay, mirándome con los ojos entornados. Anita ya ha desaparecido en la cocina—. Toda la pinche juventud tiene el celular en silencio, Matty. Y las veinticuatro horas del día. No significa nada.

—Eso ya lo veremos. Voy a subir.

Ni siquiera me voy a cambiar. Con este mismo jersey de hombro caído, pantalones cortos, medias y botas de borreguito, voy a plantarme en su apartamento. Total, nunca apreció mis vestidos a juego con las flores que le compraba, que, por cierto, me quitaban una nada desdeñable cantidad de sueldo. La floristería de la esquina no es barata que se diga.

Subo los escalones con decisión. Al quinto llego pisando fuerte; al sexto, casi corriendo. Me planto en el séptimo casi sin aliento y preparada para cualquier tipo de discusión. Si quiere, gritamos. Si lo prefiere, lloramos. Pero se acabó tanta culpabilidad e incertidumbre.

Toco a la puerta sin ninguna esperanza de que me abra después asomarse a la mirilla. Para mi inmensa sorpresa, Julian me recibe a la tercera vez que llamo al timbre. Aparece con una camiseta remangada por los codos, de un azul que acentúa el tono de sus ojos, y sus pantalones de chándal favoritos.

—¿Qué significa en el país Matilda que te cuelguen todas las llamadas emitidas? —me espeta nada más mirarme a la cara—. Déjame en paz. No quiero ver a nadie de este edificio.

Supongo que lo dice porque no soy ni la primera ni la última que lo acosa para ganarse su perdón.

—¡Ja, y yo voy y me lo creo! Anita acaba de volver de merendar contigo. Llevaba una tarta consigo a la que le faltaban un par de porciones. Supongo que eso es lo que ha comido ella, pero quién sabe lo que querías comerte tú.

Su ceño fruncido da paso a la confusión.

—¿De qué estás hablando? A Ana sí la veo porque no formó parte de la lista de las narices.

—No, no formó parte, pero en conversaciones en el rellano comentaba que tu situación podría tener algo que ver con la del señor Rochester.

Se cruza de brazos, un gesto que acentúa el volumen de sus músculos.

Pero no es el momento de pensar en eso.

—Si vienes a intentar ponerme en contra de ella, no lo vas a conseguir. Me ha contado todo lo que ha salido de su boca cuando se me ha mencionado, y nada me ha sonado ni remotamente ofensivo comparado con lo de... ¿Cómo era? ¿«Estar en arresto domiciliario por abusar de menores»?

—¡Eso tampoco se me ocurrió a mí, y no veo que me perdones como lo has hecho con Anita! Admítelo. La ves porque te gusta, y has exagerado tu reacción a todo esto de la ridícula lista solo para quitarme de en medio y así poder estar con ella.

Sus líneas de expresión se tensan aún más al acentuarse su extrañeza.

—¿Qué coño dices?

Aprovecho que suelta el pomo de la puerta para entrar sin permiso.

¿Esto se podría considerar allanamiento de morada? No lo sé, pero si me denuncia y aporta todas las razones por las que está enfadado, incluido el acoso telefónico, me podría poner una orden de alejamiento.

Gracias al cielo, no se queja, ni me amenaza, ni tira de mí para echarme de la casa; en su lugar, se gira en mi dirección, molesto, y cierra la puerta de un puntapié.

—Estoy harto de que hagas lo que te dé la gana —me recrimina con el dedo en alto—. Si no te cojo el teléfono, no me llames. Si no te invito a entrar, no entres.

—¿Y qué quieres que haga? —Extiendo los brazos, angustiada—. ¿Que te deje estar enfadado para siempre? Lo siento, pero no es mi estilo. Te di tres días para pensar, más los otros tres que he pasado llamándote. Ahora tenemos que hablar.

—Oh, casi una semana. Qué considerada —ironiza—. Todo lo que debía discutirse quedó dicho en su momento, Matilda. No tenemos nada más que hablar.

—Y tu decisión ha sido ignorarnos a todos, ponernos la cruz... A todos menos a Anita, claro. Qué casualidad. —Entorno los ojos—. Llevo un tiempo pensando que te gusta, ¿sabes? Los abrazos en comisaría, las miraditas cómplices, los cafés a solas...

—No me gusta lo que estás insinuando. Creí haberte dejado claro que nos estábamos ofreciendo consuelo. ¿De verdad eres capaz de usar a Ana para tener algo con lo que enfadarte y así intentar ponerte a mi nivel? —masculla, incrédulo—. Definitivamente, no tengo ni idea de quién eres. La Matilda que yo conozco no hace estas cosas.

—¡Pues claro que no me conoces nada si estás convencido de que te he hecho daño adrede, si crees que llevaba esa lista en el bolso para reírme de ti o si piensas que algo de lo que ha pasado entre nosotros era falso! Que esa sea tu visión sobre mí deja bastante claro que no me has prestado atención cuando me has tenido delante. No, claro que no lo has hecho —confirmo, segura—. O si no, sabrías que estoy celosa de Anita desde hace tiempo.

—¿Qué ridiculez es esa? —Se pasa la mano por el pelo, exasperado. No se mueve de la entrada, y yo tampoco—. Celosa ¿por qué? ¿Porque me hablo con alguien que no eres tú? ¿Qué problema tienes, Matilda? Voy a tener que pedirte que dejes de meterla en la conversación y que no la uses para victimizarte. Con ella tengo algo especial porque los dos estamos hechos polvo a nuestra manera.

—¡Exacto! —Se me escapa una nota de alivio: él lo ha explicado mejor que yo—. ¡Tienes una complicidad con ella que conmigo no!

—¿Qué complicidad voy a tener contigo? A Ana y a mí nos viene bien apoyarnos el uno en el otro. Tú no necesitas a nadie, y a mí menos. Eres muy feliz. Te lo dije millones de veces antes de hoy: yo no aporto nada a tu vida, y a la suya sí.

Un temblor se apodera de mi barbilla.

—No me vengas con monsergas...

—Monsergas —repite. Suelta una risotada sin humor y se frota las mejillas en las que ya asoma algo de barba descuidada—. Tienes razón, sí que he aportado algo a tu vida: has debido de reírte mucho a mi costa. Por lo menos te he divertido un rato y te he entretenido. Mi hermana y tú lo pasaríais genial conspirando por teléfono.

Avanzo hacia él y lo agarro de la camiseta. Julian junta los labios en una fina línea y me observa en silencio desde su altura, sin inclinarse ni un poco.

—¿Crees que si algo de lo que he hecho hubiera sido falso, habría terminado enamorándome? ¿De verdad piensas que miento, Julian? Responde con sinceridad. ¿Qué explicación le darías a mi insistencia si te dijera una vez más que te quiero? —Julian no responde, detalle que decido interpretar como una buena señal y que me envalentona para continuar de carrerilla—: Sabías que Alison me eligió a mí específicamente porque podría animarte. Y eso es lo que he hecho. Nada de seguimientos clínicos ni de cuadernos de bitácora. Solo he sido yo misma. Si le contaba qué hacías casi a diario es porque te quiere y se preocupa por ti, y no, Julian, no ha estado al tanto de todo. Ha habido intimidad real entre nosotros.

»Respecto a lo de la lista... —Trago saliva—. Por Dios, ¿de verdad crees que alguno de los que vivimos aquí lo hicimos de mala fe? ¿Qué íbamos a saber nosotros de tu sufrimiento? ¿Qué iba a saber yo? En cuanto me hice una ligera idea de lo que podría pasarte, dejé de tachar casillas, pero no soy adivina, Julian. Los primeros días, para mí solo eras un tío borde. Un tío borde, pero tan guapo, listo y rico que cualquiera habría pensado que lo que te pasaba era que no te parecía que nadie pudiera estar a la altura de tu grandeza, que todo el mundo se te antojaba aburrido o ridículo y preferías tu soledad.

Él me aparta la mirada.

—¿Qué? ¿Vas a decir que no me crees? —insisto, sujetándolo aún por la camiseta—. Porque si es así, voy a empezar a pensar que el motivo de tu enfado es muy diferente al que me estás echando en cara.

Por fin me confronta con el rostro tenso.

—Y qué motivo sería, ¿eh?

Aguanto el aliento un segundo antes de confesar, en voz baja:

—Que no me quieres y no encuentras otra forma de decirlo. Si te importara un poco, no te habría resultado tan sencillo apartarme. ¿Qué pasa? ¿Es que soy demasiado simplona para ti, señor taller-de-problemas?

El modo en que tuerce el gesto habla por sí solo: no, claro que no. Pero necesito que lo exprese con palabras.

—¿Qué coño dices? ¿Todo esto es porque te llamé «estúpida» hace dos puñeteros meses, y en un contexto en el que no me estaba burlando ni de tu historial académico ni de nada parecido? ¡Por el amor de Dios, Matilda! —A la vez que bufa, aparta mi mano y se da media vuelta, sobrepasado por la irritación.

Doy un paso hacia él.

—Creo que te fijaste en mí al principio porque era la única mujer que tenías a mano. Pero ahora que conoces a Anita, yo salgo perdiendo en comparación. Ser sexy nunca ha sido lo mío, y...

Julian me encara con incredulidad.

—No entiendo a qué viene todo esto. Fui meridianamente claro cuando hablamos: expuse con franqueza los motivos por los que estoy cabreado y te quiero lejos de mí, y no mencioné a Ana en ningún momento.

—¿Y cómo me explicas que prefieras estar con ella? No

solo ahora, sino desde que pasó lo de Rafael. Empezaste a alejarme a raíz de entonces: a veces cerca, a veces lejos. Preferías que viniera a verte ella a que lo hiciese yo, y...

—¡Porque ella no me hace sentir violento! —me interrumpe, exasperado—. ¡Tú me ponías nervioso porque estaba enamorado de ti y no sabía qué hacer contigo, y ella no!

Su reacción me pilla tan de sorpresa que retrocedo un par de pasos, conmocionada.

—¿«Estabas», en pasado? ¿Cuánto te ha durado el amor? —murmuro sin voz—. ¿Diez días?

Julian se echa el pelo hacia atrás y se tira del cuello de la camiseta para darse un poco de aire. No me mira mientras intenta encontrar las palabras adecuadas, y juro que, durante esos segundos que transcurren en silencio, siento que me muero.

—Tienes razón —dice al fin, aún sin mirarme—. Lo de mi hermana, lo de la lista... Eso me ha dolido, no te voy a mentir. Pero sé que tienes buen corazón, y sé también que no me harías daño de forma deliberada. Es otro el motivo por el que no quiero tenerte cerca ahora mismo.

No muevo ni un músculo.

—No estás enamorado de mí —deduzco con un hilo de voz.

Julian me mira de soslayo. Tiene los ojos enrojecidos y unas ojeras enormes cuelgan de la línea inferior de sus largas pestañas rubias.

Es increíble cómo la cabeza nos juega estas malas pasadas, haciéndonos ver más bellas e inalcanzables a las personas cuando ya no nos quieren en su vida.

—Llevo enamorado de ti desde que te oí hablar por primera vez —confiesa en tono comedido—. Me acuerdo de dónde estaba, de lo que hacía y de lo que llevaba puesto, todos esos ridículos detalles que memorizas involuntariamente cuando ocurre algo que te cambia la vida. Y no es que pueda olvidarlo de repente, sobre todo porque cuando te conocí, entendí que el instinto no me había fallado y había hecho bien dejándome cautivar. Te quiero, y te quiero *queriendo*. Adrede. Aposta. Porque me gusta. Porque me hace bien. Porque no hay nadie mejor para mí, ni lo habría si saliera de casa a menudo, porque igual que me fijé en ti cuando solo podía escucharte por el patio, podría haberme fijado en Tamara, o en Eli, o en Susana, o en Anita. Y no. Fuiste *tú*. Porque todo lo que tiene que ver contigo me hace feliz, o, por lo menos, mucho menos desgraciado. No como tú a mí, que dices que te ha pasado de forma accidental.

Ese último reproche casi eclipsa lo que ha dicho antes. Casi.

—¿Qué problema hay con la forma en que lo dije? —Pestañeo sin entender.

—Que si se pudieras elegir de quién enamorarte, no me habrías escogido a mí porque soy la peor opción. Porque soy como me ve mi hermana: frágil, vulnerable. Porque soy como me ha visto esta comunidad durante años: un ermitaño, un solitario, un loco.

Lo miro horrorizada.

—¡Solo fue una forma de expresarlo, Julian! ¡Igual que dije que me había enamorado por accidente, podría haberte dicho que eres lo que siempre he estado esperando, porque es verdad! Llevaba mucho tiempo queriendo sentirme así por alguien. No lo dije como si fuese una maldición.

—No lo entiendes... —Se pellizca el puente de la nariz.

—Pues ayúdame a entenderlo.

—Todo lo que pasó el otro día me partió el corazón porque me estaba definiendo de una forma que no quería que me definiese —explica muy despacio, aunque sin dificultad, quizá porque lo ha estado meditando largo y tendido—. Se me había olvidado lo que soy porque tú me hacías sentir especial.

—¿Y qué tiene eso de malo?

—Que en realidad no dejo de ser la clase de trastornado que necesita que su hermana invente una historia y se alíe con una desconocida para rescatarlo de su miseria. No dejo de ser el tío raro, incapaz de comportarse como alguien normal, que despierta la curiosidad de todo un edificio hasta el punto de desvelarse escribiendo una lista como esa. —Hace un gesto despectivo hacia la nada, como si el papel arrugado flotara entre nosotros—. ¿No lo ves? Transmito tanta lástima que algunos prefieren reírse a llorar.

—¡Eso no es cierto! —exclamo, enfadada—. Eres una persona normal y corriente con un problema que se sale de lo habitual. Nada más. Lo que te pasó te condiciona por ahora, no puede ser de otra manera, pero en absoluto define quién eres. Yo sé quién eres de verdad: un hombre inteligente al que le gustan el soul, las mates, el *anime* y mis calcetines por la rodilla.

—Hasta que lo llevas al quicio de la puerta, que entonces se convierte en un manojo de nervios al que necesitas llevar de la mano por la calle —concluye con desprecio—. ¿Cómo crees que va a seguir esto si tenemos una relación? ¿Vas a estar subiendo a mi apartamento por tiempo limitado, y vamos a discutir todos los días porque quieres que haga algo que yo no puedo permitirme? No puedo ser tu novio. Solo puedo ser amigo de Anita porque le ofrezco una comprensión que necesita.

Sacudo la cabeza.

—No me gusta cómo estás hablando de ti —sollozo.

Él aprieta la mandíbula.

—A mí tampoco, pero es la verdad. Cuanto antes te des cuenta de que no estoy preparado para darte lo que quieres, antes lo superarás.

Hace el amago de moverse. Ni siquiera me detengo a analizar hacia dónde, si va a abrir la puerta o va a encerrarse en su dormitorio, porque lo inmovilizo con un abrazo apretado.

—¿Y qué hay de lo que tú quieres? —susurro con la mejilla pegada a su pecho—. ¿Y de todos los avances que has hecho? ¡Solo ves lo malo!

—No es verdad. Solo veo lo bueno: solo te veo a ti. Matilda, estuviste enferma durante años. —Ahora su tono está lleno de ternura—. No te gusta estar en casa. No te gusta leer ni ver películas porque estás ansiosa por protagonizar tus propias aventuras y sientes que pierdes el tiempo en el sofá. ¿De verdad crees que sería tan egoísta como para retenerte a mi lado cuando esta es mi situación? ¿Crees que te haría quedarte veinticuatro horas a mi lado en un ático con las ventanas cerradas?

Lo he intentado. He intentado con todas mis fuerzas no romper a llorar, pero las lágrimas asoman a mis ojos sin que pueda hacer nada por evitarlo. No me despego de él por miedo a que aproveche para alejarse.

—Has... has mejorado muchísimo —balbuceo, casi sin vocalizar—. Ahora estás bien... Y lo estarás más aún dentro de unos meses.

—Puedo salir al rellano y unos minutos a la calle, pero eso no significa que esté curado, ni que podamos ir juntos al cine, al teatro, a pasear; en definitiva, a hacer todas esas cosas que deberías compartir con tu novio. O con tu amigo. Por favor, no llores así —murmura con los labios pegados a mi coronilla—. Volver a ser quien era podría llevarme años, Matty. No quiero que desperdicies el tiempo conmigo. Si he permitido que te quedaras ha sido por egoísmo, y no pienso convertirme en mi padre. Ni tú tienes que ser mi psicóloga.

—Yo no me he sentido tu psicóloga nunca, Julian.

—Llamabas a mi hermana para contarle cómo estaba. A lo mejor tú no lo percibías así, pero puedes estar segura de que yo sí me he dado cuenta de que lo estabas siendo. Esto no es lo que quiero para mí, ni tampoco para ti, y ya el colmo ha sido esa lista del demonio. Así que, por favor... —se le quiebra la voz—, vete.

El llanto me asalta con más fuerza.

No lo suelto porque no quiero dar a entender que estoy de acuerdo con lo que dice, aunque tenga todo el sentido del mundo. Mis sentimientos no quieren oír hablar de lo que es justo o conveniente. Llevo toda la vida convencida de que es suficiente con que dos personas se quieran para que una relación salga adelante, y que hay que vivir en el presente, no en un futuro en el que todo podría salir mal. Ahora queda manifiesto que me equivocaba. Hay muchas variables que se me escapan y que por desgracia él ha decidido contemplar cuando más lo necesito.

Solo separo la cabeza para mirarlo a los ojos. Él también me mira a mí, con las mejillas igualmente húmedas. Como si nos hubiéramos puesto de acuerdo, Julian seca mis lágrimas y yo deslizo un dedo por su pómulo, interrumpiendo el camino de las suyas.

—Tamara tiene razón. Los guapos sois los peores.

Él esboza una sonrisa triste.

—¿Crees que esto es fácil para mí y que no voy a arrepentirme? Si ya lo estoy haciendo, *sweetheart*. Pero prefiero morirme ahora por la culpa que más adelante cuando no puedas recuperar el tiempo que te he robado. Lo entiendes, ¿verdad? No quiero hacerte infeliz, y tampoco soportaría ver cómo dejo de poder darte lo que necesitas, o cómo te cansas de mí y no me abandonas porque eres demasiado buena para dar ese paso. De hecho, nada me garantiza que no sea lo que te está pasando ahora.

—¡Yo te lo garantizo! ¿Por qué no me crees? ¿Por qué no confías en que te quiero?

Él se queda un segundo en silencio.

—¿Crees que podrías seguir queriéndome dentro de un tiempo?

—Por supuesto que sí. ¿Te apuestas algo?

—No, no quiero apostar. Ya sabes lo que quiero. —Señala la puerta con un delicado movimiento de barbilla—. Por favor, Matilda.

Meneo la cabeza para sacudirme sus palabras, que intentan invadir mi mente para convencerme de que esta es la única salida.

No quiero oír más explicaciones. Quiero sentirlo cerca de mí.

Me pongo de puntillas y espero a que Julian, debilitadas sus defensas, se incline sobre mí para rozar mis labios con los suyos. No puedo resistirme, y él tampoco. Sé que el beso va a saber a la amargura de una despedida, a lo mejor temporal, a lo mejor definitiva, pero prefiero eso a irme con las manos vacías.

Nuestras bocas se acoplan muy despacio. En algún punto del beso, la noticia de la separación llega a mi estómago. Un nudo se me forma a esa altura y me obliga a abrazarlo más fuerte, a besarlo con mayor profundidad, a perderme en él, en todas esas virtudes que no es capaz de apreciar de sí mismo. Pero tiene más autocontrol que yo, y me separa antes de que mis caricias se conviertan en un reclamo.

Después, ya no me mira. Se gira hacia la puerta, sin soltarme, y la abre para que pase. Yo no me muevo enseguida. Es como si mis pies se hubieran quedado pegados al suelo. Pero algo en su mirada me recuerda que él también está sufriendo y que no es justo que alargue lo inevitable, así que hago de tripas corazón y salgo rápido, sin volver la vista atrás.

Seguramente no sea la última vez que nos encontremos, pero así lo siento, porque tal vez, cuando ocurra, ya no pueda abrazarlo, ni a él le esté permitido llamarme «corazón dulce». Y eso hace que me arda el pecho como si me hubiera tragado una antorcha.

Capítulo 32

PERFECTO PARA MÍ

Julian

Creo que el hecho de que me haya vuelto a dejar barba es bastante representativo del punto en el que me encuentro ahora mismo. Por lo menos eso es lo que podría parecer a simple vista, pero no es cierto. No he vuelto a la vida del ermitaño, porque estas últimas semanas he salido de casa por voluntad propia para comprar en un mercadillo familiar que hay a tres pasos del edificio. Tampoco permito que mi vello facial crezca porque aún no haya aprendido a afeitarme: en YouTube hay tutoriales de cualquier cosa, lo digo en serio. Es más bien una cuestión simbólica. Creo que ponerme delante de un espejo y rasurarme traería a Matilda a mi mente, y no necesito acordarme de ella más de lo que ya lo hago.

Hay algo que siempre me ha resultado muy curioso sobre las relaciones humanas, y es que nos cueste tanto aprender a vivir sin alguien cuando, antes de ellos, vivíamos perfectamente. En mi caso, lo de «perfectamente» a lo mejor es demasiado amable para definir la sucesión de catastróficas desdichas que ha caracterizado los últimos años y mi poco deseable actitud a la hora de afrontarlas, pero confío en que se me entiende.

¿Por qué es tan fácil acostumbrarse a alguien? ¿Por qué cuesta tanto dejarlo marchar, sabiendo incluso que es por una buena razón? Quizá porque en el fondo todos somos un poco egoístas y nadie en su sano juicio se alejaría de algo o de alguien que le hace bien, por más daño que eso pueda provocarle al otro más adelante.

Lo peor de todo es que no he sido capaz de arrepentirme de mi decisión. No lo he hecho ni por un segundo. No obstante, eso no significa que, antes de acostarme, no me haya acostumbrado a mirar mi conversación de WhatsApp con Matilda, lo que se convertirá, con el tiempo, en un vicio autodestructivo.

Enviarle un mensaje no sería para tanto. Le he dicho que no podemos tener una relación de ningún tipo, no que tenga que olvidar que una vez me conoció. Y con «no sería para tanto» me refiero a que no sería para tanto *para ella*, porque para mí sí. Ya me supone un dolor de cabeza escucharla hablar cuando visita a sus amigas. Ha encontrado un pisito al lado de la papelería a la que va a trabajar mientras estudia. Está muy ocupada entre el trabajo y la vida en general, eso que la gente corriente atiende mientras yo suspiro melancólicamente desde mi balcón.

Es ahí donde estoy ahora, observando el movimiento de la calle. Vivo en un séptimo, y en Madrid hay edificios mucho más altos, pero al estar situado en una zona sin interferencias, tengo una bonita perspectiva de la ciudad.

Mucho fardar de vivir en un ático con vistas y no me he asomado nunca a una ventana que no diera al patio central. Qué manera de desperdiciar la indecente cantidad de pasta que cuesta el alquiler. Pero digamos que no estaba preparado para la grandeza de la capital y sus tres millones de habitantes. Antes prefería observar y aprender de un grupo reducido, de esa comunidad que interactúa en los pisos de abajo.

Es increíble cuánto he podido involucrarme con un disparejo conjunto de vecinos. A la mayoría no les he visto la cara, y juro que esa estupidez de la lista me hizo daño de veras. No solo porque incluía a Matilda, o por sus implicaciones —lo que siempre han pensado y seguramente siguen pensando de mí—, sino porque en cierta forma les tenía aprecio. Seguro que suena muy loco eso de preocuparse por desconocidos, pero ¿acaso no hay miles de personas enganchadas a la tele viendo programas como *Operación Triunfo* o *Gran Hermano*, gastando dinero en votaciones por sus participantes favoritos y acompañándolos con lágrimas de ilusión tan pronto celebran un éxito?

Cuando le dije a Matilda que sería mejor acabar «lo nuestro», pensé que volvería a estar solo y no tendría ni a los vecinos para apoyarme; que sería mucho más sano para mí alejarme de los que me veían como a un criminal. Incluso se me ocurrió mudarme. Pero entonces me di cuenta de que ellos también se han involucrado conmigo, y no son nada sutiles haciéndomelo ver.

Ya no son solo las invitaciones de Edu a su magnífica peluquería, que, aunque sea de señoras, está dispuesto a hacer una excepción conmigo porque tengo «una pelambrera fabulosa». Tamara sigue mandándome comida de Texas, que no deja de ser una copia barata de la cocina mexicana, y hasta los niños de los Olivares —Minerva, Helena y Ajax— me pasan dibujos por debajo de la puerta. Dibujos de este humilde servidor mirando por la ventana de su casa.

Es una forma de hacerme ver que lo sienten, porque está claro que Matilda les ha contado que he descubierto lo de la abominable lista, pero no la única que se les ha ocurrido.

El otro día, mientras tendía la ropa, las voces de siempre me molestaron.

—*Ni que lo digas. No hace falta conocerlo mucho para saber que es un muchacho de lo más agradable* —decía Virtudes Navas—. *La preciosa amistad que ha forjado con Anita lo dice todo.*

—*Yo he empezado a ver sus vídeos* —respondió Álvaro, el hijo *gamer* de los Román—. *Tiene hasta matemáticas para asignaturas enfocadas a la Ingeniería. Me ha dado ganas de retomar mi trabajo de lo bien que explica.*

—*De pana* —comentaba Anita—. *Hacía tiempo que no conocía a una persona tan buena y comprensiva. Tiene esa empatía que no se ve en mucha gente.*

—*No he hablado con él nunca y puedo asegurarlo* —apuntó Javier—. *Solo con la carta que escribió para cada uno queda claro que sabe cómo ayudarnos, y ni yo he sabido cómo ayudarme, así que imaginad. Probablemente siga su consejo. Tendría que subir al ático para agradecérselo en persona, pero supongo que sigue molesto por la lista.*

—*Tú ni siquiera participaste* —le dijo Eli—. *No te sientas culpable.*

—*Pero es verdad que no quiere ni vernos. Yo le sigo llevando comida porque es mi forma de mostrar amor. Confío en que se la come y no la tira a la basura...* —dudaba Tamara—. *Pero creo que es demasiado pronto para ir a pedir perdón.*

—*Ya debería saber que no lo pensábamos en serio. Solo era una forma de divertirnos. Ni se nos ocurrió que sería algo grave* —se defendió Edu—. *Ya sabéis que yo he estado mucho tiempo ofendido porque no quería abrirme la puerta. La lista no tenía nada que ver con que lo vea como un capullo; simplemente actué como una mujer despechada, que es lo que soy.*

—*Esperemos que algún día nos la abra. Sobre todo a los que no hemos hecho nada* —apostilló Daniel—. *Le puedo conseguir una versión lujo de la última novela de Carlos Ruiz Zafón, si es verdad que es uno de sus escritores favoritos...*

—*Yo no lo conozco y ya lo quiero* —comentó Gloria, soltando un suspiro—. *Me escribió una carta muy bonita. La ten-*

go sobre la mesilla de noche y la leo de vez en cuando. Me inspira.

—*Me pasa lo mismo* —convino Susana—. *Qué tierno es este Julián.*

Después de unos cuantos minutos de halagos expresados deliberadamente en la ventana del 4.º B, decidí que había tenido suficiente. Terminé de tender y me alejé de la cocina con una extraña sensación en el cuerpo que aún hoy, unas cuantas semanas después, me sigue durando.

—Es *Yulien*, no Julián, pero buen intento —murmuré con una sonrisa burlona en la cara.

No sé en qué estaban pensando cuando decidieron ponerse a gritar mis virtudes para que me llegaran. Fue una medida bastante ridícula para llamar mi atención, pero confieso aquí, en *petit comité*, que sirvió para aplacarme un poco.

Sé que en el fondo no puedo culpar a nadie por describirme tal y como soy. Ni puedo culpar a Matilda de haberme tratado a veces como si tuviera que salvarme la vida. Ni siquiera a mi hermana, con la que todavía no sé si quiero hablar y a la que le he colgado el teléfono las suficientes veces para sentirme culpable. No se me escapa que es un comportamiento infantil que deja mucho que desear, pero necesitaba incomunicarme algo más para pensar sobre esto, sobre la imagen que proyecto y los deseos imposibles que tengo.

Un hombre tiene su orgullo, ¿no? Y no quiere que la mujer de la que está enamorado lo vea como a un pobre desgraciado. Quiere que lo vea como a un compañero, como a un amigo, como a un amante. La mera idea de que haya podido acostarse conmigo o besarme para hacerme la vida más interesante o para sentirse bien consigo misma hace que me estremezca de pavor. Me consuela saber que no fue fingido, que incluso ella está segura de que me quiere, aunque nadie tenga ni idea de por qué.

Ahora me lo replanteo todo. Sé que lo último que hace la

soledad es convertirte en una persona autocrítica, pero a mí me ha dado perspectiva y tiempo para pensarlo y requetepensarlo todo.

¿Qué tenía metido en la cabeza cuando hablábamos? ¿Y cuando pasó lo de Anita y me encontró sangrando? Menudo espectáculo tuve que ofrecer. Seguro que piensa que debe quedarse a mi lado porque la necesito. Seguro que de alguna manera la he obligado a aguantarme porque no tenía a otro.

¿Hay algo peor que saber que eres malo para la persona que quieres? Probablemente sí: ser malo para ti mismo. Ya no es solo que Matilda crea quererme y me vea como a un enfermo terminal; también, que estoy cansado de cargar con esta culpabilidad de no poder corresponder. Me sentí inútil cuando no pude besarla y cuando no pude aguantar que me tocara, y no tenía por qué. Lo último que necesito es que alguien me haga experimentar esta impotencia por algo que no puedo controlar. Todo ha sucedido demasiado rápido, y por mucho que me moleste admitirlo, no tenía las habilidades sociales necesarias para sobrellevarlo tan bien como ella.

Quizá, si la hubiera encontrado antes, o después..., pero, joder, la gente no va a llegar cuando tú quieras. Llega y punto, y te toca hacer de tripas corazón y actuar como puedas.

El sonido de unos zapatos de tacón me obliga a apartar la vista de la calle. Al igual que reconozco los pasitos cortos y nerviosos de Matty, tengo interiorizado el rítmico repiqueteo de los *stilettos* favoritos de Alison. Ella nunca llega tarde a ninguna parte, y por eso jamás se da prisa. Tiene sus propios tiempos.

No sé qué decir cuando la veo en medio del salón, con las llaves de mi casa en la mano y cara de no estar para jueguecitos. ¿Que se largue porque no quiero verla? Han pasado dos semanas y media, pronto será Navidad y la quiero más que a ninguna persona en este mundo, aunque no le dé la gana de entender lo que significa que te cuelguen una llamada.

—El allanamiento de morada no es para nada tu estilo —le digo en inglés, sin entonación.

El llavero da una vuelta completa en su dedo índice mientras se acerca a mí con fingida serenidad.

—Situaciones desesperadas requieren medidas desesperadas.

Aparto la vista de ella y me concentro en el edificio de enfrente.

Me pregunto si habrá otro ermitaño en ese séptimo piso.

—¿Cuándo voy a dejar de ser una situación desesperada? O, más bien, ¿cuándo vas a dejar de estar desesperada por mi situación?

—Dejé de estarlo un tiempo, cuando supe de tus progresos.

—Entonces ya no tienes de lo que preocuparte. Llevo unos días bajando yo solito a la calle.

—Salir a la calle era el último detalle, Jules. Para mí lo esencial era que volvieras a creer en general. En las bondades del ser humano, en la amistad, en el amor...

—Eso te ha quedado muy romántico.

—Mírame.

Me giro hacia ella, de mala gana. Espera contar con toda mi atención para sentarse en la silla al otro lado de la mesa de exterior. Es una terraza muy pequeña, pero se puede tomar café, admirar las vistas y recibir un sermón de tu hermana mayor. Ahora que no me importa tanto dar la imagen de que estoy más o menos bien, porque ya sabe lo que hay, la observo en profundidad.

Es guapa, y no lo digo porque sea mi hermana. Lo es. Todos mis amigos del instituto fantaseaban con ella. Algunos incluso se inventaban excusas para venir a casa y así admirarla de cerca, igual que si fuera una especie de animal mitológico. Mis compañeros marines, más de lo mismo. Una noche me robaron la cartera y se la estuvieron pasando como unos estúpidos porque llevaba su foto de carnet encajada entre las tarjetas de crédito. Creo que ahí fue cuando Hunter se enamoró, porque cuando la vio en persona ya estaba preparado para el flechazo.

Es guapa, sí, pero no coqueta, aunque le gusten los zapatos de tacón. Los combina con pantalones largos —vaqueros, para ser más exactos— y con camisas de azafata de distintos colores. Nunca lleva el pelo suelto, aunque es de un precioso castaño claro, y digamos que las gafas cuadradas no le favorecen demasiado: le dan un aire severo a sus rasgos más bien masculinos. Es muy mentirosa y a veces puede ser terriblemente fría. Nunca pierde los estribos. Siempre sabe qué palabras exactas decir. Jamás la he visto llorar ni dar su brazo a torcer. Suele pensar que su opinión es la única importante. Y ha sido por esa mezcla de virtudes y defectos que la he envidiado durante tanto tiempo. Ahora solo la admiro.

Pero en este preciso momento se me juntan todos los sentimientos.

Apoya los codos en los muslos, sin perderme de vista.

—Creo que nuestros padres nos enseñaron muy pronto que suplicar clemencia es una pérdida de tiempo, y por eso no hay una sola cosa que yo le haya pedido a la vida —dice con suavidad—, salvo que te proteja y te trate bien.

De repente me cuesta sostenerle la mirada.

—Pues creo que ha llegado el momento de que pidas por ti. —Ella niega con la cabeza casi con dulzura. Su seguridad me enerva—. ¿Por qué no? ¿Por qué tiene que ser todo esto sobre mí, Lis? ¿Por qué no podemos centrarnos en tus problemas por una vez? ¿Te has parado a pensar en que tal vez quiera ser la víctima tan poco como tú?

No dice nada, y eso me enerva aún más.

La apunto con el dedo.

—Lo de mentirme sobró, y te voy a guardar rencor para siempre por meter a Matilda en mi vida cuando no puedo hacer que se quede.

—¿Por qué no puedes hacer que se quede?

—Por el mismo motivo por el que tú no puedes hacer tu vida con normalidad —resuello—: porque soy... lo que soy. Y sé que tú estarías más que feliz si fuera lo bastante egoísta para hacer que me acompañara cuando no sirvo para nada, pero no lo seré. Ni ahora ni nunca. No pienso convertirme en eso que se supone que era nuestro padre.

Alison cruza las piernas muy lentamente.

—¿Es eso lo que temes? ¿Parecerte a él?

Asiento sin pensarlo dos veces, con la mandíbula tensa. Una brisa gélida que ni siquiera la estufa de exterior puede reprimir hace que me estremezca. Ella, como la reina del hielo que es cuando activa el modo terapeuta, ni se inmuta.

—Pues te me estás haciendo bastante familiar, Julian —dice, dejándome de una sola pieza—. Te veo con el mismo interés por mejorar tu situación que a él.

—Eso que acabas de decir es injusto. Y falso. He cogido la mano que Matilda me ha tendido. He salido por mi propio pie, he tomado decisiones...

—Repito que salir a la calle no era lo difícil. El vacío emocional es mucho más duro y cuesta más salir de él que lo que provoca el aislamiento físico.

—¿Y qué quieres que haga, Alison?

—Que no renuncies a ella —resume, encogiéndose de hombros—. Ni a ella ni a nada que te haga feliz.

—En palabras de Cortázar: «Yo no renuncio a nada. Hago lo que está a mi alcance para que las cosas renuncien a mí» —replico con ironía.

—Pues ella no parece estar por la labor de dejarte. Al menos, no creo que lo haga o lo haya hecho por voluntad propia.

—Basta ya, Alison. No podemos jugar a ser la parejita feliz. Si no puedo convertirme en el novio perfecto, en la persona que merece, prefiero mantenerme al margen.

—La perfección no es un premio que te dan cuando cumples una lista de requisitos, Julian. Es la categoría a la que te eleva la persona que quiere estar contigo, porque el hecho de que te haya elegido a ti significa que eres quien merece.

—Deja de decir estupideces. No se trata solo de ser perfecto para ella, sino para mí. Si no soy mi mejor versión, si estoy limitado, si... —Sacudo la cabeza, hastiado—. Esto no es tan fácil. No es tan fácil, ¿entiendes?

Debe de detectar la exasperación en mi tono, porque cambia de postura y deja correr el silencio durante unos segundos, que dedica a relajar los hombros y a observar al otro lado del balcón.

De repente, su perfil se me antoja terriblemente nostálgico.

—Te diré algo que sí es difícil: devolver a alguien a la vida. Te diré algo que es incluso más difícil que eso: olvidarlo y vivir como si nunca lo hubieras conocido. Y te diré algo que es directamente imposible: dejar de preguntarte qué habría pasado si hubiera sido distinto.

Hace años que de sus labios no sale el nombre de Hunter. De los míos sí, porque apreciaba a ese hombre y lo recuerdo con orgullo y cariño; porque no habría querido que le olvidáramos. Y, sobre todo, lo suelo pronunciar en fútiles intentos para que Alison reaccione. Para que hable conmigo de él.

Nunca lo consigo, claro. Ella lleva la procesión por dentro.

Se aparta los mechones de la cara con parsimonia. Nervioso por la conversación, y con el corazón en vilo, pienso distraído en cuánto tardará el viento en volver a pegar ese mechón a su mejilla.

—Eres la persona más bonita que existe en este mundo —proclama, igual que si fuera una ley universal—. Lo sé porque lo he visto. He visto que la gente se volvía perversa y amarga después de vivir una ínfima parte de aquello por lo que tú has pasado; en cambio, tú reflexionabas y tratabas de ser empático. Te he visto intentar comprender a una persona que, por muy enferma que estuviera, seguía siendo miserable. Te he visto querer y cuidar a una madre hasta que la situación fue insostenible y no tuviste más remedio que dejar de intentar que fuera recíproco. Y te estoy viendo ahora alejarte una vez más de la gente porque crees que así vas a evitar hacerles daño. Porque crees *de verdad* que haces algún mal.

—Sé que no soy malo —murmuro, acongojado. No puedo dejar de mirarla; ella, sin embargo, no puede mirarme a mí—, pero tampoco soy excepcional. Ni siquiera bueno. Y alguien bueno es lo mínimo a lo que una persona decente debería aspirar.

Alison contiene una risita inapropiada mordiéndose el labio, y se frota la frente con los ojos cerrados. Su crispación sería imperceptible para mí si no fuese su hermano, pero lo soy y la conozco, y nunca ha estado crispada hasta ahora.

—Tú no necesitas volverte bueno —dice—. No necesitas mejorar. Necesitas aprender y crecer, como todo el mundo, incluidas Matilda y yo. Estando rodeado de gente tendrías en quien apoyarte para seguir adelante acompañado, no tendrías que utilizar a nadie para sentirte mejor; son dos cosas diferentes, y estás cometiendo el error de confundirlas.

—¿Cuál es la diferencia? ¿Dónde está el límite que separa que una mujer sea mi novia y que sea mi psicóloga?

—No la necesitas para que te cuide, aunque el amor implique ciertos cuidados, sino para que te quiera. Y te quiere. —Al ver que dudo, Alison me mira directamente a los ojos—. ¿Por qué dudarías de los sentimientos de alguien tan genuino? ¿De veras crees que está confundida?

—No, pero me dan miedo sus motivos para quererme.

—Unos motivos que aún no conoces. Pregúntaselos. —Como no contesto, Alison se desespera y acaba suplicando en voz baja con la mirada perdida en el suelo—: Por favor. Ya no sé qué más hacer.

El corazón se me encoge.

—¿En qué sentido?

—No sé cómo ayudarte. No sé cómo hacerte ver que vales mucho y que te mereces todo lo bueno que hay en este mundo. No sé... No hay ningún truco en psicología que sirva, ni como hermana se me ocurren las palabras exactas que consigan hacerte recapacitar. Soy totalmente inútil, y me siento impotente. Y te puedo asegurar... —Se mira las palmas de las manos, negando con la cabeza—. Te puedo asegurar que esto... verte así... es lo que me consume de verdad. Crees que hablamos siempre de ti para no tener que hablar de mí, que me refugio en tu tristeza para evitar la mía, pero no es cierto. Tu tristeza *es* la mía. La peor y la más importante.

»Y esto no es así porque me des pena —continúa—. Hay cientos de miles de personas sufriendo en el mundo; muchas de ellas hablan conmigo una hora a la semana, pero sus problemas no me impiden dormir. Tiene que ver con que te quiero, y la gente que te quiere, Julian, no te compadece; *se preocupa*. Son dos cosas muy distintas. E incluso si te compadecieran... ¿cuál sería el problema? ¿De verdad te parece tan terrible que alguien muestre piedad después de todo lo que has visto?

No, no me parece terrible en absoluto. En momentos de necesidad he suplicado por ella, pero no ha sido una de mis aspiraciones, supongo que por culpa de ese significado despectivo que se le suele dar.

Aun así...

—No me parece bonito ni justo que una persona se compadezca de su compañero.

Alison me mira a la cara con el ceño fruncido.

—¿Crees que yo no compadecía a Hunter, que no lo hice cuando volvió de Irak? —inquiere en tono cortante—. ¿Y te parece que lo quisiera menos por eso, o que mi amor no fuera real?

Me cuesta aguantar el tipo, pero no voy a quitar la cara ahora, por difícil que me resulte hablar de esto. Más difícil es para ella, y mírala, entera. Hecha y derecha. Firme como la torre del poema de Bécquer: esa que desafía su propio poder. Tenían que estrellarla o abatirla... pero eso nunca ha podido ser, porque es mejor que nadie.[62]

—Es diferente. Tú conociste al Hunter sano y divertido antes de que eso sucediera. Ella no sabe quién era yo.

—¿Y por qué no se lo muestras? ¿En qué te va a beneficiar seguir escondiéndote?

—No quiero esconderme, solo quiero mejorar por mi cuenta y luego... que sea lo que deba ser. ¿Tan estúpido te parece que necesite verme bien y capaz antes de compartirme con alguien?

—En absoluto, pero me parece de una ingenuidad inaudita que confíes en que ella seguirá ahí, esperando. ¿Qué hay de esos meses o años que pasarán hasta entonces?

—Si esos años sirven para que sea dueño de mí mismo...

—Nunca somos dueños de nosotros mismos. Hay partes que entregamos, que nos arrebatan, que se nos pierden y que rompemos. Julian... —insiste. Me estremezco al mirar directamente sus ojos húmedos—. No tienes ni idea de lo que acabas de apartar. Eso no se encuentra dos veces, ¿entiendes?

—¿El qué?

—El amor correspondido; ese genuino y leal que impulsa a una persona a quedarse con otra a pesar de todo. Matilda conoce todo lo malo que hay que saber sobre ti y te quiere. ¿Qué más necesitas? ¿De verdad no te ha conmovido ver cómo se va?

—No la he visto irse —admito, echando una ojeada tímida al salón—. Está en esta casa. Todavía huele a ella.

—¿Y cuando deje de oler a ella? ¿Y cuando se te empiece a olvidar su voz? ¿Y cuando ya no recuerdes cómo era un abrazo suyo? —Sacude la cabeza—. Entonces ¿qué harás?

Alison se pone en pie de golpe y se tira del borde del jersey

62. Rima XLI.

hacia abajo. Me cuesta darme cuenta porque tiene la barbilla gacha, pero en cuanto levanta la cabeza para coger una bocanada de aire, el alma se me cae a los pies.

Me mira sin avergonzarse de las lágrimas que corren por sus mejillas. Parece que alguien las hubiera puesto allí, que no le pertenecieran. No quedan bien en su rostro de hielo.

—Créeme —susurra con la voz quebrada—, le duele mucho más saber que estás sufriendo en alguna parte, o que no ha podido ayudarte, que acompañarte mientras pones en regla tus asuntos. Es imposible que puedas quitarle algo cuando eres todo lo que quiere.

—Lis... —Ella se limpia las mejillas. Puede estar llorando, pero no pierde la compostura. No solloza ni su respiración se entrecorta. Pareciera que el culpable de sus ojos húmedos fuese el frío—. Lis, ven aquí.

Alison niega, pero yo insisto y acaba sentándose conmigo, sobre una de mis rodillas. ¿Se habrá sentado en las rodillas de alguien alguna vez para hablar de cómo se siente? En las de mis padres no, desde luego. En las mías tampoco... hasta ahora.

Seco sus lágrimas con las yemas de los dedos.

—Cuando dije que no te perdonaría nunca lo de la mentira, no iba en serio, ¿eh? Nada de lo que puedas hacer podría enfadarme. Es imposible que me decepciones.

—No estábamos consolándome a mí, sino a ti.

—A lo mejor consolarte a ti es una forma de consolarme a mí.

Ella suspira.

Nos quedamos un rato en silencio.

No sé en qué está pensando ella, ni tampoco qué diablos me estoy planteando yo, pero parece que los Bale funcionan como la regla matemática más básica: uno negativo y otro negativo dan positivo. Con Alison a mi lado no solo me siento arropado y en cierto modo comprendido. También... inspirado.

—Hablaré con Matilda —le prometo en tono suave.

—No quiero que lo hagas porque me he puesto sensible.

—¿Te has puesto sensible? —La miro sorprendido—. ¿Cuándo?

Ella sonríe sin fuerzas.

—Así me gusta. Una tiene que mantener su reputación intacta. Pero, de verdad, Jules. Quiero que lo hagas por ti.

—Lo haré por mí. En realidad es todo más simple de lo que parece. Si no me gusta cómo me ven, tendré que hacer algo para que me vean de otra forma, ¿no? Aunque cueste. Aunque nunca consiga cambiar del todo su concepto de mí.

—Nadie tiene ningún concepto de ti. Nadie piensa que cocines metanfetamina en serio. —Pone los ojos en blanco—. Creía que tenías sentido del humor.

—Oye, esa lista del demonio me pilló en un momento vulnerable —digo a la defensiva.

—Me alegra saberlo, porque esos vecinos se mueren porque los perdones. Esto estaba en la entrada cuando me he colado... —Rescata del bolsillo de los vaqueros un pequeño sobre del que saca una cartulina—. Te invitan al cumpleaños de Matilda para conocerte personalmente.

—El cumpleaños de Matilda... —repito en voz baja.

—¿Qué? ¿En serio me vas a decir que se te había olvidado?

—Claro que no.

—Me ha dicho que se ha comprado un vestido muy bonito.

—¿De veras? —Me reclino en el asiento, no tan hastiado como quiero aparentar—. ¿Seguís hablando a mis espaldas?

—No, solo de cosas de mujeres. —Pega la boca a mi oreja, y susurra—: Es rojo. Como Santa Claus.

—*Hou, hou, hou* —exclamo, irónico—. Déjame pensar sobre esto, ¿vale?

—Tiene toda la espalda al aire —continúa en tono sugerente—. Y un lacito justo encima del trasero.

No sé cómo me las apaño para no estremecerme, pero de pronto se me hace inapropiado tener a Alison tan cerca.

—Debería haberle comprado una rebeca, entonces. Parece que va a pasar frío con eso. —Carraspeo—. Bueno, déjame tranquilo. Tengo un vídeo que grabar sobre mecánica cuántica.

—Como quieras. Te dejo aquí la invitación. —La suelta con cuidado reverencial sobre la mesilla de café, y se levanta. Se toma su tiempo para suavizar las arrugas de los vaqueros, esas inexistentes a las que presta atención cuando se pone nerviosa—. Si necesitas cualquier cosa, llámame. Recuerda que ya no vivo en Barcelona y puedo pasarme de vez en cuando.

—Estúpida —bufo con humor.

Ella encoge un hombro y se da la vuelta.

Así nos hemos despedido toda la vida, pero de pronto siento que me falta algo. La voz de Matilda se infiltra en mi pensamiento sin que la haya invitado.

«Siempre abrazo como si fuera la última vez».

Hay que ver, con lo apocalíptico que soy, y nunca se me ha ocurrido ver el lado bonito de pensar en posibles catástrofes, que es lo preciosas y emotivas que pueden ser las despedidas.

—Lis —la llamo.

Ella se gira a tiempo para ver cómo todo mi cuerpo la envuelve en un abrazo protector, pero no tan rápido para prevenirlo.

Al principio no reacciona, pero no por eso desisto. Parece que esa es la clave de la vida: no desistir y sí insistir, hasta que los noes se vuelvan síes y la negatividad dé una respuesta positiva.

Alison se deja contagiar por mi impulso y me rodea con los brazos con torpeza.

—¿Me harás un pequeño favor? —le pregunto en voz baja.

Se separa lo suficiente para mirarme con aire conspirador. Sus ojos brillan, pero ya no por las lágrimas.

—¿De qué se trata?

—Una pequeña entrega, nada muy comprometedor.

—Por supuesto. Es lo mínimo.

Algo dudoso, pero a la vez demasiado seguro para tratarse de mí, saco el elemento en cuestión del bolsillo de la bata y le doy unas instrucciones muy claras.

Ella asiente con solemnidad.

—Hecho.

—Gracias. Y eh —añado rápido, antes de que se mueva—, te quiero.

Alison sonríe de forma comedida.

—Yo también te quiero.

—A ver cuándo le dices eso a otro hombre.

—Eso dependerá de lo que tardes en darme un sobrino.

La sonrisa se me borra de un plumazo.

—No vayas por ahí.

—Lo siento, pero es que creo que el vestido de Matty tiene propiedades fecun...

Pongo los ojos en blanco, y antes de que me insista otra vez, le suelto:

—*Hit the road, Jack!*

Capítulo 33

AMOR ES PODER COGERTE DE LA MANO

Matilda

Van a dar las ocho y Julian aún no ha venido a la celebración de mi cumpleaños.

Sí, me dijo que no podíamos ser amigos y blablablá, pero hace tiempo le prometí que, si se portaba bien, lo invitaría el día de Nochebuena, que resulta que coincide con el aniversario de mi nacimiento. La semana pasada colé el mensaje debajo de la rendija de su puerta con la esperanza de que me respondiera con un mensaje de texto, aunque fuera diciendo: «Gracias, pero prefiero no ir», que es lo que esperaba.

Pero no, parece que hemos vuelto a la indiferencia absoluta.

Ya sé que está en su derecho de no venir, pero eso no quita que esté decepcionada y mi cumpleaños no vaya a ser tan excepcional como esperaba. Íbamos a organizarlo en el jardín, pero con el frío que hace lo hemos pasado al rellano del bajo, junto a los buzones, y ahí hemos dispuesto unas mesas repletas de comida —cortesía de Tamara y Eli— y un poco de música para ambientar. Los vecinos saben que soy feliz con poco y han cumplido con el único requisito que puse, que era que todos se pasaran a verme aunque fuera un ratito.

—¿No ha venido? —me pregunta Akira, de brazos cruzados. Niego con la cabeza, a lo que él suspira y me mira compasivo—. ¿Crees que sigue enfadado?

—No, no es eso. Sea lo que sea, no creo que tenga que ver con vosotros, sino con él.

Es una de las cosas que Virtu me explicó cuando bajé del ático con el corazón roto y que tanto me costó entender. Después de hablar con Julian sobre lo que debería ser mi pareja perfecta, como si yo no tuviese derecho a opinar, ella, Daniel y yo entramos en el apartamento y nos pusimos a hablar. Bueno, Daniel se puso a hacer portadas para las próximas publicaciones de libros —ah, teletrabajo, uno de los muchos apellidos de «explotación laboral»— y de vez en cuando asentía, pero su apoyo no me vino nada mal. Ambos intentaron hacerme ver que lo que Julian había decidido era lo mejor, y que no tenía que culparme de nada porque era un problema suyo; uno que no quería trasladarme a mí.

Soy capaz de comprenderlo, pero no significa que esté de acuerdo. ¿Qué es el amor, sino compartir cargas? Supongo que, como ahora mismo yo no tengo ningún problema grave, por comparación ve los suyos el doble de grandes. Aun así, siento que se da muy poco crédito a sí mismo. Con él he podido hablar cómodamente de mi enfermedad, cuando todos los demás se tensaban e intentaban cambiar de tema; se ofreció a acompañarme al hospital, con lo que eso conllevaba, y es el único que se ha preocupado de recordarme, a su modo, que soy guapa y válida. Aunque sea incapaz de verlo, ha habido un intercambio justo entre nosotros. No he dado hasta quedarme con las manos vacías, lo que sí estaría descompensado; también he recibido mucho de su parte.

Pero ¿qué le hago yo si no quiere intentarlo? Insistí en su momento y no hubo manera. Y esa invitación a la fiesta era una mano tendida. Ahí le estaba pidiendo otra oportunidad de la forma más sutil. Si no ha surtido efecto, más no puedo hacer.

—¿Sabe que todo esto es por él?

Me giro hacia Akira con cara de pena.

—No le dije que estaríais aquí para conocerlo. Creo que se habría sentido obligado a venir solo por eso. O a lo mejor no habría venido justo por eso. No sé, no me pareció apropiado. —Gesticulo con la mano, nerviosa—. Pero bueno, tampoco pasa nada. También teníamos que celebrar que Virtu saca nueva novela dentro de poco, así que nadie ha perdido el tiempo.

Akira asiente con la cabeza. Se distrae con la llegada de un nuevo individuo: el musculitos de ojos verdes que se roba todas las miradas con solo poner un pie en el rellano.

Chris Evans... quiero decir, Óscar, se ha asomado para saludar y, de paso, presentarse a los vecinos que le queda por conocer. No solo atrae a las mujeres, que se acercan a él como hipnotizadas. También Álvaro, el señor Román y el resto de los caballeros se sienten intimidados al ir a estrecharle la mano.

—¡*Uta!* —exclama Tamara, con la mandíbula desencajada—. ¿Quién es ese vato?

—Tu vecino.

—¿Mi vecino? —repite, en *shock*—. ¿Cómo que mi vecino?

—Es el hombre misterioso que compró o alquiló el 4.º C.

—¿Y nadie le ha dicho que una depredadora sexual vive en el 4.º B? —pregunta Daniel mientras mordisquea una de las empanadillas—. Alguien tiene que advertirle antes de que se mude, no vaya a ser que se lleve una sorpresa desagradable. Me sé de una que se le puede colar en la casa, y luego en la cama, como no monte guardia.

Tay lo fulmina con la mirada.

—Espero que con «depredadora sexual» te refieras a Eli.

—Claro que sí —le concede mostrando una sonrisa socarrona en los labios. Después señala a Chris Evans (Óscar, leches, ÓSCAR) con un gesto de barbilla—. ¿Cuál de los dos es el vecino, el moreno o el rubio?

—¿Qué rubio?

Yo sé a cuál se refiere: al hombre que Alison y yo hemos invitado expresamente por si diera la casualidad de que Julian quisiera bajar. No me habría costado nada birlarle su número de teléfono, pero Lis ya lo tenía y el susodicho se prestó enseguida a colaborar con nuestra última conspiración. Las fotos no le han hecho justicia: es mucho más guapo de lo que podría haber imaginado. Dawson mide un metro noventa y pico, tiene el pelo rubio rapado y los ojos verdes más dulces que he visto en mi vida. Lleva de la mano a una mujer a la que le saca una cabeza y media y a la que le está hablando en inglés con una tierna sonrisa en los labios.

Me escabullo de Daniel y Tamara para dirigirme a Alison.

—¿Es él? —le pregunto, ilusionada, como si se tratase de uno de los Reyes Magos—. Guau, ¿qué les dan de comer en el Cuerpo de Marines?

No ha sido un comentario muy acertado, lo sé. Y Alison es la última persona que debería haberlo escuchado. Pero, o bien le da igual, o bien finge que mi intención no era alabar el servicio militar estadounidense, porque sonríe y asiente con la cabeza.

—Confieso que está más guapo de lo que solía. Antes llevaba el pelo más largo y no le sentaba demasiado bien. No tiene ni idea de español, así que todo lo que quieras decirle házmelo saber y se lo traduzco. —Al ver que no me muevo, impresionada por la posibilidad de hacer el ridículo delante del yanqui más sexy de Norteamérica, Alison me da una palmadita en la espalda—. Iré yo a saludarlo antes. Luego, si quieres, charlamos los cuatro. Por cierto —añade mientras saca del bolsillo una pequeña cartita—. Esto es para ti.

La cojo sin prestarle mucha atención y suspiro en dirección a los tortolitos, a los que todos miran como si fueran el alma de la fiesta. No es para menos, son monísimos y hacen una pareja estupenda.

Qué envidia.

La dejo marchar con su invitación a ejercer de traductora, ya que yo no sabría qué decirle. «Oye, te hemos llamado porque le habíamos organizado una pequeña fiesta de bienvenida a Julian con la excusa de mi cumple y pensamos que se alegraría de verte... Pero ha decidido no venir porque no me quiere lo suficiente. Cosas que pasan. ¿Quieres un canapé?».

Imaginamos que no se habría atrevido a venir si hubiera sabido que esto se celebra en su honor. Por eso no puedo enfadarme. No es que supiera que Dawson y su mujer iban a venir, tampoco Alison, ni que toda la comunidad se las arreglaría para reunirse por unas horas para presentar sus disculpas, sus respetos, sus nombres, sus caretos y todas esas cosas. Si lo hubiera sabido, sí habría tenido derecho a subir al ático y soltarle a la cara que es un maleducado. Solo que no es un maleducado, sino una persona con mucho miedo y sin planes de superarlo a corto plazo. Me ha costado un poco ver la diferencia, pero ahí está.

Sin perder de vista a los yanquis, me dirijo a las escaleras que dan al primer piso y ahí me siento. Todos han venido esperanzados de que Julian haga acto de presencia. Incluso los niños, que no han parado de preguntar por «el dragón». Lógica infantil: como vive en el ático, pues es el animal que custodia el edificio, y no hay animal que mole más que el dragón.

Ya es costumbre ver al hijo de Susana, Eric, chinchando a Minerva hasta que se pone a gritar o le da una bofetada, y su hermano Ajax y a Blas, el niño de Javier, negociando como los mejores magnates su intercambio de cromos de fútbol. Helena, la tímida Olivares, está medio escondida junto a una de las mesas de la comida, mirando con pena a la pareja que forman su melliza y el pesadito de Eric.

Recuerdo lo que Julian me contó sobre ella. Conoce hasta

los complejos de una criatura de diez años. Me pregunto qué habrá opinado la pequeña sobre la carta que recibió.

—Helena —la llamo. Ella se ruboriza nada más verme con la mano alzada—. Ven aquí, guapa.

La cría lanza una mirada dudosa a su madre, de la que siempre intenta estar muy cerca, pera esta no le hace ningún caso, y a mí ya me conoce de otras veces, así que se acerca mordiéndose la yema del pulgar.

—¿Qué haces ahí sola? ¿Por qué no juegas con los demás?

Se encoge de hombros.

—No me gusta el fútbol. Ni las estampas.

—¿Y qué hay de Eric y Mine?

—Están enamorados y no quieren que nadie más esté con ellos.

Su seguridad me deja momentáneamente sorprendida. Hay ciertas cosas que no esperas oír de los labios de los niños. Casi siempre son tacos o palabras demasiado enrevesadas, pero a mí también me choca escucharlos hablar de temas que a los adultos se nos atragantan. No conozco a nadie que pueda decir con esa franqueza y naturalidad que dos personas se quieren. Ni siquiera yo.

Acabo sonriendo y cogiéndola de la mano. Es adorable; una de esas niñas diminutas, con un pelo negro y lacio que brilla como las estrellas. El flequillo le cae sobre los ojos, grandes y redondos, con unos pestañones que ya quisiera yo para mí.

—¿Enamorados? ¿Qué sabes tú de lo que significa estar enamorado?

Ella se encoge de hombros.

—Creo que significa estar contento porque alguien te quiere coger de la mano.

Una sonrisa curva mis labios.

—No podría haberlo descrito mejor —dice alguien detrás de mí, en tono suave.

Yo me quedo petrificada, y que nadie me pregunte por qué,

porque no lo sé. Supongo que porque ya me había hecho a la idea de que mi cumpleaños no significa nada para él. Pero ahí está Julian, de pie a mi espalda.

Helena se mueve por mí, levantando la cabeza tanto que el flequillo recto se le abre como una cortinilla. Julian baja un par de escalones hasta quedarse en el que yo me he sentado.

—Hasta hace poco, yo no tenía una idea muy clara de lo que era, pero ahora puedo definirlo como Kundera —comenta—: «Amar significa renunciar a la fuerza».

Helena se lo queda mirando con adoración.

—¿Eres el dragón?

—¿También me llamabais «dragón»? —Suena divertido—. Madre mía, tengo más títulos que la reina Juana. Sí, supongo que sí.

Helena se queda boquiabierta. Por un momento pienso que va a echar a correr hacia su madre al grito de «¡El dragón está aquí!», pero eso sería más propio de Minerva. Aun así, me deja asombrada con su impulso. Nadie diría que una niña tan tímida se abrazaría a las piernas de un desconocido como si llevara haciéndolo toda la vida.

—Tu carta es... muy bonita —balbucea, con la cara pegada a sus vaqueros—. Me hizo ilusión.

—¿De verdad? —pregunta Julian tras un instante de vacilación—. Me alegro. Helena, ¿no?

—¡Sííí! ¿Puedo decirle a mi madre que has venido?

—Como quieras. Si no se lo dices, lo va a ver de todos modos.

La niña se separa de él, entusiasmada, y echa a correr hacia la señora Olivares, la catedrática con cara de palo que finge que su matrimonio va viento en popa. Ahora es mi turno para reaccionar: levanto la cabeza a cámara lenta y la mandíbula se me descuelga al mirarlo a la cara.

—¿Te has cortado el pelo?

—Creo que, junto con «¿Has crecido?», esa es la pregunta más tonta que puedes hacerle a alguien.

—Perdona, pero no me sale nada más inteligente. No esperaba que vinieras.

Él arquea una ceja. Sin barba y con el pelo corto ya no tiene forma de ocultarse del mundo. Toda su cara queda a la vista: sus ojos, su nariz recta, sus labios, su barbilla... No recuerdo haberlo visto nunca con un aspecto tan saludable. Y si hay algo más bonito que él, no me interesa saberlo.

—¿No esperabas que viniera a mi propia fiesta de bienvenida?

—¿Lo sabías?

—No eres la única que puede hablar con Alison a espaldas de alguien. ¿Y es que no has visto la carta? El Oráculo te escribió algo hace tiempo y nunca llegó a mandártelo. Y añadió textualmente que iba a pasarse por aquí tan pronto como Eduardo le cortase el pelo.

—¿Qué car...? Oh. ¡Oh!

Me levanto de un salto para rebuscar la cartita que Alison me ha entregado antes.

Eso de que las miradas «se sienten» sobre uno es cierto: no hay ni un vecino que no se haya percatado de la entrada de Julian en escena, pero todos deciden quedarse al margen mientras él y yo ponemos nuestros asuntos en orden.

Saco el diminuto sobrecito de donde lo había guardado y lo abro muy nerviosa. No sé qué esperaba que hubiese dentro: un «te quiero», «quiero estar contigo», «me molan tus leotardos» o algo así, pero no. Hay una serie de signos que no conozco y en un orden que no entiendo.

Matemático tenía que ser.

—¿Qué pone aquí? ¿Es una broma? Si a duras penas me acuerdo de la fórmula de las ecuaciones de segundo grado...

Julian aguanta una carcajada y baja el último escalón. No me quita el papel; solo lo señala. No necesita mirarlo para traducirme lo que significan los signos.

—Es la ecuación de Dirac. Nada que tengas que aprender para selectividad, tranquila. Es simple mecánica cuántica.

—Claro... Simple mecánica cuántica —repito, imitando su voz y su gesto tonto.

Él me coge de la mano que movía en el aire y entrelaza sus dedos con los míos.

—Es la ecuación más romántica que existe —se explica—. ¿Y sabes por qué? Porque describe el fenómeno del enlazamiento cuántico, que consiste en lo siguiente: si dos sistemas interactúan durante un periodo de tiempo y luego se separan, podemos describirlos como «sistemas independientes» que, de alguna manera, siguen conectados como uno solo. Siguen influyendo el uno sobre el otro, a pesar de los kilómetros de distancia. No importa cuán separados estén, porque la conexión entre ellos sigue y seguirá siendo instantánea.

»La anoté pensando en ti justo después de que me dijeras que habías quedado con otro hombre —continúa con calma—. Mi idea era mandártela esa noche, pero no estaba preparado para decirte que estaría enamorado de ti incluso cuando dejaras de venir a verme. Sobre todo porque los científicos necesitamos verificar nuestras hipótesis, y no ha sido hasta ahora que me he dado cuenta de que mi intuición no falló: incluso sin verte durante este tiempo, te he sentido a mi lado. En la casa. Aunque no te oyera a través del balcón. Estoy enlazado a ti cuántica y emocionalmente.

Me muerdo el labio para reprimir un estúpido suspiro de enamorada.

—¿Significa esto que has... cambiado de opinión sobre lo que hablamos?

—Han pasado un mes y unas semanas desde entonces y parece que tus sentimientos se mantienen. ¿O no? —Asiento con la cabeza enseguida—. Bien... Menos mal. Menudo ridículo habría hecho, si no.

—¿Qué te ha hecho cambiar de opinión? Parecías tan seguro...

—Quería convencerme de que estaba haciendo lo correcto, pero soy más duro de mollera de lo que pensaba. —Se rasca la nuca con timidez—. Y debo admitir que Alison ha jugado un papel importante. Creía que querer a alguien era una cosa, y no es así.

—¿Qué pensabas que era? —Me cruzo de brazos—. ¿Quitar de en medio a la persona que te importa?

—No. Ver a alguien mejor de lo que es, hasta el punto de no percibir sus defectos. Después de mucho recapacitar, me he dado cuenta de que me dolería más que me quisieras por lo que no soy. Que me idolatraras por tenerme idealizado. Ahora lo entiendo de otra forma.

—«Amar significa renunciar a la fuerza» —repito, nerviosa. Aún no me puedo creer que esté aquí—. No ha sonado muy bien.

—No se refiere a la fuerza física. Kundera lo explica en *La insoportable levedad del ser*. «El amor se instala y sobrevive desde la fragilidad, desde la voluntad de ser vulnerable y aceptar la vulnerabilidad del otro». Si tú has aceptado lo que me hace débil y estás de acuerdo con ello, no tiene sentido que haga el esfuerzo de alejarme de ti.

Cojo una gran bocanada de aire y la suelto cuando no puedo aguantarla más.

—Pensé que nunca llegarías a esa conclusión. —He intentado guardar la compostura y hacerme la dura, pero yo no sirvo para esto. Me ahorro las tonterías tirándome encima de él para abrazarlo—. Entonces... ¿quieres estar conmigo?

—Sí, quiero —responde, engolando la voz.

¿Por qué un «quiero estar contigo» suena más bonito que un «te quiero»? Quizá porque querer no implica necesariamente un sacrificio o el deseo de permanecer al lado de la persona amada. Porque amar no es lo difícil, sino demostrarlo día a día y asumir el riesgo de compartir la vida con alguien.

—Bueno, ¿habéis acabado? —grita Edu—. ¡Pásalo por aquí para que lo podamos achuchar uno por uno!

—¿Cómo que «achuchar»? —susurra Julian en mi oído—. Eso no entraba en el trato. He venido a saludar, no a que me manoseen.

Suelto una carcajada.

—Si tú hasta le has cortado el pelo. ¿Para qué lo quieres achuchar? —le digo a Edu.

—Antes de responder a eso, dime —carraspea—: ¿eres celosa o estarías dispuesta a compartir?

—No, pero él sí es muy celoso de sí mismo, así que cuidadito. Los demás tenéis mi permiso. Solo quince minutos, ¿eh? Luego lo quiero de vuelta.

Me cuesta tanto empujar a Julian hacia el rellano que parece que lo intente arrojar a un foso de tiburones, pero él se las apaña para cuadrar los hombros y dirigirse, primero, a los niños. Estos se le dan algo mejor; tal vez porque no le da miedo lo que puedan pensar. Queda patente que lo tienen como una especie de dios, y, en realidad, no es el único. Afeitado y bien vestido, está tan guapo que hasta Sonsoles se santigua, Susana se queda boquiabierta y a la señora Olivares se le suben los colores hasta el último pelo de la cabeza.

Edu admira su obra con una sonrisa satisfecha.

Decido mantenerme al margen mientras él va estrechando manos y repartiendo besos. Es como si una celebridad hubiera entrado en el edificio, y, en cierto modo, así es. Julian era una leyenda, y todo el mundo sabe que nada une más a un grupo de gente que las historias. Sobre todo si esa historia la hacemos entre todos. Aunque las confabulaciones sobre el ermitaño se nos fueron de las manos, conspirar fue una de las cosas que hizo que los propietarios comenzaran a interactuar más a menudo. Personas que no habrían encajado las unas con las otras en ningún otro contexto empezaron a hablarse, a invitarse a tomar café y a reírse por las esquinas de los rellanos, el ascensor —cuando aún no estaba averiado—, los apartamentos ajenos, y todo con la excusa de averiguar quién era el hombre del ático. De dos vecinos, pasaron a tres; de tres, a cuatro, y así hasta que un puñado de desconocidos pasaron a llamarse «comunidad».

Por sorprendente que pueda parecer, Julian ha sido el nexo de unión de todos ellos, y que se haya presentado en persona afianza esa unidad.

Una en la que, por supuesto, él está incluido.

A lo mejor no lo quisimos antes de conocerlo, pero ya era importante para nosotros. Tampoco nos imaginábamos que iba a ser un ángel de la guarda o lo más parecido a ese Dios en el que no todos creen, pero no hay información sobre los vecinos que se le escape, y además ha sabido qué decirle a cada uno en cada momento. Se puede ver el afecto en las caras de los presentes. En la de Eli, que lo coge de las manos y le pide disculpas de corazón; en la de Tamara, que le suelta un piropo al estilo mexicano que lo ruboriza entero; en la de Virtu, que le da uno de sus abrazos maternales; en la de Edu, que lo hace girar sobre sí mismo y lo llena de silbidos. Es el héroe y la leyenda viva, pero se dirige a los vecinos con timidez y humildad, como pidiendo permiso y también disculpas por haber bajado las escaleras.

Esa es su actitud hasta que Dawson aparece con una sonrisa de oreja a oreja en la cara. Entonces, Julian suelta una risita incrédula y todo ese nerviosismo se transforma en ilusión.

Alison y yo intercambiamos una mirada rápida de complicidad. Nos daba miedo que se lo tomara a mal, porque, en fin, no le cogía las llamadas y prefería mantenerlo al otro lado del océano, pero esta última operación ha sido un éxito.

Ahora tenemos que quitarnos el antifaz y la capa de metomentodos y dejar de velar por su bienestar a escondidas. Ahora le toca a él preocuparse por su propio futuro.

—Si puedo robar ya el protagonismo, quiero que veáis algo —interrumpe Edu, alzando los dos brazos. Coge aire y empieza a agitar una mano en la que reluce una especie de...—. ¡¡¡ME CASOOOOOO!!!

—¡*Pa* su mecha! —chilla Tamara, dando saltitos—. Al final voy a ser la única que no tiene ninguna buena noticia que dar. Virtu con su nueva novela de vikingos, Edu y Akira con su compromiso, Julian bajando a conocernos... Bueno, he adelgazado ciento veinticinco gramos, eso sí.

—¿Ciento veinticinco? —dice Eli—. ¡Eso es estupendo! —Y empieza a aplaudir.

—¡Olé ahí mi reina guapa! —exclama Edu. A veces le sale lo andaluz.

Mientras los tres locos de siempre celebran cada uno lo suyo, Julian aprovecha para alejarse lentamente de la escena y esconderse detrás de mí.

Ha estado bien de socialización por un día. No se le puede pedir que se una a la jarana tan pronto.

—¿Son siempre así? —me pregunta en voz baja.

—Tú dirás, has estado más pendiente de ellos que yo.

—No sabía que con los gritos había saltos y abrazos grupales. Me va a costar acostumbrarme.

Alzo la cabeza para que no se pierda mi sonrisa optimista.

—Pero te acostumbrarás. —Y es una promesa.

Él se inclina sobre mí, al principio vacilante, y me roba un beso tierno.

—Gracias por traer a Dawson. Gracias por quererme como necesito.

Niego con la cabeza.

—No te equivoques. Yo te quiero como a mí me da la gana. Las gracias vas a tener que dárselas a la casualidad.

Epílogo

Colorín colorado, de este cuento no me han avisado

Julian

—Tras una cruenta batalla en el sudeste de Asia, donde el último clan vikingo ha llevado a cabo sus exploraciones en busca de territorio fértil, el vikingo Julian Balesson regresa a su hogar natal. La guerra ha causado estragos: le ha dejado heridas tanto visibles como invisibles, pero sigue siendo uno de los hombres más apuestos del asentamiento y no hay ni una sola mujer que no se muera por convertirse en la elegida, en la futura madre de sus hijos. Sin embargo, él no tiene ojos para nadie. Vive encerrado en una cabaña alejada del pueblo, justo a orillas del río helado, donde pretende pasar el resto de sus días sin otra compañía que sus tormentosos pensamientos. Sin embargo, una mujer aparece para aliviar esa pena que llena su alma de quebranto; una mujer a la que no conoce y nunca ha visto, pero que acude todas las mañanas al río con sus jofainas y entona una romántica canción con su voz de ángel. Julian aún no lo sabe, pero Mathilde Tavdóttir va a ser su perdición y, a la vez, su segunda oportunidad para creer en el amor y la esperanza.

Todo el mundo irrumpe en aplausos. Yo me quedo mirando con cara de espanto a la presentadora de la novela, que no es otra que una Virtudes Navas con gafas *hipster*. Se me ha desencajado la mandíbula y creo que va a permanecer así durante un rato.

—*Are you kidding me?*[63] —mascullo.

Tamara se gira desde la primera fila y me fulmina con la mirada. Me extraña que no haya crecido el césped bajo la cantidad de saliva que ha escupido al exagerar un «chisss». Veo que con ella no hace falta ganarse la confianza; ya hemos llegado a ese punto en el que puede permitirse insultarme o perdonarme la vida cuando hago algo que no le gusta.

—Y esa era la sinopsis de mi última novela, *Corazón dulce* —aclara como si tal cosa. Yo cada vez doy menos crédito. Soy el único flipando a lo bestia, por lo que veo: Matilda, a mi lado, no para de sonreír, aplaudir y mover los piececitos. Menudas patadas de botines con cerezas se ha llevado el de delante—. Tenéis el primer y el segundo capítulo de prueba en Amazon y otras plataformas digitales, como siempre, aunque por cortesía de la editorial Aurora, por primera vez mis novelas podrán encontrarse en librerías. ¿Alguien tiene alguna duda?

Mi mano sale disparada hacia arriba.

—¿Por casualidad, ese Julian Balesson no tiene una hermana mayor, una tal Allison Balesson, que les concierta una cita en la taberna del pueblo a Mathilde y a él?

—Una hermana no, pero sí un amigo que fue con él a conquistar el espacio asiático. Y también hay una tercera en discordia. —Virtudes me guiña un ojo y luego se dirige a su fan número uno—. Hay mucho salseo, como le gusta a Tamarita.

—¡A huevo! —aplaude Tay.

—¿Por qué tienes esa cara? —se queja Matilda—. Es un argumento chulísimo. Me lo voy a comprar.

63. ¿Estás de coña?

—¿Comprar? —Pestañeo, incrédulo—. ¡Es ella la que debería pagarte a ti por robarte la idea! ¿Dónde se ponen denuncias por asalto a la propiedad intelectual? Voy a ir ahora mismo.

—No seas exagerado.

—Debo entender, por tanto, que se lo has cedido tú —comento en tono conspiranoico, entornando los ojos—. ¿Cuánto le has contado a la señora Navas para que pueda escribir algo así?

—No mucho, en serio. Sabe lo mismo que todo el mundo. Supongo que lo habrá adaptado a su manera. Lo hace mucho, ¿eh? —insiste, viendo que se me agria el humor cada vez más—. Escribió una novela sobre la relación que Daniel tenía con su ex, y también adaptó la de Aki y Edu.

—Eso es verdad —apunta Edu. Se da la vuelta sobre su silla, que está justo delante de la mía, y se cuelga del respaldo—. Nosotros somos los maricones sadomasoquistas: Edward, el esclavo sexual, y Akheera, el traumatizado que le rompe el culo hasta que se empieza a enamorar. Creo que yo sería Edward, pero te juro que a mí me dan un azote y presento una denuncia al ministerio, así que no te preocupes, que no tendrá nada que ver. Tú a esa mujer le das dos nombres y una situación y te monta un circo de agárrate y no te menees.

—También ha escrito la mía —interviene Susana, de pie con su ejemplar de *Corazón dulce* en la mano. En la portada hay un tío rubio muy barbudo. *Qué casualidad*—. ¿No te suena *Dime por cuánto*? Va de una prostituta de los años veinte que se enamora de su cliente, quien resulta que la estaba buscando para decirle que son hermanos. Luego no son hermanos, claro, pero hasta que lo descubren, el libro se vuelve un poco oscuro y hay un porrón de escenas sexuales. No es apto para aquellos a los que se les atraganta el incesto. Ella se llama Suzanne y él es diputado conservador, claro.

Okay... I'm tripping.[64]

64. Vale, estoy flipando.

—Insisto: ¿eso no es denunciable?

—Denunciable sería quitarle a la señora su fuente de diversión. Ella se lo pasa bien así, y la verdad es que el libro estaba genial —comenta Susana, encogiéndose de hombros—. Tardé en darme cuenta de que estaba insinuando con muchísimo estilo que soy una guarra y una vendida. Y cuando lo asimilé, me hizo bastante gracia.

—Tú por lo menos eres el héroe vikingo, no te quejes —bufa Álvaro Román, sentado a mi izquierda—. Daniel me contó la semana pasada que está empezando a escribir una novela con un protagonista llamado como yo, y va de un adolescente rebelde y friki de los ordenadores que no para de molestar a sus padres hasta que lo atropella un coche y pierde la memoria.

—Pero ¿qué pasa aquí? —rezongo, malhumorado—. ¿Si Virtudes no te escribe una novela, no eres nadie?

—Pues claro que eres alguien, pero digamos que no formas parte de la comunidad del todo —anota Tamara—. Estoy esperando protagonizar una. Será mi favorita seguro.

—Venga, ¿no ves qué bien se lo toman todos? No te enfades —me pide Matilda, abrazándome por el cuello.

Si cree que besuqueándome va a hacer que se me pase el cabreo, entonces está en lo cierto.

—No me enfado, pero me parece una invasión a mi intimidad. Voy a tener que leérmelo para juzgar por mí mismo.

—¡Lectura conjunta! —chilla Tamara—. Por qué no lo hacemos, ¿eh? Un club. Quedamos todos los viernes en mi casa, a una hora que nos venga bien, y leemos en voz alta. Que lea Eli, que lo hace de maravilla. Sobre todo las escenas porno. Le sale una voz de putita...

—¿Te quieres callar? —bufa Eli—. Mira que eres pesada.

—En los dos sentidos, además —se mofa Tamara.

—¿Qué me dices? —me pregunta Matilda—. ¿Quieres que vayamos a eso del club?

«Vayamos». Igual que el «vamos» que me ha dicho antes

de ir a la librería, donde se ha llevado a cabo la multitudinaria presentación. Tiene el mismo significado implícito que ese «no nos interesa» que pronunció cuando una operadora nos llamó por teléfono para ofrecernos fibra óptica. Y debo decir que me encanta ese plural; que *vivo* por ese plural. Su uso es obligatorio cuando vives con alguien, porque las decisiones deben tomarse por consenso, pero sigue siendo tan especial para mí —y tan nuevo— que mi pecho se encoge cuando lo escucho.

Lo mejor y más extraño es que no me ha costado acostumbrarme. Cuando una persona vive en tu corazón, que se traslade a tu cama de forma permanente, añada un cepillo de dientes con purpurina al vasito del baño o te quite tu serie de zombis para poner una comedia romántica es lo de menos.

Por fin sientes que está donde debe estar.

—No sé si quiero estar presente cuando Eli describa las escenas porno entre Mathilde y Julian. Dios... —Me froto el ceño—. ¿En serio hay escenas porno? Ahora me siento expuesto.

—Tío, no te quejes —insiste Álvaro—. En mi libro, soy un adolescente pajillero.

—Y yo abuso de un pobre chico con varas y látigos escudándome en que estoy traumatizado —añade Akira, enarcando las cejas—. ¿Qué crees que es peor? Seguro que tu *doppelgänger* vikingo es muy tierno.

Suspiro profundamente. ¿En qué parte del acuerdo tácito sobre compartir mi vida con los vecinos ponía que debía prestar mi historia de amor para que una señora de setenta años se forrase?

Esto de socializar, ya que se menciona, me está resultando un poco abrumador, pero, la verdad, no tan difícil como pensaba. Cuando las personas de tu entorno están dispuestas a darte un empujoncito al verte parado, o, de últimas, alejarse hasta que cojas impulso tú solo, sin agobios, es mucho más fácil fluir. Soy consciente de que he sido muy afortunado de contar con gente así en el edificio. Me retan, me buscan, me hacen reír y, sobre todo, acompañan a Matilda y la arropan cuando yo siento que la desatiendo durante esos periodos en los que me vence la introversión.

—Vayamos a esa lectura, por qué no. Mejor estar presente mientras desnudan a Julián que imaginarme lo que algunas lectoras habrán dicho a mis espaldas —conspiro, mirando de reojo a Tamara. Me giro hacia Matilda—. Como tenga una cicatriz de una lanza o de un puñal en el hombro...

—Oye, se te está olvidando que yo también estoy ahí. No eres el único expuesto —me recuerda sin acritud—. Y míralo por el lado bueno: significa que ya formamos parte oficialmente de la comunidad. ¿No es genial?

—¿Te dan un carnet con eso?

—No, te dan un ejemplar firmado. Vamos a por el nuestro.

Tira de mi mano hasta que decido levantarme, suspirando por quinta vez. Que nadie me juzgue: no todo el mundo se vuelve loco de entusiasmo cuando descubre que ha inspirado a una escritora de novela romántica. Apuesto lo que sea a que solo elige a parejas atractivas. Yo no seré el tío más guapo del mundo, pero tampoco estoy mal; Akira y Edu son los novios del año, y Álvaro se da un aire a Matthew McConaughey, que fue considerado el hombre del pecho perfecto en Hollywood por mucho tiempo.

A mí no me engaña: lo que inspira a esa mujer es cómo son físicamente los musos que luego le sirven de protagonistas, no la historia de amor que pueda intuir entre sus vecinos.

—¿Uno o dos? —nos pregunta Virtudes con una sombra de sonrisa juguetona.

No veas con la abuela. Es perversa de narices.

—Solo uno. Gracias. —Hago una pausa—. Por el libro y por el homenaje.

—De nada. Me da pereza inventar personajes nuevos cuando ya vivo rodeada de personas perfectas para protagonizar una historia con final feliz.

—¡Claro que sí! —asiente Matilda.

—Además... Tengo una visión especial. Empecé a escribir la novela de Akira y Edu antes de que salieran juntos oficialmente, y la de Susana antes de que se consolidara su relación con el diputado. Sé que, al ponerlos a comer perdices en la última página, he conseguido que triunfaran en la vida real. Por eso he gafado a mi pobre nieto. Los dejé separados a él y a su ex en la novela y poco tiempo después lo dejaron.

—Parece que tiene usted el *Death Note*, pero en vez de matar a la gente que apunta, mata sus relaciones —comento, sin saber si reír o preocuparme.

—Algo así. Los libros son más poderosos de lo que creemos.

—Entonces espero que le haya dado un final feliz al mío —apostillo, entre esperanzado y amenazante.

Como lea un desenlace catastrófico, voy a denunciarla. Que no caiga en saco roto mi advertencia.

Virtudes me entrega el libro. Lo abro sobre la marcha, temiendo que haya puesto una dedicatoria muy comprometedora, pero me sorprendo al ver una cita de Julio Cortázar: «Pero habría que vivir de otra manera. ¿Y qué quiere decir vivir de otra manera? Quizá vivir absurdamente para acabar con el absurdo, tirarse en sí mismo con una tal violencia que el salto acabara en los brazos de otro».

Levanto la barbilla, sorprendido por su elección de cita, pero ella no me mira a mí. Sus ojos se posan en la mano de Matilda, o lo que se puede apreciar de la mano de Matilda, que es más bien poco porque está protegida bajo la mía.

Virtudes me devuelve su atención con una ligera sonrisa.

—Si quieres un final feliz para mi héroe vikingo, vas a tener que dárselo tú... Aunque sospecho que estás en el buen camino para lograrlo. —Y señala a la mujer que, a mi derecha, se pelea con la cremallera del bolso.

Matilda no presta atención a la forma en que Virtudes nos

examina. Mis ojos se despistan un segundo y se pierden entre los mechones que ocultan el rostro de mi chica, en sus quejas porque no le cabe el libro en la bandolera y en el ondear de la falda de su vestido de damasco.

Luego observo a la señora Navas: su pelo azul, sus gafas *hipster*, su pintalabios violeta... y su cálida expresión de madre. Madre dentro y fuera de la literatura. Figura materna que a mí siempre me ha faltado, pero que me ha parecido encontrar, a veces, en los momentos en los que ha salido a defenderme.

Le devuelvo la sonrisa, e involuntariamente aprieto la mano de Matilda.

—Lo estoy. Estoy justo donde quiero estar.

Nota de la autora

A veces me preguntáis de dónde sale una historia o cómo se me ocurrió, y casi nunca sé qué responder. En este caso puedo hacerlo: Julian se me apareció unos días después de leer sobre las veintidós víctimas mortales del tiroteo de El Paso. El perpetrador del crimen era un supremacista que admitió en declaraciones posteriores que su blanco principal eran los mexicanos. Las chicas de México que haya por aquí y estén al tanto de la política del país sabrán que el Gobierno ha iniciado una demanda por terrorismo. Las que no lo sepan y quieran leer más sobre esto, en internet encontrarán toda la información sobre el tiroteo. Yo lo he adaptado al argumento, así que pocas cosas coinciden, en parte porque no quería apropiarme de una catástrofe concreta con el riesgo que existe de que se romantice, ni mucho menos describir detalles morbosos.

Siempre hago una lista de reproducción en Spotify, y esta vez no es la excepción. Podéis encontrarla bajo el nombre «Calle Cortázar» en el perfil @terrencelovesme. Las doce primeras canciones pertenecen a esta novela; las siguientes acompañarán a protagonistas distintos.

Gracias a Marián por ayudarme con el habla venezolana y

a Valeria por ser mi Tamara. En referencia a este segundo personaje, quiero recordar que tiene esta mezcla de expresiones mexicanas y españolas porque lleva muchos años en España y porque, como protagonizará un libro, me será más fácil la narración en primera persona si está «españolizada». Si he metido la zarpa en algún momento o con alguna expresión, me disculpo de antemano.

Gracias a Inés, SIEMPRE, por querer este libro más de lo que lo quiero yo.

«Para viajar lejos no hay mejor nave que un libro».

EMILY DICKINSON

Gracias por tu lectura de este libro.

En **penguinlibros.club** encontrarás las mejores
recomendaciones de lectura.

Únete a nuestra comunidad y viaja con nosotros.

penguinlibros.club